Indomável
A história de Henry

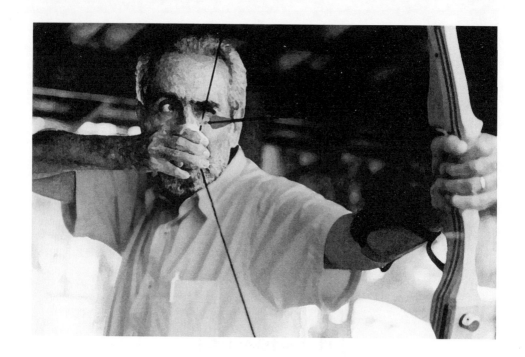

O Arqueiro

GERALDO JORDÃO PEREIRA (1938-2008) começou sua carreira aos 17 anos, quando foi trabalhar com seu pai, o célebre editor José Olympio, publicando obras marcantes como *O menino do dedo verde*, de Maurice Druon, e *Minha vida*, de Charles Chaplin.

Em 1976, fundou a Editora Salamandra com o propósito de formar uma nova geração de leitores e acabou criando um dos catálogos infantis mais premiados do Brasil. Em 1992, fugindo de sua linha editorial, lançou *Muitas vidas, muitos mestres*, de Brian Weiss, livro que deu origem à Editora Sextante.

Fã de histórias de suspense, Geraldo descobriu *O Código Da Vinci* antes mesmo de ele ser lançado nos Estados Unidos. A aposta em ficção, que não era o foco da Sextante, foi certeira: o título se transformou em um dos maiores fenômenos editoriais de todos os tempos.

Mas não foi só aos livros que se dedicou. Com seu desejo de ajudar o próximo, Geraldo desenvolveu diversos projetos sociais que se tornaram sua grande paixão.

Com a missão de publicar histórias empolgantes, tornar os livros cada vez mais acessíveis e despertar o amor pela leitura, a Editora Arqueiro é uma homenagem a esta figura extraordinária, capaz de enxergar mais além, mirar nas coisas verdadeiramente importantes e não perder o idealismo e a esperança diante dos desafios e contratempos da vida.

Julia Quinn

DAMAS REBELDES • 3

Indomável

A história de Henry

Título original: *Minx*

Copyright © 1996 por Julie Cotler Pottinger
Copyright da tradução © 2021 por Editora Arqueiro Ltda.

Todos os direitos reservados. Nenhuma parte deste livro pode ser utilizada ou reproduzida sob quaisquer meios existentes sem autorização por escrito dos editores.

Publicado mediante acordo com Harper Collins Publishers.

tradução: Ana Rodrigues
preparo de originais: Marina Góes
revisão: Camila Figueiredo e Tereza da Rocha
diagramação: Abreu's System
capa: Renata Vidal
imagem de capa: © Ildiko Neer / Trevillion Images
impressão e acabamento: Lis Gráfica e Editora Ltda.

CIP-BRASIL. CATALOGAÇÃO NA PUBLICAÇÃO
SINDICATO NACIONAL DOS EDITORES DE LIVROS, RJ

Q64p

    Quinn, Julia, 1970-
        Indomável / Julia Quinn ; tradução Ana Rodrigues. – 1. ed. – São Paulo : Arqueiro, 2021.
        336 p. ; 23 cm.   (Damas rebeldes ; 3)

    Tradução de: Minx
    Sequência de: Brilhante
    ISBN 978-65-5565-216-1

    1. Ficção americana. I. Rodrigues, Ana. II. Título. III. Série.

21-72235   CDD: 813
                                                             CDU: 82-3(73)

Meri Gleice Rodrigues de Souza – Bibliotecária – CRB-7/6439

Todos os direitos reservados, no Brasil, por
Editora Arqueiro Ltda.
Rua Funchal, 538 – conjuntos 52 e 54 – Vila Olímpia
04551-060 – São Paulo – SP
Tel.: (11) 3868-4492 – Fax: (11) 3862-5818
E-mail: atendimento@editoraarqueiro.com.br
www.editoraarqueiro.com.br

*Para Fran Lebowitz –
Uma agente maravilhosa, uma amiga maravilhosa.*

*E para Paul, embora ele ainda não tenha parado de perguntar:
"Onde estão todos os visons?"*

PRÓLOGO

Londres, 1816

William Dunford deu uma risadinha de desprezo enquanto observava os pombinhos com os olhos fixos um no outro, a expressão cheia de desejo. Lady Arabella Blydon, uma de suas melhores amigas, acabara de se casar com lorde John Blackwood, e agora os dois estavam se encarando como se quisessem se devorar. Era repulsivamente adorável.

Dunford bateu o pé e revirou os olhos, na esperança de que o casal se afastasse. Os três, junto com Alex, o melhor amigo de Dunford e duque de Ashbourne, e sua esposa, Emma, que por acaso era prima de Belle, estavam a caminho de um baile. Houvera um contratempo com a carruagem e agora aguardavam a chegada de outro veículo.

Ao ouvir o som de rodas nos paralelepípedos se aproximando, Dunford se virou. A nova carruagem parou diante deles, mas Belle e John não demonstraram notar. Na verdade, pareciam prestes a se jogar nos braços um do outro e fazer amor ali mesmo. Dunford decidiu que aquilo já tinha ido longe demais.

— Eiiiii! — gritou com uma voz nauseantemente doce. — Pombiiiinhos!

John e Belle enfim desviaram os olhos e se viraram, meio atordoados, para Dunford, que caminhava na direção deles.

— Se já tiverem acabado com as demonstrações públicas de afeto, podemos seguir em frente. Caso não tenham percebido, a nova carruagem chegou.

John respirou fundo antes de se virar para Dunford e comentar:

— Estou vendo que ninguém se deu o trabalho de ensiná-lo a ter mais tato.

Dunford deu um sorriso animado.

— De fato. Vamos?

John se virou para a esposa e lhe ofereceu o braço.

— Meu bem?

Belle aceitou com um sorriso, e quando passaram por Dunford ela se virou e sussurrou:

— Vou matar você por isso.

— Estou certo de que vai tentar.

Logo os cinco se acomodaram na nova carruagem, mas, depois de um instante, John e Belle já estavam perdidos de novo nos olhos um do outro. John pousou a mão sobre a mão da esposa e ficou tamborilando com os dedos distraidamente sobre os dela. Belle deixou escapar um leve som de contentamento.

– Ah, pelo amor de Deus! – exclamou Dunford, virando-se para Alex e Emma. – Olhem só esses dois. Nem vocês eram tão insuportáveis.

– Um dia – interrompeu Belle com a voz baixa, apontando o dedo para ele –, quando você conhecer a mulher dos seus sonhos, vou fazer da sua vida um inferno.

– Temo que isso nunca venha a acontecer, minha cara Arabella. A mulher dos meus sonhos é um modelo de perfeição tão grande que não é possível que exista.

– Ah, por favor – zombou Belle. – Aposto que em um ano você vai estar amarrado, acorrentado e adorando isso.

Arabella se recostou no assento com um sorriso de satisfação. Ao seu lado, John estremecia de tanto rir.

Dunford se inclinou para a frente e apoiou os cotovelos nos joelhos.

– Aceito a aposta. Quanto está disposta a perder?

– Quanto *você* está disposto a perder?

Emma se virou para John.

– Parece que você se casou com uma jogadora...

– Se eu soubesse disso, pode ter certeza de que teria tido mais cuidado com minhas ações.

Belle deu uma leve cotovelada nas costas dele, sem deixar de encarar Dunford.

– E então? – perguntou ela.

– Mil libras.

– Feito.

– Você ficou louca? – disse John.

– Por quê? Acha que só os homens sabem apostar?

– Ninguém faria uma aposta tão tola, Belle – declarou John. – Você está apostando com a pessoa que tem controle sobre o resultado. É claro que vai perder.

– Não subestime o poder do amor, meu caro. Embora, no caso de Dunford, talvez luxúria já seja suficiente.

– Assim você me ofende – retrucou Dunford, levando a mão dramaticamente ao coração –, presumindo que não sou capaz de nutrir sentimentos mais nobres.

– E você é?

Dunford cerrou os lábios. Belle teria razão? Ele não fazia ideia. De qualquer forma, em um ano estaria mil libras mais rico. Dinheiro fácil.

CAPÍTULO 1

Poucos meses depois, Dunford estava sentado no salão de sua casa, tomando chá com Belle. Ela fora até ali para conversar e havia acabado de chegar. Dunford ficou feliz com a visita inesperada, afinal os dois já não se viam tanto depois que Belle se casara.

– Tem certeza de que John não vai aparecer aqui com uma arma e me desafiar para um duelo? – implicou Dunford.

– Ele está ocupado demais para esse tipo de bobagem – respondeu ela com um sorriso.

– Ocupado demais para dar vazão à sua natureza possessiva? Que estranho.

Belle deu de ombros.

– John confia em você e, o mais importante, confia em mim.

– Um verdadeiro modelo de virtude – comentou Dunford com ironia, dizendo a si mesmo que não tinha o menor ciúme da felicidade conjugal da amiga. – E como...

Ouviram batidas na porta. Whatmough, o imperturbável mordomo de Dunford, estava parado ali.

– Um advogado deseja vê-lo, senhor.

Dunford ergueu uma sobrancelha.

– Um advogado? Não imagino por quê.

– Ele é bastante insistente, senhor.

– Deixe o cavalheiro entrar, então.

Dunford se voltou para Belle e deu de ombros, como quem diz "O que você imagina que possa ser *isso*?".

Ela devolveu o olhar com um sorrisinho travesso.

– Intrigante.

– Eu que o diga.

Whatmough levou o advogado até o salão. Era um homem grisalho, de estatura mediana, que pareceu muito animado ao ver Dunford.

– Sr. Dunford?

Dunford assentiu.

– Não tenho palavras para expressar como estou feliz por finalmente tê-lo encontrado – disse o advogado com entusiasmo.

Ele olhou para Belle com uma expressão de dúvida.

– Essa é a Sra. Dunford? Fui levado a crer que não era casado, senhor. Ah, isso é estranho. Muito estranho.

– Eu não sou casado. Essa é lady Blackwood, minha amiga. E o senhor é?

– Ah, me desculpe. Por favor, me desculpe.

O advogado pegou um lenço e enxugou a testa.

– Percival Leverett, da Cragmont, Hopkins, Topkins e *Leverett*.

O homem se inclinou para a frente, para enfatizar o próprio sobrenome.

– Tenho uma notícia muito importante para o senhor. Importantíssima.

Dunford abriu os braços.

– Vamos ouvir, então.

Leverett olhou para Belle e novamente para Dunford.

– Talvez devêssemos falar em particular, senhor. Já que a dama não é da sua família.

– É claro – disse Dunford, e se virou para Belle. – Você não se importa, não é?

– Ah, de jeito nenhum – garantiu Belle, deixando claro com seu sorriso que ela teria mil perguntas para fazer assim que eles terminassem. – Vou esperar aqui.

Dunford fez um gesto em direção a uma porta que levava a seu escritório.

– Por aqui, Sr. Leverett.

Os dois homens deixaram o salão e Belle ficou encantada ao perceber que não tinham fechado bem a porta. Ela se levantou na mesma hora e se acomodou na cadeira mais próxima da porta entreaberta. Então esticou o pescoço e aguçou os ouvidos.

Murmúrios.

Mais murmúrios.

Então Dunford disse:

– Meu primo *quem*?

Murmúrios e mais murmúrios.

– De *onde*?

Murmúrios novamente, algo que soou como "Cornualha".

– Qual é o grau de parentesco?

Não, não era possível que tivesse ouvido "oitavo".

11

– E ele me deixou *o quê*?

Belle bateu palmas. Que fantástico! Dunford acabara de receber uma herança inesperada. Ela torcia para que fosse algo bom. Uma de suas amigas tinha acabado de herdar, a contragosto, 37 gatos.

Foi impossível decifrar o restante da conversa. Depois de alguns minutos, os dois homens retornaram ao salão e trocaram um aperto de mãos. Leverett guardou alguns papéis na pasta que carregava e disse:

– Enviarei o restante dos documentos assim que for possível. Precisamos de sua assinatura, é claro.

– É claro.

Leverett se despediu com um aceno de cabeça e deixou a sala.

– E então? – perguntou Belle.

Dunford piscou algumas vezes, como se ainda não conseguisse acreditar no que acabara de ouvir.

– Parece que herdei um baronato.

– Um baronato! Meu Deus, não vou ter que chamá-lo de lorde Dunford agora, vou?

Ele revirou os olhos.

– Quando foi a última vez que a chamei de lady Blackwood?

– Há menos de dez minutos – lembrou ela, petulante –, quando me apresentou ao Sr. Leverett.

– *Touché*.

Ele afundou no sofá, sem nem esperar que ela se sentasse primeiro.

– Suponho que agora você poderá me chamar de lorde Stannage.

– Lorde Stannage – murmurou Belle. – Que distinto! William Dunford, lorde Stannage – repetiu ela, com um sorrisinho travesso. – É William, não é?

Dunford deu uma risadinha. Era tão raro alguém chamá-lo pelo primeiro nome que os dois sempre brincavam que Belle não conseguiria se lembrar.

– Eu perguntei à minha mãe – respondeu ele por fim. – Ela disse que *acha* que é William.

– Quem morreu? – perguntou Belle sem rodeios.

– Sempre tão requintada e cheia de tato, minha querida Arabella.

– Ora, você obviamente não está sofrendo muito com a perda desse, hum, parente *distante*, já que não sabia da existência dele até agora.

– Um primo. Um primo de oitavo grau, para ser exato.

– E não conseguiram encontrar nenhum parente mais próximo? – perguntou Belle, chocada. – Não que eu esteja reclamando da sua boa sorte, é claro, mas é um parentesco *muito* distante.

– Parece que nossa família tem uma forte tendência a produzir herdeiras.

– Bem colocado – murmurou ela em um tom sarcástico.

– De qualquer maneira – disse ele, ignorando a ironia da amiga –, agora tenho a posse de um título e de uma pequena propriedade na Cornualha.

Então ela ouvira corretamente.

– Você já esteve lá?

– Nunca. E você?

Belle balançou a cabeça.

– Ouvi dizer que é um lugar bastante dramático. Penhascos, ondas batendo nas pedras e tudo o mais. Bastante primitivo.

– Não deve ser tão primitivo assim, não é, Belle? Afinal, ainda é a Inglaterra.

Ela deu de ombros.

– Você vai até lá para uma visita?

– Acho que preciso ir – disse ele, tamborilando com um dedo na coxa.

– Bem, se for mesmo primitivo como você diz, provavelmente vou adorar.

༄

– Espero que ele odeie este lugar – declarou Henrietta Barrett, dando uma mordida feroz na maçã em sua mão. – Que odeie de verdade.

– Ora, ora, Henry – disse a Sra. Simpson, a governanta de Stannage Park, com uma risadinha. – Isso não é muito simpático da sua parte.

Os olhos de Henry tinham um brilho melancólico.

– Não estou vendo nenhuma razão para ser simpática, Sra. Simpson. Dediquei muito trabalho a Stannage Park.

Henry morava na Cornualha desde os 8 anos de idade, quando seus pais morreram em um acidente de carruagem em Manchester, sua cidade natal, deixando-a órfã e sem um tostão. Viola, a falecida esposa do falecido barão, era prima da avó de Henry e tivera a gentileza de concordar em acolhê-la. Henry se apaixonara na mesma hora por Stannage Park – desde a pedra de cor clara que cobria as paredes da casa às janelas cintilantes – e por cada arrendatário que vivia ali. Os criados chegaram a encontrá-la polindo a prata em certa ocasião.

– Quero tudo brilhando – disse ela. – Tem que estar tudo perfeito, porque este lugar *é* perfeito.

E assim a Cornualha se tornara a sua casa, mais do que Manchester jamais fora. Viola a adorava, e Carlyle, seu marido, acabara se tornando uma espécie de figura paterna distante. Ele não passava muito tempo com Henry, mas sempre lhe dava uma palmadinha carinhosa na cabeça quando ela passava por ele no corredor. No entanto, quando Henry tinha 14 anos, Viola morreu. Carlyle ficou desolado e se fechou em si mesmo, negligenciando por completo a administração da propriedade.

Henry imediatamente se dispusera a assumir essa função. Ela amava Stannage Park e tinha ideias firmes sobre como a propriedade deveria ser administrada. Nos últimos seis anos, não cumprira apenas o papel de senhora da mansão, mas também o de senhora da propriedade inteira, sendo aceita por todos como a pessoa no comando. E Henry gostava muito da vida que levava.

Mas agora Carlyle estava morto e a propriedade e o título haviam passado para um primo distante dele em Londres, provavelmente um almofadinha, um dândi. Henry soube que ele nunca colocara os pés na Cornualha antes (esquecendo, de forma muito conveniente, que ela mesma não estivera ali até os 8 anos).

– Qual é o nome dele mesmo? – perguntou a Sra. Simpson, sovando com as mãos habilidosas a massa do pão.

– Dunford. Alguma-coisa Dunford – informou Henry em um tom de desprezo. – Não se deram o trabalho de me informar o primeiro nome do homem, embora eu suponha que isso não importe agora que ele é lorde Stannage. Provavelmente vai fazer questão que usemos o título. É o que os recém-chegados à aristocracia costumam fazer.

– Você fala como se fosse uma aristocrata, Henry. Não comece a torcer o nariz para o cavalheiro.

Henry suspirou e deu outra mordida na maçã.

– É provável que ele vá me chamar de Henrietta.

– E deveria mesmo. Você já está velha demais para ser chamada por apelidos.

– *Você* me chama de Henry.

– Estou velha demais para mudar, mas você não. E já está na hora de deixar de lado esses seus modos impetuosos e encontrar um marido.

– E depois? Ir morar na Inglaterra? Eu não quero sair da Cornualha.

A Sra. Simpson sorriu e evitou lembrar à jovem que a Cornualha, na verdade, era parte da Inglaterra. Henry era tão devotada à região que não conseguia pensar nela como parte de um todo.

– Há cavalheiros aqui na Cornualha, sabia? – disse a governanta. – Um bom número, inclusive, nas aldeias vizinhas. Você poderia se casar com um deles.

Henry deu uma risadinha de desprezo.

– Não há ninguém aqui que valha a pena e você sabe disso, Simpy. Além do mais, ninguém iria me querer. Eu não tenho um único xelim agora que Stannage Park foi parar nas mãos desse estranho, e todos os homens locais me veem como uma aberração.

– Isso não é verdade! – apressou-se a retrucar a Sra. Simpson. – Todos olham para você.

– Eu *sei* – respondeu Henry, revirando os olhos cinza-prateados. – Eles me olham como se eu fosse um homem, e sou grata por isso. Mas a questão é que homens não querem se casar com outros homens, entende?

– Talvez se você usasse vestidos...

Henry olhou para a calça desbotada de tanto uso.

– Eu uso vestido. Em ocasiões apropriadas.

– Não consigo imaginar que ocasiões seriam *essas* – comentou a Sra. Simpson, bufando –, já que eu nunca vi você usando um. Nem mesmo na igreja.

– Sorte a minha o vigário ser um cavalheiro de mente aberta.

Simpy lançou um olhar astuto na direção da jovem.

– Sorte a sua o vigário gostar tanto do conhaque francês que você manda para ele uma vez por mês.

Henry fingiu não ouvir.

– Eu usei vestido no velório de Carlyle, caso não se lembre. E no baile do condado no ano passado. E sempre que recebemos convidados. Tenho pelo menos cinco vestidos no armário, para sua informação. Ah, e também uso para ir à cidade.

– Não usa, não.

– Bem, talvez não para ir até o nosso vilarejo, mas uso sempre que vou a outra cidade. Mas qualquer um concordaria que vestidos não são muito práticos quando estou por aí cuidando dos afazeres ligados à propriedade.

Sem mencionar, pensou Henry com ironia, *que todos me caem terrivelmente mal.*

– Bem, é melhor que esteja usando um deles quando o Sr. Dunford chegar.

– Eu não sou idiota, Simpy.

Henry atirou o miolo da maçã em um balde com sobras do outro lado da cozinha e soltou um gritinho de triunfo quando acertou em cheio.

– Há meses não erro a mira naquele balde.

A Sra. Simpson balançou a cabeça.

– Se alguém pudesse ensinar você a se comportar como uma moça...

– Viola tentou – respondeu Henry sem o menor pudor. – E talvez tivesse conseguido se tivesse vivido mais. Mas a verdade é que gosto de mim assim mesmo.

Na maioria das vezes, ao menos, pensou Henry. De vez em quando via uma dama elegante usando um vestido lindo, com o ajuste perfeito. Aquelas mulheres não tinham pés, decidiu Henry. Tinham rodinhas, porque praticamente deslizavam. E aonde quer que fossem, dezenas de homens fascinados as seguiam. Henry olhava para aqueles séquitos e imaginava esses mesmos homens andando atrás dela. Então ria. Era provável que esse sonho em particular não se tornasse realidade... Mas não tinha importância, porque ela gostava muito da vida que levava, certo?

– Henry? – chamou a Sra. Simpson, inclinando-se para a frente. – Henry, eu estava falando com você.

A jovem piscou para sair do devaneio.

– Hummm? Ah, desculpe, eu estava pensando no que fazer com as vacas – mentiu. – Não tenho certeza se temos espaço suficiente para todas.

– Você deveria estar pensando no que fazer quando o Sr. Dunford chegar. Ele mandou avisar que viria esta tarde, não foi?

– Sim, maldito seja.

– Henry! – ralhou a Sra. Simpson.

A jovem balançou a cabeça e suspirou.

– Se há um momento certo para praguejar, o momento é este, Simpy. E se ele se interessar por Stannage Park? Ou pior... E se quiser assumir o comando da propriedade?

– Se isso acontecer, estará no direito dele. O homem é o dono agora, como você sabe.

– Eu sei, eu sei. É uma pena.

A Sra. Simpson moldou a massa no formato de um pão e a colocou de lado para que descansasse. Enquanto limpava as mãos, falou:

– Talvez ele venda a propriedade. E se vender para alguém daqui, você não terá com que se preocupar. Todo mundo sabe que não há ninguém melhor do que você para administrar Stannage Park.

Henry saltou da bancada onde estava empoleirada, levou as mãos aos quadris e começou a andar de um lado para outro da cozinha.

– Ele não pode vender. A herança está atrelada por morgadio, ou seja, o título o impede de dispor do que herdou. Caso contrário, acho que Carlyle teria deixado a propriedade para mim.

– Ah. Bem, então você vai ter que se esforçar para se dar bem com o Sr. Dunford.

– Lorde Stannage agora – corrigiu Henry com um gemido. – Lorde Stannage... dono da minha casa e responsável por todas as decisões relativas ao meu futuro.

– O que isso significa?

– Significa que ele é o meu novo tutor.

– O quê? – disse a Sra. Simpson, deixando cair o rolo de massa.

– Sou tutelada dele.

– Mas... mas isso é impossível. Você nem conhece o homem.

Henry deu de ombros.

– É assim que o mundo funciona, Simpy. Nós, mulheres, não temos cérebro, precisamos de tutores para nos guiar.

– Não acredito que você não me contou isso.

– Eu não conto tudo a você, sabia?

– Eu já imaginava – retrucou a Sra. Simpson, dando uma bufadinha.

Henry deu um sorriso tímido. Era verdade que ela e a governanta eram muito mais próximas do que se poderia esperar. Distraída, Henry brincava com uma mecha do longo cabelo castanho, uma de suas poucas concessões à vaidade. Teria sido mais sensato cortá-lo, mas era cheio e macio, e Henry simplesmente não tolerava essa ideia. Além do mais, tinha o hábito de enrolá-lo nos dedos enquanto estava concentrada em algum problema, como naquele momento.

– Espere! – exclamou.

– O que foi?

– Ele não pode vender o lugar, mas isso não significa que tenha que morar aqui.

A Sra. Simpson estreitou os olhos.

– Não sei se entendi o que você quer dizer, Henry.

– Só precisamos garantir que ele, absoluta e definitivamente, não queira morar aqui. Acredito que não será difícil. É provável que seja um daqueles tipos delicados de Londres. Mas não faria mal deixá-lo um pouco, hum... desconfortável.

– Pelo amor de Deus, o que você está pensando em fazer, Henrietta Barrett? Colocar pedras no colchão do coitado?

– Nada tão extremo, garanto a você – debochou Henry. – Devemos ser muito gentis com ele. Seremos a personificação da gentileza, mas faremos o possível para deixar claro que ele não é adequado à vida no campo. Quem sabe o Sr. Dunford aprenda a amar o papel de senhor de terras à distância. Ainda mais se eu lhe mandar os lucros trimestrais.

– Achei que você reinvestia os lucros na propriedade.

– Sim, mas nesse caso só vou precisar dividi-los ao meio. Posso enviar metade para o novo lorde Stannage e reter a outra metade. Não gosto muito da ideia, mas será melhor do que ter o homem *aqui*.

A Sra. Simpson balançou a cabeça.

– O que exatamente você está planejando fazer?

Henry continuou a girar a mecha de cabelo entre os dedos.

– Ainda não sei ao certo. Vou ter que pensar um pouco.

A Sra. Simpson olhou para o relógio.

– É melhor pensar rápido, porque ele estará aqui dentro de uma hora.

Henry foi na direção da porta.

– É melhor eu ir tomar um banho.

– Sim, se não quiser conhecê-lo exalando os aromas do campo – respondeu a Sra. Simpson. – E não me refiro à parte das flores e do mel, se é que me entende.

Henry deu um sorrisinho atrevido.

– Pode pedir a alguém que me prepare um?

Depois que a governanta assentiu, ela subiu a escada correndo.

A Sra. Simpson estava certa: ela não cheirava muito bem. Mas o que se poderia esperar depois de uma manhã supervisionando a construção de um novo chiqueiro? Foi um trabalho complicado, mas Henry gostou de executá-lo – ou melhor, admitiu para si mesma, de supervisioná-lo. Mergulhar até os joelhos na lama não era exatamente uma de suas atividades preferidas.

De repente, Henry parou no meio da escada, com os olhos brilhando. Não era uma de *suas* atividades preferidas, mas era ideal para o novo lorde Stannage. Ela poderia até se envolver de forma mais ativa no projeto se isso significasse convencer o tal Dunford de que os senhores de terra tinham que fazer esse tipo de coisa o tempo todo.

Sentindo-se muito animada, Henry seguiu em frente e chegou ao quarto. Levaria alguns minutos para a banheira encher, por isso pegou a escova de cabelo e foi até a janela para apreciar a paisagem. Saíra com o cabelo preso em um rabo de cavalo, mas mesmo assim o vento o embaraçara todo. Henry desamarrou a fita que o prendia porque seria mais fácil lavá-lo já desembaraçado.

Enquanto escovava o cabelo, observou os campos ao redor da casa. O sol estava começando a se pôr, colorindo o céu em um tom de pêssego. Henry soltou um suspiro emocionado. Nada tinha tanto poder de comovê-la quanto aquelas terras.

Então, como se tivesse sido planejado especificamente para estragar aquele momento perfeito, algo brilhou no horizonte. Ah, meu Deus, não poderia ser o... vidro. O vidro da janela de uma carruagem. Que droga, ele estava adiantado.

– Maldito seja – murmurou Henry. – Que falta de consideração!

Ela olhou para trás, por cima do ombro. O banho não estava pronto.

Aproximando-se da janela, Henry examinou a carruagem que agora se aproximava da casa. Era bastante elegante. Ao que parecia, o Sr. Dunford já era um homem de recursos antes mesmo de herdar Stannage Park. Ou isso ou tinha amigos ricos dispostos a lhe emprestar um meio de transporte. Henry continuou observando, sem o menor constrangimento, enquanto escovava o cabelo. Dois criados correram para descarregar os baús. Ela sorriu com orgulho. Mantinha aquela casa funcionando como um relógio.

Então a porta da carruagem se abriu. Sem se dar conta do que fazia, Henry se aproximou ainda mais do vidro da janela. Um pé calçado com uma bota emergiu de dentro do veículo. Uma bota bastante bonita e máscula, observou ela. Então viu que a perna que se seguiu à bota era tão viril quanto o calçado.

– Ah, não – murmurou Henry.

Ao que parecia, o Sr. Dunford não era um fracote cheio de melindres. Quando o dono da perna desceu da carruagem, ela pôde vê-lo de corpo inteiro.

E deixou cair a escova de cabelo.

– Ai, meu Deus – sussurrou.

O sujeito era uma beleza. Não, beleza, não, corrigiu-se, porque isso parecia implicar algum tipo de delicadeza e aquele homem não era nem um pouco delicado. Era alto, tinha um corpo musculoso e ombros largos. O cabelo castanho era cheio, um pouco mais longo do que ditava a moda. E o rosto... Sim, Henry estava olhando para ele a quatro metros de distância, mas até dali ela conseguia ver que o rosto do novo lorde Stannage era tudo que um rosto deveria ser. As maçãs eram altas, o nariz, reto e forte, e a boca, elegantemente desenhada, com um toque irônico. Henry não conseguia ver a cor dos olhos, mas tinha a impressão de que eram carregados de uma inteligência perspicaz. E ele era muito, muito mais jovem do que ela esperava. Henry havia imaginado um homem de uns 50 anos. Aquele não devia ter mais de 30.

Henry gemeu. Seria tudo bem mais difícil do que havia imaginado... Ela precisaria ser muito astuta para enganar aquele homem. Suspirando, se abaixou para pegar a escova e foi para o banho.

Enquanto Dunford examinava silenciosamente a frente de sua nova casa, um movimento em uma janela no andar de cima chamou a sua atenção. A luz do sol refletia no vidro, mas ele pensou ter visto uma jovem com longos cabelos castanhos. No entanto, antes que pudesse ter uma visão melhor, ela se virou e desapareceu dentro do quarto. Estranho... Nenhuma criada estaria parada de braços cruzados diante de uma janela àquela hora do dia, especialmente com o cabelo solto. Dunford se perguntou quem seria, mas logo afastou o pensamento. Teria tempo suficiente para descobrir mais a respeito da jovem; naquele momento tinha coisas mais importantes a fazer.

Toda a criadagem de Stannage Park estava reunida diante da casa para a inspeção dele. Havia cerca de duas dúzias de criados ao todo, um número pequeno para os padrões da aristocracia, mas Stannage Park era uma propriedade bastante modesta para um nobre do reino. O mordomo, um homem magro chamado Yates, esforçava-se ao máximo para tornar o procedimento o mais formal possível. Dunford tentou agradá-lo adotando uma atitude austera – parecia ser o que os criados esperavam do novo senhor da casa. No entanto, foi difícil permanecer sério enquanto um criado após outro se inclinava em uma reverência diante dele. Dunford nunca imaginara ter um título, assim como nunca imaginara que, com ele, viriam terras e uma casa. Seu pai fora o caçula de um filho caçula, então só Deus sabia quantos Dunfords tiveram que morrer para colocá-lo diante daquela herança.

Depois da mesura da última criada, Dunford voltou sua atenção para o mordomo.

– Se essa apresentação for um indicativo, vejo que dirige esta casa de forma excelente, Yates.

Yates, que nunca conseguira exibir a expressão pétrea que era um pré-requisito entre os mordomos de Londres, enrubesceu de prazer.

– Obrigado, milorde. Nós nos esforçamos ao máximo, mas devemos agradecer a Henry.

Dunford ergueu uma sobrancelha.

– Henry?

Yates engoliu em seco. Ele deveria tê-la chamado de Srta. Barrett. Era aquilo que o novo lorde Stannage esperaria, sendo de Londres e tudo o mais. E o homem era o novo tutor de Henry, não era? A Sra. Simpson o puxara de lado e sussurrara aquela novidade em seu ouvido havia menos de dez minutos.

– Humm, Henry é... – Yates se interrompeu. Era tão difícil pensar nela como qualquer coisa *que não* Henry. – Quer dizer...

Mas a atenção de Dunford já havia sido capturada pela Sra. Simpson, que lhe assegurava que estava em Stannage Park havia mais de vinte anos e sabia tudo sobre a propriedade – bem, ao menos sobre a casa –, e se ele precisasse de alguma coisa...

Dunford piscou algumas vezes enquanto tentava se concentrar nas palavras da governanta. Percebeu que ela estava nervosa. Provavelmente era por isso que estava tagarelando como um... bem, ele não sabia. E o que ela estava dizendo mesmo? Um movimento rápido nos estábulos chamou sua atenção e Dunford deixou o olhar vagar naquela direção, esperando um momento para ver se percebia mais alguma coisa. Ora, devia ter sido só imaginação. Ele se voltou de novo para a governanta. Ela estava dizendo algo sobre Henry. Quem era Henry? A pergunta estava na ponta da língua e teria saído de seus lábios se um porco gigante não tivesse disparado a toda a velocidade pela porta parcialmente aberta dos estábulos.

– Maldição, mas que diabo... – sussurrou Dunford, mas não conseguiu completar a imprecação.

Estava fascinado com o absurdo da situação. A criatura disparou pelo gramado, movendo-se mais rápido do que qualquer porco deveria ser capaz. Era uma enorme fera suína – só poderia ser chamado assim, já que não era um porco comum. Dunford não tinha dúvida de que alimentaria metade da aristocracia se fosse parar nas mãos de um bom açougueiro. O porco alcançou o grupo de criados e as mulheres gritaram e saíram correndo em todas as direções. Atordoado com o movimento repentino, o animal parou, ergueu o focinho e soltou um grito infernal. E depois outro, e outro, e...

– Cale a boca! – ordenou Dunford.

O porco, percebendo a autoridade na voz que se dirigira a ele, não apenas se calou. Ele, na verdade, se deitou.

Henry ficou surpresa e, mesmo contra a sua vontade, impressionada ao ver aquilo. Ela descera correndo no minuto em que vira o porco sair dos estábulos e havia chegado à porta da frente no instante em que o novo lorde Stannage testava sua arrogância senhorial recém-conquistada com os animais do estábulo.

Henry agiu tão por impulso que esqueceu que acabara não conseguindo tomar o tão necessário banho. Ainda estava, portanto, vestida com roupas de homem. Roupas *sujas* de homem.

– Sinto muito, milorde – murmurou ela, lançando um sorriso tenso na direção dele antes de se inclinar e agarrar a coleira do porco.

Certamente ela não deveria ter interferido, pensou. Deveria ter deixado o porco se cansar de ficar deitado no chão, deveria rir quando ele fizesse coisas indizíveis com as botas novas de lorde Stannage. Mas Henry tinha muito orgulho de Stannage Park para não tentar impedir o desastre de algum modo. Não havia nada no mundo que significasse tanto para ela quanto manter aquela propriedade funcionando bem, e ela não suportaria que alguém pensasse que era comum ver porcos correndo em liberdade por ali. Mesmo que esse alguém fosse um lorde londrino de quem ela desejava se livrar.

Um funcionário da fazenda se aproximou correndo, pegou a coleira do porco da mão dela e o levou de volta aos estábulos. Henry endireitou o corpo, repentinamente ciente de como cada criado a observava, boquiaberto, e limpou as mãos na calça. Então olhou para o homem moreno e bonito parado à sua frente.

– Como vai, lorde Stannage? – disse Henry.

Ela deu um sorriso de boas-vindas. Afinal, não queria que ele percebesse que ela estava planejando espantá-lo dali.

– Como vai, senhorita, hum...

Henry estreitou os olhos. Ele não se dera conta de quem ela era? Sem dúvida, o Sr. Dunford teria imaginado uma tutelada um pouco mais nova, uma jovem senhorita paparicada e mimada que nunca se aventurava ao ar livre, muito menos dirigia uma propriedade inteira.

– Srta. Henrietta Barrett – disse ela em um tom que sugeria que ela esperava que ele reconhecesse o nome. – Mas pode me chamar de Henry. É como todos me chamam.

CAPÍTULO 2

Dunford levantou uma sobrancelha. *Aquela* era Henry?
– Você é uma moça – disse.
Assim que as palavras saíram de sua boca, ele se deu conta de como parecera tolo.
– Até onde eu sei, sim – retrucou ela, atrevida.
Em algum lugar ao fundo, alguém gemeu. Henry tinha quase certeza de que tinha sido a Sra. Simpson. Dunford piscou algumas vezes para a criatura bizarra parada diante dele. Ela vestia uma calça masculina folgada e uma camisa de algodão branca que, a contar pelo número de manchas de lama, tinha sido usada recentemente para o trabalho. O cabelo castanho estava solto, recém-escovado, e caía pelas costas. Era bem bonito, muito feminino, e criava um certo contraste com o resto da aparência dela. Dunford não conseguiu concluir se a jovem à sua frente era atraente ou apenas interessante, ou até mesmo se poderia ser bonita, caso não estivesse com um traje tão disforme. Mas não havia a menor chance de fazer uma inspeção mais de perto tão cedo, porque a moça estava com um cheiro... nada feminino.
Para ser bem sincero, Dunford não queria ficar a menos de um metro dela. Como Henry estava usando *eau de leitão* desde a manhã, já se acostumara com o cheiro. Por isso, quando viu o novo lorde Stannage franzir a testa, imaginou que estivesse estranhando o seu figurino pouco comum. Já que não havia nada a fazer a respeito no momento, graças à chegada adiantada dele e ao surgimento inesperado do porco gigante, ela decidiu tirar o melhor proveito da situação e sorriu de novo, querendo levar o homem a crer que ela estava feliz em vê-lo.
Dunford pigarreou.
– Perdoe a minha surpresa, Srta. Barrett, mas...
– Henry. Por favor, me chame de Henry. É assim que todos me chamam.
– Henry, então. Por favor, perdoe minha surpresa, mas tudo o que eu sabia era que alguém chamado Henry estava no comando, por isso presumi...

– Não se preocupe – disse ela com um aceno de mão. – Acontece o tempo todo. Muitas vezes funciona a meu favor.

– Tenho certeza disso – murmurou Dunford, dando discretamente um passo para longe.

Henry levou as mãos aos quadris e estreitou os olhos na direção dos estábulos para se certificar de que o homem que pegara o porco o prendera bem. Dunford olhou para ela disfarçadamente, pensando consigo mesmo que deveria haver outro Henry, que não era possível que aquela moça estivesse no comando da propriedade. Pelo amor de Deus, ela parecia não ter mais do que 15 anos.

Henry se voltou para ele em um movimento um tanto brusco.

– Mas me permita esclarecer que essa não é uma ocorrência comum. Estamos construindo um novo chiqueiro e os porcos estão nos estábulos temporariamente.

– Entendo.

Ela, sem dúvida, parecia estar no comando, pensou Dunford.

– Pois é. Chegamos quase à metade da construção do chiqueiro – disse Henry, sorrindo. – É ótimo que tenha chegado agora, milorde, pois estamos precisando mesmo de outro par de mãos.

Em algum lugar atrás dela alguém tossiu, e dessa vez Henry teve certeza de que havia sido a Sra. Simpson. Que bela hora para Simpy ter um ataque de consciência, pensou Henry, revirando os olhos mentalmente. Ela sorriu de novo para Dunford e disse:

– Eu gostaria de ver o chiqueiro pronto o mais rápido possível. Não queremos que o infeliz incidente dessa tarde se repita, não é mesmo?

Dessa vez Dunford não teve como não reconhecer que aquela criatura estava de fato administrando a propriedade.

– Pelo que entendi, você está no comando aqui – disse ele.

Henry deu de ombros.

– Mais ou menos.

– Você não é um pouco, hum... jovem?

– Provavelmente – respondeu Henry sem pensar.

Maldição, ela dissera a coisa errada. Aquilo só daria ao homem uma desculpa para se livrar dela.

– Mas sou o melhor que há em termos de administração – apressou-se a acrescentar. – Faço isso há anos.

– A melhor, no caso – murmurou Dunford.

– Como?

– A melhor. *A melhor* para o trabalho – repetiu ele, com os olhos brilhando em uma expressão bem-humorada. – Porque você é mulher, não é?

Henry não se deu conta de que ele estava brincando, e enrubesceu.

– Não existe um só homem na Cornualha capaz de fazer esse trabalho melhor do que eu – murmurou ela.

– Tenho certeza disso – disse Dunford. – Apesar dos porcos. Mas deixemos isso para lá. Stannage Park parece esplendidamente bem administrada. Não tenho dúvida de que você está fazendo um bom trabalho. Na verdade, talvez *você* devesse me mostrar a propriedade.

Então Dunford fez uso do que deveria ser a sua arma mais letal: o sorriso.

Henry teve que se esforçar para não derreter com a força daquela visão. Nunca tivera a oportunidade de conhecer um homem que fosse tão... ho-mem, e não gostou nada do frio que sentiu na barriga. O novo senhor das terras não parecia nem um pouco afetado pela presença dela, notou com irritação, a não ser pelo fato óbvio de tê-la achado muito estranha. Bem, ele não a veria desmaiando por causa dele.

– Com certeza – respondeu ela em um tom tranquilo. – Será um prazer. Podemos começar agora?

– Henry! – chamou a Sra. Simpson, correndo para o lado dela. – Sua Graça acabou de chegar de Londres. Tenho certeza de que deseja repousar um pouco. E também deve estar com fome.

Dunford lhe lançou outro daqueles sorrisos letais.

– Faminto.

– Se eu tivesse acabado de herdar uma propriedade, gostaria de conhecê-la imediatamente – comentou Henry com altivez. – Desejaria saber tudo sobre ela.

Os olhos de Dunford se estreitaram com desconfiança.

– Pode ter certeza de que quero saber tudo sobre Stannage Park, mas não vejo por que não começar amanhã de manhã, depois de ter comido e descansado. – Ele inclinou a cabeça apenas alguns milímetros e acrescentou: – E tomado banho.

O rosto de Henry ficou da cor de um tomate quando ela percebeu que o novo lorde Stannage estava dizendo, da forma mais educada possível, que ela fedia.

– É claro, milorde – retrucou Henry em um tom gélido. – Seu desejo, é claro, é uma ordem. Afinal, é o novo senhor dessas terras, é claro.

Dunford pensou que poderia estrangulá-la se ela inserisse mais um "é claro" em seu discurso. Quais eram as intenções daquela moça? E por que de repente parecia tão ressentida com ele? Henry era toda sorrisos e desejos de boas-vindas apenas alguns minutos antes.

– Não tenho como expressar quão feliz estou por tê-la à minha disposição, Srta. Barrett. Quer dizer, Henry. E digo isso porque, por seu belo discurso, só posso deduzir que *está* à minha inteira disposição. Muito interessante.

Ele deu um sorrisinho para Henry e seguiu a Sra. Simpson para dentro de casa.

Inferno, inferno, inferno, pensou Henry, perturbada, e teve que resistir à vontade de bater o pé. Por que diabos havia deixado seu temperamento falar mais alto? Agora Dunford sabia que ela não o queria ali e desconfiaria de cada palavra e cada ação dela. Ele não era nem um pouco bobo.

Aquele era o primeiro problema que enfrentava. Ele *deveria* ser tolo. Homens como ele geralmente eram, ao menos pelo que Henry tinha ouvido falar.

Problema número dois: ele era jovem demais. Não teria nenhuma dificuldade em acompanhá-la no dia seguinte. Assim ia por água abaixo a ideia de exauri-lo até que se desse conta de que não gostava de Stannage Park.

O problema número três, é claro, era que ele era o homem mais bonito que Henry já vira. Era verdade que ela não tinha visto muitos homens na vida, mas isso não diminuía o fato de ele provocar nela... Henry franziu a testa. O que ele provocava nela? Ela suspirou e balançou a cabeça. Não queria saber.

Seu quarto problema era óbvio. Apesar de não querer admitir que o novo lorde Stannage pudesse estar correto sobre qualquer coisa, não havia como contornar a verdade.

Ela estava fedendo.

Sem se dar o trabalho de conter um gemido, Henry voltou para casa e subiu a escada até seu quarto.

⁓

Dunford seguiu a Sra. Simpson enquanto ela o levava até a suíte principal.

– Espero que ache seus aposentos confortáveis – disse ela. – Henry faz o possível para manter a casa modernizada.

– Ah, Henry – disse ele em um tom enigmático.

– Sim, essa é a nossa Henry.

Dunford sorriu para ela – outro daqueles sorrisos devastadores que havia anos arruinavam as mulheres.

– Mas quem exatamente é Henry?

– O senhor não sabe?

Dunford deu de ombros e ergueu as sobrancelhas.

– Ora, ela mora aqui há anos, desde que os pais morreram. E administra o lugar há... deixe-me ver, pelo menos seis anos, desde que lady Stannage faleceu, que Deus a tenha.

– E onde estava lorde Stannage? – perguntou Dunford, curioso.

Era melhor descobrir o mais rápido possível. Afinal, sempre acreditara que informação é poder.

– De luto por lady Stannage.

– Durante seis anos?

A Sra. Simpson suspirou.

– Eles eram bastante devotados um ao outro.

– Permita-me garantir que estou entendendo bem a situação. Henry, hum, a Srta. Barrett administra Stannage Park há seis anos?

Aquilo não podia ser possível. A jovem assumira o comando da propriedade quando tinha 10 anos?

– Quantos anos ela tem?

– Vinte, milorde.

Vinte. Parecia ter menos.

– Entendo. E qual é a relação de parentesco dela com lorde Stannage?

– Ora, *o senhor* é lorde Stannage agora.

– Estou me referindo ao antigo lorde Stannage – falou Dunford, tomando cuidado para não deixar transparecer sua impaciência.

– Ela é prima distante da falecida esposa dele. A pobrezinha não tinha outro lugar para onde ir.

– Ah, muito generoso da parte deles. Bem, obrigado por me mostrar meus aposentos, Sra. Simpson. Acho que vou descansar um pouco e depois me trocar para o jantar. Vocês seguem os horários do campo aqui?

– Estamos no campo, afinal – confirmou ela, com um aceno de cabeça.

Então ergueu a saia e saiu do quarto.

Uma parente pobre, pensou Dunford. Que intrigante. Uma parente pobre que se vestia como um homem, cheirava mal e fazia Stannage Park funcionar tão bem quanto a casa mais elegante de Londres. A temporada dele na Cornualha não seria monótona.

Se ao menos conseguisse descobrir como ela ficava em um vestido...

⁓

Duas horas depois, Dunford estava desejando não ter se perguntado. Palavras não poderiam descrever a visão da Srta. Henrietta Barrett em um vestido. Nunca vira uma mulher – e já vira muitas – que parecesse tão... bem, tão inadequada.

O vestido de Henry era de um tom horrível de lilás, com muitos laços e enfeites. Além de feio, também parecia ser desconfortável, porque a jovem não parava de puxar o tecido, constrangida. Ou talvez o vestido não coubesse nela, o que, após examinar mais detidamente, Dunford descobriu ser o caso. A bainha era curta demais, o corpete, um pouco apertado, e, se ele não julgasse ser aquilo impossível, juraria ter visto um pequeno rasgo na manga direita.

Inferno, ele *sabia* que era possível e poderia *jurar* que o vestido estava rasgado. Sendo bem objetivo, a Srta. Henrietta Barrett estava horrível.

Mas o lado positivo era que ela cheirava muito bem. Lembrava um pouco – ele inspirou discretamente – limões.

– Boa noite, milorde – disse Henry ao encontrá-lo na sala de estar, antes do jantar. – Espero que esteja bem acomodado.

Dunford inclinou-se em uma cortesia elegante.

– Muito bem, Srta. Barrett. Permita-me elogiá-la mais uma vez pelo bom funcionamento desta casa.

– Pode me chamar de Henry – pediu ela.

– Como todo mundo aqui – completou ele.

Mesmo contra a vontade, Henry sentiu uma risada presa na garganta. Santo Deus, nunca havia considerado a possibilidade de vir a *gostar* do homem. Isso seria um desastre.

– Posso acompanhá-la até a sala de jantar? – perguntou Dunford educadamente, e ofereceu o braço.

Henry aceitou a cortesia e se deixou conduzir, decidindo que não havia mal algum em passar uma noite agradável na companhia do homem que era – e ela precisava se lembrar desse fato – o inimigo. Afinal, seu plano era iludi-lo, levando-o a crer que o considerava um amigo, não é mesmo? O tal Sr. Dunford não parecia ser nem um pouco idiota, e Henry tinha quase certeza de que se ele desconfiasse que ela estava tentando se livrar dele, seria necessária metade do exército de Sua Majestade para expulsá-lo da Cornualha. Não, era melhor deixar que o próprio Sr. Dunford chegasse à conclusão de que a vida em Stannage Park não era de seu agrado.

Além disso, nenhum homem jamais havia lhe oferecido o braço antes. Embora usasse calças na maior parte do tempo, Henry ainda era suficientemente mulher para não conseguir resistir àquele gesto cortês.

– Está gostando daqui, milorde? – perguntou ela quando já estavam sentados.

– Muito, embora tenham se passado apenas algumas horas.

Dunford tomou uma colherada de seu consomê de carne.

– Delicioso.

– Hummm, sim. A Sra. Simpson é um tesouro. Não sei o que faríamos sem ela.

– Eu pensei que a Sra. Simpson fosse a governanta.

Henry sentiu que uma oportunidade se apresentava e seu rosto assumiu uma expressão de sincera inocência.

– Ah, ela é, mas com frequência também cozinha. Não temos muitos criados aqui, caso não tenha reparado.

Henry sorriu, quase certa de que ele *havia* reparado.

– Mais da metade dos criados que conheceu essa tarde na verdade trabalha fora da casa, nos estábulos, no jardim, enfim...

– É mesmo?

– Suponho que deveríamos tentar contratar mais alguns, mas isso pode acabar sendo uma despesa terrivelmente alta, como sabe.

– Não – disse Dunford baixinho –, eu não sabia.

– Não? – retrucou Henry enquanto seu cérebro funcionava com a maior rapidez possível. – Talvez porque nunca tenha tido que administrar uma casa antes.

– De fato, grande como essa, não.

– Deve ser isso, então – comentou ela, com excessivo entusiasmo. – Se contratássemos mais empregados, teríamos que reduzir as despesas em outras áreas.

– Teríamos?

Os lábios de Dunford se curvaram em um sorriso de lado, preguiçoso, enquanto ele tomava um gole de vinho.

– Sim, teríamos. Do jeito que as coisas estão, a verdade é que já não temos o orçamento necessário para a alimentação.

– É mesmo? Porque estou achando esta refeição deliciosa.

– Ora, é claro – retrucou Henry, com a voz alta demais.

Ela pigarreou e se forçou a falar em um tom mais suave.

– Queríamos que a sua primeira noite aqui fosse especial.

– Muito atencioso da sua parte.

Henry engoliu em seco. O homem tinha um jeito... era como se fosse capaz de descobrir todos os segredos do universo.

– A partir de amanhã – retomou Henry, surpresa por sua voz soar natural –, teremos que voltar ao nosso cardápio normal.

– Que consiste em? – provocou ele.

– Ah, sabe como é – enrolou ela, acenando com a mão para ganhar tempo. – Bastante carneiro. Abatemos os animais quando já não dão boa lã.

– Eu não sabia que a lã se tornava ruim.

– Ah, mas é o que acontece.

Henry deu um sorriso tenso, se perguntando se o homem era capaz de perceber que ela estava mentindo descaradamente.

– Quando os carneiros e ovelhas envelhecem, a lã se torna... fibrosa. Não conseguimos um bom preço por ela. Então usamos os animais na cozinha.

– Carneiro.

– Sim. Cozido.

– É um espanto que a senhorita não seja ainda mais magra.

Henry abaixou os olhos para o próprio corpo de forma instintiva. Ele a achava magra demais? Ela sentiu um estranho tipo de incômodo – quase uma tristeza – e logo afastou a sensação.

– Não economizamos na refeição matinal – disse ela em um rompante, pois não queria abrir mão da salsicha com ovos que tanto amava. – Afinal, é preciso se alimentar bem no desjejum, especialmente aqui em Stannage Park, onde há tantas tarefas a cumprir.

– É claro.

– Portanto, tomamos um bom café da manhã – garantiu Henry, inclinando a cabeça –, e comemos mingau no almoço.

– Mingau?

Dunford quase se engasgou com a palavra.

– Exato. Mas não se preocupe, o senhor vai aprender a gostar. Ah, e o jantar costuma ser sopa, pão e carneiro, se tivermos.

– *Se* tiverem?

– Bem, não é todo dia que abatemos um. Temos que esperar até que fiquem velhos.

– Tenho certeza de que o bom povo da Cornualha será sempre grato a você por vesti-los.

A expressão no rosto de Henry ainda era da mais perfeita inocência.

– Tenho certeza que a maioria das pessoas não sabe de onde vem a lã de suas roupas.

Dunford a encarou, obviamente tentando descobrir se era possível que ela fosse mesmo tão obtusa.

Incomodada com o silêncio repentino, ela disse:

– Muito bem. É por isso que comemos carneiro. Às vezes.

– Entendo.

Henry tentou avaliar o tom evasivo dele, mas descobriu que não era capaz de ler seus pensamentos. Estava andando na corda bamba com ele, e sabia disso. Por um lado, queria deixar claro ao Sr. Dunford que ele não era adequado à vida no campo. Por outro lado, se fizesse com que Stannage Park parecesse um pesadelo mal administrado e com pouco pessoal, ele poderia demitir todos e começar do zero, o que seria um desastre.

Ela franziu a testa. Ele não poderia *demiti-la*, poderia? Era possível se livrar de uma tutelada?

– Por que essa expressão triste, Henry?

– Ah, não é nada – respondeu ela de pronto. – Eu só estava fazendo algumas contas de cabeça. Sempre fico com essa cara quando estou fazendo contas.

Ela está mentindo, pensou Dunford.

– Se me permite perguntar, que contas seriam essas?

– Ah, arrendamentos e colheitas, esse tipo de coisa. Stannage Park é uma fazenda *em atividade*, como sabe. Todos nós trabalhamos duro.

De repente, a longa explicação sobre a comida ganhou um novo significado. Ela estava tentando espantá-lo dali?

– Não, eu não sabia.

– Ah, sim. Temos vários arrendatários, mas também contratamos pessoas para trabalhar diretamente para nós, fazendo a colheita, criando gado, enfim. Temos muito trabalho.

Dunford deu um sorriso irônico. Ela *estava* tentando assustá-lo. Mas por quê? Ele teria que descobrir um pouco mais sobre aquela mulher estranha. Se ela queria uma guerra, ele ficaria feliz em fazer sua vontade, não importava com quanta doçura e inocência disfarçasse seus ataques. Dunford se inclinou para a frente e decidiu conquistar a Srta. Henrietta Barrett da mesma forma que conquistava mulheres em toda a Grã-Bretanha.

Sendo ele mesmo.

E abriu mais um de seus sorrisos devastadores.

Henry não teve chance. Justo ela, que se julgava à prova desse tipo de coisa. Ela até tentou se convencer, dizendo a si mesma "Sou forte" quando a força do encanto do Sr. Dunford a atingiu. Mas no fim das contas ela não era tão forte assim, porque seu estômago deu uma cambalhota e o coração bateu mais rápido. E, para o seu mais absoluto horror, Henry se ouviu suspirar.

– Fale um pouco sobre você, Henry – pediu Dunford.

Ela piscou algumas vezes, como se acordasse de repente de um sonho lânguido.

– Sobre mim? Infelizmente não há muito o que dizer.

– Eu duvido. Você é uma mulher bastante incomum.

– Incomum? Eu? – perguntou ela, e a última palavra saiu como um guincho.

– Ora, vejamos. Você prefere usar calças no dia a dia, porque eu nunca vi uma mulher parecer menos confortável em um vestido do que você esta noite.

Henry sabia que era verdade, mas foi bem doloroso ouvi-lo dizer isso.

– É claro que pode ser só porque o vestido não cai bem em você, ou porque o tecido provoca coceira...

Henry se animou um pouco. O vestido tinha quatro anos e ela havia encorpado consideravelmente nesse período.

Dunford estendeu a mão direita como se estivesse contando as excentricidades dela. Seu dedo médio se esticou para se juntar ao indicador enquanto ele prosseguia:

– *Você* administra uma propriedade pequena mas, ao que parece, lucrativa, e vem fazendo isso ao longo dos últimos seis anos.

Henry engoliu em seco e tomou sua sopa em silêncio enquanto ele levantava mais um dedo.

– Você não ficou assustada, nem desconcertada, com o que só posso descrever como o animal de espécie suína mais imenso que já vi, uma visão que faria desmaiar a maior parte das mulheres que conheço, e deduzo que trata o referido animal pelo primeiro nome.

Henry franziu a testa, sem saber ao certo como interpretar isso.

– Você tem um ar de autoridade que em geral só se vê em homens, mas é feminina o suficiente para não cortar o cabelo, que, aliás, é muito bonito.

Outro dedo.

Henry enrubesceu com o elogio, mas não antes de se perguntar se ele estenderia a contagem para a outra mão.

– E por fim... – disse Dunford, esticando o polegar. – Você atende pelo improvável nome Henry.

Ela deu um sorrisinho sem jeito.

Dunford olhou para a própria mão, espalmada como uma estrela do mar.

– Se isso não a qualifica como uma mulher incomum, eu não sei o que o faria.

– Ora – começou Henry, hesitante –, talvez eu seja um pouco esquisita.

– Ah, não se chame de esquisita, Henry. Deixe que os outros façam isso, se quiserem. Considere-se original. Soa muito melhor.

Original. Henry gostou bastante.

– O nome dele é Porkus.

– Como?

– O porco. *Sim*, eu o chamo pelo nome – revelou ela, dando um sorrisinho tímido. – E o nome dele é Porkus.

Dunford jogou a cabeça para trás e soltou uma gargalhada.

– Ah, Henry – comentou, ainda arquejando de tanto rir. – Você é um tesouro.

– Vou considerar isso um elogio, eu acho.

– Por favor.

Ela tomou um gole de vinho, sem se dar conta de que já havia bebido mais do que o normal. O criado reabastecia o seu copo quase imediatamente após cada gole.

– Acho que fui criada de uma forma incomum – disse ela. – Deve ser por isso que sou tão diferente.

– É mesmo?

– Não havia muitas crianças por perto, então não tive chance de ver como as outras meninas se comportavam. Na maior parte do tempo eu brincava com o filho do chefe dos estábulos.

– E ele ainda está em Stannage Park?

Dunford se perguntou se, por acaso, ela mantinha um amante escondido em algum lugar ali. Parecia bem provável. Henry era, como haviam concordado, uma jovem incomum. Já havia desprezado bastante as convenções... que diferença faria ter um amante?

– Ah, não. Billy se casou com uma moça de Devon e se mudou. Milorde, não está me fazendo todas essas perguntas só para ser educado, certo?

O sorriso dele era extremamente sedutor agora.

– De forma alguma. É claro que espero parecer educado, mas estou muito interessado em você.

E era verdade. Dunford sempre se interessara pelas pessoas, pelo comportamento do ser humano. Em casa, em Londres, ele costumava ficar olhando pela janela por horas, só observando as pessoas passarem.

Nas festas era um conversador brilhante, não porque se esforçasse, mas porque costumava se interessar genuinamente no que as pessoas tinham a dizer. Uma das razões pelas quais tantas mulheres se apaixonavam por ele.

Afinal, era um tanto incomum que um homem escutasse de fato o que uma mulher tinha a dizer.

E Henry não era imune aos encantos de Dunford. Era verdade que estava acostumada a ser ouvida por homens todos os dias, mas eram todos de Stannage Park, funcionários dela. Ninguém além da Sra. Simpson tinha tempo de perguntar sobre ela. Sentindo-se um pouco nervosa com o interesse de Dunford, Henry escondeu o desconforto adotando a atitude atrevida de sempre.

– E quanto ao senhor, milorde? Teve uma educação incomum?

– A mais normal possível, infelizmente. É verdade que minha mãe e meu pai sentiam afeto um pelo outro, o que é bastante incomum na alta sociedade, mas, fora isso, fui uma típica criança britânica.

– Ah, duvido muito.

– É mesmo? – Dunford se inclinou para a frente. – E por que, Srta. Henrietta?

Ela tomou outro grande gole de vinho.

– Por favor, não me chame de Henrietta. Eu detesto esse nome.

– Infelizmente, toda vez que a chamo de Henry me vem à cabeça um colega bastante desagradável que tive na escola, em Eton.

Henry abriu um largo sorriso para ele.

– *Infelizmente*, vai ter que se acostumar.

– Você vem dando ordens há muito tempo.

– Talvez, mas o senhor obviamente não as recebeu por tempo suficiente.

– *Touché*, Henry. E não pense que não percebi que se esquivou de explicar por que duvida de que eu tenha tido uma educação comum.

Henry franziu os lábios e olhou para a taça de vinho à sua frente, que ainda estava bastante cheia. Ela poderia jurar que havia bebido pelo menos duas taças. Tomou outro gole.

– Bem, o senhor não é um homem comum.

– Ah, não?

– Não mesmo.

Ela acenou com o garfo no ar para dar ênfase antes de beber um pouco mais de vinho.

– E de que forma sou incomum?

Henry mordeu o lábio inferior, ciente de que acabara de ser encurralada.

– Ora, o senhor é bastante agradável.

– E a maioria dos ingleses não é?

– Não comigo.

Os lábios dele se curvaram em um sorriso irônico.

– Bem, não sabem o que estão perdendo.

– O senhor não está sendo sarcástico, está? – perguntou Henry, estreitando os olhos.

– Acredite em mim, Henry, nunca fui menos sarcástico. Você é a pessoa mais interessante que conheci nos últimos meses.

Ela examinou o rosto dele em busca de sinais de falsidade, mas não encontrou nada.

– Certo, acredito que esteja falando sério.

Dunford reprimiu outro sorriso enquanto observava a mulher sentada diante dele. A expressão de Henry era uma encantadora combinação de arrogância e preocupação embotada pela embriaguez. Ela balançava o garfo no ar enquanto falava, alheia ao pedaço de faisão perigosamente pendurado na ponta.

– Por que os homens não são agradáveis com você? – perguntou Dunford, com a voz gentil.

Henry ponderou por que era tão fácil conversar com aquele homem, se seria efeito do vinho ou se era só por causa dele mesmo. De qualquer forma, decidiu, um pouco mais de vinho não faria mal. E tomou outro gole.

– Acredito que me achem uma aberração – disse ela por fim.

Dunford ficou surpreso diante da sinceridade dela.

– Você não é nenhuma aberração. Só precisa que alguém a ensine a ser mulher.

– Ah, eu sei ser mulher. Porém não o tipo de mulher que os homens desejam.

A declaração foi ousada o bastante para levar Dunford a engasgar com a comida. Ele lembrou a si mesmo que a jovem não tinha ideia do que estava dizendo, engoliu em seco e murmurou:

– Tenho certeza de que você está exagerando.

– Tenho certeza de que milorde está mentindo. O senhor mesmo disse que eu sou estranha.

– Eu disse que você é incomum. E isso não significa que ninguém iria desejar... bem, que ninguém iria se interessar por você.

Então, para seu horror, Dunford se deu conta de que poderia estar interessado nela. Bastante, caso se permitisse pensar bem a respeito. Ele soltou mentalmente um gemido e afastou o pensamento. Não tinha tempo para uma mocinha inocente do campo. Apesar de seu comportamento um tanto estranho, Henry não era o tipo de mulher com quem alguém faria qualquer outra coisa a não ser se casar, e ele não queria se casar com ela.

Ainda assim, havia algo bastante intrigante nela...

– Cale a boca, Dunford – murmurou.

– Disse algo, milorde?

– De forma alguma, Henry, e, por favor, deixe de lado o "milorde". Não estou acostumado a ser chamado assim e, além do mais, parece desnecessário, considerando que eu a chamo de Henry.

– Então como devo chamá-lo?

– Dunford. É como todos me chamam – disse ele, repetindo inconscientemente as palavras dela.

– O senhor não tem um primeiro nome? – perguntou Henry, surpreendendo-se com o tom de flerte na própria voz.

– Não exatamente.
– O que significa "não exatamente"?
– Oficialmente, sim, eu tenho um primeiro nome, mas ninguém o usa.
– Mas qual é?

Dunford se inclinou para a frente e a atingiu com outro de seus sorrisos letais.

– *Isso* importa?
– Sim – respondeu ela.
– Não para mim – disse ele em um tom despreocupado, e comeu um pedaço de faisão.
– O senhor consegue ser bastante irritante, Sr. Dunford.
– Apenas Dunford, por favor.
– Muito bem. Você consegue ser bastante irritante, Dunford.
– É o que me dizem de vez em quando.
– Não tenho dúvida.
– Desconfio que, de vez em quando, as pessoas também comentem sobre a sua capacidade de irritá-las, Srta. Henry.

Henry não conseguiu conter um sorriso envergonhado. Ele estava certo.

– Suponho que seja por isso que nos damos tão bem.
– É verdade.

Dunford se perguntou por que estava tão surpreso ao perceber isso, mas logo resolveu que era uma reflexão inútil.

– Um brinde, então – disse ele, erguendo o copo. – À dupla mais irritante da Cornualha.
– Da Grã-Bretanha!
– Muito bem, da Grã-Bretanha. Vida longa a nós, os irritantes.

Mais tarde naquela noite, enquanto escovava o cabelo para dormir, Henry se pegou pensando. Se Dunford era tão divertido, por que ela continuava tão ansiosa para chutá-lo para longe dali?

CAPÍTULO 3

Henry acordou com uma dor de cabeça insuportável na manhã seguinte. Saiu da cama cambaleando e jogou um pouco de água no rosto, sem entender por que sua língua parecia tão estranha. Tão... grossa.

Deve ter sido o vinho, pensou, estalando a língua contra o céu da boca. Não estava acostumada a beber vinho no jantar, e Dunford a coagira a fazer aquele brinde com ele. Ela tentou esfregar a língua contra os dentes. Ainda grossa.

Vestiu a camisa e a calça, prendeu o cabelo num rabo de cavalo com uma fita verde e chegou ao corredor do andar de cima a tempo de interceptar uma criada que parecia estar a caminho do quarto de Dunford.

– Ah, olá, Polly – disse, plantando-se firmemente no caminho da criada. – De que está cuidando agora pela manhã?

– Sua Graça chamou, Srta. Henry. Eu só estava indo ver o que ele deseja.

– Pode deixar que eu mesma cuido disso.

Henry abriu um largo sorriso de lábios fechados para a criada.

Polly pareceu estranhar.

– Está certo – disse. – Se pensa que...

– Ah, com certeza penso – interrompeu Henry, então pousou as mãos nos ombros de Polly e virou-a na direção oposta – Na verdade, penso o tempo todo. Agora, por que você não vai procurar a Sra. Simpson? Tenho certeza de que ela terá algo urgente que precisa ser feito.

Henry deu um empurrãozinho em Polly e ficou olhando enquanto a moça desaparecia escada abaixo.

Enquanto tentava decidir o que fazer a seguir, Henry prendeu a respiração. Pensou em ignorar o chamado de Dunford, mas aquele maldito homem puxaria a campainha de novo e, quando ele perguntasse por que ninguém havia respondido ao chamado anterior, é claro que Polly diria que Henry a havia interceptado.

Henry seguiu caminhando pelo corredor na direção do quarto dele, em passos muito lentos, ganhando tempo para montar um plano de ação. Ergueu a mão para bater na porta e fez uma pausa. Os criados nunca batiam antes de entrar nos quartos. Deveria apenas entrar, então? Afinal, estava desempenhando a tarefa de uma criada.

Mas ela não era uma criada.

E, até onde sabia, Dunford poderia estar nu como no dia em que nasceu. Henry bateu na porta.

Depois de uma ligeira pausa, ela ouviu a voz dele.

– Entre.

Henry entreabriu a porta e deslizou a cabeça pela fresta.

– Olá, Sr. Dunford.

– Apenas Dunford – disse ele antes de dar uma segunda olhada. Dunford apertou o roupão ao redor do corpo e perguntou:

– Existe alguma razão em particular para você estar no meu quarto?

Henry reuniu coragem e entrou de uma vez no cômodo, desviando os olhos brevemente para o valete dele, que estava preparando a espuma de barbear a um canto. Ela se voltou de novo para Dunford e notou como ele ficava bem de roupão. O homem tinha tornozelos muito bonitos. Henry já tinha visto tornozelos, já tinha visto até pernas. Afinal, aquilo era uma fazenda. Mas os dele eram muito, muito bonitos.

– Henry – chamou Dunford.

– Ah, sim – disse ela, endireitando a postura. – Você chamou.

Ele ergueu uma sobrancelha.

– Quando passou a atender a campainha? Achei que você estivesse em posição de puxá-la e ser servida.

– Ah, estou. É claro que estou. Só queria ter certeza de que você está confortável. Já se passou muito tempo desde a última vez que recebemos hóspedes aqui em Stannage Park.

– Especialmente um hóspede que é dono do lugar – lembrou ele em um tom sarcástico.

– Bem, sim. É claro. Eu gostaria que nada lhe faltasse. Por isso pensei em cuidar eu mesma das suas necessidades.

Dunford sorriu.

– Que intrigante. Já faz algum tempo que não sou banhado por uma mulher.

Henry engoliu em seco e automaticamente deu um passo para trás.

– Perdão?

A expressão no rosto dele era da mais pura inocência.

– Eu queria pedir à criada que me preparasse um banho.

– Achei que você havia tomado banho ontem – comentou Henry, se esforçando muito para não rir.

Ora, ora, o homem não era tão inteligente quanto ela julgara. Ele não poderia ter dado a ela uma oportunidade melhor, mesmo se tivesse tentado.

– Dessa vez, temo que seja *eu* quem precisa *lhe* pedir perdão. Porque não entendi o que quis dizer.

– Água é algo muito precioso, sabia? – disse Henry, muito séria. – Precisamos dela para os animais. Eles precisam beber e, agora que o tempo está ficando mais quente, temos que nos certificar de que temos o bastante para resfriá-los.

Dunford não disse nada.

– Não dispomos de quantidade suficiente para tomar banho todos os dias – continuou Henry, animada agora, incorporando o espírito da sua artimanha.

Dunford cerrou os lábios.

– Como ficou claro pela sua adorável fragrância ontem.

Henry reprimiu a vontade de acertar um murro nele.

– Exatamente.

Ela olhou para o valete de Dunford, que parecia estar tendo palpitações ao pensar no patrão sendo tão malcuidado.

– Posso garantir – prosseguiu Dunford, em um tom que não parecia muito bem-humorado – que não tenho intenção de me permitir cheirar como um chiqueiro durante minha visita à Cornualha.

– Tenho certeza de que não chegará a esse ponto – retrucou Henry. – Ontem foi um caso um tanto excepcional. Afinal, eu estava construindo um chiqueiro. Garanto que banhos extras serão permitidos depois do trabalho no chiqueiro.

– Sua preocupação com a higiene é impressionante.

Não escapou a Henry o sarcasmo. Na verdade, até alguém muito obtuso teria dificuldade em não perceber.

– Certo. Então amanhã, é claro, você poderá tomar banho.

– Amanhã?

– Quando voltarmos do trabalho com o chiqueiro. Hoje é domingo. Nem nós realizamos tarefas tão desgastantes em um domingo.

Dunford teve que fazer um esforço para não deixar outro comentário ácido passar por seus lábios. A jovem parecia se divertir. Deleitar-se com a sua aflição, para ser mais preciso. Ele estreitou os olhos e fitou-a com um pouco mais de atenção. Henry piscou algumas vezes e devolveu o olhar com uma expressão de pura seriedade.

Talvez ela *não estivesse* se divertindo com a angústia dele. Talvez *não* tivessem água suficiente para tomar banho todos os dias. Dunford nunca tinha ouvido falar de problemas daquele tipo em uma casa bem administrada, mas talvez chovesse menos na Cornualha do que no resto da Inglaterra.

Espere um pouco, gritou seu cérebro. Estavam na Inglaterra. Chovia sempre. Em toda parte. Ele lançou um olhar desconfiado na direção de Henry, que sorriu. Dunford escolheu lenta e cuidadosamente as palavras que disse a seguir:

– Com que frequência poderei tomar banho enquanto estiver nesta casa, Henry?

– Sem dúvida, uma vez por semana.

– Uma vez por semana não será adequado – retrucou ele com a voz calma.

Ela titubeou. Ótimo.

– Entendo.

Henry mordeu o lábio inferior por um momento.

– Esta é a sua casa, portanto suponho que se quiser se banhar com mais frequência, é direito seu fazê-lo.

Dunford controlou a vontade de retrucar "Com certeza é".

Ela suspirou. Foi um suspiro profundo, sentido. A criatura irritante soou como se carregasse o peso de três mundos nos ombros.

– Eu não gostaria de tirar água dos animais – disse ela. – Está começando a esquentar, como bem sabe, e...

– Sim, eu sei. Os animais precisam ser resfriados.

– Exato. Eles precisam. Uma porca morreu de exaustão no ano passado por causa do calor. Eu não gostaria que isso acontecesse de novo, então suponho que, se quiser tomar banho com mais frequência...

Henry fez uma pausa bastante dramática, e Dunford não tinha certeza se queria saber o que viria a seguir.

– ... bem, acho que eu poderia reduzir os *meus* banhos.

Dunford se lembrou do cheiro bastante pronunciado dela quando se conheceram.

– Não, Henry – apressou-se a dizer. – Eu não desejaria que você fizesse isso. Uma dama deveria... quer dizer...

– Eu sei, eu sei. Você é um cavalheiro até o último fio de cabelo. Não quer privar uma dama de confortos. Mas posso garantir que não sou uma dama comum.

– Isso nunca foi questionado. Ainda assim...

– Não, não – insistiu Henry com um gesto amplo da mão. – Não há mais nada a ser feito. Não posso tirar a água dos animais. Levo muito a sério a minha posição aqui em Stannage Park e jamais poderia ser tão negligente com as minhas obrigações. Devo providenciar para que você possa tomar banho duas vezes por semana e eu...

Dunford se ouviu gemer.

– ... eu tomarei de duas em duas semanas. Não será um grande sacrifício.

– Para você, talvez – murmurou ele.

– Foi bom eu ter tomado banho ontem.

– Henry – começou Dunford, tentando encontrar um modo de abordar aquele assunto sem ser imperdoavelmente rude. – Não quero privá-la da sua água do banho.

– Ora, mas a casa é sua. Se você quiser tomar banho duas vezes por semana...

– Eu quero tomar banho todos os dias – grunhiu ele – , mas vou me contentar com duas vezes por semana desde que você faça o mesmo.

Dunford desistiu de toda a esperança de abordar a questão de forma educada. Aquela era a conversa mais esdrúxula que já tivera com uma mulher – não que Henry parecesse se qualificar como mulher em qualquer sentido da palavra. Havia aquele lindo cabelo, é claro, e não se podia descartar os olhos cinza-prata...

Mas as mulheres simplesmente não se envolviam em longas discussões sobre banho. *Sobretudo* no quarto de um cavalheiro. E *ainda mais* quando o cavalheiro em questão usava apenas roupão. Dunford gostava de pensar em si mesmo como um homem de mente aberta, mas aquilo já era demais.

Ela soltou o ar com força.

– Vou pensar a respeito. Se é o que deseja, posso verificar as reservas de água. Se houver uma boa quantidade, talvez eu consiga atendê-lo.

– Eu agradeceria. Muito.

– Certo – disse ela, pousando a mão na maçaneta. – Agora que resolvemos isso, vou deixar que volte à sua higiene matinal.

– Ou à falta dela – comentou Dunford, incapaz de reunir entusiasmo suficiente até mesmo para curvar a boca em um sorriso irônico.

– Não é tão ruim assim. Com certeza temos água suficiente para lhe garantir uma pequena bacia cheia todas as manhãs. Você ficará surpreso com quanto dá para fazer com isso.

– Eu provavelmente não ficarei.

– Bem, saiba que é possível se conseguir um bom nível de limpeza com apenas um pouco de água. Eu terei o maior prazer em lhe fornecer instruções detalhadas.

Dunford começou a sentir os primeiros sinais de que o seu humor estava retornando ao normal. Ele se inclinou para a frente, com um brilho malicioso nos olhos.

– Isso pode ser muito interessante.

Henry enrubesceu na mesma hora.

– Estou me referindo a instruções detalhadas *por escrito*. Eu... eu...

– Isso não será necessário – disse Dunford, com pena dela.

Talvez ela tivesse mais características femininas do que ele pensava.

– Ótimo – disse Henry, agradecida. – Fico grata. Não sei por que levantei esse assunto. Vou... vou descer para tomar o café da manhã. É melhor descer logo. Como bem sabe, o desjejum é a nossa refeição mais farta, e você vai precisar de sustância...

– Sim, eu sei. Você explicou em detalhes ontem à noite. É melhor eu comer bem de manhã, porque no almoço só é servido mingau.

– Sim. Acho que sobrou um pouco de faisão, então não será tão minguado como de costume, mas...

Dunford ergueu a mão, pois não queria ouvir mais nada a respeito da morte lenta por inanição que ela planejara para ele.

– Já basta, Henry. Por que não desce para tomar o café? Logo me juntarei a você. A minha higiene, como você tão gentilmente chamou, não vai demorar muito esta manhã.

– Sim, claro.

Ela se apressou a sair do quarto.

Henry conseguiu chegar até a metade do corredor antes de precisar parar e se encostar na parede. Seu corpo inteiro tremia de vontade de rir e ela mal conseguia se manter de pé. A expressão no rosto de Dunford quando ela disse que ele só podia tomar banho uma vez por semana... impagável!

Superada apenas pela expressão quando ela disse que tomaria banho apenas de duas em duas semanas.

Não demoraria tanto para se livrar dele quanto previra a princípio.

Ficar sem tomar banho não seria divertido, no entanto. Henry sempre fora muito exigente com a própria higiene. Porém não era um sacrifício grande demais por Stannage Park. Além disso, tinha a impressão de que a falta de banho seria mais difícil para Dunford do que para ela.

Henry desceu para a pequena sala de jantar. Como o café da manhã ainda não havia sido servido, foi até a cozinha. A Sra. Simpson estava parada diante do fogão, virando linguiças em uma frigideira para que não queimassem.

– Olá, Simpy.

A governanta se virou.

– Henry! O que está fazendo aqui? Achei que estaria ocupada com o nosso hóspede.

Henry revirou os olhos.

– Ele não é nosso hóspede, Simpy. Nós somos hóspedes *dele*. Ao menos eu sou. Você tem uma posição oficial.

– Sei que isso tem sido difícil para você.

Henry apenas sorriu. Não achou prudente contar à Sra. Simpson que na verdade se divertira muito ainda há pouco. Depois de uma longa pausa, falou:

– O cheiro está muito bom, Simpy.

A governanta fitou-a como se não tivesse entendido.

– É a mesma comida de todos os dias.

– Talvez eu esteja com mais apetite do que o normal. E terei que me fartar, porque o novo lorde Stannage é um tanto... digamos... austero.

A Sra. Simpson se virou.

– Henry, que diabo você está tentando me dizer?

Henry deu de ombros, assumindo uma expressão de impotência.

– Ele quer mingau para o almoço.

– Mingau? Henry, se esse for um dos seus planos malucos...

– Ora, Simpy, faça-me o favor. Você acha que eu iria tão longe? Você sabe quanto eu detesto mingau.

– Bem, acho que podemos ter mingau. Mas terei que preparar algo especial para o jantar.

– Carneiro.

– Carneiro?

A Sra. Simpson arregalou os olhos, sem acreditar.

Mais uma vez, Henry deu de ombros.

– Ele gosta.

– Eu não acredito em você nem por um segundo, Srta. Henrietta Barrett.

– Ah, tudo bem. O carneiro foi ideia minha. Não há necessidade de o Sr. Dunford saber como pode comer bem aqui.

– Essas suas artimanhas vão acabar sendo a sua derrota.

Henry se aproximou da governanta.

– Você quer ser mandada embora?

– Eu não vejo...

– Você sabe que ele pode fazer isso, Simpy. Ele pode expulsar todos nós daqui. Então será melhor nos livrarmos dele antes que ele se livre de nós.

Houve uma longa pausa antes de a Sra. Simpson dizer:

– Carneiro, então.

Henry se voltou para a governanta ao abrir a porta que dava para o resto da casa.

– E não prepare uma quantidade muito grande. A carne pode ficar um pouco seca, talvez. Ou o molho um pouco salgado...

– Há um limite...

– Tudo bem, tudo bem – apressou-se a dizer Henry.

Conseguir que a Sra. Simpson preparasse carneiro quando havia carne de vaca, cordeiro e presunto à disposição já havia sido uma batalha dura. Henry sabia que jamais conseguiria convencê-la a cozinhar mal.

Dunford esperava por ela na pequena sala de jantar. Estava parado diante de uma janela, olhando para os campos. Não a ouviu entrar, porque levou um susto quando Henry pigarreou.

Ele se virou, sorriu, inclinou a cabeça na direção da janela e disse:

– A propriedade é belíssima. Você faz um excelente trabalho.

Ela corou com o elogio inesperado.

– Obrigada. Stannage Park significa muito para mim.

Henry permitiu que Dunford puxasse uma cadeira para ela e se sentou bem no momento em que um criado servia o café da manhã. Comeram quase em silêncio. Henry estava ciente de que precisava comer o máximo possível – a refeição do meio-dia com certeza seria sofrida. Ela olhou para Dunford, que comia com um desespero semelhante. Ótimo. Ele também não estava ansioso para comer mingau.

Henry espetou o último pedaço de linguiça com o garfo e se forçou a fazer uma pausa na ingestão acelerada.

– Pensei em lhe mostrar Stannage Park agora de manhã.

Dunford não conseguiu responder imediatamente, já que estava com a boca cheia de ovos.

– Excelente ideia – disse ele depois de engolir.

– Achei que gostaria de conhecer melhor a sua nova propriedade. Há muito o que aprender se quiser administrá-la de forma adequada.

– Ah, é mesmo?

Dessa vez foi Henry que precisou esperar algum tempo para responder enquanto terminava de mastigar a linguiça.

– Ah, sim. Tenho certeza de que sabe que é preciso se manter atualizado sobre os arrendamentos, as safras e as necessidades dos arrendatários, mas se quisermos ter sucesso de verdade, é preciso ir além.

– Não tenho certeza se quero saber o que envolve esse "além".

– Ah, uma coisinha aqui, outra ali – disse ela, sorrindo.

Ao ver o prato de Dunford vazio, Henry falou:

– Podemos ir?

– É claro.

Ele se levantou logo depois de Henry e deixou que ela o guiasse para fora da casa.

– Achei que poderíamos começar com os animais – disse Henry.

– Imagino que você os conheça pelo nome – comentou Dunford, em um tom entre sério e brincalhão.

Ela se virou, com o rosto iluminado por um sorriso cintilante.

– Mas é claro!

Sinceramente, aquele homem estava tornando tudo mais fácil. Ele não parava de dar a ela as oportunidades mais fantásticas.

– Um animal feliz é um animal produtivo.

– Não estou familiarizado com esse axioma em particular – murmurou Dunford.

Henry empurrou um portão de madeira que levava a um grande campo cercado por sebes.

– Você passou muito tempo em Londres. Sempre dizemos essa frase por aqui.

– Isso também se aplica a humanos?

Ela se virou para encará-lo.

– Como é?

Dunford deu um sorriso inocente.

– Ah, nada.

Ele balançou o corpo para trás sobre os calcanhares, tentando decifrar aquela que, sem dúvida, era a mais estranha das mulheres. Seria possível que tivesse mesmo dado nomes a todos os animais? Devia haver pelo menos trinta carneiros e ovelhas apenas naquele campo. Dunford sorriu mais uma vez e apontou para a esquerda.

– Como se chama aquele?

Henry pareceu um pouco surpresa com a pergunta.

– Ela? Ah, Margaret.

– Margaret? – repetiu ele, erguendo as sobrancelhas. – Que nome encantadoramente inglês.

– Ela é uma ovelha inglesa – retrucou Henry, mal-humorada.

– E aquela? – Dunford apontou para a direita.

– Thomasina.

– E aquela? Aquela? E aquela?

– Sally, hum, Esther, hum, hum...

Dunford inclinou a cabeça para o lado, se divertindo ao vê-la tropeçando na própria língua

– Isósceles! – disse Henry, triunfante.

Ele a encarou, espantado.

– Suponho que aquela ali se chama Equilátera.

– Não – falou Henry com um ar presunçoso, apontando para o outro lado do campo. – *Aquela*, sim. Sempre gostei de estudar geometria.

Dunford calou-se por um momento e Henry ficou imensamente grata. Não era fácil pensar em nomes assim do nada. Ele estava tentando desmascará-la, fazendo aquele questionário de ovelhas. Estaria desconfiando dela?

– Você achou que eu não saberia todos os nomes.

Henry esperava que um confronto direto acabasse com qualquer suspeita que ele alimentasse.

– Achei – admitiu Dunford.

Henry abriu um sorriso altivo.

– Estava prestando atenção?

– Como assim?

– Qual delas é a Margaret?

Ele abriu a boca, mas não disse nada.

– Se deseja administrar Stannage Park, deve saber distingui-las.

Henry tentou afastar qualquer traço de sarcasmo da voz. E pensou ter conseguido. Aos seus ouvidos, soara como alguém cuja única preocupação era o sucesso da propriedade.

Após se concentrar por um instante, Dunford apontou para uma ovelha e disse:

– É aquela.

Inferno! Ele acertara.

– E a Thomasina?

Ele estava se animando com a brincadeira, porque pareceu bastante jovial quando apontou o dedo e disse:

– Aquela.

Henry estava prestes a dizer "Errado" quando se deu conta de que não fazia ideia se ele estava errado ou não. Qual delas havia chamado de Thomasina? Achava que era a que estava perto da árvore, mas todas as ovelhas se moviam e...

– Acertei?

– Como?

– Aquela ovelha é ou não a Thomasina?

– Não, não é – declarou Henry em um tom decidido.

Se ela não conseguia se lembrar qual era Thomasina, duvidava muito que ele fosse capaz.

– Eu acho que é ela, sim.

Dunford se encostou no portão, com um ar muito confiante e extremamente másculo.

– Aquela é a Thomasina – retrucou Henry, apontando ao acaso.

Ele abriu um sorriso muito largo.

– Não, aquele é o Isósceles. Tenho certeza.

Henry engoliu em seco.

– Não, não. Aquela é a Thomasina, tenho certeza. Mas não se preocupe, logo terá aprendido todos os nomes. Só precisa se dedicar. Agora, por que não continuamos nosso passeio?

Dunford abriu o portão.

– Mal posso esperar.

Ele assoviava para si mesmo enquanto a seguia para o campo. Aquela seria uma manhã muito interessante.

⚯

Interessante, pensou Dunford mais tarde, *talvez não seja a palavra exata*.

No instante em que ele e Henry voltaram para casa para a refeição do meio-dia – uma deliciosa tigela de mingau pegajoso –, ele já havia se sujado todo nas baias do estábulo, tinha ordenhado uma vaca, fora bicado por três galinhas, havia arrancado ervas daninhas de uma horta e também caído em um cocho.

E se o acidente no cocho só tivesse acontecido porque Henry tropeçara na raiz de uma árvore e esbarrara nele... bem, não havia como provar, não é mesmo? Considerando que o mergulho na água dos animais era a coisa mais próxima de um banho que ele tomaria por algum tempo, Dunford resolveu não ficar furioso com isso no momento.

Henry estava tramando alguma coisa, e era muito intrigante observá-la, mesmo que ele ainda não soubesse qual era o seu objetivo.

Quando se sentaram para a refeição, a Sra. Simpson trouxe duas tigelas de mingau fumegantes. Colocou a maior na frente de Dunford e disse:

– Enchi a tigela até o topo, já que essa é a sua comida favorita.

Dunford inclinou a cabeça e olhou para Henry, com uma sobrancelha erguida em uma expressão questionadora.

Henry lançou um olhar significativo para a Sra. Simpson, esperou que a governanta fosse embora e sussurrou para ele:

– Ela ficou arrasada por termos que lhe servir mingau. Lamento, mas acabei contando uma mentirinha e dizendo a ela que é a comida que você mais gosta. Isso fez com que a pobrezinha se sentisse melhor. Uma mentirinha boba se justifica se for para um bem maior, certo?

Dunford mergulhou a colher na refeição nada apetitosa.

– Sabe, Henry, por algum motivo tenho a impressão de que você leva essa ideia muito a sério.

Mais tarde naquela noite, enquanto escovava o cabelo antes de ir para a cama, Henry se pegou pensando em como o dia havia sido um sucesso absoluto. Ou quase.

Achava que Dunford não havia percebido que ela tropeçara na raiz da árvore e o empurrara para dentro do cocho de propósito. Além disso, acreditava que todo o episódio do mingau havia sido simplesmente brilhante.

Mas Dunford era esperto. Depois de passar um dia inteiro com o homem, era impossível não se dar conta desse fato. E, como se não bastasse, ele estava sendo *muito* gentil com ela. Fora uma companhia deliciosa no jantar, ouvira-a com atenção após perguntar sobre a infância de Henry e rira das histórias dela a respeito de crescer em uma fazenda.

Se o homem não tivesse tantas boas qualidades, seria muito mais fácil tramar para se livrar dele. Mas Henry logo se repreendeu. O fato de Dunford parecer uma boa pessoa não diminuía em nada o fato ainda mais urgente de ele ter o poder de mandá-la embora de Stannage Park. Ela estremeceu. O que faria longe do seu amado lar? Não conhecia mais nada, não fazia ideia de como agir no mundo fora daquele lugar.

Não, ela precisava encontrar um modo de fazer com que Dunford fosse embora da Cornualha. *Precisava.*

Com determinação renovada, Henry largou a escova de cabelo e se levantou. Caminhou em direção à cama, mas foi interrompida pelos roncos patéticos do próprio estômago.

Deus, estava faminta.

Pela manhã, a ideia de fazer com que a fome o expulsasse da propriedade parecera inspirada, mas Henry não havia se dado conta do fato bastante pertinente de ela mesma também acabar ficando faminta.

Ignore isso, Henry, disse a si mesma. O estômago roncou ainda mais alto. Ela olhou para o relógio. Meia-noite. Não haveria mais ninguém andando pela casa, portanto ela poderia muito bem se esgueirar até a cozinha, pegar alguma coisa e levar para o quarto. Poderia ir e voltar em poucos minutos.

Sem se preocupar em vestir um roupão, Henry saiu do quarto na ponta dos pés e desceu a escada.

Maldição, estava morrendo de fome! Deitado, Dunford não conseguia dormir. Sua barriga roncava alto. Henry o arrastara por todo o campo naquele dia, em uma rota cuidadosamente pensada para deixá-lo exausto, e ainda tivera o atrevimento de sorrir enquanto serviam mingau e carneiro frio no jantar.

Carneiro frio? *Argh!* E, como se já não bastasse o gosto ruim, ainda por cima fora servida pouca quantidade. Com certeza deveria haver algo na casa que ele pudesse comer sem prejudicar os preciosos animais. Um biscoito. Um rabanete. Até uma colherada de açúcar.

Dunford se levantou da cama de um pulo, vestiu um roupão para cobrir o corpo nu e saiu do quarto. Passou na ponta dos pés pela porta do quarto de Henry – não seria bom acordar a pequena tirana. Uma tirana bastante simpática e agradável, mas, mesmo assim, Dunford achou melhor não alertá-la da sua breve ida à cozinha.

Ele desceu a escada, dobrou em um canto e se esgueirou pela pequena sala de jantar até... espere! Luz na cozinha?

Henry.

A maldita criatura estava comendo. Vestia uma camisola de algodão branca e longa, e o tecido oscilava ao seu redor, dando-lhe uma aparência angelical.

Henry? Um anjo?

Rá!

Dunford colou o corpo à parede e espiou pelo canto, tendo o cuidado de se manter nas sombras.

– Meu Deus – murmurou ela –, como eu detesto mingau.

Henry enfiou um biscoito na boca, tomou um gole de leite e pegou uma fatia de... aquilo era presunto?

Dunford estreitou os olhos. Não era carneiro.

Henry bebeu outro longo gole de leite – muito satisfatório, a julgar pelo suspiro que deixou escapar – e começou a limpar tudo.

O primeiro desejo de Dunford foi entrar na cozinha e exigir uma explicação, mas naquele exato momento sua barriga roncou alto de novo. Ele soltou um suspiro e se escondeu atrás de um armário enquanto Henry atravessava na ponta dos pés a sala de jantar. Esperou até ouvir os passos dela na escada, então correu para a cozinha e acabou com o presunto.

CAPÍTULO 4

— Acorde, Henry.

Maryanne, a criada que atendia no andar de cima, sacudiu-a pelos ombros.

– Henry, acorde.

Henry rolou na cama e murmurou algo que soou vagamente como "Vá embora".

– Mas você insistiu, Henry. Fez com que eu jurasse que a tiraria da cama às cinco e meia da manhã.

– Hummft, grumft... Eu não estava falando sério.

– Você disse que eu deveria ignorá-la quando você dissesse isso – argumentou Maryanne, dando um empurrão em Henry. – Acorde!

Henry, ainda bastante sonolenta, acordou de repente e se sentou tão rápido na cama que começou a tremer.

– O quê? Quem? O que está acontecendo?

– Sou só eu, Henry. Maryanne.

Henry piscou.

– Que diabo você está fazendo aqui? Ainda está escuro. Que horas são?

– Cinco e meia – explicou Maryanne. – Você me pediu que a acordasse bem cedo esta manhã.

– Pedi?

Ah, sim... Dunford.

– Sim, eu pedi. Certo. Bem, obrigada, Maryanne. Pode ir.

– Você me obrigou a jurar que ficaria no quarto até você sair da cama.

Aquela moça era esperta demais para o seu próprio bem, pensou Henry quando percebeu que estava prestes a se aconchegar de volta sob as cobertas.

– Certo. Entendo. Ora, tudo bem, então, eu acho.

Ela jogou as pernas para fora da cama.

– Muitas pessoas se levantam a essa...

Bocejo.

Henry foi cambaleando até a penteadeira, onde estavam estendidas uma calça limpa e uma camisa branca.

— Talvez seja melhor pegar um casaco também – aconselhou Maryanne. – Está frio lá fora.

— É claro que está... – murmurou Henry enquanto se vestia.

Por mais devotada que fosse à vida no campo, ela jamais se levantava da cama antes das sete da manhã, e mesmo aquela era uma hora a ser evitada. Mas se queria convencer Dunford de que ele não era adequado para a vida em Stannage Park, teria que modificar um pouquinho a verdade.

Henry fez uma pausa enquanto abotoava a camisa. Ainda queria que ele fosse embora, não queria?

É claro que sim. Ela foi até uma bacia e jogou água fria no rosto, esperando que aquilo a deixasse mais desperta. Aquele homem estava determinado a encantá-la. Não importava que ele tivesse conseguido, pensou Henry, mesmo que isso não fizesse muito sentido nem para si mesma. Só o que importava era que Dunford havia feito aquilo de propósito, provavelmente porque queria alguma coisa dela.

Mas o que ele poderia querer? Ela não tinha nada de que ele precisasse.

A menos, é claro, que Dunford tivesse percebido que o objetivo dela era se livrar dele e estivesse tentando impedi-la.

Henry pensou a respeito enquanto puxava o cabelo para trás e o prendia em um rabo de cavalo. Dunford pareceu sincero quando disse que estava interessado em saber mais sobre a infância dela. Afinal, ele era seu tutor, mesmo que só por mais alguns meses. Não havia nada de estranho no interesse de um tutor.

Mas Dunford estava preocupado com ela por ser sua pupila? Ou só queria descobrir um meio de sugar a propriedade recém-descoberta até secá-la?

Henry gemeu. Era engraçado como a luz fraca de uma vela era capaz de fazer com que o mundo parecesse tão inocente e suave. Sob a luz forte da manhã, era mais fácil ver a situação com mais clareza.

Ela deixou escapar um grunhido meio irritado. Que luz forte da manhã? Ainda estava escuro do lado de fora.

Mas não significava que ela não havia percebido que Dunford estava tramando alguma coisa – mesmo que não tivesse certeza do que era. E se ele tivesse alguma intenção secreta? A ideia a levou a estremecer.

Com determinação renovada, Henry calçou as botas, pegou uma vela e saiu para o corredor.

Dunford estava ocupando a suíte principal, apenas algumas portas depois do quarto dela. Henry respirou fundo para ganhar coragem e bateu com força na porta dele.

Nenhuma resposta.

Ela bateu de novo.

Nada ainda.

Ela ousaria?

Sim.

Henry levou a mão à maçaneta, girou-a e entrou no quarto. Ele dormia profundamente.

Henry quase se sentiu culpada pelo que estava prestes a fazer.

– Bom dia! – disse no que esperava ser uma voz animada.

Ele não se mexeu.

– Dunford?

Ele resmungou alguma coisa, mas, a não ser por isso, não houve qualquer indicação de que estivesse acordado.

Henry chegou mais perto e tentou de novo.

– Bom dia!

Dunford deixou escapar outro som sonolento e se virou para ela.

Henry prendeu a respiração. Deus, como ele era bonito... Exatamente o tipo de homem que nunca prestava atenção nela nos bailes do condado. Sem pensar, ela estendeu a mão para tocar o belo contorno dos lábios, mas se conteve a pouquíssimos centímetros de distância. E recuou como se tivesse se queimado, o que foi uma reação estranha, já que nem havia encostado nele.

Não dê uma de covarde agora, Henry. Ela engoliu em seco e estendeu a mão de novo, agora na direção do ombro dele. E o cutucou com cautela.

– Dunford? Dunford?

– Humm – murmurou ele, sonolento. – Um cabelo lindo.

A mão de Henry alcançou o próprio cabelo. Ele estava falando dela? Ou com ela? Impossível. O homem ainda estava dormindo.

– Dunford?

Outra cutucada.

– Cheira bem – murmurou ele.

Agora Henry teve certeza de que ele não estava falando dela.

– Dunford, hora de acordar.

– Fique quieta, benzinho, e volte para a cama.

Benzinho? Quem era benzinho?

– Dunford...

Antes que Henry se desse conta do que estava acontecendo, a mão dele envolveu sua nuca e ela caiu na cama.

– Dunford!

– Shhhh, benzinho, me dá um beijo.

Um beijo?, pensou Henry, aflita. Ele estava louco? Ou será que ela estaria? Porque, por uma fração de segundo, havia se sentido tentada a fazer exatamente isso.

– Humm, tão cheirosa...

Ele enfiou o nariz no pescoço dela e seus lábios roçaram a parte de baixo do seu queixo.

– Dunford – disse ela com a voz trêmula –, acho que você ainda está dormindo.

– Aham, aham, como quiser, benzinho...

Ele deixou a mão deslizar para o traseiro dela, puxando-a com mais força junto ao corpo.

Henry ficou sem ar. Eles estavam separados por roupas e cobertores, mas mesmo assim ela conseguiu sentir a rigidez dele quase queimando-a. Henry havia crescido em uma fazenda, sabia o que aquilo significava.

– Dunford, acho que você cometeu um erro...

Dunford pareceu não ouvir. Seus lábios se moveram até o lóbulo dela, que ele começou a mordiscar com tanto, tanto carinho que Henry quase derreteu. Por Deus, ela estava derretendo bem ali, nos braços de um homem que a confundira com outra pessoa. Sem mencionar o detalhe de que ele era uma espécie de inimigo.

Mas os arrepios que subiam e desciam pelas costas de Henry se mostraram muito mais fortes do que o bom senso. Qual seria a sensação de ser beijada? De ser beijada de verdade, profundamente, na boca? Nenhum homem jamais lhe dera sequer um beijinho rápido, e não parecia provável que isso fosse acontecer tão cedo. Portanto, se tivesse que tirar vantagem do estado sonolento de Dunford... ora, que fosse. Henry arqueou o pescoço e virou o rosto para ele, oferecendo os lábios.

Ele aceitou a oferta com avidez, e os lábios e a língua se moveram com habilidade. Henry teve a sensação de que todo o ar lhe escapava dos pulmões e se pegou querendo mais. Hesitante, tocou o ombro dele com a mão. Ele contraiu a musculatura em resposta e gemeu, puxando-a para mais junto de seu corpo.

Então *aquilo* era paixão. Não era assim tão pecaminoso. Com certeza ela poderia se permitir desfrutar um pouquinho, pelo menos até que ele acordasse.

Até que ele acordasse? Henry ficou paralisada. Como diabo ela conseguiria explicar a ele o que estava acontecendo? Henry começou a se debater nos braços dele, aflita.

– Dunford! Dunford, pare com isso!

Ela reuniu todas as suas forças e o empurrou com tanto vigor que acabou caindo no chão com um baque forte.

– Mas que diabo é isso?

Henry engoliu em seco, nervosa. Ele enfim parecia acordado.

O rosto de Dunford surgiu acima dela, pela beirada da cama.

– Maldição, mulher! Que diabo você está fazendo aqui?

– Acordando você?

As palavras saíram mais inseguras do que ela gostaria.

– Mas que...

Ele disse uma palavra que Henry nunca tinha ouvido, então explodiu:

– Pelo amor de Deus, ainda está escuro!

– É a esta hora que costumamos acordar por aqui – informou ela em um tom altivo, mentindo descaradamente.

– Ora, bom para vocês. Agora saia!

– Achei que você queria que eu lhe mostrasse a propriedade.

– Sim, pela manhã – grunhiu Dunford.

– *É* de manhã.

– Ainda está de noite, sua pestinha miserável.

Ele cerrou os dentes para tentar controlar a vontade de se levantar, ir até o outro lado do quarto e abrir as cortinas para provar a ela que o sol ainda não havia nascido. Na verdade, a única coisa que o impedia era o fato de estar nu. Nu e... excitado.

Que diabo? Dunford abaixou o olhar para Henry. Ela ainda estava sentada no chão, com os olhos arregalados e uma expressão que mostrava algo entre o nervosismo e o desejo.

– Desejo?

Ele a examinou com mais atenção. Havia fios de cabelo soltos ao redor do rosto dela. Dunford não conseguia imaginar que alguém tão prática como Henry teria arrumado o cabelo daquela forma de propósito se planejava passar o dia fora. Seus lábios pareciam rosados e inchados, como se ela tivesse acabado de ser beijada.

– O que você está fazendo no chão? – perguntou ele, com a voz baixa.

– Bem, como eu disse, vim acordar você e...

– Poupe-me dessa parte, Henry. O que você está fazendo *no chão*?

Ela ao menos teve a delicadeza de enrubescer.

– Ah. Na verdade, essa é uma longa história.

– Eu tenho o dia todo – disse Dunford.

– Hummm, sim, você tem.

A mente de Henry não parou de pensar até ela se dar conta de que não havia nada que pudesse dizer que fosse remotamente plausível, nem mesmo a verdade. Ele com certeza não acreditaria que havia começado a beijá-la.

– Henry... – insistiu ele, e não havia como confundir o tom de ameaça em sua voz.

Apavorada ao chegar à conclusão de que teria que contar a verdade e enfrentar a reação horrorizada de Dunford, ela começou a balbuciar:

– Bem, eu, hum, vim acordá-lo e você, hum, parece ter um sono muito profundo.

Henry levantou os olhos para ele, na esperança de que Dunford pudesse se contentar apenas com aquilo como explicação.

Ele cruzou os braços, esperando por mais.

– Você... Acho que você me confundiu com outra pessoa – continuou ela, bastante ciente do rubor que coloria seu rosto.

– E me diga, por favor, quem seria essa pessoa?

– Alguém a quem você chama de "benzinho".

"Benzinho"? Era assim que ele chamava Christine, sua amante, instalada em Londres. Uma sensação desagradável começou a se formar na boca do estômago de Dunford.

– E depois, o que aconteceu?

– Bem, você me puxou pelo pescoço e eu caí na cama.

– E?

– Só isso – disse ela depressa, se dando conta, de repente, de que poderia evitar dizer toda a verdade. – Eu o empurrei, você acordou, e nisso eu caí no chão.

Dunford estreitou os olhos. Ela estaria deixando alguma coisa de fora? Ele sempre fora muito ativo durante o sono. Incontáveis vezes havia acordado já no meio do ato com Christine. Não queria nem pensar no que poderia ter começado a fazer com Henry.

– Entendo – disse Dunford, em um tom seco. – Peço desculpas por qualquer comportamento desagradável que possa ter tido enquanto dormia.

– Ah, não foi nada, posso garantir – falou Henry, grata.

Dunford a encarou em expectativa.

Henry devolveu o olhar com um sorriso inocente no rosto.

– Henry – falou ele, por fim. – Que horas são?

– Que horas são? – repetiu ela. – Ora, acho que devem ser quase seis agora.

– Exatamente.

– Como assim?

– Saia do meu quarto.

– Ah.

Ela se levantou com dificuldade.

– Você vai querer se vestir, é claro.

– *Vou querer* voltar a dormir.

– Humm, sim, claro que vai, mas, se me permite dizer, é improvável que consiga, então acho que você pode muito bem se vestir logo.

– Henry?

– Sim?

– Saia!

Ela desapareceu.

Vinte minutos depois, Dunford se juntava a Henry na mesa do café da manhã. Ele estava vestido casualmente, mas bastou um olhar para que Henry percebesse que eram roupas elegantes demais para ajudar a construir um chiqueiro. Pensou em comentar isso com ele, mas mudou de ideia. Se Dunford arruinasse as próprias roupas, seria mais um motivo para ele querer ir embora. Além disso, duvidava que o homem tivesse no guarda-roupa algo adequado para executar tal tarefa.

Ele se sentou em frente a ela e pegou um pedaço de torrada com um movimento tão violento que Henry percebeu que estava furioso.

– Não conseguiu voltar a dormir? – perguntou ela, baixinho.

Ele a encarou, irritado.

59

Henry fingiu não notar.

– Gostaria de dar uma olhada no *Times*? Estou quase terminando de ler.

Sem esperar que ele respondesse, Henry empurrou o jornal por cima da mesa.

Dunford olhou para baixo e franziu a testa.

– Eu li esse jornal há dois dias.

– Ah. Sinto muito – disse ela, incapaz de esconder a malícia na voz. – Demora alguns dias para o jornal chegar aqui. Estamos no fim do mundo, como bem sabe.

– É, estou começando a perceber.

Satisfeita com o progresso dos seus planos, Henry conteve um sorriso. Depois da cena bizarra daquela manhã, sua determinação de vê-lo voltar para Londres quadruplicara. Estava ciente do efeito que um dos sorrisos de Dunford tinha sobre ela – não queria nem imaginar o que um de seus beijos faria se ela o deixasse ir até o fim.

Bem, isso não era totalmente verdade. Estava morrendo de vontade de saber o que um dos beijos dele a faria sentir, e também tinha certeza de que ele nunca se daria o trabalho de deixá-la descobrir. A única maneira de Dunford voltar a beijá-la seria se ele a confundisse com outra mulher, e as chances de isso acontecer duas vezes eram mínimas. Além disso, Henry tinha algum orgulho, mesmo que convenientemente o houvesse esquecido naquela manhã. Por mais que tivesse apreciado o beijo, não gostara de saber que Dunford, na verdade, a beijara desejando outra pessoa.

Homens como ele não desejavam mulheres como ela, e quanto mais cedo ele fosse embora, mais cedo ela poderia voltar a se sentir bem consigo mesma.

– Veja só! – exclamou Henry, com uma expressão de pura animação no rosto. – O sol está nascendo.

– Mal consigo conter minha alegria.

Henry se engasgou com a torrada. Ao menos seria interessante se livrar dele. Ela decidiu não provocá-lo mais até terminarem o desjejum. Os homens podem ser desagradáveis quando estão de barriga vazia. Ao menos era isso que Viola sempre dizia. Henry colocou uma garfada de ovos na boca e voltou a atenção para a janela, por onde se via o nascer do sol cintilante. Primeiro, o céu se tingiu de lilás e, aos poucos, foi se tornando laranja e cor-de-rosa. Henry tinha certeza de que não havia lugar na terra tão bonito quanto Stannage Park naquele exato minuto. Incapaz de se conter, suspirou.

Dunford se virou para ela, curioso, e viu que ela olhava, extasiada, pela janela. A expressão de admiração em seu rosto era aviltante. Ele sempre gostara de atividades ao ar livre, mas nunca vira um ser humano tão dominado pela reverência e pela admiração diante das forças da natureza. Era uma mulher complexa, a sua Henry. *Sua* Henry? Quando havia começado a pensar nela em termos possessivos?

Desde que ela caiu da sua cama agora de manhã, respondeu a mente dele, de forma irônica. *E pare de fingir que não se lembra de que a beijou.*

A situação toda voltara à cabeça de Dunford enquanto ele se vestia. Não tivera a intenção de beijá-la, nem sequer havia percebido na hora que era Henry a pessoa em seus braços. Mas aquilo não significava que não se lembrava de cada pequeno detalhe agora: a curva dos lábios, a sensação do cabelo sedoso contra o seu peito nu, o cheiro que agora era familiar. Cítrico. Por algum motivo, ela cheirava a limões. Não conseguiu evitar uma careta pensando que torcia para que *esse* perfume fosse mais frequente nela do que o cheiro de chiqueiro que a jovem exalava no dia em que se conheceram.

– Qual é a graça?

Dunford levantou os olhos. Henry o encarava com curiosidade. Ele rapidamente compôs as feições em uma carranca.

– Eu pareço estar achando graça de alguma coisa?

– *Parecia* – murmurou ela, e se voltou para o café da manhã.

Dunford a observou comer. Henry colocou outra garfada na boca e virou novamente o olhar para fora, onde o sol começava a colorir o céu. Ela suspirou mais uma vez. Era óbvio quanto Henry amava Stannage Park, pensou ele. Mais do que ele jamais vira uma pessoa amar um pedaço de terra.

Então era isso! Dunford não conseguia acreditar em como fora estúpido por não ter percebido antes. É claro que Henry queria se livrar dele. Ela administrava Stannage Park havia seis anos. Dedicara toda a sua vida adulta e boa parte da infância àquela propriedade. Ela jamais poderia aceitar a interferência de um total estranho. Diabos, ele poderia expulsá-la de Stannage Park se quisesse. Não tinham qualquer parentesco.

Ele teria que conseguir uma cópia do testamento de Carlyle para ver os termos exatos relativos à Srta. Henrietta Barrett, se é que havia algum. O advogado que lhe contara sobre a herança... Qual era o nome dele? Leverett... Sim, Leverett dissera que enviaria uma cópia do documento, mas Dunford ainda não a havia recebido quando partira para a Cornualha.

A pobre moça devia estar apavorada. E furiosa. Ele olhou para a expressão animada que ela exibia. Dunford podia apostar que Henry se sentia mais furiosa do que apavorada.

– Você gosta muito daqui, não é? – perguntou ele abruptamente.

Henry foi pega de surpresa pela vontade repentina dele de conversar e tossiu um pouco antes de responder:

– Sim. Sim, claro. Por que pergunta?

– Nenhum motivo especial. Só estava pensando a respeito. Dá para ver na sua expressão, sabe?

– Ver o quê? – perguntou Henry, hesitante.

– Seu amor por Stannage Park. Eu a estava observando enquanto você assistia ao nascer do sol.

– V-você estava?

– Aham.

E, pelo visto, aquilo era tudo o que ele estava disposto a dizer sobre o assunto. Dunford voltou a dedicar sua atenção ao café da manhã e a ignorou por completo.

Henry mordeu o lábio inferior, preocupada. Aquilo era um mau sinal. Por que ele se importaria com os sentimentos dela? A menos que de alguma forma planejasse usar aquilo contra ela... Se Dunford quisesse vingança, nada poderia ser tão doloroso quanto bani-la do seu amado lar.

Mas, pensando melhor, por que ele iria querer vingança? Dunford talvez não gostasse dela, talvez até a achasse um tanto irritante, mas Henry não dera a ele nenhum motivo para odiá-la, certo? É claro que não. Ela estava deixando a própria imaginação confundi-la.

Dunford a observou discretamente por cima do seu prato de ovos. Henry estava preocupada. Ótimo. Ela merecia, depois de arrancá-lo da cama naquela manhã a uma hora nada civilizada. Sem mencionar o plano inteligente de fazer com que a fome o expulsasse da Cornualha. E ainda havia a questão do banho... Dunford até a admiraria pela engenhosidade se os esquemas de Henry tivessem sido dirigidos a outra pessoa que não ele.

Se ela pensava que poderia provocá-lo até que ele resolvesse abandonar a propriedade, estava louca. Dunford sorriu e pensou que a Cornualha seria mesmo muito divertida.

Continuou tomando o café da manhã, em porções propositalmente pequenas e lentas, se deleitando com a angústia de Henry. Por três vezes ela começou a dizer alguma coisa, mas pensou melhor e desistiu. E mordeu duas vezes o lábio inferior. Em um momento, Dunford chegou a ouvi-la murmurar algo para si mesma. Ele achou que soava um pouco como "maldito imbecil", mas não tinha certeza.

Enfim, depois de decidir que já a fizera esperar o suficiente, ele largou o guardanapo em cima da mesa e se levantou.

– Vamos?

– Como quiser, milorde.

Henry não conseguiu esconder um traço de sarcasmo na voz. Já terminara de comer havia mais de dez minutos. Dunford não conseguiu evitar sentir uma satisfação perversa com a irritação dela.

– Diga, Henry. Qual é a primeira atividade da nossa agenda?

– Você não se lembra? Estamos construindo um novo chiqueiro.

Dunford experimentou uma sensação desagradável.

– Suponho que era isso que você estava fazendo quando cheguei.

Não foi necessário acrescentar "Quando você estava cheirando tão mal".

Henry lançou um sorriso astuto por cima do ombro e saiu andando na frente.

Dunford não sabia se sentia raiva ou se divertia. Henry estava planejando várias armadilhas para ele, tinha certeza disso. Ou pretendia exauri-lo até os ossos. Ainda assim, Dunford achava que era capaz de ser mais esperto do que ela. Afinal, descobrira a artimanha sem que ela fizesse a menor ideia disso.

Ou será que fazia?

E, se fazia, isso significava que agora a vantagem era dela? Como não eram nem sete da manhã, o cérebro dele se recusava a calcular as ramificações.

Ele seguiu Henry, que passou pelos estábulos e chegou a uma estrutura que Dunford imaginou ser um celeiro. Sua experiência com a vida rural estivera limitada às casas de campo ancestrais da aristocracia, a maioria afastada de qualquer coisa parecida com uma fazenda em funcionamento. O trabalho no campo era deixado nas mãos dos arrendatários, e a alta sociedade em geral não queria ver nenhum deles, a menos que estivessem devendo o aluguel. Por isso ele estava confuso.

– Isso é um celeiro? – perguntou.

Henry pareceu estupefata por ele perguntar.

– É claro. O que você achou que era?

– Um celeiro – retrucou ele, irritado.

– Então por que perguntou?

– Eu só estava me perguntando por que o seu querido amigo Porkus estava nos estábulos e não aqui.

– Está cheio demais aqui – respondeu Henry. – Basta olhar lá para dentro. Temos muitas vacas.

Dunford decidiu acreditar na palavra dela.

– Há bastante espaço sobrando nos estábulos – continuou ela. – Não temos muitos cavalos, sabe? Boas montarias são muito caras.

Henry abriu um sorriso inocente para Dunford, torcendo para que ele esperasse ter herdado um estábulo cheio de puros-sangues árabes.

Dunford lhe lançou um olhar irritado.

– Eu sei quanto custam os cavalos.

– É claro. As parelhas da sua carruagem eram lindas. São suas, não são?

Ele a ignorou e seguiu em frente até seu pé encontrar alguma coisa bem mole.

– Bosta – murmurou ele.

– Exatamente.

Dunford se virou para ela, se achando um santo por não esganá-la.

Henry conteve um sorriso e desviou os olhos.

– O chiqueiro vai ficar aqui.

– Foi o que deduzi.

– Humm, sim.

Ela olhou para o pé dele, que agora já não parecia tão elegantemente calçado, e sorriu ao dizer:

– Deve ser de vaca.

– Agradeço pela informação. Tenho certeza de que a distinção será muito edificante.

– São os inconvenientes da vida na fazenda – comentou Henry, em um tom despreocupado. – Mas estou surpresa por isso não ter sido limpo. Tentamos manter tudo impecável por aqui.

Dunford sentiu uma enorme vontade de lembrá-la de sua aparência e do cheiro que exalava dois dias antes, mas, mesmo em sua irritação suprema, era cavalheiro demais para fazer isso. Contentou-se, então, em comentar, com um ar de dúvida:

– Em um chiqueiro?

– Na verdade, os porcos não são tão sujos quanto a maioria das pessoas pensa. Sim, eles gostam de lama e tudo o mais, mas não... – Ela abaixou os olhos para o pé dele. – ... você sabe.

Dunford deu um sorriso tenso.

– Sei. Bem demais.

Ela levou as mãos aos quadris e olhou ao redor. Já haviam começado a erguer a parede de pedra que delimitaria o chiqueiro, mas ainda não chegara à altura desejada. A construção estava levando muito tempo porque Henry insistira em garantir que a base fosse forte. Uma base fraca fora o motivo do desmoronamento do chiqueiro anterior.

– Gostaria de saber onde estão todos – murmurou Henry.

– Dormindo, se tiverem o mínimo de bom senso – retrucou Dunford, em um tom amargo.

– Suponho que poderíamos dar início aos trabalhos – disse ela, hesitante.

Pela primeira vez em toda a manhã, Dunford abriu um sorriso e falou com sinceridade.

– Não sei nada sobre construir qualquer coisa, por isso voto em esperarmos.

Ele se sentou em cima de uma parede semiacabada, parecendo muito satisfeito consigo mesmo.

Henry, que se recusava a deixá-lo achar que concordava com ele em qualquer assunto que fosse, atravessou o canteiro da obra até uma pilha de pedras. Então se abaixou e pegou uma.

Dunford ergueu as sobrancelhas, ciente de que deveria ajudá-la, mas sem a menor disposição para fazê-lo. Henry era surpreendentemente forte.

Ele revirou os olhos. Por que ainda ficava surpreso com qualquer coisa que tivesse a ver com ela? Claro que Henry seria capaz de pegar uma pedra grande. Era Henry, afinal. Devia ser capaz de *pegá-lo* no colo.

Dunford a observou levar a pedra até uma das paredes e pousá-la no chão. Henry soltou o ar com força e enxugou a testa. Então olhou, irritada, para ele, que sorriu. Um de seus melhores sorrisos, pensou.

– Você deveria dobrar as pernas ao levantar as pedras – aconselhou ele de onde estava. – É melhor para as suas costas.

– É melhor para as costas, nhé nhé nhé... – zombou Henry em voz baixa, imitando o tom dele. – Seu preguiçoso, inútil, idiota...

– O que disse?

– Obrigada pelo conselho – respondeu ela, a doçura personificada.

Dunford sorriu mais uma vez, agora para si mesmo. Ele a estava afetando.

Henry repetiu a tarefa umas vinte vezes antes que os funcionários enfim chegassem.

– Onde vocês estavam? – perguntou ela, irritada. – Já estamos aqui há dez minutos.

Um dos homens pareceu confuso.

– Mas nós chegamos cedo, Srta. Henry.

O rosto dela ficou tenso.

– Começamos às seis e quarenta e cinco.

– Chegamos depois das sete – falou Dunford, em um tom prestativo.

Henry se virou e lançou um olhar assassino a ele, que sorriu e deu de ombros.

– Não começamos antes das sete e meia no sábado – lembrou um dos homens.

– Tenho certeza de que você está enganado – mentiu Henry. – Começamos muito antes disso.

Outro homem coçou a cabeça.

– Acho que não, Srta. Henry. Acho que começamos às sete e meia.

Dunford deu um sorrisinho debochado e disse:

– Estou vendo que a vida no campo não começa tão cedo, afinal.

Porém, convenientemente não mencionou que sempre evitava se levantar antes do meio-dia quando estava em Londres.

Henry lhe lançou mais um olhar furioso.

– Por que está tão irritada? – perguntou ele, compondo as feições em uma expressão de inocência infantil. – Achei que você gostasse de mim.

– Eu *gostava* – resmungou ela.

– E agora não gosta mais? Ora, estou arrasado.

– Da próxima vez, você pode pensar em ajudar em vez de ficar me assistindo carregar pedras por um chiqueiro.

Dunford deu de ombros.

– Eu disse que não tenho experiência como pedreiro. Não gostaria de estragar o projeto inteiro.

– Suponho que esteja certo – disse Henry.

A voz dela saiu suave demais, o que preocupou Dunford. Ele ergueu as sobrancelhas, curioso.

– Afinal – continuou Henry –, se o chiqueiro anterior tivesse sido construído da forma correta, não estaríamos tendo que construir um novo hoje.

Dunford de repente se sentiu um pouco apreensivo. Ela parecia muito satisfeita consigo mesma.

– Desse modo, é mesmo mais sábio não deixar alguém tão inexperiente quanto você se aproximar dos aspectos estruturais do chiqueiro.

– Em oposição aos aspectos não estruturais? – perguntou Dunford em um tom irônico.

Henry sorriu.

– Exatamente!

– Isso quer dizer...?

– Quer dizer...

Ela atravessou o chiqueiro e trouxe para ele uma pá.

– Meus parabéns, lorde Stannage, eu o declaro comandante da pá, senhor da lama.

Dunford achou que não seria possível o sorriso de Henry ficar mais largo, mas estava enganado. E não podia haver sorriso mais genuíno. Ela indicou com um movimento de cabeça uma pilha fedorenta de algo que Dunford nunca tinha visto antes, então se voltou para os outros homens.

Dunford teve que recorrer a todo o seu autocontrole para não ir atrás dela e bater com a pá em seu traseiro.

CAPÍTULO 5

Duas horas depois, Dunford estava prestes a matar Henry.

No entanto, até mesmo a sua mente indignada reconhecia que o assassinato não era uma opção viável, por isso ele se contentou em traçar vários planos para fazê-la sofrer.

Tortura era algo muito banal, decidiu, e ele também não tinha estômago para fazer aquilo com uma mulher. Embora... Ele fitou a figura que usava uma calça larga. Ela parecia estar sorrindo enquanto arrastava as pedras. Não era uma mulher comum.

Dunford balançou a cabeça. Havia outras maneiras de torná-la infeliz. Uma cobra em sua cama, talvez? Não, a maldita devia gostar de cobras. Uma aranha? Todo mundo odiava aranhas, certo? Ele se apoiou na pá, ciente de que agia da forma mais infantil, mas sem se importar nem um pouco com isso.

Havia tentado de tudo para abandonar aquele trabalho desprezível, e não apenas porque o trabalho era difícil e o cheiro era... bem, o cheiro era nojento, não havia outra forma de dizer. Mas não queria de modo algum que Henry achasse que o havia derrotado.

E ela *o havia* derrotado, a criaturinha infernal. Henry o colocara – um lorde do reino (embora recente) – para limpar lama, estrume e outras tantas coisas que, com certeza, nem o próprio Deus iria queria saber o que eram. E ele estava encurralado, porque desistir significaria admitir que era um dândi londrino cheio de frescuras.

Dunford havia argumentado que toda a sujeira ficaria no caminho enquanto ela erguia a parede. Henry simplesmente o orientara a colocar tudo no centro.

– Você pode aplanar tudo depois – acrescentara ela.

– Mas uma parte pode acabar sujando seus sapatos.

Henry riu.

– Ah, estou acostumada.

Seu tom implicava que ela era muito mais resistente do que ele.

Dunford rangeu os dentes e jogou um pouco de lodo em uma pilha. O fedor era insuportável.

– Achei que você tinha dito que os porcos são limpos.

– Mais limpos do que as pessoas costumam pensar que são, mas não tão limpos quanto você e eu.

Ela abaixou os olhos para as botas sujas, com uma expressão travessa nos olhos cinzentos.

– Bem, normalmente.

Dunford murmurou alguma coisa desagradável antes de responder:

– Achei que eles não gostassem de bos... você sabe.

– Eles não gostam.

– Como assim? – perguntou Dunford.

Ele enterrou a pá no chão e levou a outra mão ao quadril. Henry se aproximou e cheirou o ar acima da pilha diante dele.

– Meu Deus do céu. Bem, acho que um pouco acabou misturado aí por acidente. Acontece com frequência, na verdade. Sinto muito.

Ela sorriu para ele e voltou ao trabalho.

Dunford soltou um rosnado baixo, só para se sentir um pouco melhor, e voltou para a pilha de lodo. Ele se achava capaz de controlar o próprio temperamento. Costumava se considerar um homem tranquilo. Mas quando ouviu um dos homens dizer "O trabalho está indo muito mais rápido agora que *você está* ajudando, Henry", precisou se controlar para não estrangulá-la. Não sabia por que Henry fedia tanto no dia em que ele chegou, mas agora estava claro que não era porque ela se enfiara na lama até os joelhos enquanto trabalhava. Uma névoa vermelha de fúria o cegou enquanto ele se perguntava que outras tarefas nojentas ela estava planejando assumir só para convencê-lo de que eram tarefas diárias do senhor da propriedade.

Com os dentes cerrados, Dunford enfiou a pá na papa fedorenta, ergueu uma pequena quantidade e fez menção de carregar até o meio do chiqueiro. No caminho, no entanto, o lodo escorregou da pá e caiu nos sapatos de Henry.

– Poxa, que pena...

Ela se virou. Dunford esperou que tivesse um acesso de raiva, que dissesse algo como "Você fez de propósito!", mas ela permaneceu em silêncio, imóvel, a não ser por um ligeiro estreitar dos olhos. Então, com um movimento rápido do tornozelo, fez com que a sujeira respingasse na calça dele.

Depois deu um sorrisinho presunçoso, esperando que *ele* dissesse "Você fez de propósito!", mas Dunford também permaneceu em silêncio. Então ele sorriu para ela, e Henry viu que estava em apuros. Antes que tivesse tempo de reagir, ele ergueu a perna e plantou a sola da bota contra a calça dela, deixando uma pegada lamacenta na frente da coxa.

E inclinou a cabeça, esperando que ela revidasse.

Henry considerou a possibilidade de pegar um pouco da sujeira e espalhar no rosto dele, mas logo concluiu que Dunford teria muito tempo para reagir. Além disso, ela estava sem luvas. Henry olhou de relance para a esquerda, para confundi-lo, então pisou com força no pé no dele.

Dunford soltou um uivo de dor.

– Já *basta*!

– Você começou!

– *Você* começou antes mesmo de eu chegar, sua ardilosa sem limites, sua...

Henry esperou que ele a chamasse de cretina, mas ele não conseguiu. Em vez disso, agarrou-a pela cintura, jogou-a por cima do ombro e a levou para fora do chiqueiro.

– Você não pode fazer isso! – gritou Henry enquanto batia nas costas dele com punhos surpreendentemente fortes. – Tommy! Harry! Alguém! Não o deixem fazer isso!

Mas os homens que estavam trabalhando na parede do chiqueiro não se moveram. Ficaram assistindo, boquiabertos, à visão inacreditável da Srta. Henrietta Barrett, que havia anos não deixava ninguém levar a melhor sobre ela, sendo retirada à força do chiqueiro.

– Talvez fosse melhor ajudá-la – comentou Harry.

Tommy balançou a cabeça enquanto observava Henry desaparecer encosta acima, se debatendo.

– Não sei, não. Ele é o novo barão... Se quiser levar Henry embora, ele tem o direito de fazer isso, eu acho.

Henry não concordava com aquilo, porque ainda estava gritando:

– Você não tem o direito de fazer isso!

Dunford enfim largou-a ao lado de um pequeno galpão onde eram guardadas ferramentas de cultivo. Felizmente, não havia ninguém à vista.

– É mesmo? – O tom dele era pura arrogância.

– Você sabe quanto tempo demora para se conquistar o respeito das pessoas aqui? Sabe? Pois eu lhe digo que é preciso muito tempo. *Muito* tempo. E você estragou tudo. Tudo!

– Duvido que toda a população de Stannage Park vá passar a achar que você não merece respeito por causa das minhas ações – disse Dunford, furioso –, embora *as suas* ações possam lhe causar problemas.

– O que você quer dizer com "as minhas"? Foi você quem jogou a sujeira nos meus pés, caso não se lembre.

– E foi você quem me fez limpar aquela bosta toda, em primeiro lugar!

Ocorreu a Dunford que aquela era a primeira vez que ele falava de forma tão grosseira com uma mulher. Era incrível o poder que Henry tinha de deixá-lo furioso.

– Se você não está à altura da tarefa de administrar uma fazenda, pode voltar para a sua casa em Londres. Vamos sobreviver muito bem sem você.

– É disso que se trata, não é? A pequena Henry está com medo de que eu tire o brinquedo dela e está tentando se livrar de mim. Pois bem, fique você sabendo de uma coisa: é preciso muito mais do que uma mocinha de 20 anos para me fazer sair correndo assustado.

– Não me trate com condescendência! – avisou ela.

– Ou o quê? O que vai fazer comigo? O que você poderia fazer para me causar algum mal?

Para seu mais profundo horror, Henry sentiu o lábio inferior começar a tremer.

– Eu poderia... poderia...

Ela precisava pensar em algo... precisava! Não podia deixá-lo vencer. Dunford a expulsaria da propriedade, e a única coisa pior do que não ter para onde ir era nunca mais voltar a ver Stannage Park. Por fim, desesperada, Henry disse em um rompante:

– Eu poderia fazer qualquer coisa! Conheço este lugar melhor do que você! Melhor do que qualquer um! Você nem sequer...

Rápido como um raio, ele a imprensou contra a parede do galpão e enfiou o dedo indicador em seu ombro. Henry não conseguia respirar – havia esquecido como se fazia isso e o olhar assassino nos olhos de Dunford a deixou com as pernas bambas.

– Não cometa o erro de me deixar com raiva – disse ele, furioso.

– Você não está com raiva agora? – murmurou ela, incrédula.

Dunford a soltou abruptamente, sorriu e arqueou uma sobrancelha ao vê-la se encolher.

– Nem um pouco – respondeu em um tom tranquilo. – Eu só queria estabelecer algumas regras básicas.

Henry o encarou, boquiaberta. O homem era *louco*.

– Em primeiro lugar, chega de tramas tortuosas para tentar se livrar de mim.

Ela engoliu em seco várias vezes.

– E não quero mais mentiras!

Henry arquejou em busca de ar.

– E...

Ele fez uma pausa para olhar para ela.

– Ah, meu Deus. Você não vai chorar...

Ela começou a chorar alto.

– Não, por favor, não chore.

Dunford pegou o lenço no bolso, percebeu que estava manchado de sujeira e o guardou novamente.

– Não chore, Henry.

– Eu nunca choro – disse ela entre arquejos, mal conseguindo articular as palavras, em soluços.

– Eu sei – disse ele baixinho, agachando-se até a altura dela. – Eu sei.

– Eu não choro há anos.

Dunford acreditou. Era impossível imaginá-la chorando; era impossível sequer imaginar que ela estivesse fazendo aquilo bem na frente dele. Henry era tão competente, tão controlada, definitivamente não era do tipo que se entregava às lágrimas. E o fato de ter sido ele a deixá-la naquele estado... partiu seu coração.

– Pronto – murmurou Dunford enquanto dava palmadinhas carinhosas, e constrangidas, no ombro dela. – Passou. Passou. Está tudo bem.

Henry respirou fundo, tentando conter os soluços, mas não adiantou. Dunford olhou ao redor em desespero, como se as colinas verdes de alguma forma pudessem lhe dizer como fazer com que ela parasse de chorar.

– Não faça isso. Péssima tentativa.

– Eu não tenho para onde ir – lamentou Henry. – Nenhum lugar. Ninguém. Eu não tenho família.

– Shhhh. Está tudo bem.

– Eu só queria ficar aqui – disse ela, arquejando e fungando. – Eu só queria ficar aqui. Isso é tão ruim assim?

– É claro que não, meu bem.

– É que este é o meu lar.

Ela olhou para ele, com os olhos cinzentos brilhando por causa das lágrimas.

– Ou era, ao menos. Agora é seu lar, e você pode fazer o que quiser com a propriedade. Pode fazer o que quiser comigo. E... Ah, Deus, eu sou uma idiota. Você deve me odiar.

– Eu não odeio você – respondeu Dunford.

E era verdade, é claro. Ela o irritara... e muito! Mas ele não a odiava. Na verdade, Henry conseguira conquistar o respeito dele, algo que não acontecia facilmente, a menos que fosse muito merecido. Seus métodos talvez tivessem sido um pouco distorcidos, mas ela estivera lutando pela única coisa no mundo que amava. Poucos homens poderiam alegar ter tamanha pureza de propósito.

Dunford deu outra palmadinha carinhosa na mão de Henry, tentando acalmá-la. O que ela dissera sobre ele poder fazer o que quisesse com ela... Aquilo não fazia sentido. Dunford supunha que poderia forçá-la a deixar Stannage Park se quisesse, mas aquilo não era *qualquer coisa*. Mas se era esse o pior destino que Henry podia imaginar, era compreensível que fosse um pouco melodramática a respeito. Ainda assim, algo lhe pareceu estranho. Dunford fez uma anotação mental para conversar com Henry sobre aquele assunto mais tarde, quando ela não estivesse tão abalada.

– Pronto, Henry – falou, achando que havia chegado a hora de acabar com o medo dela. – Não vou mandar você embora. Pelo amor de Deus, por que eu faria isso? Além do mais, eu dei algum sinal de que tinha essa intenção?

Henry engoliu em seco. Ela simplesmente presumira que teria que tomar a ofensiva naquela batalha de vontades. Então ela o encarou, e seus olhos castanhos pareciam muito preocupados. Talvez uma batalha nunca tivesse sido necessária. Talvez ela devesse ter esperado para conhecer melhor o novo lorde Stannage antes de decidir que deveria mandá-lo de volta a Londres.

– Dei? – insistiu ele, em um tom suave.

Ela balançou a cabeça.

– Pense bem, Henry. Eu seria um tolo se mandasse você embora. Sou o primeiro a admitir que não sei nada sobre a administração de uma propriedade no campo. Eu posso destruir a propriedade se não contratar alguém para supervisioná-la. E por que deveria contratar um desconhecido quando tenho alguém que já sabe tudo o que há para saber sobre este lugar?

Henry abaixou os olhos, incapaz de encará-lo. Por que ele tinha que ser tão razoável e tão... gentil? Ela se sentia culpada por todos os planos que arquitetara para expulsá-lo dali, inclusive os que ainda não havia executado.

– Sinto muito, Dunford. Mesmo.

Ele ignorou o pedido de desculpas, porque não queria que ela se sentisse pior do que já estava se sentindo.

– Não precisa se desculpar – disse ele, depois olhou para si mesmo e, em um tom irônico, acrescentou: – Bem, a não ser pelas minhas roupas, talvez.

– Ah! Eu sinto muito!

Henry caiu no choro de novo, agora horrorizada com o que fizera. Aquela roupa devia ter custado uma fortuna. Ela nunca vira nada tão elegante na vida. Não achava que seria possível encontrar roupas como aquelas na Cornualha.

– *Por favor*, não se preocupe com isso, Henry – pediu Dunford.

E então se viu surpreso ao perceber que soava quase como se estivesse implorando que ela não se sentisse mal. Quando os sentimentos de Henry haviam se tornado tão importantes para ele?

– Se essa manhã não foi agradável, ao menos foi... digamos... interessante, e as minhas roupas valeram o sacrifício, se isso significa que chegamos a uma espécie de trégua. Não quero ser acordado antes do amanhecer na próxima semana para ser informado de que tenho que abater uma vaca sozinho.

Henry arregalou os olhos. Como ele *soube*?

Dunford percebeu a mudança na expressão dela, interpretou-a corretamente e estremeceu.

– Minha cara jovem, você certamente poderia ensinar uma ou duas coisinhas a Napoleão.

Os lábios de Henry se curvaram. Apesar de ainda choroso, sem dúvida era um sorriso.

– Agora – continuou ele enquanto se levantava – vamos voltar para a casa? Estou morrendo de fome.

– Ah! – disse Henry, engolindo em seco. – Eu sinto muito.

Ele revirou os olhos.

– Por que você sente muito agora?

– Por fazer você comer aquele carneiro horrível. E o mingau. Eu detesto mingau.

Dunford sorriu com gentileza para ela.

– Você ter sido capaz de comer uma tigela inteira daquela lama ontem só prova quanto você ama esse lugar.

– Eu não comi – admitiu ela. – Só umas colheradas. Joguei o resto em um vaso quando você não estava olhando. Tive que voltar e limpar mais tarde.

Ele riu, incapaz de se conter.

– Henry, eu nunca conheci ninguém como você.

– Não sei se isso é uma coisa tão boa assim...

– Que bobagem. É claro que é. Vamos, então?

Henry aceitou a mão que Dunford lhe estendeu e se levantou.

– Simpy faz biscoitos muito bons – comentou ela baixinho, em um tom que sugeria uma trégua. – Amanteigados de gengibre. São deliciosos.

– Esplêndido. Se ela não tiver alguns prontos, teremos que convencê-la a preparar um tabuleiro bem grande. Quer dizer, não precisamos terminar o chiqueiro, certo?

Ela balançou a cabeça.

– Eu *estava* trabalhando nele no sábado, mas só supervisionando. Acho que os homens ficaram um pouco surpresos com o meu entusiasmo essa manhã.

– Com certeza ficaram. O queixo de Tommy chegou quase ao meio dos joelhos. E, por favor, me diga que você não acorda tão cedo.

– Não. Eu não funciono bem pela manhã. Não consigo fazer nada direito antes das nove, a menos que seja absolutamente necessário.

Dunford sorriu ao perceber quão determinada ela estivera a se livrar dele. Queria *mesmo* vê-lo pelas costas para obrigá-lo a estar de pé às cinco e meia da manhã.

– Se você detesta pessoas matinais tanto quanto eu, acho que vamos nos dar muito bem.

– Espero que sim.

Henry deu um sorriso trêmulo enquanto caminhavam de volta para casa. Um amigo. Era isso que Dunford seria para ela. Era uma ideia empolgante. Não tivera nenhum amigo de verdade desde que se tornara adulta. Ela se dava muito bem com todos os criados, é claro, mas sempre havia aquela atmosfera de patrão e empregado que os impedia de serem realmente próximos. Com Dunford, entretanto, encontrara amizade, mesmo que tivessem tido um começo difícil. Ainda assim, havia uma coisa que ela queria saber.

– Dunford – chamou ela, baixinho.

– Sim?

– Quando você disse que não estava com raiva...
– Sim?
– Você estava?
– Fiquei bastante aborrecido – admitiu ele.
– Mas não com raiva? – repetiu ela, como se não acreditasse nele.
– Acredite em mim, Henry, quando eu ficar com raiva você vai saber.
– O que acontece?
Os olhos dele ficaram um pouco mais sérios antes que respondesse:
– Você não iria querer saber.
Ela acreditou nele.

Mais ou menos uma hora depois, Henry e Dunford se encontraram na cozinha, ambos de banho tomado, para comer um prato dos biscoitos de gengibre da Sra. Simpson. Quando estavam ocupados disputando para ver quem comeria o último, Yates se aproximou.

– Chegou uma correspondência para o senhor essa manhã, milorde – anunciou. – Do seu advogado. Deixei no escritório.

– Excelente – respondeu Dunford, afastado a cadeira para se levantar. – Deve ser o restante da documentação sobre Stannage Park. Uma cópia do testamento de Carlyle, eu acho. Gostaria de ler, Henry?

Dunford não sabia se ela havia se sentido menosprezada pelo fato de ele ter herdado a propriedade. A propriedade estava atrelada por morgadio, de fato, e Henry não poderia tê-la herdado de qualquer forma, mas isso não significava que ela não tivesse ficado magoada. Ao perguntar se ela queria ler o testamento de Carlyle, ele estava tentando assegurá-la de que ela ainda era uma figura importante ali. Henry deu de ombros enquanto o seguia pelo corredor.

– Posso ler, se quiser que eu leia. Mas é bastante simples, eu acho. Fica tudo para você.

– Carlyle não deixou nada para você?

Dunford ergueu as sobrancelhas, chocado. Era um absurdo deixar uma moça sem um tostão, à deriva.

– Suponho que ele tenha imaginado que você cuidaria de mim.

– Eu me certificarei de que você esteja confortavelmente estabelecida, e este sempre será o seu lar, mas Carlyle deveria tê-la deixado amparada. Eu nem sequer conhecia o homem, ele não tinha como saber se eu era uma pessoa de princípios.

– Imagino que ele tenha pensado que você não poderia ser alguém muito ruim, já que era parente dele – brincou Henry.

– Ainda assim...

Dunford abriu a porta do escritório e entrou. Mas quando chegou à escrivaninha não havia qualquer correspondência esperando por ele, apenas uma pilha de papel rasgado. – Mas que diabo...?

Henry ficou muito pálida.

– Ah, não...

– Quem faria uma coisa dessas? – perguntou Dunford, que levou as mãos aos quadris e se virou para encará-la. – Henry, você conhece todos os criados pessoalmente? Quem você acha...

– Não foram os criados... – disse ela, suspirando. – Rufus? Rufus?

– Quem diabos é Rufus?

– Meu *ccccuelo* – murmurou ela, e ficou de joelhos.

– Seu *o quê?*

– Meu coelho. Rufus? Rufus? Onde você está?

– Você está querendo me dizer que tem um coelho de estimação? Meu bom Deus, essa mulher faz alguma coisa de forma normal?

– Em geral ele é muito bonzinho – disse ela com um fio de voz. – Rufus!

De repente, uma bolinha de pelo preto e branco disparou pela sala.

– Rufus! Volte aqui! Coelhinho malvado! Coelhinho malvado!

O corpo de Dunford começou a se sacudir com um riso. Henry estava perseguindo o coelho pela sala, agachada, com os braços estendidos. Mas toda vez que ela tentava agarrá-lo ele escapava de suas mãos.

– Rufus! – chamou ela em um tom de alerta.

– Imagino que você não possa agir como o resto da humanidade e ter escolhido adotar um gato ou um cachorro, não é?

Henry percebeu que se tratava de uma pergunta retórica e não fez qualquer comentário. Ela se levantou, levou as mãos aos quadris e suspirou. Para onde ele teria ido?

– Acho que ele foi para trás da estante – informou Dunford, prestativo.

Henry se aproximou na ponta dos pés e espiou por trás do grande móvel de madeira.

– Shhh. Vá para o outro lado.

Dunford obedeceu.

– Faça algo para assustá-lo.

Dunford olhou para ela com uma expressão duvidosa. Por fim, se ajoelhou e disse com uma voz assustadora:

– Olá, coelhinho. Acho que hoje teremos ensopado de coelho para o jantar...

Rufus ficou de pé e correu direto para os braços de Henry, que já o esperava. Ao se ver preso, o coelho começou a se contorcer, mas Henry manteve uma mão firme sobre ele, acalmando-o e dizendo:

– Shhh, shhh.

– O que você vai fazer com ele?

– Vou levá-lo de volta para a cozinha, que é o lugar dele.

– Imaginei que o lugar dele fosse do lado de fora da casa. Ou em uma panela de ensopado.

– Dunford, ele é meu bichinho de estimação! – respondeu ela, chocada.

– Ela ama porcos e coelhos – murmurou ele. – Que moça de bom coração.

Os dois voltaram para a cozinha em silêncio – o único som que se ouviu foi o rosnado de Rufus quando Dunford tentou acariciá-lo.

– Coelho rosna? – perguntou ele, sem conseguir acreditar no que estava ouvindo.

– Obviamente.

Quando chegaram à cozinha, Henry depositou a trouxa peluda no chão.

– Simpy, pode dar uma cenoura para o Rufus?

– Esse diabinho fugiu de novo? Deve ter escapado quando abri a porta.

A governanta pegou uma cenoura de uma pilha de legumes e a balançou na frente do coelho. Ele logo cravou os dentes na cenoura e a arrancou da mão dela. Dunford observou com interesse enquanto Rufus mastigava até não sobrar nada.

– Sinto muito mesmo pelos seus documentos – disse Henry, ciente de que já havia se desculpado mais naquele dia do que no ano anterior.

– Eu também – comentou distraidamente –, mas posso mandar um recado para Leverett e pedir que envie outra cópia. Mais uma ou duas semanas não farão diferença.

– Tem certeza? Não quero estragar nenhum dos seus planos.

Dunford suspirou, pensando em como a sua vida havia sido virada de cabeça para baixo por aquela mulher em menos de 48 horas. Correção: por aquela mulher, um porco e um coelho.

Ele garantiu a Henry que os papéis destruídos não eram um problema sem solução, então se despediu dela e voltou para os seus aposentos para ler alguns documentos que levara consigo e para descansar um pouco. Mesmo que ele e Henry tivessem chegado a uma trégua, ele ainda relutava um pouco em admitir que ela conseguira deixá-lo exausto. De alguma forma, aquilo fazia com que ele se sentisse menos homem.

Dunford teria se sentido muito melhor se soubesse que Henry havia se recolhido ao quarto dela pelo mesmo motivo.

⁓

Mais tarde naquela noite, Dunford estava lendo na cama quando de repente lhe ocorreu que se passaria mais uma semana até que ele descobrisse como Henry fora contemplada por Carlyle em seu testamento. Na verdade, aquela era a única razão pela qual ele estava ansioso para ler o documento. Embora Henry tivesse afirmado que Carlyle não deixara nada para ela, Dunford achava difícil de acreditar. No mínimo, o falecido barão teria que ter nomeado um tutor para ela, certo? Afinal, Henry tinha apenas 20 anos.

Era uma mulher incrível, sua Henry. Não havia como não admirar sua determinação obstinada. Mas, por mais capaz que ela fosse, Dunford continuava a sentir um estranho senso de responsabilidade por Henry. Talvez por se lembrar de como a voz dela vacilara ao pedir desculpas pelos planos que engendrara para expulsá-lo de Stannage Park. Ou da pura agonia em seus olhos quando admitira que não tinha para onde ir.

Fosse o que fosse, ele queria garantir que Henry tivesse um lugar seguro no mundo.

Mas, antes que pudesse fazer isso, precisava descobrir como Carlyle a beneficiara no testamento, se é que o fizera. Mais uma semana não faria muita diferença, não é? Dunford deu de ombros e voltou a atenção para o livro. Leu por uns bons minutos até que sua concentração foi interrompida por um barulho no carpete.

Dunford ergueu os olhos, mas não viu nada, então achou que era apenas um rangido qualquer da casa velha e voltou a ler.

Tum, tum, tum. Lá estava novamente.

E dessa vez, quando ergueu os olhos do livro, Dunford viu um par de orelhas pretas e compridas na beirada da cama.

– Ah, pelo amor de Deus – disse em um gemido. – Rufus.

Como se seguindo uma deixa, o coelho saltou para a cama e aterrissou bem em cima do livro. Olhou para Dunford, com o narizinho cor-de-rosa se contraindo para cima e para baixo.

– O que você quer, coelhinho?

Rufus torceu uma orelha e se inclinou para a frente, como se dissesse: "Quero carinho".

Dunford colocou a mão entre as orelhas do bicho e começou a coçar. Com um suspiro, disse:

– É, definitivamente não estamos em Londres.

Mas quando o coelho encostou a cabeça em seu peito, Dunford percebeu com surpresa que não queria estar em Londres. Na verdade, não queria estar em qualquer outro lugar senão ali.

CAPÍTULO 6

Henry passou os dias que se seguiram mostrando Stannage Park a Dunford. Ele queria conhecer todos os detalhes da nova propriedade, e não havia nada que desse mais prazer a ela do que destacar as muitas qualidades do lugar. Enquanto percorriam a casa e o terreno ao redor, os dois conversaram sobre vários assuntos, às vezes sobre nada em particular, às vezes sobre os grandes mistérios da vida. Para Henry, Dunford era a primeira pessoa que realmente tinha desejado passar algum tempo com ela daquela forma. Ele se interessava pelo que ela tinha a dizer – não só sobre os assuntos relativos à propriedade, mas também sobre filosofia, religião, ou apenas sobre a vida cotidiana de modo geral. Ainda mais lisonjeiro era o fato de ele parecer se importar com o que ela pensava sobre ele. Dunford tentava se mostrar ofendido quando ela não ria de suas piadas, revirava os olhos quando não conseguia rir das piadas dela e dava uma cotovelada nas costelas de Henry quando nenhum dos dois conseguia ter o prazer de rir um do outro.

Em resumo, Dunford havia se tornado um amigo. E se Henry sentia o estômago dar uma breve cambalhota toda vez que ele sorria... Bem, ela era capaz de aprender a viver com aquilo. Henry imaginou que ele exercia aquele efeito sobre todas as mulheres.

Não lhe ocorreu que vivia os dias mais felizes da sua vida até ali; mas se tivesse tido tempo para pensar a respeito, teria se dado conta disso.

Dunford estava igualmente encantado com a companhia dela. O amor de Henry por Stannage Park era contagiante, e ele se viu não apenas interessado, mas preocupado de fato com os detalhes da propriedade e do cotidiano das pessoas que viviam ali. Quando uma das arrendatárias deu à luz seu primeiro filho em segurança, foi ideia dele levar uma cesta de comida para que ela não tivesse que se ocupar dos afazeres da cozinha durante a semana seguinte. E Dunford surpreendeu a si mesmo ao parar no chiqueiro recém-construído para entregar uma torta de framboesa a Porkus. O porco parecia ter uma queda por doces, pensou ele, e, apesar de todo aquele tamanho, era até bem simpático.

Mas Dunford teria se divertido mesmo se Stannage Park não fosse dele. Henry era uma companhia encantadora. Ela exalava um frescor e uma sinceridade que ele não via há anos. Dunford fora abençoado com amigos maravilhosos, mas, depois de tanto tempo em Londres, havia começado a achar que ninguém tinha a alma livre de pelo menos um pouco de cinismo. Henry, por outro lado, era maravilhosamente aberta e direta. Nem por um segundo Dunford vira a expressão de aborrecimento, que conhecia tão bem, nublar as feições dela. Henry parecia se importar demais com tudo e com todos para se permitir ficar entediada.

Isso não queria dizer que era inocente, crédula, disposta a acreditar no melhor de todos. Henry tinha um humor ferino e não hesitava em usá-lo de vez em quando, ao apontar algum morador do vilarejo próximo que considerava tolo. Dunford sentia-se inclinado a perdoá-la por essa fraqueza – ele em geral concordava com a avaliação dela sobre pessoas tolas.

E se de vez em quando ele se pegava olhando para ela com estranheza, se perguntando como seu cabelo castanho ficava dourado ao sol ou por que ela sempre cheirava a limão... Ora, aquilo era de esperar. Já fazia muito tempo desde a última vez que ele se deitara com uma mulher. Quando partira de Londres para a Cornualha, sua amante estava em Birmingham havia quinze dias, visitando a mãe. E Henry era bastante atraente em seu jeito único e não convencional.

Não que ele sentisse algo remotamente parecido com desejo por ela. Mas ela era uma mulher, e ele era um homem, então Dunford tinha clara consciência da presença dela. E era verdade que ele a havia beijado uma vez, por mais que tivesse sido um acidente. Era de esperar que se lembrasse do beijo de vez em quando, se ela estivesse por perto.

Tais pensamentos, entretanto, estavam longe da mente de Dunford quando ele se serviu de uma bebida na sala de estar certa noite, uma semana após a sua chegada. Estava quase na hora do jantar, e Henry chegaria a qualquer minuto.

Ele estremeceu. Seria uma visão horrível. Mesmo sendo tão pouco convencional, Henry sempre trocava de roupa e se arrumava para o jantar – o que significava colocar uma daquelas roupas horríveis, que Dunford tinha dificuldade de chamar de vestidos. Para lhe dar crédito, ela parecia ter plena noção de que eram horríveis. Para dar mais crédito ainda, no entanto, Henry conseguia agir como se aquilo não importasse. Se Dunford não tivesse passado a conhecê-la tão bem ao longo dos últimos dias, talvez pensasse que ela acreditava estar usando vestidos da última moda, ou ao menos um pouco mais atraentes.

Mas ele reparara que a jovem evitava se olhar nos espelhos que enfeitavam as paredes da sala onde se encontravam antes do jantar. E quando ela se via diante do próprio reflexo, não conseguia esconder a careta de vergonha que dominava as suas feições. Dunford se deu conta de que queria ajudá-la.

Queria comprar vestidos para Henry, ensiná-la a dançar e... Aquilo era impressionante. Como ele queria ajudá-la.

– Roubando a bebida de novo?

A voz descontraída de Henry tirou Dunford de seu devaneio.

– A bebida é minha, caso não se lembre.

Ele virou a cabeça para olhar para ela. Henry estava usando o vestido lavanda abominável de novo. Dunford não conseguia decidir se aquele era o pior ou o melhor de todos.

– É verdade – disse ela, dando de ombros. – Posso tomar um pouco, então?

Sem dizer nada, ele lhe serviu um pouco de xerez.

Henry bebeu um gole, pensativa. Havia adquirido o hábito de tomar uma taça de vinho com ele antes do jantar, mas não mais do que isso. Descobrira como era fraca para bebida na noite em que ele chegara. E tinha a forte suspeita de que acabaria lançando olhares lânguidos para Dunford durante toda a refeição caso se permitisse mais do que aquele cálice.

– Sua tarde foi agradável? – perguntou Dunford de repente.

Ele havia passado as últimas horas sozinho, examinando os documentos da propriedade. Henry ficara feliz em deixá-lo em paz com os papéis bolorentos – ela já examinara tudo e Dunford não precisava de sua ajuda para lê-los.

– Sim, bastante. Fui visitar alguns arrendatários. A Sra. Dalrymple me pediu que lhe agradecesse pela comida.

– Fico feliz em saber que ela gostou.

– Ah, sim. Não sei por que não pensamos em fazer isso antes. Sempre mandamos um presente parabenizando os pais pelo nascimento de um bebê, é claro, mas acho que é muito melhor mandar comida para uma semana.

Eles pareciam um casal que já convivia há muitos anos, pensou Dunford com surpresa. Que estranho.

Henry se sentou em um sofá elegante, embora desbotado, e puxou desajeitadamente o vestido.

– Você terminou de cuidar daqueles documentos?

– Quase – respondeu Dunford, distraído. – Sabe, Henry, estive pensando...

– É mesmo? – perguntou ela com um sorriso travesso. – Que exaustivo.

– Atrevida. Fique quieta e escute o que tenho a dizer.

Henry inclinou a cabeça em um movimento que parecia perguntar: "Sim?"

– Por que não vamos passear na cidade?

Ela o encarou com uma expressão perplexa.

– Fomos ao vilarejo há dois dias. Não se lembra? Você queria conhecer os comerciantes locais.

– Claro que eu me lembro. Minha mente não é dada ao esquecimento, Henry. Não sou tão velho assim.

– Ora, não sei... – disse ela, mantendo o rosto inexpressivo. – Você deve ter pelo menos 30 anos.

– Vinte e nove.

Dunford mordeu a isca antes de se dar conta de que ela estava brincando. Henry sorriu.

– Às vezes você é um alvo muito fácil.

– Deixando de lado a minha credulidade, Henry, não estou me referindo ao vilarejo. Eu gostaria que fôssemos até Truro.

– Truro?

Truro era uma das maiores cidades da Cornualha, e Henry a evitava como se fosse uma praga.

– Você não parece muito entusiasmada.

– Eu, hum, eu só... Bem, para ser franca, não faz muito tempo que estive em Truro.

Aquilo não era totalmente mentira. Henry estivera em Truro dois meses antes, mas era como se tivesse sido na véspera. Ela sempre se sentia constrangida no meio de desconhecidos. O pessoal do vilarejo já havia se acostumado com as excentricidades dela e as aceitava. A maioria até nutria certo respeito por Henry. Mas com estranhos era outra coisa. E Truro era a pior cidade. Embora o lugar não fosse mais tão popular como havia sido no século anterior, alguns membros da alta sociedade ainda passavam férias lá. Henry quase podia ouvi-los sussurrando coisas desagradáveis a respeito dela. Mulheres elegantes rindo de suas roupas, homens zombando de seus modos pouco femininos. Então, inevitavelmente, algum local acabava informando com discrição que ela era a Srta. Henrietta Barrett, mas atendia pelo nome masculino de Henry, e talvez não soubessem, mas ela usava calças o tempo todo.

Não, com certeza ela não queria ir a Truro.

Dunford, que não tinha ideia do desconforto que a afligia, disse:

– Mas eu nunca estive lá. Seja uma boa menina e me leve à cidade.

– E-eu prefiro não ir, Dunford.

Ele estreitou os olhos quando enfim se deu conta de que ela parecia desconfortável. Henry sempre parecia desconfortável com aqueles vestidos horríveis, é verdade, mas seu mal-estar parecia ainda mais intenso naquele momento.

– Pelo amor de Deus, Henry, não vai ser tão ruim assim. Você faria esse favor? – pediu ele, e sorriu para ela.

E então Henry soube que não tinha qualquer chance.

– Está bem.

– Amanhã, então?

– Como queira.

⁂

Henry sentia o estômago embrulhado quando o cocheiro se aproximou de Truro no dia seguinte. Santo Deus, aquilo ia ser horrível. Ela sempre odiara quando precisava ir à cidade, mas aquela era a primeira vez que aquilo a deixava se sentindo fisicamente mal.

Henry não tentou se iludir dizendo a si mesma que seu pavor não tinha nada a ver com o homem alegre sentado ao seu lado. Dunford se tornara seu amigo, maldição, e ela não queria perdê-lo. O que ele iria pensar quando ouvisse as pessoas cochichando sobre ela? Ou quando uma dama fizesse um comentário em voz baixa sobre seu vestido, sabendo que seria ouvida? Ele sentiria vergonha dela? Sentiria vergonha de estar com ela? Henry não estava nem um pouco ansiosa para descobrir.

Dunford estava ciente do nervosismo de Henry, mas fingiu não notar. Ela ficaria envergonhada se ele comentasse a respeito, e ele não queria magoá-la. Em vez disso, manteve uma expressão alegre no rosto, observando a paisagem pela janela e fazendo comentários aleatórios sobre assuntos relativos a Stannage Park.

Quando enfim chegaram a Truro, Henry achou que não poderia se sentir mais nauseada do que já se sentia, mas logo descobriu que estava errada.

– Venha, Henry – disse Dunford, animado. – Você não está acostumada a simplesmente se divertir.

Ela mordeu o lábio inferior enquanto permitia que ele a ajudasse a descer da carruagem. Havia uma chance, pensou Henry, de Dunford não perceber o que as outras pessoas pensavam dela. Talvez as damas tivessem recolhido suas garras naquele dia e ele acabasse não ouvindo nenhum comentário maldoso. Henry ergueu um pouco o queixo. Se nenhum de seus pesadelos se realizasse – embora a probabilidade fosse pequena –, ela poderia muito bem agir como se não tivesse nenhuma preocupação no mundo.

– Sinto muito, Dunford – disse ela, dando um sorriso atrevido.

Seu sorriso atrevido *típico*. Dunford com frequência comentava que nunca vira um sorriso igual. Henry torcia para que isso sinalizasse a ele que estava mais calma.

– Acho que deixei a minha mente divagar.

– Ah, é? Para onde?

Os olhos dele brilharam com malícia.

Santo Deus, por que Dunford era sempre tão gentil? Isso tornaria tudo muito mais doloroso quando ele desistisse dela. *Não pense nisso*, gritou Henry para si mesma. *Pode ser que nada aconteça*. Ela afastou a mágoa dos olhos e deu de ombros com uma expressão relaxada.

– Para Stannage Park, onde mais?

– E o que a estava preocupando tanto? O medo de que Porkus não dê à luz seus leitõezinhos em segurança?

– Porkus é *macho*, seu tolo.

Dunford levou a mão à altura do coração, fingindo terror.

– Ora, então há ainda mais razão para se preocupar. Pode ser um parto muito difícil.

Apesar de tudo, Henry deu uma risada.

– Você é incorrigível.

– Como você também é, devo aceitar isso como um elogio.

– Desconfio que você vá encarar qualquer coisa que eu disser como um elogio.

Henry tentou soar rabugenta, mas estava sorrindo.

Dunford lhe deu o braço e começou a andar.

– Você sabe como acabar com um homem, Henry.

Ela o encarou com desconfiança. Nunca havia contado entre seus feitos a habilidade de manipular o sexo oposto. Até conhecer Dunford, nunca fora capaz de fazer um homem pensar nela como uma mulher normal.

Se ele reparou em sua expressão, não comentou. Os dois seguiram em frente, com Dunford fazendo perguntas sobre cada loja por que passavam. Ele parou em frente a um pequeno restaurante.

– Está com fome, Henry? Essa casa de chá é boa?

– Nunca estive aqui.

– Não?

Dunford pareceu surpreso. Nos doze anos em que vivia na Cornualha, ela nunca havia parado para tomar chá e comer doces?

– Nem na companhia de Viola?

– Viola não gostava de Truro. Ela sempre dizia que havia muitos aristocratas aqui.

– Não deixa de ser verdade.

E, com isso, Dunford se virou para olhar a vitrine de uma loja e evitar ser visto por um conhecido do outro lado da rua. Nada lhe interessaria menos no momento do que ter uma conversa educada. Não queria se desviar do seu objetivo. Afinal, havia arrastado Henry até ali por um *motivo*.

Henry olhou, surpresa, para a vitrine.

– Não fazia ideia de que você se interessava por renda.

Dunford se deu conta de que examinava com avidez as mercadorias de uma loja que parecia vender apenas renda.

– Ora, há uma série de coisas que você não sabe a respeito de mim – murmurou ele, esperando encerrar o assunto.

Henry não achou particularmente estimulante que ele fosse um conhecedor de renda. Dunford devia vestir todas as suas amantes com renda. Ela não tinha dúvida de que ele já tivera algumas amantes. Afinal, quem era "benzinho"? Mas Henry imaginava ser capaz de compreendê-lo. O homem tinha 29 anos e era lindíssimo. Não podia esperar que ele tivesse vivido como um monge. Dunford, sem dúvida, tinha um leque de mulheres à sua disposição.

Henry deixou escapar um suspiro desanimado e se sentiu ansiosa para sair de perto da loja de renda.

Passaram por uma chapelaria, por uma livraria e por um verdureiro, então Dunford exclamou de repente:

– Ah, Henry, veja só. Uma loja de vestidos. Exatamente o que eu preciso.

Ela franziu a testa, sem compreender.

– Acho que só vendem roupas femininas aqui, Dunford.

– Excelente – disse ele, puxando-a pelo braço e arrastando-a até a porta. – Preciso comprar um presente para a minha irmã.

– Eu não sabia que você tinha uma irmã.

Ele deu de ombros.

– Acho que já disse que há muitas coisas que você não sabe sobre mim, não?

Henry lançou um olhar irritado para ele.

– Vou esperar do lado de fora, então. Detesto lojas de roupas.

Dunford não tinha dúvida disso.

– Mas vou precisar da sua ajuda, Henry. Você é quase do tamanho dela.

– Se eu não for *exatamente* do tamanho dela, nada vai caber direito – disse ela, dando um passo para trás.

Ele pegou-a pelo braço, abriu a porta e a empurrou para dentro.

– É um risco que estou disposto a correr – disse ele, animado.

– Ah, olá – disse Dunford, chamando a modista que estava do outro lado da sala. – Precisamos comprar um vestido ou dois para a minha irmã.

Ele indicou Henry com um gesto.

– Mas eu não sou...

– Shhh. Vai ser mais fácil assim.

Henry teve que concordar que ele provavelmente estava certo.

– Ah, tudo bem, então – resmungou ela. – Suponho que isso seja o tipo de coisa que se faz por um amigo.

– Sim – concordou Dunford enquanto a examinava com uma expressão estranha. – Suponho que seja.

A modista – depois de avaliar a qualidade óbvia e exclusiva das roupas de Dunford – se aproximou deles.

– Como posso ajudá-lo? – perguntou.

– Eu gostaria de comprar alguns vestidos para a minha irmã.

– É claro.

A mulher também examinou Henry, que nunca sentira tanta vergonha de sua aparência como naquele momento. O vestido lilás que usava era mesmo horrível, e ela não sabia nem por que ele ainda estava em seu guarda-roupa. Carlyle o escolhera para ela, lembrou. Henry se lembrou da ocasião. Ele iria a Truro a negócios, e Henry, ao se dar conta de que todas as suas roupas estavam ficando pequenas, lhe pediu que comprasse um vestido para ela. Carlyle provavelmente pegara a primeira coisa em que pusera os olhos.

Mas o vestido ficara horrível nela e, pela expressão da modista, Henry podia ver que a mulher concordava. Ela percebera que o vestido não era uma boa escolha no instante em que o vira, mas devolvê-lo exigiria ir à cidade. E Henry odiava tanto Truro – especialmente para aquele tipo de atividade constrangedora – que se forçara a acreditar que um vestido era só um vestido e a sua única função era cobrir o corpo.

– Por que você não vai até ali ver algumas amostras de tecido? – sugeriu Dunford, dando um leve aperto em seu braço.

– Mas...

– Shhh...

Ele podia ver em seus olhos que ela estava prestes a dizer que não sabia do que a irmã dele gostaria.

– Seja boazinha comigo e dê uma olhada, sim?

– Como quiser.

Ela andou pela loja, examinando as sedas e musselinas. Ah, como eram macias. Henry afastou a mão. Era tolice sonhar com tecidos bonitos quando só precisava de calças e camisas.

Dunford a observou tocar com prazer nas peças de tecido e soube que tinha feito a coisa certa. Então puxou a modista de lado e sussurrou:

– Temo que o guarda-roupa da minha irmã tenha sido negligenciado. Ela está morando com a minha tia que, ao que parece, não tem muita noção de moda.

A costureira assentiu.

– A senhora teria algum vestido pronto? Eu adoraria me livrar daquela coisa que ela está usando agora mesmo. E a senhora poderia usar as medidas dela para fazer mais alguns vestidos.

– Tenho um ou dois que poderia ajustar rapidamente para o tamanho dela. Na verdade, um é aquele bem ali.

Ela apontou para um vestido amarelo-claro, drapeado, em um manequim. Dunford estava prestes a dizer que serviria quando viu o rosto de Henry.

Ela olhava para o vestido como uma mulher faminta.

– Aquele será perfeito – sussurrou ele, e então, em um tom mais alto: – Henrietta, minha cara, por que não experimenta o vestido amarelo? A Sra...

Ele fez uma pausa, esperando que a costureira preenchesse a lacuna.

– Trimble – disse a mulher.

– A Sra. Trimble vai fazer os ajustes necessários.

– Tem certeza? – perguntou Henry.

– Absoluta.

Ela não precisou que ele pedisse uma segunda vez. A Sra. Trimble tirou o vestido do manequim e fez sinal para que Henry a seguisse até o fundo da loja. Enquanto estavam lá, Dunford examinou distraidamente os tecidos à mostra. O amarelo-claro ficaria bem em Henry, concluiu. Então pegou um tecido em um tom azul-safira arrojado. Talvez também ficasse bem. Dunford não tinha certeza. Nunca fizera esse tipo de coisa antes e não tinha ideia de como agir. Sempre presumira que as mulheres de alguma forma *sabiam* o que vestir. Era fato que as suas grandes amigas, Belle e Emma, estavam sempre vestidas com perfeição.

Mas Dunford começava a se dar conta de que se mantinham na moda porque haviam sido ensinadas pela mãe de Belle, que sempre se vestira com a máxima elegância. A pobre Henry não tivera ninguém para orientá-la nesses assuntos. Ninguém para ensiná-la a ser mulher. E, sem dúvida, ninguém para ensiná-la o que fazer como mulher.

Ele se sentou enquanto esperava que ela voltasse. Parecia estar demorando uma eternidade. Por fim, cedendo à impaciência, Dunford chamou:

– Henry?

– Um momento! – pediu a Sra. Trimble. – Só preciso apertar um pouco mais a cintura. Sua irmã é muito esguia.

Dunford deu de ombros. Não saberia dizer. Na maioria das vezes, Henry estava usando roupas masculinas largas, e seus vestidos eram tão mal ajustados que era difícil dizer o que havia por baixo deles. Ele franziu a testa, lembrando-se vagamente da sensação que experimentara ao beijá-la. Não conseguia se lembrar de muita coisa – afinal, estava semiadormecido no momento –, mas se lembrava de que o corpo de Henry parecera muito delgado, muito feminino.

Naquele momento a Sra. Trimble voltou para junto dele.

– Aqui está ela, senhor.

– Dunford? – chamou Henry, enfiando a cabeça pelo canto.

– Não seja tímida.

– Promete não rir?

– Por que eu riria, pelo amor de Deus? Venha até aqui.

Henry se adiantou, com uma expressão nos olhos que era uma mistura de esperança, temor e dúvida.

Dunford prendeu a respiração. Tinha diante de si uma mulher transformada. O amarelo do vestido combinava perfeitamente com a pele dela e realçava os reflexos dourados do cabelo. E o corte do vestido, embora não fosse revelador de forma alguma, sugeria uma feminilidade inocente. A Sra. Trimble até havia refeito o penteado de Henry – soltara a trança e prendera algumas mechas no alto da cabeça. Henry mordia, nervosa, o lábio inferior sob o olhar dele, e exalava um encanto tímido que era tão atraente quanto enigmático – ainda mais levando-se em consideração que Dunford jamais teria imaginado que ela demonstrasse uma gota de timidez.

– Henry – disse ele baixinho –, você está... está...

Dunford procurou a palavra certa, mas não conseguiu encontrar. Finalmente disse, em um rompante:

– Você está tão *bonita*!

Foi a coisa mais perfeita que alguém já dissera a ela.

– Acha mesmo? – perguntou Henry, soltando o ar e tocando o vestido com reverência. – De verdade?

– Com certeza – afirmou ele, e virou-se para a Sra. Trimble. – Vamos ficar com ele.

– Excelente. Posso trazer algumas ilustrações para examinarem, se quiserem.

– Por favor.

– Mas, Dunford – sussurrou Henry com urgência –, este vestido é para a sua irmã.

– Como eu poderia dar a ela um vestido que ficou tão lindo em você? – perguntou Dunford no que esperava ser um tom pragmático. – Além disso, agora que estou pensando a respeito, você faria bom uso de um ou dois vestidos novos.

– Os que eu tenho *realmente* estão ficando pequenos para mim – comentou ela, parecendo um pouco melancólica.

– Então deve ficar com esse.

– Mas não tenho dinheiro.

– É um presente.

– Ah, eu não posso permitir que faça isso – apressou-se a dizer Henry.

– Por que não? O dinheiro é meu.

Ela parecia dividida.

– Não acho que seja apropriado.

Dunford *sabia* que não era apropriado, mas não iria dizer isso a ela.

– Veja da seguinte forma, Henry. Se eu não tivesse você, teria que contratar alguém para administrar Stannage Park.

– Você pode fazer isso sozinho agora – comentou Henry, animada, e deu uma palmadinha encorajadora no braço dele.

Dunford quase deixou escapar um gemido. Era bem típico de Henry desarmá-lo com gentileza.

– Eu não teria tempo para fazer isso. Tenho obrigações em Londres, você sabe. Então, a meu ver, você me economiza o salário de um homem. Talvez de uns três. Desse ponto de vista, lhe dar um ou dois vestidos é o mínimo que eu posso fazer.

Henry se deu conta de que, colocado dessa forma, aquilo não parecia tão impróprio. E ela realmente tinha adorado o vestido. Nunca se sentira tão feminina. Com ele, talvez até aprendesse a caminhar deslizando, como aquelas mulheres elegantes que sempre invejara, que pareciam andar sobre rodinhas.

– Tudo bem – concordou. – Se você acha que é o certo a fazer.

– Sei que é. Ah, Henry, e...

– Sim?

– Tudo bem se a Sra. Trimble se livrar do vestido que você estava usando quando chegamos aqui?

Ela assentiu, grata.

– Ótimo. Agora venha cá, por favor, e dê uma olhada nessas ilustrações com sugestões de modelos. Uma mulher precisa de mais de um vestido, você não acha?

– Acredito que sim... mas não mais do que três – disse Henry, hesitante.

Dunford entendeu o recado. Três vestidos era o máximo que o orgulho dela permitiria.

– Você deve estar certa.

Eles passaram a hora seguinte escolhendo mais dois vestidos para Henry, um naquele tecido em um tom de safira profundo que Dunford havia escolhido antes e outro em um verde-água que a Sra. Trimble garantiu que destacava o brilho dos olhos cinzentos de Henry. Os vestidos seriam entregues em Stannage Park em uma semana. Henry quase deixou escapar que teria prazer em voltar à cidade para pegá-los, se necessário. Ela jamais havia imaginado que pensaria algo assim, mas não se importava com a ideia de ter que fazer outra viagem a Truro. Não gostava de pensar que era tão superficial a ponto de um mero vestido ter o poder de deixá-la feliz, mas tinha que admitir que a roupa nova conseguira renovar a sua autoconfiança.

Dunford, por sua vez, se deu conta de uma coisa: quem quer que tivesse escolhido aqueles vestidos horríveis, não fora Henry. Ele sabia uma ou duas coisas sobre moda feminina e, baseado nas escolhas que ela acabara de fazer, percebeu que o gosto de Henry se inclinava para uma elegância discreta, em que ninguém seria capaz de encontrar defeitos.

E também se deu conta de outra coisa: ficara absurdamente feliz ao ver Henry feliz daquele jeito. Tinha sido incrível.

Quando chegaram à carruagem, ela não disse nada até estarem no caminho de volta para casa. Então olhou para ele com uma expressão astuta e falou:

– Você não tem irmã, não é?

– Não – respondeu ele baixinho, incapaz de mentir para ela.

Henry ficou em silêncio por um momento. Então colocou a mão em cima da dele.

– Obrigada.

CAPÍTULO 7

Dunford ficou desapontado quando Henry desceu para o café da manhã no dia seguinte vestindo a camisa masculina e a calça de sempre. Ela percebeu a expressão dele, deu um sorriso petulante e disse:

– Ora, você não achou que eu fosse sujar meu único vestido bom, não é? Não planejamos percorrer todo o perímetro da propriedade hoje?

– Você está certa. Passei a semana esperando ansiosamente por isso.

Ela se sentou e serviu-se de ovos da travessa posta no meio da mesa.

– Um homem que deseja saber exatamente a extensão de suas posses – disse Henry em um tom altivo.

Dunford se inclinou para a frente, com os olhos brilhando.

– Sou o rei dessas terras, não se esqueça disso, sua atrevida.

Ela começou a rir.

– Ah, Dunford, você teria sido um lorde medieval soberbo. Acho que há uma tendência bastante autocrática escondida em algum lugar aí dentro.

– E é muito divertido quando ela vem à tona.

– Para você, talvez – respondeu ela, ainda sorrindo.

Dunford sorriu também, sem se dar conta de como aquela sua expressão facial específica a afetava. Henry sentiu a costumeira cambalhota no estômago e engoliu uma garfada de ovos, esperando que aquilo a acalmasse.

– Vamos logo, Hen – disse ele, impaciente. – Quero começar cedo.

A Sra. Simpson pigarreou alto ao ouvir isso – afinal, já eram dez e meia da manhã.

– Acabei de me sentar – protestou Henry. – Se não me alimentar direito, terminarei desmaiando aos seus pés à tarde.

Dunford deu uma risadinha zombeteira.

– Acho muito difícil imaginar você desmaiando.

Ele tamborilou com os dedos na mesa, bateu o pé, assoviou uma melodia animada, bateu com a mão na coxa, voltou a tamborilar com os dedos na mesa...

– Pare com isso!

Henry jogou o guardanapo nele.

– Às vezes você não passa de um bebezão, sabia? – disse ela, e se levantou. – Preciso só de um instante para vestir um casaco. Está um pouco frio.

Dunford se levantou.

– Ah, que alegria ter você à minha disposição.

O olhar que ela lhe lançou foi de quem estava pronta para se rebelar, para dizer o mínimo.

– Sorria, Henry. Não suporto ver você mal-humorada.

Ele inclinou a cabeça e tentou imitar a expressão de um menino arrependido.

– Diga que vai me perdoar. Por favor. Por favor. Por favooooor.

– Pelo amor de Deus, pare com isso! – pediu Henry, rindo. – Você deve saber que em nenhum momento eu fiquei com raiva.

– Eu sei – disse Dunford, depois agarrou a mão dela e começou a puxá-la em direção à porta. – Mas é muito divertido provocar você. Agora vamos, temos muito chão para percorrer hoje.

– Por que de repente ficou parecendo que ingressei no exército?

Dunford deu um pulo rápido para evitar pisar em Rufus.

– Eu já fui soldado.

– É mesmo? – perguntou ela, erguendo os olhos, surpresa.

– Sim. Na península.

– Foi muito ruim?

– Muito.

Dunford abriu a porta e eles saíram para o sol revigorante.

– Não acredite nas histórias que ouve sobre as glórias da guerra. A maior parte do que acontece lá é horrível.

Ela estremeceu.

– Imagino que sim.

– É muito, muito melhor estar aqui na Cornualha... no fim do mundo, como você diz, na companhia da moça mais encantadora que já tive o prazer de conhecer.

Henry enrubesceu e lhe deu as costas, incapaz de disfarçar seu constrangimento. Ele não poderia estar falando sério. Mas, ao mesmo tempo, ela não achava que Dunford estivesse mentindo; ele não era o tipo de pessoa que mentia. Estava só dizendo à maneira dele que os dois eram amigos, que ela era a primeira mulher com quem ele tinha aquele tipo de camaradagem.

No entanto, Henry já ouvira Dunford mencionar duas senhoras casadas de quem também era amigo, portanto não poderia ser isso.

Ainda assim, não era possível que o novo barão estivesse desenvolvendo algum tipo de *interesse romântico* por ela. Como Henry havia dito antes, ela não era o tipo de mulher que os homens desejavam, ao menos não quando tinham Londres inteira para escolher. Com um suspiro, Henry afastou o pensamento e resolveu aproveitar o dia.

– Sempre presumi que uma propriedade na Cornualha teria penhascos com ondas quebrando e tudo o mais – disse Dunford.

– A maior parte têm. Mas, por acaso, estamos localizados bem no meio do condado – explicou Henry, então chutou uma pedra em seu caminho, olhando para a frente, e voltou a chutá-la quando a alcançou. – Mas não é preciso ir muito longe para chegar ao oceano.

– Imagino que não. Temos que dar um passeio até lá em breve.

Henry ficou tão animada com a perspectiva que começou a enrubescer. Para esconder a reação, manteve os olhos baixos e se concentrou em continuar chutando a pedra. Eles caminharam em um silêncio amistoso até a fronteira leste da propriedade.

– Temos um muro divisor deste lado – explicou Henry quando já se aproximavam do muro de pedra. – É de Squire Stinson, na verdade. O homem enfiou na cabeça que estávamos invadindo as terras dele alguns anos atrás, então ergueu esse muro para nos impedir de continuar.

– E vocês estavam?

– Invadindo? É claro que não. A terra dele é muito inferior a Stannage Park. Mas o muro tem uma utilidade excelente.

– Manter o detestável Squire Stinson longe?

Ela inclinou a cabeça.

– Isso, sem dúvida, é uma bênção, mas eu me referia a *isto*.

Ela escalou o muro até o topo.

– É muito divertido andar aqui em cima.

– Estou vendo.

Dunford subiu atrás dela, e os dois seguiram um atrás do outro na direção norte.

– Até onde vai esse muro?

– Ah, não muito longe. Tem cerca de dois quilômetros, onde termina a propriedade de Squire Stinson.

Para sua surpresa, Dunford se pegou com os olhos fixos nela – no traseiro dela, para ser preciso. Para sua surpresa ainda maior, ele se deu conta de que estava apreciando imensamente a vista. Henry usava uma calça larga, mas cada vez que dava um passo o tecido se colava às formas dela, delineando o corpo bem-feito.

Dunford balançou a cabeça, consternado. Que diabo havia de errado com ele? Henry não era o tipo de mulher com quem se tinha um relacionamento casual, e a última coisa que ele queria era estragar aquela amizade recente com um romance.

– Algum problema? – perguntou Henry. – Você está tão silencioso!

– Só estou apreciando a vista – disse ele, e mordeu o lábio.

– É linda, não é? Eu poderia ficar olhando para essa vista o dia todo.

– Digo o mesmo.

Se não estivesse equilibrado no topo de um muro de pedra, Dunford teria se chutado.

Eles andaram em cima do muro por quase dez minutos até que Henry de repente parou e se virou.

– *Essa* é a minha parte favorita.

– Qual?

– Essa árvore.

Ela apontou para uma árvore imensa que crescia do lado deles da propriedade, cujos galhos ultrapassavam o muro.

– Chegue para lá – pediu Henry, com a voz baixa.

Ela deu um passo em direção à árvore, parou e se virou.

– Mais.

Dunford estava curioso, mas deu um passo para trás. Henry se aproximou da árvore com cautela, estendendo o braço devagar, como se temesse que a árvore pudesse mordê-la.

– Henry – chamou Dunford. – O que você...

Ela puxou a mão de volta.

– Shhhhh!

Com uma expressão de profunda concentração no rosto, Henry estendeu o braço mais uma vez em direção ao buraco no tronco da árvore.

De repente, Dunford ouviu um zumbido baixo, um som que lembrava muito...

Abelhas.

Horrorizado, Dunford a viu enfiar a mão na colmeia. Uma veia começou a pulsar em sua têmpora, o coração latejava em seus ouvidos. Aquela menina insana seria picada mil vezes e não havia nada que ele pudesse fazer a respeito, porque qualquer tentativa de impedi-la só enfureceria ainda mais os insetos.

– Henry – disse Dunford em um tom baixo, mas de comando. – Volte aqui agora mesmo.

Ela usou a mão livre para acenar, indicando que ele se mantivesse afastado.

– Já fiz isso antes.

– Henry – repetiu ele.

Dunford sentiu uma fina camada de suor brotando em sua testa. A qualquer minuto as abelhas perceberiam que a colmeia havia sido invadida. E então iriam picar... e picar e picar. Ele poderia tentar puxá-la de volta... E se Henry derrubasse a colmeia? Dunford ficou muito pálido.

– Henry!

– Já vou, calma!

Ela retirou o braço, com um grande pedaço de favo de mel na mão. E então caminhou de volta até onde ele estava, sorrindo enquanto saltitava ao longo da extensão do muro.

O medo paralisante de Dunford foi drenado assim que viu que ela estava a salvo, longe da colmeia, mas logo foi substituído pela raiva mais absoluta e primitiva. Raiva por ela ter ousado correr um risco tão estúpido e inútil, raiva por ter feito isso na frente dele. Dunford saltou do muro, puxando-a para baixo com ele. O pedaço pegajoso de favo de mel caiu no chão.

– Nunca, *jamais*, faça isso de novo! Ouviu bem?

Ele a sacudiu violentamente, pressionando os dedos com força na pele da jovem.

– Eu disse que já fiz isso antes. Não corri perigo em momento algum e...

– Henry, já vi homens adultos *morrerem* por causa da picada de uma abelha.

Ele não conseguiu continuar.

Henry engoliu em seco.

– Eu ouvi falar disso. Acho que apenas algumas pessoas reagem às picadas dessa maneira, e com certeza não sou uma dessas. Eu...

– Prometa que não vai fazer isso de novo – disse ele, e a sacudiu com mais força. – Jure!

– Ai! Dunford, por favor – pediu Henry. – Você está me machucando.

Ele relaxou um pouco a mão, mas seu tom continuou urgente.

– Jure.

Os olhos dela procuraram o rosto dele, tentando encontrar um sentido para aquilo. Um músculo se contraía no pescoço de Dunford. Ele estava furioso, muito mais furioso do que estivera na discussão sobre o chiqueiro. E o mais assustador era perceber que Dunford estava se esforçando para conter uma raiva ainda maior. Ela tentou falar, mas as palavras saíram em um sussurro.

– Uma vez você me disse que, quando estivesse com raiva de verdade, eu saberia.

– Jure.

– Você está com raiva agora.

– Jure, Henry.

– Se isso é tão importante para você...

– Jure.

– E-eu juro – disse ela, com os olhos cinzentos arregalados e uma expressão confusa. – Juro que não vou enfiar a mão na colmeia de novo.

Demorou alguns segundos, mas enfim a respiração de Dunford voltou ao normal e ele foi capaz de afrouxar o aperto nos ombros dela.

– Dunford?

Mais tarde, ele não saberia dizer por que agira de tal forma. Deus sabia que não era sua intenção, ele nem sequer achava que queria fazer o que fez até Henry dizer o nome dele com aquela voz trêmula e baixa e algo dentro dele se romper. Dunford, então, puxou-a contra si e começou a murmurar o nome dela junto ao seu cabelo.

– Meu Deus, Henry – disse ele com a voz rouca. – Nunca mais me assuste assim, entendeu bem?

Ela não estava entendendo nada, a não ser que Dunford a segurava perto demais. Algo com que ela nem ousara sonhar. Henry assentiu contra aquele peito largo – qualquer coisa para que ele continuasse a abraçá-la. A força daqueles braços era impressionante, o cheiro dele era inebriante e a mera sensação de que por aquele breve momento ela era amada já bastaria para animá-la pelo resto da vida.

Dunford se esforçava para compreender por que havia reagido de forma tão violenta. Seu cérebro tentou argumentar que Henry não havia corrido nenhum perigo real diante da colmeia, que ela sabia o que estava fazendo.

Mas o resto dele – seu coração, sua alma, seu corpo – gritava o contrário. Dunford tinha sido dominado por um medo devastador, muito pior do que qualquer coisa que já sentira nos campos de batalha da península. Então se deu conta de que estava abraçando Henry – e muito mais perto do que era apropriado. E o pior de tudo é que ele não queria soltá-la.

Ele a desejava.

E esse pensamento foi assustador o suficiente para fazê-lo soltar Henry de repente. Ela merecia algo melhor do que um mero flerte e ele esperava ser íntegro o bastante para manter seu desejo sob controle. Não era a primeira vez que desejava uma jovem dama decente, e não seria a última. A diferença entre ele e os canalhas da sociedade, entretanto, era que ele não via jovens virgens como um esporte. Não agiria de modo diferente com Henry.

– Não faça isso de novo – disse Dunford, sem saber se a aspereza em sua voz era dirigida a si mesmo ou a ela.

– N-não vou fazer. Eu jurei.

Ele assentiu com a cabeça.

– Vamos continuar andando.

Henry olhou para o favo de mel esquecido.

– Você... Ah, não importa.

Ela duvidava que ele quisesse provar o favo agora.

Henry olhou para os dedos ainda pegajosos de mel. Não havia nada a fazer a não ser lambê-los até deixá-los limpos, supôs.

Os dois percorreram toda a extensão da fronteira leste de Stannage Park em um silêncio esmagador. Henry pensou em mil coisas para dizer, viu mil coisas que queria mostrar a ele, mas acabou sem coragem para abrir a boca. Não gostou daquela nova tensão. Nos últimos dias, havia se sentido totalmente à vontade com Dunford. Até então, podia dizer qualquer coisa, sabendo que ele não riria dela, a menos, é claro, que ela quisesse. Podia ser ela mesma.

Podia ser ela mesma, e Dunford continuaria a gostar dela.

Mas agora ele parecia um estranho sombrio e ameaçador, e ela se sentia constrangida e tímida demais para falar qualquer coisa, exatamente como acontecia todas as vezes que precisava ir a Truro, a não ser pela última, quando Dunford comprou o vestido amarelo para ela.

Henry olhou de relance para ele. Dunford era tão gentil. Devia gostar ao menos um pouco dela. Não teria ficado tão aborrecido com a colmeia se não fosse esse o caso.

Os dois chegaram ao limite da fronteira leste da propriedade, e Henry enfim quebrou o silêncio.

– Viramos para oeste aqui – disse ela, apontando para um grande carvalho.

– Imagino que também haja uma colmeia – comentou Dunford, esperando ter conseguido dar um tom descontraído à voz.

Ele se virou. Henry estava lambendo os dedos. O desejo pareceu tomar o peito dele e se espalhar rapidamente para o resto do corpo.

– O quê? Ah, não. Não, não há.

Ela deu um sorriso hesitante, torcendo para que a amizade deles estivesse voltando ao normal. Ou, se não fosse esse o caso, torcendo para que Dunford a abraçasse de novo... porque nunca se sentira tão segura e aconchegada como naquele momento em que estivera nos braços dele.

Eles viraram à esquerda e começaram a caminhar pela fronteira norte.

– Essa cadeia de montanhas marca o limite da propriedade – explicou Henry. – Ela percorre toda a extensão. A fronteira norte, na verdade, é bastante curta, menos de um quilômetro, eu acho.

Dunford olhou para a terra. A terra dele, pensou com orgulho. Era linda, extensa e verde.

– Onde moram os arrendatários?

– Estão todos a sudoeste, do outro lado da casa principal. Veremos as casas deles no fim da nossa caminhada.

– Então o que é isso?

Ele apontou para uma pequena cabana com telhado de palha.

– Ah, essa é uma cabana abandonada desde que eu vim morar aqui.

– Vamos até lá ver como está?

Ele sorriu para ela, e Henry quase conseguiu se convencer de que a cena perto da árvore nunca havia acontecido.

– Ótima ideia – disse ela, animada. – Eu nunca entrei lá.

– Acho difícil acreditar que haja um único centímetro de Stannage Park que você não tenha explorado, inspecionado, avaliado e consertado.

Henry deu um sorriso tímido.

– Nunca entrei na cabana quando era criança porque Simpy me disse que era mal-assombrada.

– E você acreditou?

– Eu era muito pequena. E depois... Não sei. É difícil abandonar velhos hábitos, eu acho. Nunca houve razão para entrar nela.

— Você ainda tem medo — disse ele, com os olhos brilhando.

— É claro que não. Eu disse que é uma ótima ideia, não disse?

— Vá na frente, então, milady.

— Estou indo!

Ela saiu pisando firme pelo campo aberto e parou quando chegou à porta da cabana.

— Não vai entrar?

— Você vai? — devolveu Henry.

— Achei que você iria na frente.

— Talvez você esteja com medo — desafiou ela.

— Morrendo — disse Dunford, com um sorriso tão provocador que ela não acreditou que ele estivesse falando sério.

Henry se virou para encará-lo, com as mãos nos quadris.

— Bem, devemos aprender a enfrentar nossos medos.

— Exatamente — disse ele em um tom tranquilo. — Abra a porta, Henry.

Ela respirou fundo, se perguntando por que era tão difícil fazer aquilo. Henry imaginou que os medos da infância acompanhavam a pessoa até a idade adulta. Ela enfim abriu a porta e olhou para dentro.

— Ora, veja! — exclamou, maravilhada. — Alguém deve ter amado muito esta casa.

Dunford seguiu-a para dentro da cabana e olhou ao redor. Havia um cheiro de mofo no ar, prova de que estivera fechada por muitos anos, mas a casa ainda conseguia manter certo ar de aconchego. A cama estava coberta com uma colcha de cores vivas, um pouco desbotada pelo tempo, mas ainda alegre. Um conjunto de prateleiras abrigava enfeites que provavelmente eram de importância sentimental para os moradores, e preso a uma das paredes havia um desenho que só uma criança poderia ter feito.

— Eu me pergunto o que terá acontecido com eles — sussurrou Henry. — Não há dúvida de que uma família morou aqui.

— Doença, talvez — sugeriu Dunford. — Não é incomum que uma única doença dizime todo um vilarejo, quanto mais uma família.

Henry se ajoelhou diante de um baú de madeira ao pé da cama.

— O que será que há aqui dentro?

Ela levantou a tampa.

— E então? — perguntou ele.

— Roupas de bebê.

Ela pegou um vestidinho minúsculo e lágrimas arderam inexplicavelmente em seus olhos.

– Está cheio de roupas de bebê. Só isso.

Dunford se agachou ao lado dela e olhou embaixo da cama.

– Há um berço aqui também.

Henry se sentiu tomada por uma melancolia avassaladora.

– O bebê deles deve ter morrido – sussurrou. – É tão triste...

– Calma, Hen – disse Dunford, tocado pela tristeza dela. – Aconteceu anos atrás.

– Eu sei.

Ela tentou sorrir da própria tolice, mas o sorriso saiu choroso.

– É que... Bem, eu sei o que é perder os pais. Deve ser cem vezes pior perder um filho.

Dunford se levantou, pegou a mão dela e levou-a até a cama.

– Sente-se.

Henry se sentou na beirada da cama e, como não se sentiu confortável, subiu mais o corpo e apoiou as costas nos travesseiros encostados na cabeceira. Então secou uma lágrima no canto do olho.

– Você deve me achar muito boba...

O que Dunford estava pensando é que ela era muito, muito especial. Ele já tinha visto o lado ativo e prático de Henry, tinha visto também seu lado brincalhão e provocador. Mas nunca imaginara que ela tivesse um lado tão sentimental. Com certeza estava enterrado bem fundo, por baixo das camadas de roupas masculinas e da atitude atrevida, mas estava ali. E havia algo muito feminino nisso. Dunford já havia tido um vislumbre daquela característica na véspera, na loja de vestidos, quando Henry olhou para o vestido amarelo com um anseio profundo e evidente. Mas agora... Vê-la daquele jeito o desarmou completamente.

Ele se sentou na beirada da cama e tocou o rosto dela.

– Você será uma mãe incrível algum dia.

Ela sorriu, agradecida.

– Você é muito gentil, Dunford, mas acho que nunca terei filhos.

– Por que não?

Ela riu, mesmo em meio às lágrimas.

– Ah, Dunford, para se ter filhos é preciso ter um marido, e quem vai me querer?

Em qualquer outra mulher, Dunford teria considerado aquela afirmação uma isca óbvia para elogios, mas ele sabia que Henry não tinha um pingo de malícia. Ele podia ver nos olhos cinza-claros que a jovem realmente acreditava que nenhum homem iria querer se casar com ela. Dunford queria afastar aquele sofrimento resignado que via em seu rosto. Queria sacudi-la e dizer que ela estava sendo muito, muito tola. Mas, acima de tudo, queria fazer com que ela se sentisse melhor.

E disse a si mesmo que essa foi a única razão pela qual seu corpo oscilou em direção ao dela, deixando o rosto dos dois cada vez mais próximos.

– Não seja boba, Henry. Um homem teria que ser um idiota para não querer você.

Ela ficou olhando para ele, sem piscar. E passou a língua para umedecer os lábios ressecados de repente. Como desconhecia a tensão intensa que agora a rodeava, Henry tentou recorrer à frivolidade, mas a sua voz saiu trêmula e triste.

– Então há muitos, muitos idiotas na Cornualha, porque ninguém nunca olhou duas vezes para mim.

Dunford se aproximou mais.

– Imbecis provincianos.

Ela entreabriu os lábios, surpresa.

E nesse momento Dunford perdeu a capacidade de raciocinar, perdeu todo o senso do que era certo, bom e adequado. Ele sabia apenas o que era necessário, e de repente se tornou muito necessário beijá-la. Como nunca havia percebido que a boca de Henry era tão rosada? E já vira aquele tremor surreal em outros lábios? Ela teria gosto de limão, como aquele aroma enlouquecedor que parecia acompanhá-la por toda parte?

Ele não apenas queria descobrir. Ele *precisava* descobrir.

Dunford roçou os lábios suavemente contra os dela, chocado com a vibração que percorreu seu corpo mesmo com um toque tão sutil. Então recuou um pouco, apenas o bastante para ver o rosto dela. Henry estava com os olhos muito abertos, suas profundezas cinzentas cheias de assombro e desejo. Uma pergunta parecia estar se formando em seus lábios, mas Dunford podia ver que ela não tinha ideia de como colocá-la em palavras.

– Ah, Deus, Henry – murmurou ele. – Quem teria imaginado?

Quando a boca de Dunford se aproximou mais uma vez da dela, Henry cedeu ao seu desejo mais insano e estendeu a mão para tocar o cabelo dele.

Era incrivelmente macio, e ela não conseguiu se forçar a afastar a mão, mesmo quando a língua de Dunford começou a traçar o contorno dos lábios dela, e todos os outros músculos de seu corpo ficaram lânguidos de desejo. Os lábios de Dunford passaram a explorar devagar o caminho que ia do maxilar até a orelha dela.

– É tão macio... – comentou Henry, e o prazer do toque deixou sua voz rouca. – Quase tão macio quanto o pelo do Rufus.

Uma risada profunda subiu pela garganta de Dunford.

– Ah, Henry – disse ele, rindo. – Sem dúvida, essa é a primeira vez que sou comparado a um coelho. Perdi na comparação?

Henry, repentinamente tímida, apenas balançou a cabeça.

– O coelho comeu a sua língua? – brincou ele.

Ela balançou a cabeça mais uma vez.

– Não, você não perdeu.

Dunford gemeu e se inclinou para capturar a boca de Henry mais uma vez. Ele havia se contido durante os dois últimos beijos, preocupado com a inocência dela, mas agora descobrira que não conseguia mais fazer isso e deixou a língua invadir a boca quente de Henry, explorando-a intimamente. Deus, ela era tão doce e ele a queria tanto... queria cada centímetro dela. Dunford deixou escapar um suspiro entrecortado e deslizou a mão por baixo do casaco de Henry para segurar seu seio. Era muito mais voluptuoso do que ele esperava e muito feminino. O tecido da camisa dela era tão fino que chegava a ser pecaminoso. Dunford conseguiu sentir o calor emanando de sua pele, seus batimentos cardíacos acelerando, sentiu o mamilo se enrijecendo ao toque. E gemeu de novo. Estava perdido.

Henry arquejou diante daquela nova intimidade. Nenhum homem jamais a tocara ali. Nem *ela* jamais tocava os próprios seios, a menos que estivesse tomando banho. A sensação era... boa, mas também parecia errada, e Henry começou a sentir o pânico dominá-la.

– Não! – gritou, e se afastou dele. – Eu não posso.

Dunford disse o nome dela em um gemido, com a voz rouca.

Henry apenas balançou a cabeça e se levantou cambaleando da cama, incapaz de dizer outra coisa. As palavras não conseguiam atravessar o nó que comprimia sua garganta. Ela não podia fazer aquilo, não podia, mesmo que parte dela quisesse desesperadamente que Dunford voltasse a beijar seus lábios. Os beijos ela era capaz de justificar. Eles faziam com que se sentisse tão quente, tão acesa, tão *amada*, que ela conseguiria se convencer de que não cometiam um pecado tão grave, e que não era uma mulher caindo em desgraça, e que ele de fato se importava com ela...

Henry arriscou um olhar de relance para Dunford. Ele havia se levantado e praguejava em voz baixa. Ela não entendia por que ele a desejava. Nenhum homem a desejara antes e certamente nenhum homem jamais, mesmo por um instante, chegara perto de amá-la. Quando voltou a encará-lo, viu que ele estava abatido.

– Dunford? – chamou ela com a voz hesitante.

– Isso não vai acontecer de novo – declarou ele.

Henry sentiu o coração afundar no peito e de repente se deu conta de que queria que acontecesse de novo, mas... mas queria que ele a amasse, e supunha que por isso havia se afastado dele.

– Está... está tudo bem – disse ela baixinho, se perguntando por que diabo estava tentando confortá-lo.

– Não, não está – grunhiu Dunford.

Ele queria dizer que ela merecia algo melhor, mas estava tão cheio de desprezo por si mesmo que não conseguia suportar o som da própria voz.

Henry ouviu apenas a aspereza e precisou engolir em seco várias vezes. A verdade era que ele não a desejava. Ou pelo menos não queria desejá-la. Ela era uma aberração – uma mulher pouco atraente, que se vestia como um homem e falava o que lhe vinha à cabeça. Não era de admirar que Dunford tivesse ficado tão horrorizado com suas ações. Se houvesse outra mulher disponível em qualquer lugar perto de Stannage Park, ele não teria dado a menor atenção a Henry. Não, pensou Henry, isso não era verdade. Eles ainda seriam amigos, Dunford não fingira em relação a isso. Mas ele nunca a teria beijado.

Henry se perguntou se seria capaz de conter as lágrimas até chegarem em casa.

CAPÍTULO 8

O jantar naquela noite foi silencioso. Henry usou seu novo vestido amarelo e Dunford a elogiou, mas, a não ser por isso, eles pareciam incapazes de conversar.

Quando terminou de comer a sobremesa, Dunford pensou que nada lhe daria mais prazer do que se retirar para o seu quarto com uma garrafa de uísque, mas, depois de ver a expressão aflita de Henry durante toda a refeição, percebeu que precisava fazer algo para acertar as coisas entre eles. Assim, deixou o guardanapo de lado, pigarreou e disse:

— Pensei em tomar um cálice de vinho do Porto. Como não há outras mulheres aqui com quem você possa se reunir, eu ficaria honrado se quisesse se juntar a mim.

Henry virou a cabeça para fitá-lo. Não era possível que ele estivesse tentando dizer que pensava nela como um *homem*, certo?

— Nunca tomei vinho do Porto. Não sei se temos alguma garrafa.

Dunford se levantou.

— Devemos ter. Toda casa tem.

Henry o acompanhou com os olhos enquanto ele dava a volta ao redor da mesa para puxar a cadeira dela. Dunford era tão atraente, tão bonito, e por um momento ela havia acreditado que ele a desejava. Ou pelo menos ele agira como se a desejasse. E agora... Bem, agora ela não sabia o que pensar. Henry se levantou e percebeu que Dunford a encarava em expectativa.

— Nunca vi nenhuma garrafa aqui – disse ela, chegando à conclusão de que ele estava apenas esperando uma resposta sobre o vinho do Porto.

— Carlyle não recebia convidados?

— Na verdade, não com muita frequência, embora eu não consiga entender o que isso tem a ver com o vinho do Porto... ou com cavalheiros.

Dunford fitou-a com uma expressão de curiosidade.

— Depois do jantar é comum que as damas se retirem para a sala de visitas enquanto os cavalheiros degustam um pouco de vinho do Porto.

— Ah.

– Você conhecia esse costume, não?

Henry enrubesceu, dolorosamente consciente de sua falta de traquejo social.

– Não, eu não conhecia. Como você deve ter me achado muito mal-educada na semana passada... por ficar prolongando tanto o jantar... vou deixá-lo agora.

Ela deu alguns passos em direção à porta, mas Dunford segurou-a pelo braço.

– Henry – disse ele –, se eu não estivesse interessado em conversar com você, acredite, teria deixado isso bem claro. Mencionei o vinho do Porto porque achei que seria agradável desfrutarmos de uma bebida juntos, não porque queria me livrar da sua companhia.

– O que as mulheres bebem?

Ele olhou para ela sem entender, perdido.

– Como assim?

– Quando se retiram para a sala de visitas – explicou Henry. – O que as mulheres bebem?

Ele deu de ombros.

– Ah, não tenho a menor ideia. Acho que não bebem nada.

– Isso parece bastante injusto.

Dunford sorriu para si mesmo. Ela estava começando a soar mais como a Henry de quem ele passara a gostar tanto.

– Você talvez discorde depois que provar vinho do Porto pela primeira vez.

– Se é tão ruim, por que você bebe?

– Não é horrível, mas é uma questão de hábito.

– Hum.

Henry pareceu perdida em pensamentos por um momento.

– Bem, ainda considero uma prática muito injusta, mesmo que o gosto do vinho do Porto seja tão ruim quanto lavagem de porco.

– Henry!

Dunford ficou horrorizado com o tom da própria voz. Tinha soado igualzinho à sua mãe.

Ela deu de ombros.

– Desculpe meu linguajar, por favor. Receio ter sido treinada para usar as minhas boas maneiras apenas com estranhos, e você não se qualifica mais dessa forma.

A conversa havia se tornado tão improvável que Dunford sentiu lágrimas de riso brotarem de seus olhos.

– Mas, quanto ao vinho do Porto – continuou ela –, me parece que vocês, cavalheiros, se divertem na sala de jantar, sem as damas, falando sobre vinho, mulheres e todo tipo de coisas interessantes.

– Mais interessantes do que vinho ou mulheres? – brincou ele.

– Posso pensar em centenas de coisas mais interessantes do que vinho ou mulheres...

Dunford se deu conta, surpreso, de que não conseguia pensar em nada mais interessante do que a mulher diante dele.

– Política, por exemplo. Tento me manter informada com o *Times*, mas não sou tão idiota a ponto de não perceber que muitos acontecimentos não são publicados no jornal.

– Henry?

Ela inclinou a cabeça.

– O que isso tem a ver com o vinho do Porto?

– Ah. Bem, o que eu estava tentando explicar é que vocês, cavalheiros, se divertem enquanto as damas ficam sentadas em uma sala de visitas antiquada e abafada, conversando sobre bordado.

– Não tenho ideia do que as senhoras falam quando se retiram para a sala de visitas – murmurou Dunford, apenas insinuando um sorriso. – Mas, por algum motivo, duvido que seja sobre bordados.

Henry lançou um olhar que deixava claro que não acreditava nem um pouco nele. Dunford suspirou e ergueu as mãos em um simulado sinal de rendição.

– Como pode ver, estou tentando corrigir essa injustiça convidando você para tomar uma taça de vinho do Porto comigo essa noite – disse ele, olhando ao redor. – Isso é, se conseguirmos encontrar uma garrafa.

– Aqui na sala de jantar não temos nenhuma – disse Henry. – Disso eu tenho certeza.

– Na sala de visitas, então. Guardada com alguma outra bebida.

– Vale tentar...

Dunford deixou que Henry fosse na frente até a sala de visitas, reparando com satisfação em como o vestido novo lhe caía bem. Bem demais. Ele franziu a testa. Ela realmente tinha um corpo bem-feito, e ele não gostava da ideia de outra pessoa descobrindo isso.

Chegaram ao cômodo e Henry se agachou para procurar em um armário.

– Não estou encontrando – disse ela. – Se bem que nunca vi uma garrafa de vinho do Porto, então não faço a menor ideia do que estou procurando.

– Por que não me deixa dar uma olhada?

Quando Henry se levantou para trocar de lugar com Dunford, seu seio roçou acidentalmente no braço dele. Dunford conteve um gemido. Aquilo só podia ser alguma piada cruel. Henry era a sedutora mais improvável que se poderia imaginar, mas ali estava ele, duro e tenso, e sua maior vontade no momento era jogá-la por cima do ombro de novo, só que dessa vez para levá-la até o quarto dele.

Dunford tossiu baixinho para disfarçar o desconforto e se abaixou para examinar o armário. Nada de vinho do Porto.

– Bem, suponho que um copo de conhaque sirva.

– Espero que não esteja desapontado.

Ele lhe lançou um olhar penetrante.

– Não sou tão adepto do hábito a ponto de ficar arrasado por não beber um cálice de vinho do Porto após o jantar.

– É claro que não – apressou-se a dizer Henry. – Nunca tive a intenção de sugerir isso. Muito embora...

– Muito embora o quê? – perguntou Dunford, irritado.

Aquele constante estado de excitação estava mexendo com o humor dele.

– Ora – disse ela em um tom pensativo –, um apaixonado por bebida alcoólica certamente não se importaria com o tipo de bebida a consumir.

Ele suspirou.

Henry havia se acomodado em um sofá próximo, sentindo-se muito mais ela mesma do que no jantar. O silêncio é que havia sido difícil. Depois que Dunford começou a conversar, ela descobriu que era fácil responder. Estavam de volta a um território familiar – rindo e implicando impiedosamente um com o outro – e Henry quase conseguia sentir a autoconfiança perdida fluindo de volta em suas veias.

Dunford serviu um copo de conhaque e o estendeu para ela.

– Henry – disse ele, e pigarreou antes de continuar: – Sobre essa tarde...

Ela segurou o copo com tanta força que ficou surpresa por ele não ter quebrado. Então abriu a boca para falar, mas não saiu nada. Engoliu em seco algumas vezes para tentar umedecer a garganta. Mal havia voltado a se sentir ela mesma... não durou muito tempo. Enfim, conseguiu dizer:

– Sim?

Ele pigarreou de novo.

– Eu nunca deveria ter me comportado daquela forma, eu... ahn... eu agi mal e peço desculpas.

– Não pense mais nisso – disse ela, se esforçando para parecer despreocupada. – É o que eu vou fazer.

Dunford franziu a testa. Sem dúvida, a intenção dele fora deixar o beijo para trás – já era canalha demais só por *pensar* em tirar vantagem dela –, mas a verdade é que se sentiu estranhamente desapontado por Henry ter a intenção de esquecer o episódio.

– É mesmo o melhor a fazer – disse ele, e pigarreou mais uma vez. – Imagino.

– Você está com algum problema na garganta? Simpy faz um xarope caseiro excelente. Tenho certeza de que ela poderia...

– Não há nada errado com a minha garganta. Só estou me sentindo um pouco...

Dunford procurou uma palavra adequada.

– Desconfortável. Só isso.

Henry deu um sorrisinho desanimado.

– Ah.

Era muito mais fácil tentar ser útil do que lidar com o fato de Dunford haver ficado tão desapontado com o beijo. Ou talvez ele tivesse ficado desapontado porque ela havia interrompido o beijo. Henry estava intrigada. Com certeza ele não achava que ela era o tipo de mulher que... Henry nem sequer conseguiu completar esse pensamento. Ela ergueu os olhos para ele e, quando abriu a boca, as palavras saíram em um fluxo violento:

– Tenho certeza de que você está certo. Suponho que seja melhor mesmo esquecer tudo, porque eu não gostaria que você pensasse que eu... bem, que eu sou o tipo de mulher que...

– Não penso isso de você – interrompeu Dunford, em um tom seco.

Ela soltou um grande suspiro de alívio.

– Ah, que bom. Eu não sei o que aconteceu comigo.

Dunford sabia exatamente o que havia acontecido com ela, e também sabia que tinha sido culpa dele.

– Henry, não se preocupe...

– Mas eu me preocupo! Eu não quero que isso estrague a nossa amizade, e... Nós somos amigos, não somos?

Ele pareceu afrontado por ela ter perguntado.

111

– É claro que somos.

– Sei que estou sendo ousada, mas não quero perder você. Eu realmente gosto de tê-lo como amigo, e a verdade é...

Henry soltou uma risada estrangulada.

– A verdade é que você é o único amigo que eu tenho, além da Simpy, mas não é a mesma coisa, e...

– Chega!

Dunford não suportava o tom angustiado de Henry, a solidão em cada palavra. Henry sempre achara que levava uma existência perfeita ali em Stannage Park – ela mesma havia dito isso em várias ocasiões. E nunca se dera conta de que havia um mundo inteiro além da fronteira da Cornualha, um mundo de festas, bailes e... amigos.

Ele pousou a taça de conhaque sobre uma mesa e atravessou a sala, movido pela simples necessidade de confortá-la.

– Não fale assim – disse ele, surpreso com a seriedade na própria voz.

Então puxou-a para um abraço de amigo e apoiou o queixo no topo da cabeça dela.

– Sempre serei seu amigo, Henry. Não importa o que aconteça.

– Jura?

– Juro. Por que não seria?

Ela se afastou apenas o suficiente para conseguir ver o rosto dele.

– Não sei. Muita gente já encontrou razões para não ser.

– Pare de falar besteira. Você é uma criatura peculiar, mas com certeza é mais agradável do que desagradável.

Ela fez uma careta.

– Que maneira encantadora de se expressar.

Ele deu uma gargalhada e a soltou.

– E é por isso, minha cara Henry, que gosto tanto de você.

⁂

Dunford estava se preparando para dormir quando Yates bateu em sua porta. Era costume os criados entrarem nos quartos sem bater, mas Dunford sempre achara essa prática particularmente desagradável quando o cômodo em questão era o quarto da pessoa, e havia orientado os criados de Stannage Park para agirem de acordo com a sua vontade.

Com a autorização de Dunford, Yates entrou no quarto, segurando um envelope grande.

– Isso chegou de Londres hoje, milorde. Coloquei sobre a mesa do seu escritório, mas...

– Mas não estive por lá hoje – completou Dunford, pegando o envelope da mão de Yates. – Obrigado por trazê-lo até aqui. Acho que é o testamento do falecido lorde Stannage. Estou ansioso para ler.

Yates assentiu e saiu do quarto.

Com preguiça demais para se levantar e encontrar um abridor de cartas, Dunford deslizou o dedo indicador sob a aba do envelope e puxou o lacre. Era o testamento de Carlyle, como imaginara. Ele folheou o documento em busca do nome de Henry – poderia ler o resto com calma no dia seguinte. Por enquanto, sua principal preocupação era saber como Carlyle havia previsto o sustento de sua tutelada.

Dunford já estava na terceira página quando as palavras – Srta. Henrietta Barrett – saltaram diante de seus olhos. Então, para sua absoluta surpresa, ele viu o próprio nome escrito ali.

Dunford ficou boquiaberto. *Ele* era o tutor de Henry.

Henry era sua tutelada.

Aquilo o tornava um... santo Deus, ele era um daqueles homens desprezíveis que se aproveitavam de damas nessa condição. As rodas de fofoca estavam repletas de histórias de velhos lascivos que ou seduziam suas tuteladas ou as vendiam pelo lance mais alto. A vergonha que sentira pelo modo como se comportara naquela tarde agora retornava com intensidade triplicada.

– Ah, meu Deus – sussurrou. – Ah, meu *Deus do céu*.

Por que Henry não havia contado a ele?

– Henry! – gritou Dunford.

Por que Henry não havia contado a ele?

Ele se levantou de um pulo e pegou o roupão.

– Henry!

Por que Henry não havia contado a ele?

Quando saiu para o corredor, Henry já estava lá, com um roupão verde desbotado envolvendo sua forma esguia.

– Dunford? Qual é o problema?

– Este! – disse ele, quase esfregando os papéis no rosto dela. – Este!

– O quê? O que é isso? Dunford, eu não consigo ver com você colando o papel no meu rosto.

– É o testamento de Carlyle, Srta. Barrett – respondeu ele, furioso. – Aquele que me nomeia como seu tutor.

Ela o encarou sem entender.

– E...?

– Isso faz de você minha pupila.

Henry o encarava como se uma parte do cérebro dele tivesse acabado de sair voando pelos ouvidos.

– Sim – disse ela em um tom apaziguador –, em geral é assim que esse tipo de coisa funciona.

– *Por que você não me contou?*

– Por que eu não contei o quê?

Henry olhou de um lado para o outro.

– Sinceramente, Dunford, precisamos mesmo continuar essa conversa no meio do corredor?

Ele deu meia-volta e entrou no quarto dela. Henry apressou-se a entrar atrás dele, sem ter muita certeza se era aconselhável que os dois ficassem sozinhos no quarto. A alternativa era que Dunford continuasse gritando com ela no corredor, o que não era recomendável.

Ele fechou a porta com firmeza e se voltou de novo para ela.

– Por que – perguntou Dunford, e sua voz deixava clara uma fúria mal controlada – você não me disse que era minha tutelada?

– Eu pensei que você soubesse.

– Você pensou que eu *soubesse*?

– Ora, por que você não saberia?

Ele abriu a boca e logo voltou a fechá-la. Inferno, a garota tinha razão. Por que ele *não* sabia?

– Ainda assim, você deveria ter me contado – murmurou ele.

– Eu teria contado se tivesse imaginado que você não sabia.

– Ah, meu Deus, Henry – disse Dunford com um gemido. – Meu Deus do céu... Isso é um desastre.

– Ora – retrucou ela, irritada –, eu não sou assim *tão* terrível.

Dunford lhe lançou um olhar irritado.

– Henry, eu *beijei* você essa tarde. Beijei você. Consegue compreender o que isso significa?

Ela o encarou, parecendo não entender.

– Significa que você me beijou?

Dunford a agarrou pelos ombros e a sacudiu.

– Isso significa... Meu Deus, Henry, é praticamente incestuoso.

Henry pegou uma mecha de cabelo entre os dedos e começou a girá-la. O movimento deveria acalmá-la, mas sua mão estava desajeitada e fria.

– Não sei se chamaria assim. Sem dúvida, não foi algo tão pecaminoso. Ao menos eu acho que não. E como nós dois já concordamos que não vai acontecer de novo, e...

– Maldição, Henry, pode ficar quieta? Estou tentando pensar.

Ele passou a mão pelo cabelo. Afrontada, ela recuou e fechou a boca.

– Será que você não entende, Henry? Você agora é minha *responsabilidade* – disse Dunford, e a palavra pareceu amarga em seus lábios.

– Você é muito gentil – murmurou ela. – Mas eu não sou assim tão ruim no que se refere a ser responsabilidade de alguém.

– Não é esse o ponto, Hen. Isso significa... Inferno, isso significa...

Ele deu uma risada breve e irônica.

Apenas algumas horas antes, estava pensando que gostaria de levá-la a Londres, para apresentá-la aos amigos e mostrar a ela que havia mais a se ver na vida do que Stannage Park. Agora parecia que *teria* que fazer aquilo. Ele teria que levá-la a participar de uma temporada social e precisaria encontrar um marido para ela. E também encontrar alguém para ensiná-la a se comportar como uma dama. Dunford olhou para o rosto de Henry. Ela ainda parecia bastante irritada. Inferno. Ele torcia para que quem quer que se encarregasse de transformá-la em uma dama não a mudasse muito. Gostava de Henry do jeito que ela era.

O que o levava a outro ponto. Naquelas circunstâncias, mais do que nunca, era imperativo que ele mantivesse as mãos longe dela. Henry já estaria arruinada se a alta sociedade descobrisse que estavam vivendo juntos, desacompanhados, ali na Cornualha. Dunford respirou fundo.

– Que diabo nós vamos fazer?

A pergunta fora dirigida a ele mesmo, mas Henry decidiu respondê-la de qualquer maneira.

– Não sei o que *você* vai fazer – disse ela, envolvendo o corpo com os braços –, mas *eu* não vou fazer nada. Ou melhor, nada além do que já venho fazendo. Você mesmo já admitiu que sou a única pessoa qualificada para administrar Stannage Park.

A expressão de Dunford dizia que ele a considerava irremediavelmente ingênua.

– Henry, nós não podemos ficar aqui sozinhos.

– Por que não?

– Não é adequado.

Dunford se encolheu ao dizer isso. Desde quando havia se tornado um defensor do decoro?

– Ah, para o inferno com o que é adequado. Não dou a menor importância a isso, caso você não tenha per...

– Eu percebi.

– ... cebido. Isso não faz sentido no nosso caso. Você é o dono do lugar, então não deveria ter que sair, e eu administro a propriedade, portanto *não posso* sair daqui.

– Henry, a sua reputação...

Ela pareceu achar isso muito engraçado.

– Ah, Dunford – arquejou Henry, enxugando as lágrimas de riso –, isso é ótimo. *Ótimo*. Minha reputação.

– Que diabo há de errado com a sua reputação?

– Ah, Dunford, por favor... eu não tenho uma reputação. Nem boa nem má. Sou tão esquisita que as pessoas já têm o bastante que falar a respeito de mim sem nem precisarem se preocupar com o modo como eu ajo com os homens.

– Bem, Henry, talvez seja hora de você começar a pensar sobre a sua reputação. Ou em ter uma.

Se Henry não tivesse ficado tão intrigada com a estranha escolha de palavras, talvez tivesse reparado no tom inflexível da voz dele.

– Bem, seja como for, a questão é irrelevante – comentou ela, em um tom despreocupado. – Você já está morando aqui há mais de uma semana. Se eu estivesse preocupada com uma reputa... isso é, com a *minha* reputação, ela já estaria destruída.

– Não importa, amanhã mesmo vou procurar acomodações na estalagem local.

– Meu Deus, não seja tolo! Na semana passada você não deu a menor atenção à impropriedade do modo como estamos vivendo. Por que faria isso agora?

– Porque – retrucou Dunford, irritado, controlando com dificuldade seu temperamento – agora você é minha responsabilidade.

– Esse é o raciocínio mais idiota que eu já vi. Na minha opinião...

– Você tem opiniões em excesso – disse ele, ainda irritado.

Henry o encarou, boquiaberta.

– Ora, ora! – declarou.

Dunford começou a andar pelo quarto.

– Nossa situação não pode permanecer como está. Você não pode continuar a agir como se fosse um rapaz. Alguém vai precisar ensiná-la como deve se comportar. Teremos que...

– Não estou acreditando na sua hipocrisia! – explodiu Henry. – Quando eu era apenas uma conhecida, não havia o menor problema em ser a aberração do vilarejo, mas agora que sou sua *responsabilidade*...

As palavras morreram rapidamente em seus lábios, pois Dunford a agarrou pelos ombros e imobilizou-a contra a parede.

– Se você se chamar de aberração mais uma vez – disse ele em um tom ameaçador –, juro por Deus que não me responsabilizo pelos meus atos.

Mesmo à luz das velas Henry pôde ver a fúria mal contida nos olhos dele, e engoliu em seco com uma dose razoável de medo. Mas, como nunca fora uma pessoa muito prudente, seguiu falando, embora em um tom bem mais baixo:

– Não favorece seu caráter o fato de você não ter se importado com a minha reputação até agora. Ou sua preocupação se estende apenas às suas tuteladas, não às suas amigas?

– Henry – disse Dunford, e Henry viu que um músculo se contraía em seu pescoço, –, acho que chegou a hora de você parar de falar.

– Isso é uma ordem, oh, caro tutor?

Ele respirou fundo antes de responder.

– Há uma diferença entre tutor e amigo, embora eu espere poder ser os dois para você.

– Acho que eu gostava mais de você quando era só meu amigo – murmurou Henry em um tom rebelde.

– Espero que sim.

– Espero que sim – imitou ela, sem nem tentar esconder a fúria.

Dunford olhou ao redor em busca de algo que pudesse servir de mordaça. Seu olhar encontrou a cama dela, e ele piscou, percebendo de repente como soara estúpido pregando sobre o decoro quando estava parado ali, bem no meio do quarto dela. Ele olhou para Henry e enfim percebeu que ela estava de roupão... de roupão! E era um roupão puído e rasgado em alguns lugares, que mostrava muito das pernas dela.

Ele conteve um gemido e desviou os olhos para o rosto de Henry. Ela estava com os lábios cerrados em uma expressão rebelde e, de repente, Dunford se deu conta de que gostaria de beijá-la de novo, com mais intensidade dessa vez. Seu coração batia acelerado e pela primeira vez ele percebeu a linha tênue entre a fúria e o desejo. Queria *dominá-la*.

Com nojo de si mesmo, Dunford deu meia-volta, atravessou o quarto e pousou a mão na maçaneta. Teria que sair logo daquela casa. Ele abriu a porta com violência, então se virou para ela e disse:

– Vamos conversar mais sobre isso pela manhã.

– Espero que sim.

Mais tarde, Henry pensou que teria sido melhor se ele tivesse saído do quarto antes de ouvir a resposta dela. Não achava que Dunford desejava uma resposta.

CAPÍTULO 9

Os outros vestidos novos de Henry chegaram na manhã seguinte, mas ela vestiu a camisa branca e a calça habituais, só para contrariar.

– Bobão – murmurou ela enquanto se vestia.

Dunford achava mesmo que seria capaz de mudá-la? Transformá-la em uma personificação delicada da feminilidade? Achava que ela daria sorrisos e piscadelas afetadas e passaria os dias pintando aquarelas?

– Rá! – bradou Henry.

Ela não facilitaria as coisas para ele. Não seria capaz de aprender a fazer todas essas coisas, mesmo se quisesse. Se estivesse relutante, então, seria impossível.

Ao ouvir o estômago roncar com impaciência, Henry calçou as botas e desceu para a sala de café da manhã. Ficou surpresa ao ver que Dunford já estava lá; ela havia se levantado muito cedo, e ele era uma das únicas pessoas conhecidas que era menos matinal do que ela.

Dunford passou os olhos pela roupa de Henry enquanto ela se sentava, mas Henry não conseguiu discernir sequer um lampejo de emoção naquelas íris profundas da cor de chocolate.

– Torrada? – perguntou ele em uma voz calma, estendendo sua oferta.

Ela pegou uma e a colocou em seu prato.

– Geleia?

Dunford estendeu um pote com uma geleia vermelha. Framboesa, pensou Henry distraidamente, ou talvez groselha. Ela não se importava nem um pouco com o que era e apenas começou a espalhar sobre a torrada.

– Ovos?

Henry pousou a faca e se serviu de ovos mexidos.

– Chá?

– Será que você pode parar? – perguntou ela, irritada.

– Só estou tentando ser solícito – murmurou Dunford enquanto limpava o canto da boca com um guardanapo.

– Sou capaz de me alimentar sozinha, milorde.

Henry estendeu a mão de forma nada elegante por cima da mesa para alcançar uma travessa de bacon.

Ele sorriu e colocou mais uma garfada na boca, ciente de que estava irritando Henry e se divertindo muito com isso. Ela não gostara nem um pouco da atitude autoritária dele e estava furiosa. Dunford duvidava que alguém já tivesse dito a Henry o que fazer em toda a vida dela. Pelo que ele ouvira sobre Carlyle, o homem tinha dado a ela uma quantidade indecente de liberdade. E, embora tivesse certeza de que Henry jamais fosse admitir, Dunford tinha a impressão de que ela estava um pouco aborrecida por ele não ter pensado na reputação dela até aquele momento.

E ele era mesmo culpado em relação a isso, pensou, resignado. Vinha se divertindo tanto aprendendo sobre a nova propriedade que nem se importara com a condição de solteira da jovem que o acompanhava. Henry se comportava de uma forma tão... ora... *estranha* – não havia outra palavra para descrever – que não ocorreu a ele que ela estava (ou deveria estar) sujeita às mesmas regras e convenções que as outras jovens damas que ele conhecia.

Enquanto ruminava esses pensamentos, Dunford começou a bater com o garfo distraidamente na mesa. O som monótono continuou até Henry levantar os olhos, e sua expressão deixava bem claro que estava convencida de que o único propósito na vida dele era irritá-la.

– Henry – disse Dunford no que esperava ser seu tom mais afável. – Eu estava pensando...

– É mesmo? Que extraordinário da sua parte.

– Henry... – repetiu ele, em um tom inconfundível de advertência.

Tom esse que ela ignorou.

– Sempre admirei um homem que tenta ampliar seus horizontes. Pensar é um bom ponto de partida, embora talvez possa sobrecarregá-lo...

– Henry!

Dessa vez ela se calou.

– Eu estava pensando...

Ele fez uma pausa, como se a desafiasse a fazer algum comentário. Como Henry continuou quieta, Dunford continuou:

– Eu gostaria de voltar para Londres. Essa tarde, eu acho.

Henry sentiu um inexplicável nó de tristeza se formar em sua garganta. Ele ia embora? Era verdade que estava irritada com Dunford, com raiva, até, mas não queria que ele se fosse. Já se acostumava a tê-lo por perto.

– E você vem comigo.

Pelo resto de sua vida, Dunford desejaria ter tido alguma forma de eternizar a expressão no rosto dela. Choque não a descreveria. Nem horror. Nem desânimo, nem fúria, nem exasperação. Depois de um longo tempo, Henry balbuciou:

– Você está louco?

– Isso não deixa de ser uma possibilidade.

– Eu não vou para Londres.

– Estou dizendo que vai.

– O que eu faria em Londres? – perguntou ela, jogando os braços para o alto. – E, mais importante do que isso, quem vai assumir o meu lugar aqui?

– Tenho certeza de que vamos encontrar alguém. Há inúmeros criados eficientes em Stannage Park. Afinal, você os treinou.

Henry optou por ignorar o fato de Dunford ter acabado de lhe fazer um elogio.

– Eu não vou para Londres.

– Você não tem escolha – disse ele em um tom forçadamente suave.

– Desde quando?

– Desde que eu me tornei seu tutor.

Henry o encarava, furiosa.

Ele tomou um gole de café, observando-a por cima da borda da xícara.

– Sugiro que você coloque um de seus vestidos novos antes de partirmos.

– Eu já disse que não vou.

– Não me provoque, Henry.

– Não me provoque *você*! – explodiu ela. – Por que está me arrastando para Londres? Eu não quero ir! Os meus sentimentos não contam em nada?

– Henry, você nunca esteve em Londres.

– Há milhões de pessoas neste mundo, milorde, que vivem perfeitamente felizes sem nunca terem colocado os pés na capital do nosso país. Eu garanto que sou uma delas.

– Se você não gostar, pode ir embora.

Henry duvidava. Mas com certeza não duvidaria que Dunford fosse capaz de contar algumas mentiras inocentes que a levassem a obedecer à sua vontade. Decidiu, então, tentar uma tática diferente.

– Se você me levar para Londres, não vai resolver a questão da minha falta de acompanhante – argumentou, tentando soar equilibrada. – Na verdade, me deixar aqui é uma solução muito melhor. Tudo vai voltar a ser como era antes de você chegar.

Dunford deixou escapar um suspiro cansado.

– Henry, me diga por que você não quer ir para Londres.

– Estou ocupada demais aqui.

– O verdadeiro motivo, Henry.

Ela mordeu o lábio inferior.

– Eu só... só acho que não vou gostar. As festas, os bailes e tudo o mais. Isso não é para mim.

– Como você sabe? Nunca esteve em nenhum evento desses.

– Olhe bem para mim! – exclamou ela, furiosa e humilhada. – Basta olhar para mim!

Henry se levantou e apontou para a roupa que usava.

– Eu seria ridicularizada até mesmo na sala de visitas mais liberal.

– Nada que um vestido não conserte. A propósito, hoje de manhã chegaram mais dois, não é mesmo?

– Não deboche de mim! É muito mais profundo do que isso. Não são apenas as roupas, Dunford, sou eu!

Henry deu um chute de frustração na cadeira e foi até a janela. Então respirou fundo algumas vezes, tentando acalmar o coração acelerado, mas isso não pareceu adiantar. Por fim, voltou a falar em uma voz muito baixa:

– Você acha que eu vou divertir seus amigos em Londres? É isso? Não tenho o menor desejo de me tornar uma espécie de entretenimento, uma aberração de show de horrores. Você vai...

Dunford se moveu tão rápida e silenciosamente que Henry nem percebeu que ele havia mudado de lugar até suas mãos já estarem em cima dela, virando-a para encará-lo.

– Acho que ontem à noite eu disse para você não se referir a si mesma como uma aberração.

– Mas é o que eu sou!

Henry ficou mortificada com o tremor em sua voz e as lágrimas escorrendo por seu rosto, e tentou se esquivar do toque dele. Se iria agir como uma idiota fraca, Dunford não poderia ao menos permitir que ela fizesse isso sem plateia?

Mas ele se manteve firme.

– Será que você não percebe, Henry? – disse Dunford, com a voz dolorosamente terna. – É por isso que quero levá-la para Londres. Para provar que você não é uma aberração, que é uma mulher encantadora e desejável, e que qualquer homem ficaria orgulhoso em tê-la ao seu lado.

Henry o encarou, sem piscar, mal conseguindo digerir suas palavras.

– E qualquer mulher – continuou ele baixinho – se sentiria orgulhosa em tê-la como amiga.

– Não consigo fazer isso – sussurrou ela.

– É claro que você consegue, desde que esteja determinada – disse ele, e deu uma risada. – Às vezes eu acho que você consegue fazer qualquer coisa, Henry.

Ela balançou a cabeça.

– Não consigo – disse baixinho.

Dunford deixou as mãos caírem junto ao corpo e foi até uma janela próxima. Ele ficou surpreso com a profundidade de sua preocupação por ela, e espantado com quanto desejava restaurar a autoconfiança de Henry.

– Mal consigo acreditar que é você falando, Henry. Essa é a mesma jovem que administra a propriedade mais bem-cuidada que eu já vi? A mesma que se gabou para mim de poder montar qualquer cavalo na Cornualha? A mesma que me levou a perder uns dez anos de vida quando enfiou a mão em uma colmeia cheia de abelhas? Depois de tudo isso, é difícil imaginar que Londres representará um grande desafio para você.

– É diferente – disse Henry, e sua voz era quase um sussurro.

– Não exatamente.

Ela não respondeu.

– Henry, eu por acaso já contei que, quando a conheci, achei você a jovem mais dona de si que eu já tinha visto?

– Mas eu não sou – disse ela, se engasgando com as palavras.

– Diga uma coisa, Hen. Se você é capaz de supervisionar duas dúzias de criados, cuidar de uma fazenda em atividade e construir um chiqueiro, pelo amor de Deus, por que acha que não estará à altura da tarefa de passar uma temporada social em Londres?

– Porque eu sei fazer tudo isso que você citou! – explodiu ela. – Sei montar a cavalo, sei construir um chiqueiro e sei como administrar uma fazenda. *Mas eu não sei ser uma dama!*

Dunford não conseguiu falar nada, tamanho o seu choque com a veemência da resposta.

– Não gosto de fazer o que não sei fazer bem – continuou ela, irritada.

– Ao que me parece – começou a dizer ele –, você só precisa de um pouco de prática.

Henry devolveu a ele um olhar mordaz.

– Não seja condescendente comigo.

– Não estou sendo. Na verdade, sou o primeiro a admitir que achei que você não sabia como usar um vestido, mas veja como se saiu com o amarelo. E você tem muito bom gosto quando quer. Entendo um pouco de moda feminina, sabe, e os vestidos que você escolheu são lindos.

– Eu não sei dançar – disse ela, cruzando os braços em uma atitude de desafio. – E não sei flertar, e não sei quem deveria se sentar ao lado de quem em um jantar, e.... eu nem sabia sobre o vinho do Porto!

– Henry...

– Não vou a Londres para fazer papel de tola. Não mesmo!

Dunford não pôde fazer nada além de ficar olhando enquanto ela saía correndo da sala.

⁓

Dunford adiou em um dia a data de sua partida, reconhecendo que não poderia pressionar mais Henry enquanto ela estivesse tão agitada. Não ficaria em paz com a própria consciência se fizesse uma coisa dessas. Silenciosamente, foi várias vezes até a porta do quarto dela, com os ouvidos atentos a sinais de choro, mas só ouviu silêncio. Nenhum movimento sequer.

Ela não desceu para a refeição do meio-dia, o que o surpreendeu. Henry não tinha um apetite delicado e Dunford achou que ela estaria faminta, afinal não tivera a chance de comer muito no desjejum. Ele foi até a cozinha para perguntar se Henry havia pedido que levassem uma bandeja ao quarto dela. Diante da resposta negativa, praguejou baixinho e balançou a cabeça. Se Henry não aparecesse para o jantar, ele iria até o quarto dela e a arrastaria para o andar de baixo.

No fim, não foi necessário adotar uma medida tão drástica, porque Henry apareceu na sala de visitas na hora do chá, com os olhos avermelhados, mas secos. Dunford se levantou na mesma hora e apontou para a cadeira ao lado dele. Ela agradeceu com um sorriso, porque Dunford resistiu à tentação de fazer alguma brincadeira sobre o comportamento dela mais cedo.

– E-eu lamento ter feito papel de tola no café da manhã – disse Henry. – E asseguro que agora estou pronta para discutir o assunto como uma adulta civilizada. Espero que possamos fazer isso.

Dunford pensou com certa ironia que uma das razões pelas quais gostava tanto de Henry era que ela era muito diferente de qualquer um dos adultos civilizados que ele conhecia. E estava detestando aquele discurso excessivamente correto dela. Talvez levá-la para Londres fosse um erro. Talvez a vida em meio à alta sociedade acabasse com o frescor e a espontaneidade de Henry. Ele suspirou. Não, não, ele ficaria de olho nela. Henry não perderia o seu brilho – na verdade, ele faria com que ela brilhasse ainda mais. Dunford olhou de relance para ela e viu que parecia nervosa, ansiosa.

– Sim? – disse ele, inclinando a cabeça.

Ela pigarreou.

– Eu pensei... pensei que talvez você pudesse me dizer por que quer que eu vá para Londres.

– De modo que você possa pensar em razões lógicas para não ir? – adivinhou ele.

– Algo assim – admitiu ela, com um leve traço de seu sorriso atrevido característico.

A franqueza de Henry e o brilho em seus olhos o desarmaram. Ele devolveu o sorriso, outro daqueles devastadores, e ficou grato ao ver os lábios dela se abrirem levemente em resposta.

– Por favor, sente-se – disse Dunford, apontando de novo para a cadeira.

Ela se sentou e ele fez o mesmo.

– Diga o que você quer saber – pediu ele com um movimento expansivo do braço.

– Bem, para começar, eu acho...

Ela parou, e a expressão em seu rosto era de extrema consternação.

– Não me olhe assim.

– Assim como?

– Como... como se...

Santo Deus, ela estava prestes a dizer *Como se você fosse me devorar?*

– Ah, não importa.

Dunford sorriu novamente para ela, disfarçando dessa vez, como se estivesse tossindo.

– Vá em frente – pediu ele.

Ela olhou para o rosto dele, mas logo se deu conta de que aquilo era um erro, já que Dunford era bonito demais, e seus olhos estavam brilhando, e...

– Você dizia? – insistiu Dunford.

Henry piscou algumas vezes, voltando à realidade.

– Certo. Eu estava dizendo, hum, o que eu estava dizendo é que gostaria de saber o que você espera conseguir me levando para Londres.

– Certo...

Ele não disse mais nada, e isso a irritou tanto que ela se viu obrigada a replicar:

– E então?

Dunford estava claramente tentando ganhar tempo para formular uma resposta.

– Acho que espero conseguir muitas coisas – respondeu ele por fim. – Em primeiro lugar, gostaria que você se divertisse um pouco.

– Eu posso me...

Dunford ergueu a mão.

– Não, por favor, me deixe terminar e então será a sua vez de falar.

Henry assentiu com altivez e esperou que ele continuasse.

– Como eu estava dizendo, gostaria que você se divertisse. Acho que você poderia aproveitar um pouco a temporada social, caso se permitisse. Você também precisa urgentemente de um guarda-roupa novo e, por favor, não discuta comigo sobre esse ponto, porque sei que você tem plena consciência de que está em falta nessa área.

– Isso é tudo?

Dunford não pôde deixar de rir. Henry estava ansiosíssima para apresentar seus argumentos.

– Não, eu só fiz uma pausa para respirar.

Como ela não sorriu diante da brincadeira, ele acrescentou:

– Você respira de vez em quando, não é?

Henry ficou ainda mais carrancuda.

– Ah, está certo – capitulou ele. – Diga quais são as suas objeções até agora. Eu termino de falar depois.

– Muito bem. Ora, em primeiro lugar, eu me divirto muito aqui na Cornualha e não vejo razão para atravessar o país em busca de mais diversão. A meu ver parece uma atitude miseravelmente pagã.

– Miseravelmente pagã? – repetiu ele, parecendo não acreditar.

– Não ria – alertou ela.

– Não estou rindo – garantiu Dunford. – Mas miseravelmente pagã? De onde diabo você tirou isso?

– Só estou tentando deixar claro que tenho responsabilidades aqui e não quero um estilo de vida frívolo. Algumas pessoas têm coisas mais importantes a fazer do que desperdiçar seu tempo em busca de diversão.

– É claro.

Henry estreitou os olhos, tentando detectar algum sinal de sarcasmo na voz dele. Ou Dunford estava falando sério ou era um mestre na arte da dissimulação, porque parecia sério.

– Você tem alguma outra objeção? – perguntou ele.

– Tenho. Não vou discutir sobre o fato de eu precisar de um guarda-roupa novo, mas você se esqueceu de outro fato pertinente: eu não tenho dinheiro. Se não tive meios para comprar vestidos novos aqui na Cornualha, não vejo como poderia comprá-los em Londres, onde, sem dúvida, tudo custa bem mais caro.

– Eu vou pagar por eles.

– Até eu sei que isso não é adequado, Dunford.

– Não era adequado na semana passada, quando fomos a Truro – concordou ele, dando de ombros. – Mas agora sou seu tutor. Não poderia ser mais adequado.

– Mas não posso permitir que você gaste seu dinheiro comigo.

– Talvez eu queira fazer isso.

– Mas você não pode.

– Acho que conheço a minha própria mente – declarou Dunford com ironia. – Um pouco melhor do que você, imagino.

– Se você quer gastar seu dinheiro, prefiro que o invista em Stannage Park. Seria de bom uso nos estábulos, e também estou de olho em um terreno perto da fronteira sul...

– Não era isso que eu tinha em mente.

Henry cruzou os braços e fechou a boca, já que esgotara o seu estoque de argumentos contra o plano dele.

Dunford viu a expressão petulante e adivinhou que ela estava cedendo o espaço na conversa.

– Bem, continuando... Vejamos, onde eu estava? Diversão, guarda-roupa, ah, sim. Pode ser útil adquirir um pouco de traquejo social. *Mesmo* – falou

Dunford, aumentando o tom de voz ao vê-la abrir a boca, consternada – se você não tiver qualquer intenção de voltar a Londres. É sempre bom saber se comportar diante dos mais bem-preparados... e dos mais esnobes, suponho... e você jamais será capaz de fazer isso se não souber o que é o quê. O vinho do Porto foi um bom exemplo.

Um rubor coloriu o pescoço dela.

– Alguma objeção quanto a isso?

Ela balançou a cabeça em silêncio. Não havia sentido necessidade de ter traquejo social até ali – havia ignorado e fora ignorada pela maior parte da sociedade da Cornualha e estava bastante satisfeita com isso –, mas precisava admitir que Dunford tinha razão nesse ponto. Conhecimento sempre era uma coisa boa, e sem dúvida não faria mal aprender a se comportar um pouco mais adequadamente.

– Ótimo – disse ele. – Eu sempre soube que você tem um bom senso excepcional. Fico feliz por estar recorrendo a ele agora.

Henry achou que ele estava sendo um pouco condescendente, mas decidiu não comentar.

– Além disso – continuou Dunford –, acho que seria muito bom para você conhecer algumas pessoas da sua idade e fazer amigos.

– Por que você fala como se estivesse fazendo um sermão para uma criança teimosa? – murmurou ela.

– Perdão. Da *nossa* idade, devo dizer. Não sou muito mais velho do que você, eu acho, e minhas duas amigas mais próximas não devem ser mais do que um ano mais velhas do que você, se tanto.

– Dunford – disse Henry, tentando evitar o rubor na face –, o motivo pelo qual mais me oponho a ir a Londres é que acredito que as pessoas não vão gostar de mim. Não me importo de ficar sozinha aqui em Stannage Park, onde estou *realmente* sozinha. Na verdade, eu gosto bastante. Mas não acho que vou gostar de ficar sozinha em um salão de baile cheio, com centenas de pessoas.

– Tolice – disse ele, desprezando a ideia. – Você vai fazer amigos. Só não esteve na situação certa ainda. Ou usando a roupa certa – acrescentou ele com ironia. – Não que se deva julgar uma pessoa por seu guarda-roupa, é claro, mas consigo entender por que as pessoas ficariam um pouco, bem, desconfiadas de uma mulher que não parece possuir um vestido.

– E você, é claro, vai me comprar um armário cheio de vestidos.

— Exatamente — respondeu ele, ignorando o sarcasmo dela. — E não se preocupe com a questão de fazer amizades. Meus amigos vão adorar você, tenho certeza disso. E irão apresentá-la a outras pessoas agradáveis, e assim por diante.

Como Henry não tinha mais nenhum argumento convincente em relação àquele ponto em particular, teve que se contentar com um resmungo alto para expressar sua ira.

— Por fim — disse Dunford —, sei que você adora Stannage Park e que gostaria de passar o resto da vida aqui, mas talvez, apenas talvez, Henry, você algum dia queira ter a sua própria família. É bastante egoísta da minha parte mantê-la aqui, só para mim, embora Deus saiba que eu gostaria de ter você sempre por perto, porque nunca vou encontrar um administrador que faça um trabalho melhor...

— Estou mais do que feliz em permanecer aqui — apressou-se a interromper Henry.

— Você nunca pensou em se casar? — perguntou Dunford baixinho. — Ou em ter filhos? Porque nada disso será possível se você permanecer aqui em Stannage Park. Como você mesma disse, não há ninguém que valha a pena aqui no vilarejo, e acredito que você tenha assustado a maior parte da aristocracia nos arredores de Truro. Se for a Londres, poderá encontrar um homem que seja do seu agrado. Talvez — continuou ele em um tom brincalhão — até acabe sendo alguém da Cornualha.

Você *é do meu agrado!*, Henry teve vontade de gritar. E logo ficou horrorizada, porque não tinha percebido até aquele momento quanto gostava de Dunford. Mas, além de revelar esse encantamento para si mesma — e Henry relutava em chamar o que sentia de algo mais profundo —, ele tocara em um ponto importante. Ela queria filhos, embora não tivesse se permitido pensar muito sobre o assunto até ali. A possibilidade de encontrar alguém com quem se casar — alguém que estivesse disposto a se casar com *ela*, pensou com ironia — sempre fora tão remota que pensar em filhos não causava nada além de sofrimento. Mas agora... Ah, Deus, por que estava imaginando filhos que se pareciam com Dunford? Inclusive com os olhos castanhos calorosos e o sorriso devastador. Era mais doloroso do que qualquer coisa que ela pudesse imaginar, porque sabia que tais diabinhos adoráveis nunca sairiam de seu ventre.

— Henry? Henry?

– O quê? Ah, me desculpe. Eu só estava pensando sobre o que você disse.

– Você concorda, então? Vá para Londres, mesmo que só por um tempinho. Se não gostar de nenhum cavalheiro, pode voltar para a Cornualha, mas pelo menos vai poder dizer que explorou todas as possibilidades.

– Eu poderia me casar com *você*...

Henry imediatamente levou a mão à boca, horrorizada com o que havia deixado escapar. De onde tinha saído aquilo?

– Comigo? – disse Dunford em uma voz que soou como um grasnado.

– Bem, quero dizer...

Ah, Deus, Deus, como consertar aquilo?

– O que estou querendo dizer é que se eu me casasse com você, então, hum, eu não teria que ir a Londres para procurar um marido, o que me deixaria feliz, e você não teria que me pagar para administrar Stannage Park, o que o deixaria feliz e... hum...

– Comigo?

– Vejo que você está surpreso. Eu também estou. Nem sei por que sugeri isso.

– Henry – disse Dunford com gentileza –, sei por que você sugeriu isso.

Ele sabia? Subitamente ela sentiu o corpo muito quente.

– Você não conhece muitos homens – continuou Dunford. – E se sente confortável comigo. Sou uma opção muito mais segura do que sair e conhecer outros cavalheiros em Londres.

Não é isso de forma alguma!, Henry teve vontade de gritar. Mas é claro que não fez isso. E é claro que não contou a ele o verdadeiro motivo pelo qual aquelas palavras haviam saído de sua boca. Era melhor deixá-lo pensar que ela estava com muito medo de deixar Stannage Park.

– O casamento é um passo muito importante – disse ele.

– Não é tão importante assim.

Henry pensava que, como já havia cavado o buraco, por que não afundar mais um pouco?

– Bem, existe o leito conjugal e tudo o mais, e devo admitir que não tenho nenhuma experiência nessa área além de... ora, você sabe. Mas fui criada em uma fazenda, afinal, e não sou totalmente ignorante. Criamos carneiros aqui e imagino que não seria muito diferente do que...

Dunford arqueou uma sobrancelha em uma expressão arrogante.

– Você está me comparando com um *carneiro*?

– Não! É claro que não, eu...

Ela fez uma pausa, engoliu em seco, então engoliu mais uma vez.

– Eu...

– Você o quê, Henry?

Ela não sabia dizer se o tom dele era frio como gelo porque ele estava em choque e incrédulo ou se estava achando tudo aquilo muito divertido.

– Eu... hum...

Ah, Deus, aquele sem dúvida entraria para a história como o pior dia, não, o pior *minuto* da vida dela. Era uma idiota. Uma tonta. Muito, muito, *muito* tonta!

– Eu... hum... acho que talvez eu deva ir a Londres.

Mas vou voltar para a Cornualha assim que puder, jurou para si mesma. Dunford não a arrancaria de seu lar.

– Esplêndido!

Dunford se levantou, parecendo muito satisfeito consigo mesmo.

– Vou dizer ao meu valete para começar a arrumar as malas imediatamente. E vou pedir que ele também cuide da sua bagagem. Não vejo razão para levar nada além dos três vestidos que compramos na semana passada em Truro, certo?

Henry balançou a cabeça sem muita animação. Dunford foi até a porta.

– Muito bem. Então arrume apenas itens pessoais e miudezas que possa querer levar e... Henry?

Ela levantou os olhos para ele, curiosa.

– Vamos esquecer essa breve conversa, está bem? Estou me referindo à última parte dela.

Ela conseguiu se obrigar a dar um sorriso, mas o que realmente queria fazer era atirar a garrafa de conhaque nele.

CAPÍTULO 10

Às dez da manhã do dia seguinte, Henry estava vestida, pronta, esperando nos degraus da frente da casa. Não se sentia particularmente satisfeita por ter concordado em ir para Londres com Dunford, mas estava determinada a se comportar com o mínimo de dignidade. Se Dunford pensava que teria que arrastá-la esperneando para fora da casa, estava enganado. Ela usou o vestido verde novo, com a touca combinando, e ainda conseguiu encontrar um velho par de luvas de Viola. Estavam um pouco surradas, mas bastavam, e Henry descobriu que gostava da sensação da lã fina e macia nas mãos.

A touca, no entanto, era outra história. Causava coceira nas orelhas, bloqueava a visão periférica e era um incômodo geral. Foi necessária toda a paciência que tinha – e que não era muita – para ela não arrancar aquela maldita coisa.

Dunford chegou poucos minutos depois e cumprimentou-a com um aceno de aprovação.

– Você está encantadora, Henry.

Ela sorriu em agradecimento, mas decidiu não dar muita importância ao elogio. Parecia o tipo de coisa que Dunford dizia automaticamente a qualquer mulher que estivesse por perto.

– Isso é tudo o que você vai levar? – perguntou ele.

Henry baixou os olhos para a pequena valise e assentiu. Ela nem tinha o suficiente para encher um baú de verdade. Apenas os vestidos novos e algumas de suas roupas masculinas já muito usadas. Não que fosse precisar de calça e paletó em Londres, mas era bom se prevenir.

– Não importa. Em breve corrigiremos isso.

Eles subiram na carruagem e partiram. A touca de Henry prendeu na moldura da porta quando ela entrava, o que a levou a praguejar baixinho de um jeito nada gracioso. Dunford pensou tê-la ouvido dizer: "Touca besta, boba, burra!", mas não tinha certeza. De qualquer forma, ele teria que avisá--la que moderasse o palavreado em Londres. Mas não conseguiu resistir ao desejo de provocá-la e, com uma expressão surpreendentemente séria, falou:

– O que disse? Um besouro? Na touca?

Henry se voltou para ele com um olhar assassino.

– Essa coisa é terrível – declarou com veemência, e arrancou o acessório ofensivo da cabeça. – Não consigo imaginar qual seja o propósito.

– Manter o sol longe do rosto, eu acho.

Henry lançou um olhar a Dunford que dizia muito claramente: "*Isso* eu sei". Ele não tinha ideia de como conseguiu não rir.

– Talvez você acabe gostando – comentou em um tom tranquilo. – A maioria das mulheres parece não gostar de tomar sol no rosto.

– Não sou como a maioria das mulheres – retrucou ela. – E tenho me saído muito bem sem chapéu por anos, obrigada.

– Sim, mas com sardas.

– Sardas? Que sardas?

– Hum, bem aqui.

Dunford tocou o nariz dela e, em seguida, seus dedos encostaram em um ponto na face.

– E aqui.

– Você deve estar enganado.

– Ah, Hen, você não tem ideia do quanto me agrada descobrir que, afinal, há um pouco de vaidade feminina dentro de você. Bem, você também nunca cortou o cabelo, e isso deve contar para alguma coisa.

– Eu não sou fútil – protestou ela.

– Não, você não é – concordou ele em um tom solene. – E essa é uma das coisas mais encantadoras a respeito de você.

Era de admirar, pensou Henry com um suspiro, que se sentisse cada vez mais envolvida por ele?

– Ainda assim – continuou Dunford –, é bastante gratificante ver que você tem algumas das fraquezas que todos nós, seres humanos, temos, mesmo que poucas.

– Os homens – declarou Henry com firmeza – são tão vaidosos quanto as mulheres. Estou certa disso.

– Você deve ter razão – disse ele em um tom amigável. – Agora, que tal me passar essa touca? Vou colocá-la aqui, para não amassar.

Ela entregou o chapéu a ele. Dunford virou-o na mão antes de pousá-lo.

– Coisinha delicada e frágil.

– Só pode ter sido inventado por homens – afirmou Henry –, com o único propósito de tornar as mulheres mais dependentes de vocês. Isso bloqueia completamente a minha visão periférica. Como uma dama consegue fazer qualquer coisa se não consegue ver nada além do que está à sua frente?

Dunford apenas riu e balançou a cabeça. Os dois ficaram sentados em um silêncio amigável por cerca de dez minutos, até que ele suspirou e disse:

– Estou feliz por já estarmos a caminho. Fiquei com medo de ter que travar uma batalha física com você por causa de Rufus.

– Como assim?

– Eu estava esperando que você insistisse em trazê-lo.

– Não seja bobo – zombou Henry.

Ele sorriu com a reação sensata.

– Aquele coelho roeria a minha casa inteira.

– Eu não daria à mínima mesmo se ele roesse as ceroulas do Príncipe Regente. Não trouxe Rufus porque achei que seria perigoso para ele. Algum chef francês estúpido provavelmente o enfiaria em uma panela em questão de dias.

Dunford estremeceu com uma risada silenciosa.

– Henry – disse ele, enxugando os olhos –, por favor, não perca esse seu senso de humor tão particular quando chegar a Londres. Embora talvez seja prudente evitar especular sobre as roupas íntimas do "Prinny".

Henry não pôde deixar de retribuir o sorriso. Era típico daquele miserável diverti-la daquele jeito. Ela estava tentando seguir os planos de Dunford com um pouco de dignidade, mas isso não significava que precisava se divertir. E ele estava tornando muito difícil para ela se imaginar como uma mártir acuada.

E, de fato, Dunford continuou tornando isso bastante difícil durante todo o dia, mantendo um fluxo interminável de conversas agradáveis. Ele apontou para paisagens interessantes ao longo do caminho, e Henry ouviu e observou avidamente. Ela não saía do sudoeste da Inglaterra havia anos, desde que ficara órfã e se mudara para Stannage Park, na verdade. Viola a havia levado para umas férias curtas em Devon uma vez, mas, a não ser por isso, Henry não tinha posto os pés fora da Cornualha.

Pararam para almoçar, e essa foi sua única pausa, pois Dunford explicou que queria chegar logo. Poderiam percorrer mais da metade do caminho para Londres naquele dia se não demorassem. No entanto, o ritmo acelerado da viagem cobrou seu preço e, quando pararam em uma estalagem à beira da estrada para passar a noite, Henry estava exausta. A carruagem de Dunford tinha excelentes amortecedores, mas nada conseguiria evitar que alguns buracos mais fundos na estrada fossem sentidos. No entanto, a jovem foi arrancada de sua exaustão pelo anúncio surpreendente de seu companheiro de viagem.

– Vou dizer ao estalajadeiro que você é minha irmã.

– Por quê?

– Parece prudente. A verdade é que não é muito apropriado viajarmos dessa forma, sem acompanhante, mesmo sendo você minha tutelada. Prefiro que você não seja alvo de nenhuma especulação maldosa.

Henry assentiu, concordando com o argumento. Não desejava que algum grosseirão bêbado a apalpasse simplesmente por considerá-la uma mulher perdida.

– Acho que podemos ser convincentes – acrescentou Dunford, pensativo –, já que ambos temos cabelos castanhos.

– Assim como metade da população da Grã-Bretanha – acrescentou ela, impertinente.

– Shhhh, sua atrevida.

Dunford conteve o desejo de despentear o cabelo dela.

– Vai estar escuro. Ninguém vai reparar. E coloque a sua touca de novo.

– Mas assim ninguém vai ver o meu cabelo – brincou ela. – Todo esse trabalho será em vão.

Ele deu um sorriso travesso.

– Todo esse trabalho, é? Imagino que esteja exausta, já que gastou tanta energia para deixar seu cabelo castanho.

Ela bateu nele com a maldita touca.

Dunford desceu da carruagem, assoviando para si mesmo. Até ali, a viagem fora um verdadeiro sucesso. Henry havia, se não esquecido, ao menos contido seu ressentimento por ter sido coagida a ir a Londres. Além disso, felizmente ela não mencionara o beijo na cabana abandonada. Na verdade, todos os sinais apontavam para a conclusão de que Henry havia se esquecido do episódio.

O que o incomodava.

Maldição, isso o incomodava.

Mas nem de longe o incomodava tanto quanto o fato de isso o haver incomodado.

A coisa toda estava ficando confusa demais. Dunford desistiu de pensar a respeito e ajudou Henry a descer da carruagem. Entraram na estalagem, e um dos cavalariços os seguiu com as malas. Henry ficou aliviada ao ver que o lugar parecia limpo. Havia anos não dormia em um lençol que não fosse de Stannage Park, e sempre sabia quando tinham sido lavados pela última vez. Finalmente lhe ocorreu quanto estivera no controle da própria vida até ali. Londres seria uma grande aventura. Se ao menos ela pudesse superar o pânico por ter que frequentar a alta sociedade...

O estalajadeiro reconheceu o ar de nobreza ao ver Dunford e correu até eles.

– Precisamos de dois quartos – disse Dunford com segurança. – Um para mim e outro para a minha irmã.

O estalajadeiro pareceu arrasado.

– Ah, céus. Eu estava torcendo para que vocês fossem casados porque só tenho um quarto disponível e...

– Tem certeza? – perguntou Dunford em um tom gélido.

– Ah, milorde, se eu pudesse desalojar alguém para lhe ceder o quarto, juro que faria isso, mas há muitos nobres hospedados essa noite. A duquesa viúva de Beresford está de passagem, com um grupo grande. Ela precisou de seis quartos, para alojar todos os netos.

Dunford gemeu. O clã Beresford era famoso por sua fertilidade. Na última contagem, a duquesa viúva – uma velha desagradável que certamente reagiria de forma nem um pouco gentil caso fosse solicitada a ceder um de seus quartos – tinha vinte netos. Só Deus sabia quantos deles estariam ali naquela noite.

Henry, no entanto, não sabia nada sobre os Beresfords e sua incrível fertilidade e, naquele momento, estava tendo problemas para respirar por conta do pânico que a invadia.

– Ah, mas o senhor deve ter outro quarto – disse em um rompante. – Deve ter.

O estalajadeiro balançou a cabeça.

– Apenas um. Eu mesmo vou dormir nos estábulos esta noite. Mas com certeza os senhores não se importarão de compartilhar um quarto, já que são irmãos. Eu sei que não garante muita privacidade, mas...

– Sou uma pessoa muito reservada – retrucou Henry, desesperada, agarrando o braço do homem. – *Muito* reservada.

– Henrietta, minha cara – disse Dunford, soltando delicadamente os dedos dela do aperto mortal no cotovelo do homem –, se ele diz que não tem outro quarto, é porque não tem. Vamos ter que nos resignar a isso.

Ela olhou para ele com cautela, e se acalmou na mesma hora. Dunford tinha um plano. Era por isso que ele parecia tão controlado e seguro de si.

– É claro, Dun... ahn, Daniel – improvisou, percebendo tarde demais que não sabia o primeiro nome dele. – É claro. Que tolice da minha parte.

O estalajadeiro relaxou visivelmente e entregou a chave a Dunford.

– Há espaço nos estábulos para acomodar seus cavalariços, milorde. Vai ficar bem apertado, mas acho que haverá lugar para todos.

Dunford agradeceu e se viu com a tarefa de levar Henry até o quarto designado. A coitada estava branca como um lençol. É verdade que o maldito chapéu escondia quase todo o seu rosto, mas não era difícil deduzir que Henry não estava satisfeita com os arranjos do pernoite.

Ora, maldição, nem ele. Não estava nem um pouco satisfeito com a ideia de dormir no mesmo quarto que ela a noite toda. Já começava a ficar excitado só de pensar nisso. Mais de uma dúzia de vezes naquele dia ele tivera vontade de agarrá-la e beijá-la ferozmente ali mesmo, na carruagem. Aquela maldita criatura nunca saberia o nível de autocontrole que ele precisara ter.

A situação era menos dramática quando estavam conversando. Enquanto falavam, ele ao menos conseguia manter os pensamentos afastados do corpo dela e concentrados na conversa. O problema foi quando ficaram em silêncio e ele viu quanto os olhos de Henry brilhavam ao observar a paisagem. Então os olhos dele encontraram a boca de Henry, o que era *sempre* um erro. Ela passou a língua pelos lábios e, quando Dunford deu por si, estava agarrando com força as almofadas do assento para se controlar.

E, naquele exato momento, com os tais lábios deliciosos e muito rosados franzidos e as mãos nos quadris, Henry olhava ao redor do quarto. Dunford seguiu o olhar dela até a cama grande que dominava o cômodo e abandonou qualquer esperança de não passar a noite excitado.

– Quem é Daniel? – tentou brincar.

– Lamento, mas você nunca me disse o seu primeiro nome. Não diga nada que possa denunciar o meu erro.

– Minha boca é um túmulo – disse ele, curvando-se em uma mesura exagerada, desejando o tempo todo que essa mesma boca estivesse colada na dela.

– Qual *é* o seu nome verdadeiro?

Ele deu um sorriso diabólico.

– É segredo.

– Ah, por favor – zombou ela.

– Estou falando sério.

Dunford conseguiu simular uma expressão tão sincera que por um momento Henry acreditou. Ele se moveu furtivamente, parou ao lado dela e fez sinal de silêncio com o indicador.

– É um segredo de Estado – sussurrou, olhando para a janela. – A própria manutenção da monarquia depende disso. Se revelado, isso poderia arruinar os nossos negócios na Índia, para não mencionar...

Henry arrancou a touca e mais uma vez usou o acessório para bater nele.

– Você é incorrigível.

– Já me disseram que com frequência ajo com uma profunda falta de seriedade – disse Dunford com um sorriso descarado.

– Eu que o diga.

Henry levou de novo as mãos aos quadris e voltou a examinar o quarto.

– Bem, Dunford, isso é um problema. Qual é o seu plano?

– O meu plano?

– Você tem um plano, não é?

– Não tenho a menor ideia do que você está falando.

– De nossos arranjos para passar a noite – insistiu ela.

– Hum, eu não tinha pensado nisso – admitiu ele.

– O quê? – perguntou Henry em um tom de voz agudíssimo.

Então, ao se dar conta de que parecia rabugenta, mudou de tom, apontou para a cama e acrescentou:

– Não podemos dormir os dois... ali.

– Não – concordou ele com um suspiro.

Naquele momento, Dunford se deu conta de que estava exausto até os ossos, e que se não pudesse fazer amor com ela naquela noite – e sabia que não poderia, por mais que, a contragosto, tivesse fantasiado inúmeras vezes sobre isso nos últimos dias –, então, gostaria ao menos de ter uma boa noite de sono em um colchão macio. Seus olhos se desviaram para uma poltrona no canto do quarto. Parecia terrivelmente reta, o tipo de assento planejado para encorajar uma boa postura. Não era muito confortável para se sentar, quanto mais para dormir. Ele suspirou de novo, mais alto dessa vez.

– Suponho que posso dormir na poltrona.

— Na poltrona? – repetiu Henry.

Ele apontou para o móvel em questão.

— Quatro pernas, um assento. Em suma, uma peça de mobília bastante útil para a casa de alguém.

— Mas a poltrona está... está *aqui*.

— Sim.

— E *eu* vou estar aqui.

— Isso também é verdade.

Ela o encarou como se não falassem a mesma língua.

— Não podemos dormir os dois aqui.

— A alternativa é dormir nos estábulos, algo que não desejo fazer, isso eu garanto. Embora...

Ele lançou um olhar para a poltrona.

— Lá eu ao menos poderia me deitar... Bem, mas o estalajadeiro disse que os estábulos estão ainda mais lotados do que a estalagem e, para ser franco, depois da minha experiência com o seu chiqueiro, o cheiro peculiar dos animais ficou gravado na minha mente. Ou no meu nariz, talvez. A ideia de passar a noite entre excrementos de cavalo é intragável.

— Talvez tenham limpado as baias, não? – sugeriu ela, esperançosa.

— Não há nada que impeça os animais de aliviarem os intestinos no meio da noite.

Dunford fechou os olhos e balançou a cabeça. Nem em um milhão de anos ele teria sonhado que um dia estaria discutindo esterco de cavalo com uma dama.

— Ce-certo – disse Henry, olhando para a cadeira com desconfiança. – Mas eu... hum, preciso me trocar.

— Vou esperar no corredor.

Dunford endireitou a postura e saiu do quarto, certo de que era o homem mais nobre, mais cavalheiro e possivelmente o mais estúpido de toda a Grã-Bretanha.

Encostado na parede do lado de fora, bem junto à porta, podia ouvir Henry se movendo. Tentou não pensar no que aqueles sons significavam, mas era impossível. Agora ela estava desabotoando o vestido... Agora estava deixando o tecido escorregar pelos ombros... E agora...

Dunford mordeu o lábio com força, torcendo para que a dor desviasse seus pensamentos para algo mais apropriado. Não funcionou.

O pior de tudo era que ele sabia que Henry também o desejava. Bem, não da mesma forma nem com a mesma intensidade. Mas havia desejo. Apesar de suas tiradas sarcásticas, Henry era inocente e não sabia como disfarçar a expressão sonhadora sempre que os dois se tocavam de forma casual. E o beijo...

Dunford gemeu. Ela fora perfeita, absolutamente disposta, até ele perder o controle e assustá-la. Em retrospecto, Dunford agradecia a Deus por Henry ter se assustado e recuado, porque ele não tinha certeza se teria sido capaz de parar.

Mas, apesar do desejo voraz do seu corpo, não era intenção dele seduzir Henry. Queria que ela participasse de uma temporada social, como era correto. Queria que conhecesse algumas mulheres da idade dela e fizesse amigos pela primeira vez na vida. Queria que conhecesse alguns homens e... Dunford franziu a testa. Com a expressão resignada de uma criança que acabara de ouvir que precisava comer as couves-de-bruxelas, ele queria, *sim*, que ela conhecesse alguns homens. Henry merecia ter o melhor da Inglaterra à sua disposição.

Então talvez a vida dele pudesse voltar ao normal. Ele visitaria sua amante, o que precisava fazer urgentemente, jogaria com os amigos, faria uma ronda interminável por todas as festas e seguiria com sua tão invejada vida de solteiro.

Ele era uma das poucas pessoas que conhecia que estava contente com a vida que levava. Por que diabo pensaria em mudar alguma coisa? A porta se abriu e o rosto de Henry apareceu no batente.

– Dunford? – disse baixinho. – Terminei. Pode entrar agora.

Ele gemeu, sem saber se o som era fruto do desejo reprimido ou de puro cansaço, e se afastou da parede. Então voltou para dentro do quarto. Henry estava de pé perto da janela, apertando o roupão desbotado com firmeza ao redor do corpo.

– Eu já a vi de roupão antes – disse ele, com o que esperava ser um sorriso amigável e platônico.

– E-eu sei, mas...

Ela deu de ombros em um movimento desamparado.

– Quer que eu espere no corredor enquanto você se troca?

– De roupão? Acho que não. Posso já ter visto você vestida assim, mas não quero dividir o privilégio com o resto dos hóspedes.

– Ah. É claro.

– Ainda mais com aquele velho dragão que é lady Beresford e sua cria. Devem estar a caminho de Londres para a temporada social e não hesitarão em dizer a toda a aristocracia que viram você vagando seminua em uma estalagem pública – disse Dunford, passando a mão pelo cabelo em um gesto cansado. – Precisamos nos esforçar para evitá-los pela manhã.

Henry assentiu, nervosa.

– Acho que posso fechar os olhos. Ou virar de costas.

Dunford decidiu que não era a melhor hora para informá-la de que gostava de dormir nu. Ainda assim, seria bastante desconfortável dormir com as roupas que vestia no momento. Talvez, se ficasse de roupão...

– Ou eu poderia me esconder debaixo das cobertas – sugeriu Henry. – Então você teria a sua privacidade garantida.

Surpreso, mas achando muito divertido, Dunford viu Henry se enfiar na cama e rastejar por baixo dos cobertores até parecer um montículo.

– Que tal? – perguntou ela, com a voz consideravelmente abafada.

Ele tentou se despir, mas descobriu que seus ombros se sacudiam com uma gargalhada abafada.

– Perfeito, Henry. Está perfeito.

– Avise quando terminar! – disse ela.

Dunford tirou a roupa e pegou o roupão. Por um breve momento, se viu completamente nu, e um arrepio de desejo o percorreu ao olhar o montinho na cama. Ele respirou fundo e vestiu o roupão. *Agora não*, disse a si mesmo com rigor. *Agora não, e não com essa moça. Ela merece coisa melhor. Merece fazer as próprias escolhas.*

Ele amarrou a faixa do roupão com firmeza e pensou que deveria ter mantido as roupas de baixo, mas, pelo amor de Deus, a cadeira já seria desconfortável o bastante. Só teria que se certificar de que o roupão não abrisse durante a noite. A pobre Henry desmaiaria ao vê-lo nu. E só Deus sabe o que aconteceria se ela visse um homem que, além de nu, estivesse bastante excitado, como sem dúvida seria o caso dele durante toda a noite.

– Terminei – avisou Dunford. – Já pode sair.

Henry colocou a cabeça para fora das cobertas. Dunford tinha apagado as velas, mas a luz da lua entrava pelas cortinas transparentes, e ela pôde ver a silhueta grande e muito masculina de pé ao lado da cadeira. Henry prendeu a respiração. Ela ficaria bem, contanto que Dunford não sorrisse para ela. Se isso acontecesse, ela estaria perdida. Ocorreu-lhe que era provável que não conseguisse enxergar isso no escuro, mas aqueles sorrisos dele eram tão poderosos e devastadores que Henry estava convencida de que seria capaz de sentir o efeito através de uma parede de tijolos.

Ela se acomodou contra os travesseiros e fechou os olhos, se esforçando *muito* para não pensar em Dunford.

– Boa noite, Hen.

– Boa noite, Dun.

Henry o ouviu rir com o apelido. *Só não sorria*, rezou. E achou que ele de fato não sorrira, porque tinha certeza de que teria detectado em sua risada se os lábios dele tivessem se curvado naquele sorriso largo e sedutor. Só para ter certeza, no entanto, ela abriu um dos olhos.

Não conseguiu ver a expressão de Dunford, mas era uma desculpa maravilhosa para olhar para aquele homem. Ele estava se acomodando na poltrona – bem, tentando se acomodar, pelo menos. Ela não havia notado como o assento era... *vertical*. Dunford ajeitou o corpo, então ajeitou de novo, e mais uma vez... Ele mudou de posição umas vinte vezes antes de se acomodar. Henry mordeu o lábio.

– Você está confortável? – perguntou.

– Ah, muito.

A afirmação foi feita em um tom bastante peculiar, que não continha o menor traço de sarcasmo, mas sugeria que ele estava se esforçando muito para convencê-la de algo que não era verdade.

– Ah – disse Henry.

O que ela deveria fazer? Acusá-lo de mentir? Ela olhou para o teto por trinta segundos, então decidiu. Por que não?

– Você está mentindo – falou.

Dunford suspirou.

– Estou.

Ela se sentou na cama.

– Talvez pudéssemos... Bem, quer dizer... Deve haver *alguma coisa* que possamos fazer.

– Você tem alguma sugestão? – perguntou ele, em um tom bem irônico.

– Ora – balbuciou Henry –, eu não preciso de todos esses cobertores.

– O meu problema não é frio.

– Mas talvez você pudesse colocar um cobertor no chão e improvisar um colchão.

– Não se preocupe, Henry. Vou ficar bem.

Outra declaração descaradamente mentirosa.

– Não posso ficar aqui assistindo a você nesse desconforto – disse ela preocupada.

– Feche os olhos e durma, então. Assim não vai ver nada.

Henry se deitou e conseguiu ficar na mesma posição por um minuto inteiro.

– Não consigo – disse em um rompante, e voltou a se sentar na cama. – Não dá.

– Não consegue o quê, Henry? – perguntou Dunford com um suspiro... um suspiro bastante sofrido, por sinal.

– Não consigo ficar aqui deitada enquanto você está tão desconfortável.

– O único lugar onde vou ficar mais confortável é na cama.

Houve uma longa pausa. Até que finalmente:

– Eu consigo fazer isso, se você conseguir.

Dunford decidiu que os dois tinham interpretações muito diferentes da palavra "isso".

– Vou me afastar bem para a beiradinha da cama – disse ela, e começou a afastar o corpo para o lado. – Bem na pontinha.

Contrariando todo o seu bom senso, Dunford considerou a ideia. Ele levantou a cabeça para observá-la. Henry estava tão na beiradinha da cama que uma de suas pernas caía pela lateral.

– Você pode dormir do outro lado – disse ela. – Só fique bem na pontinha também.

– Henry...

– Se-for-fazer-isso-faça-agora – falou Henry, a frase inteira saindo como uma longa palavra. – Porque em um segundo eu com certeza terei recuperado o bom senso e vou retirar a oferta.

Dunford olhou para o lugar vazio na cama, então para o próprio corpo, que ostentava uma enorme ereção. E voltou a olhar para Henry. *Não, não faça isso!* Seu olhar voltou para o lugar vazio na cama. Parecia muito, muito confortável – tão confortável, na verdade, que talvez ele fosse capaz de relaxar o corpo o suficiente para acalmar seu desejo.

Ele olhou de novo para Henry. Não pretendera fazer aquilo, não quisera fazer, mas seus olhos pareciam inclinados a seguir os ditames de uma outra parte do corpo que não a mente. Ela estava sentada, olhando para ele. Seu cabelo castanho, cheio e liso, estava preso em uma trança surpreendentemente erótica. E os olhos de Henry – bem, deveria estar muito escuro para enxergá-los, mas Dunford poderia jurar que conseguia vê-los brilhar como prata ao luar.

– Não – disse ele com a voz rouca –, a cadeira vai servir bem, obrigado.

– Eu não vou conseguir dormir sabendo que você está assim tão desconfortável.

Henry parecia uma donzela em apuros. Dunford estremeceu. Nunca fora capaz de resistir à tentação de bancar o herói. Ele se levantou e foi até o lado vazio da cama.

Quão ruim isso poderia ser, afinal?

CAPÍTULO 11

Poderia ser muito, muito ruim.

Muito, muito, *muito* ruim.

Uma hora depois, Dunford ainda estava acordado, o corpo inteiro rígido como uma tábua por medo de esbarrar nela sem querer. Além disso, ele não podia se arriscar a deitar em qualquer outra posição senão de costas, porque, assim que se deitou e virou de lado, sentiu o cheiro dela no travesseiro.

Maldição, por que Henry não se mantivera em um dos lados apenas? Havia alguma razão para ela ter se deitado de um lado da cama e depois se mudado para o outro, para dar espaço a ele? Porque agora todos os travesseiros tinham o cheiro dela, aquele leve perfume de limão sempre pairando sobre a pele. E a maldita criatura se mexia tanto durante o sono que nem permanecer deitado de costas o protegia completamente.

Não respire pelo nariz, ele entoou para si mesmo. *Não respire pelo nariz.*

Henry rolou na cama e deixou escapar um suspiro delicado.

Cubra os ouvidos.

Ela fez um sonzinho engraçado com os lábios, como um estalo, então rolou novamente.

Não é ela, gritou uma parte do cérebro de Dunford, tentando convencê-lo de que estaria se sentindo da mesma forma com qualquer outra mulher.

Ah, desista, respondeu outra. *Você deseja Henry, e muito.*

Dunford cerrou os dentes e rezou para conseguir dormir.

Rezou *muito*.

E não era um homem religioso.

༄

Henry se sentiu aquecida. Aquecida, aconchegada e... satisfeita. Estava tendo o sonho mais lindo. Ela não tinha certeza do que estava acontecendo nele, mas, o que quer que fosse, a estava deixando com uma sensação confortável e lânguida. Ela se virou ainda dormindo e suspirou, satisfeita, ao sentir o aroma de madeira quente e conhaque bem pertinho do rosto. Era delicioso. Lembrava o perfume de Dunford. Ele sempre cheirava a madeira quente e a conhaque, mesmo quando não tinha tomado nem uma gota. Era uma proeza curiosa. E era curioso também como o cheiro dele estava na cama *dela*.

Henry abriu os olhos.

Era curioso *ele* estar na cama dela.

Ela deixou escapar um suspiro involuntário antes de lembrar que estava em uma estalagem, a caminho de Londres, e que tinha feito o que nenhuma dama de boa criação jamais faria: se oferecido para compartilhar a cama dela com um cavalheiro.

Henry mordeu o lábio e se sentou. Não era um pecado ter poupado Dunford de uma noite mal dormida, seguida de vários dias de dores nas costas. Ele parecera muito mal acomodado na poltrona. E, além do mais, Dunford não a tocara. Inferno, pensou ela de forma nada elegante, ele nem precisava. O homem era uma fornalha humana. Ela teria sentido o calor do corpo dele mesmo que estivessem em lados opostos do quarto.

O sol começava a nascer e um brilho rosado banhava todo o cômodo. Henry olhou para o homem deitado ao seu lado. Ela esperava que toda aquela aventura não arruinasse uma reputação que ela ainda nem conquistara... mas seria bastante irônico se isso acontecesse, pensou, levando-se em consideração que ela não tinha feito nada de que se envergonhar. Além de desejá-lo, é claro.

Henry admitia isso para si mesma agora. Aquelas sensações estranhas que Dunford provocava nela eram desejo, puro e simples. Mesmo que ela soubesse que não poderia agir de acordo com esses sentimentos, não adiantava mentir para si mesma sobre eles.

Mas o fato era que aquela honestidade estava se tornando dolorosa. Henry sabia que não poderia tê-lo. Ele não a amava, e não a amaria. Dunford a estava levando para Londres para casá-la. Ele mesmo havia dito isso.

Se ao menos ele não fosse tão gentil, maldição.

Se ela fosse capaz de odiá-lo, tudo seria muito mais fácil. Ela poderia ser cruel e desagradável, poderia convencê-lo a afastá-la. Se Dunford a insultasse, o desejo murcharia e desapareceria.

Mas Henry estava descobrindo que amor e desejo estavam, pelo menos para ela, irrevogavelmente entrelaçados. E um dos motivos pelos quais era louca por Dunford era o fato de ele ser uma pessoa tão boa. Se ele fosse um homem menos digno, não teria assumido sua responsabilidade como tutor e não teria insistido em levá-la a Londres para que aproveitasse a temporada social.

E com certeza não estaria fazendo tudo isso por desejar que ela fosse *feliz*.

Não era um homem fácil de odiar.

Hesitante, Henry estendeu a mão e afastou uma mecha de cabelo castanho escuro dos olhos dele. Dunford resmungou, sonolento, e bocejou. Henry recolheu rapidamente o braço, com medo de tê-lo acordado.

Ele bocejou de novo, dessa vez bem alto, e abriu os olhos.

– Desculpe por ter acordado você – apressou-se ela a dizer.

– Eu estava dormindo?

Henry assentiu.

– Então Deus existe mesmo – murmurou ele.

– Como?

– Apenas uma breve oração matinal de agradecimento – respondeu Dunford em um tom irônico.

Henry o encarou, surpresa.

– Ah, não fazia ideia de que você era tão religioso.

– Não sou. É que...

Dunford fez uma pausa e soltou o ar com força.

– É impressionante o que pode levar um homem a recorrer à fé.

– Acho que sim – murmurou ela, sem ter ideia do que ele estava falando.

Dunford virou a cabeça no travesseiro para encará-la. Henry era linda ao acordar. Alguns fios de cabelo haviam escapado da trança e se encaracolavam suavemente ao redor de seu rosto. A luz suave da manhã parecia transformá-los em fios de ouro. Ele respirou fundo e estremeceu, desejando que seu corpo não reagisse.

É claro que o corpo dele não obedeceu.

Nesse meio-tempo, Henry percebeu que suas roupas estavam em cima de uma cadeira do outro lado do quarto.

– Ah, meu Deus – disse ela, nervosa –, isso é constrangedor.

– Você não tem ideia...

– Eu... hum... quero pegar as minhas roupas e preciso me levantar.

– Sim?

– Ora, não acho que você deveria me ver de camisola, mesmo que tenha dormido comigo essa noite. Meu Deus – falou Henry, chocada. – Não sou como eu pretendia. O que eu quis dizer foi que dormimos na mesma cama, o que suponho que seja quase igualmente ruim.

Dunford pensou – lamentando – que quase não fazia diferença mesmo.

– De qualquer modo – continuou Henry, atropelando as palavras por nervosismo –, não vou poder me levantar para pegar as minhas roupas, e o meu roupão parece estar fora de alcance. Não sei bem como isso aconteceu, mas é um fato, então talvez você deva se levantar primeiro, afinal eu já o vi...

– Henry?

– Sim?

– *Shhh*.

– Ah.

Dunford fechou os olhos em agonia. Ele só queria permanecer imóvel sob as cobertas o dia todo. Bem, isso não era verdade. O que ele queria fazer envolvia a jovem sentada ao seu lado, mas aquilo não ia acontecer, portanto ele estava optando por permanecer escondido. Infelizmente, havia uma parte dele que não queria ficar escondida, e Dunford não tinha ideia de como poderia se levantar sem quase matá-la de susto.

Henry permaneceu quieta por algum tempo, até que não aguentou mais.

– Dunford?

– Sim?

Era incrível como uma única palavra era capaz de transmitir tanta emoção. E emoções que não eram boas.

– O que vamos fazer?

Ele respirou fundo, provavelmente pela vigésima vez naquela manhã.

– Você vai se esconder embaixo das cobertas, como fez ontem à noite, e eu vou me vestir.

Ela obedeceu a ordem com entusiasmo.

Dunford se levantou com um gemido despudorado e atravessou o quarto até onde havia deixado as suas roupas.

– O meu valete vai ter uma síncope – murmurou ele.

– O quê? – perguntou Henry, de debaixo das cobertas.

– Eu disse – falou ele em um tom mais alto – que o meu valete vai ter uma síncope.

– Ah, *não* – disse ela em um gemido, parecendo bastante angustiada.

Dunford suspirou.

– O que foi agora, Hen?

– Você deveria estar com o seu valete aqui – foi a resposta abafada. – Eu me sinto péssima.

– Não faça isso – ordenou Dunford.

– Isso o quê?

– Não se sinta péssima – disse ele em um tom quase ríspido.

– Não consigo evitar. Vamos chegar a Londres hoje e você vai querer estar elegante para encontrar os seus amigos e... e qualquer outra pessoa para quem queira exibir uma boa aparência e...

Dunford se perguntou como Henry conseguiu soar como se fosse ficar irrevogavelmente magoada se ele não usasse os serviços do valete.

– Bem, eu não tenho camareira mesmo, então com certeza vou parecer desalinhada de qualquer modo, mas *você* não precisa passar por isso.

Ele suspirou.

– Volte para a cama.

Aquela era uma péssima ideia, pensou Dunford.

– Ande! – instou ela.

Dunford verbalizou seus pensamentos.

– Essa é uma péssima ideia, Hen.

– Confie em mim.

Dunford não conseguiu evitar a risadinha tensa que escapou de sua boca.

– Volte para a cama e se esconda embaixo das cobertas – explicou Henry. – Eu vou me vestir e descer para chamar o seu valete, assim você vai ficar lindo.

Dunford se voltou para a protuberância extremamente tagarela na cama.

– Lindo? – repetiu.

– Lindo, belo, como você quiser ser chamado.

Ele já tinha sido chamado de belo muitas vezes por muitas mulheres diferentes, mas nunca se sentira tão satisfeito como naquele momento.

– Ah, tudo bem, então – concordou com um suspiro. – Se você insiste...

Quando ele se enfiou embaixo das cobertas, Henry saiu da cama às pressas.

– Não espie – pediu Henry.

Ela enfiou pela cabeça o mesmo vestido que usara no dia anterior, que passara a noite cuidadosamente esticado no encosto de uma cadeira. Henry supôs que assim ficaria menos amassado do que os que estavam guardados na valise.

– Eu nem sonharia com isso – mentiu ele baixinho.

Um instante depois, Henry falou:

– Vou lá chamar o valete.

E Dunford ouviu o barulho da porta se abrindo.

Depois de chamar Hastings para atender ao patrão, Henry ficou andando pelo salão de refeições da estalagem, na esperança de conseguir pedir o café da manhã. Tinha a sensação de que não deveria estar ali sem acompanhante, mas não sabia mais o que fazer. Em pouco tempo o estalajadeiro veio para atendê-la e Henry havia acabado de pedir o café da manhã quando viu pelo canto do olho uma velhinha de cabelo azul. A mulher parecia terrivelmente régia e arrogante. A duquesa viúva de Beresford. Só podia ser. Dunford a advertira que não deixasse que a dama a visse de forma alguma.

– No quarto – disse Henry ao homem, em uma voz estrangulada. – Gostaríamos de tomar o café da manhã no quarto.

E com isso saiu em disparada, rezando para que a duquesa não a tivesse visto.

Henry subiu a escada ainda correndo e entrou no quarto, sem nem se lembrar de quem estava ali. E foi com um horror crescente que se deu conta de que Dunford estava apenas parcialmente vestido.

– Ah, meu Deus – sussurrou ela, olhando para o peito nu dele. – Eu sinto muito.

– Henry, o que houve? – perguntou Dunford, preocupado, alheio à espuma de barbear em seu rosto.

– Ah, meu Deus. Sinto muito. V-vou ficar naquele canto, voltada para a parede.

– Henry, pelo amor de Deus, o que houve?

Ela o encarou com os olhos cor de prata muito arregalados. Ele iria até ela, pensou. Iria tocá-la, e estava sem camisa. Então Henry se deu conta da presença do valete.

– Devo ter entrado no quarto errado – inventou ela. – O meu é logo ao lado. Eu acabei de... Eu vi a duquesa... e...

– Henry – falou Dunford em uma voz paciente. – Por que não espera no corredor? Estamos quase terminando aqui.

Ela assentiu e quase voou de volta para o corredor. Poucos minutos depois, a porta se abriu e Dunford surgiu, incrivelmente atraente. Henry sentiu a cambalhota no estômago.

– Eu pedi o café da manhã – apressou-se a informar. – Deve chegar a qualquer momento.

– Obrigado – disse ele, e, notando o desconforto dela, acrescentou: –

Peço desculpas se a nossa estadia pouco convencional aqui a perturbou de alguma forma.

– Ah, não – disse ela, agitada –, não me *perturbou*. É que... é que... Bem, você me levou a pensar sobre a questão da reputação e coisas assim.

– E você deve pensar mesmo. Lamento dizer que Londres não vai lhe permitir a mesma liberdade de que você desfruta na Cornualha.

– Sei disso. É que...

Ela ficou feliz em se interromper quando Hastings saiu discretamente do quarto. Dunford encostou a porta. Quando Henry retomou, foi em um sussurro pouco discreto:

– É que eu *sei* que não deveria vê-lo sem camisa, não importa que você fique muito bem sem ela, porque faz com que eu me sinta esquisita, e eu não deveria encorajá-lo depois...

– Chega.

Dunford falou em uma voz estrangulada, estendendo uma das mãos como se para repelir as palavras eróticas que saíam com tanta inocência da boca de Henry.

– Mas...

– Eu disse *chega*.

Henry assentiu e deu um passo para o lado para permitir que o estalajadeiro entrasse com o café da manhã. Ela e Dunford observaram em silêncio enquanto o homem colocava a mesa e deixava o quarto. Assim que se sentou, Henry olhou para Dunford e disse:

– Mas, Dunford, você percebeu que...

– Henry?

Dunford a interrompeu mais uma vez, apavorado com a possibilidade de ela dizer algo deliciosamente impróprio e convencido de que não seria capaz de controlar a própria reação caso isso acontecesse.

– Sim?

– Os ovos. Coma.

⁂

Muitas horas mais tarde, chegaram aos arredores de Londres. Henry havia quase colado o rosto na janela de vidro da carruagem, de tão empolgada. Dunford apontou para alguns pontos turísticos e garantiu a ela que haveria muito tempo para visitarem o resto da cidade. Ele a levaria para passear assim que contratassem uma criada para ser sua acompanhante. Até lá, Dunford pediria a uma das amigas dele que a levasse para passear.

Henry engoliu em seco, nervosa. As amigas de Dunford eram, sem dúvida, mulheres sofisticados, que usavam roupas na última moda. Ela não passava de uma caipira. Tinha a terrível sensação de que não saberia o que fazer diante delas. E Deus sabe que menos ainda o que dizer – o que era particularmente angustiante para uma mulher que se orgulhava de sempre ter uma resposta na ponta da língua.

À medida que a carruagem avançava em direção a Mayfair, as casas se tornavam cada vez mais grandiosas. Henry mal conseguia manter a boca fechada enquanto olhava ao redor. Enfim, virou-se para Dunford e disse:

– Por favor, me diga que você não mora em uma dessas mansões.

– Eu não – disse ele, dando um sorrisinho de lado.

Henry suspirou de alívio.

– Mas você vai.

– Ahn? Como assim?

– Você não achou que poderíamos morar na mesma casa, não é?

– Eu realmente não tinha pensado nisso.

– Tenho certeza de que você poderá ficar com uma das minhas amigas. Mas, enquanto arranjamos tudo, você ficará na minha casa.

Henry se sentia como uma peça de bagagem.

– Não vou incomodar?

– Em uma casa como essas?

Dunford arqueou uma sobrancelha e indicou com um gesto uma das mansões opulentas.

– Você poderia passar semanas em uma delas sem que ninguém percebesse a sua presença.

– Muito encorajador – murmurou ela.

Dunford deu uma risadinha.

– Não se preocupe, Hen. Não tenho a menor intenção de acomodá-la com uma megera horrível ou com um velho tolo que mal consegue ficar de pé. Prometo que ficará feliz com os arranjos para sua moradia.

A voz dele era tão suave e reconfortante que Henry não pôde deixar de acreditar. A carruagem entrou na Half Moon Street e parou diante de uma bela casinha. Dunford desceu e se virou para ajudá-la a descer.

– Aqui – anunciou ele com um sorriso – é onde eu moro.

– Ora, mas é adorável! – exclamou Henry, sentindo-se muito aliviada por não ser uma casa muito grande.

– Não é minha. Eu apenas alugo. Parece bobagem comprar uma casa para mim quando minha família já tem uma casa aqui em Londres.

– E por que você não mora lá?

Dunford deu de ombros.

– Porque sou preguiçoso demais para me mudar, suponho. Mas deveria. A casa raramente foi ocupada desde a morte do meu pai.

Henry deixou que ele a conduzisse até uma sala de estar bem iluminada e arejada.

– Mas com toda a seriedade, Dunford, se ninguém está usando a propriedade da sua família aqui em Londres, não seria melhor mesmo que você a usasse? Essa casa é linda, mas tenho certeza de que custa um bom dinheiro alugá-la. Você pode investir esses recursos...

Ela se interrompeu ao ver que Dunford estava rindo.

– Ah, Hen – falou ele, arquejando de tanto rir. – Por favor, nunca mude.

– Pode ter certeza de que não mudarei – retrucou Henry em um tom petulante.

Ele bateu carinhosamente com o dedo embaixo do queixo dela.

– Eu me pergunto se já existiu alguma mulher tão prática quanto você.

– A maioria dos homens também não é prática, saiba você – disse ela. – E acho a praticidade uma excelente característica.

– E é mesmo. Mas quanto à minha casa...

Nesse momento ele abriu seu sorriso mais devastador, provocando um turbilhão de sensações no coração de Henry e muitos pensamentos confusos em sua mente.

– Aos 29 anos, prefiro não viver sob a vigilância dos meus pais. Ah, e por falar nisso, é melhor você não comentar essas coisas com as damas da alta sociedade. É considerado grosseiro.

– Ora, sobre o que eu *posso* falar, então?

Dunford fez uma pausa.

– Não sei.

– Assim como você não sabia sobre o que as mulheres falam quando se retiram após o jantar. Devem ser conversas bastante enfadonhas.

Ele deu de ombros.

153

– Como não sou uma dama, nunca fui convidado a ouvir essas conversas. Mas se estiver interessada, pode perguntar a Belle. Deve conhecê-la essa tarde.

– Quem é Belle?

– Belle? Ah, é uma grande amiga minha.

Henry começou a sentir algo que se parecia estranhamente com ciúme.

– Belle costumava ser Belle Blydon, mas casou-se há pouco tempo e agora é Belle Blackwood. Lady Blackwood, suponho que é como eu deveria chamá-la.

Henry tentou ignorar o fato de se sentir bastante aliviada com o estado civil da tal Belle, e disse:

– E ela era lady Belle Blydon antes disso, imagino?

– Era, sim.

Henry engoliu em seco. Todos aqueles lordes e damas eram um tanto inquietantes.

– Não se abale com o sangue azul de Belle – disse Dunford, depressa, enquanto atravessava a sala em direção a uma porta fechada. – Belle é bastante despretensiosa – explicou ele ao abrir a porta –, e, além disso, tenho certeza de que com um pouco de treinamento você será capaz de manter a cabeça erguida na companhia dos melhores de nós.

– Ou dos piores – murmurou Henry –, como deve ser o caso.

Se Dunford a ouviu, fingiu que não. Os olhos de Henry o seguiram enquanto ele entrava no que parecia ser seu escritório. Dunford se debruçou sobre uma escrivaninha e folheou rapidamente alguns papéis. Curiosa, ela o seguiu e se empoleirou sem a menor vergonha atrás dele, para observar o conteúdo dos papéis.

– O que você está examinando?

– Garotinha intrometida, hein?

Henry deu de ombros.

– Só estou checando a correspondência que chegou enquanto estive fora. E alguns convites. Quero ser cuidadoso ao escolher a quais eventos vou levá-la a princípio.

– Está com medo de que eu o envergonhe?

Dunford ergueu os olhos bruscamente, e o alívio ficou evidente em seu rosto quando se deu conta de que ela só estava brincando.

– Alguns eventos da alta sociedade são tediosíssimos. Eu não gostaria de lhe causar má impressão logo na primeira semana. Este, por exemplo – disse ele, erguendo um envelope branco como a neve. – Uma apresentação musical.

– Mas acho que eu gostaria de assistir a uma apresentação musical – comentou Henry.

Sem mencionar o fato de que o principal motivo era crer que não teria que conversar durante a maior parte da noite.

– Não se for uma apresentação das jovens Smythe-Smiths, minhas primas. Fui a duas no ano passado, e só porque amo a minha mãe. Acho que já disseram que, depois de ouvir minhas queridas Philippa, Mary, Charlotte e Eleanor tocarem Mozart, qualquer pessoa saberia exatamente como seria ouvir a mesma peça tocada por um rebanho de ovelhas.

Dunford estremeceu de repulsa, amassou o convite e o deixou cair sobre a mesa.

Ao ver uma pequena cesta que supôs ser usada para papeis descartados, Henry pegou o convite amassado e mirou lá dentro. Quando atingiu o alvo, soltou um gritinho de triunfo e ergueu os braços no ar em uma saudação de vitória.

Dunford apenas fechou os olhos e balançou a cabeça.

– Ora, por favor – disse ela, em um tom petulante. – Você não pode esperar que eu abandone todos os meus hábitos fora do comum, não é?

– Não, imagino que não.

E, com um toque de orgulho, ele pensou que não queria que ela os abandonasse.

༄

Uma hora depois, Dunford estava sentado na sala de estar de Belle Blackwood, contando a ela sobre o inesperado fato de agora ter uma tutelada.

– E você não fazia ideia de que era tutor dela até o testamento de Carlyle chegar às suas mãos, uma semana e meia depois? – perguntou Belle, incrédula.

– Nem a mais vaga ideia.

– Não posso deixar de achar graça ao pensar em você como tutor de uma jovem dama, Dunford. Você, defensor da virtude virginal? É um cenário muito improvável.

– Não sou tão libertino a ponto de não ser capaz de orientar uma jovem em seus primeiros passos na sociedade – retrucou ele, endireitando a postura. – E isso me leva a dois outros pontos. Primeiro, no que se refere à expres-

155

são "jovem dama". Bem, devo dizer que Henry é um pouco incomum. Em segundo lugar, vou precisar de mais do que uma demonstração de apoio de sua parte. Vou precisar de ajuda, porque tenho de encontrar um lugar para ela morar. Henry não pode ficar na minha casa de solteiro.

– Está bem, está bem – concordou Belle. – É claro que vou ajudá-la, mas quero saber por que ela é tão incomum. E você acabou de chamá-la de *Henry*?

– Abreviação de Henrietta, mas acredito que ninguém a chame pelo nome completo desde que ela aprendeu a falar.

– Tem um certo estilo – comentou Belle, pensativa. – Se ela conseguir carregar o nome com altivez.

– Não tenho dúvida disso, mas Henry vai precisar de um pouco de orientação. Ela nunca esteve em Londres e a tutora anterior morreu quando Henry tinha só 14 anos. Ninguém a ensinou como ser uma dama. Ela desconhece a maioria dos costumes da sociedade.

– Bem, se ela for inteligente, não há de ser um grande desafio. E se você gosta tanto dela, tenho certeza de que não vou me incomodar com a sua companhia.

– Tenho certeza de que vocês se darão muito bem. Talvez até bem demais – disse Dunford com certo temor.

Ele teve uma visão repentina de Belle, Henry e Deus sabe quantas mulheres mais formando uma coalizão. Não havia como dizer o que poderiam conquistar – ou destruir – se unissem forças. Nenhum homem estaria seguro.

– Ah, não tente me comover com essa expressão de homem acuado – falou Belle. – Fale um pouco sobre essa Henry.

– O que você quer saber?

– Não sei. Como ela é fisicamente?

Dunford pensou a respeito enquanto se perguntava por que era tão difícil descrevê-la.

– Bem, o cabelo dela é castanho – começou. – Quer dizer, a maior parte dele. Mas tem mechas douradas. Bem, na verdade não são mechas, mas quando a luz do sol reflete nos fios o cabelo parece bem loiro. Não como o seu, mas... Não sei, sob o sol ele não fica tão castanho.

Belle precisou se esforçar muito para conter a vontade de subir na mesa e dançar de alegria, mas, estrategista como era, compôs as feições em uma expressão cortês de interesse e perguntou:

– E os olhos?

– Os olhos? São cinza. Bem, na verdade mais prateados do que cinza. Mas acho que a maioria das pessoas diria que são cinza e... Não, a cor na verdade é prata. Eles são prateados.

– Tem certeza?

Dunford abriu a boca, prestes a dizer que os olhos de Henry eram cinza--prateados, quando notou o tom provocador na voz da amiga e se calou.

Os lábios de Belle se contraíram ao conter um sorriso.

– Seria um prazer se ela ficasse aqui. Melhor ainda, vamos acomodá-la na casa dos meus pais. Ninguém ousará tratá-la mal se ela tiver o apoio da minha mãe.

Dunford se levantou.

– Ótimo. Quando posso trazê-la?

– Quanto mais cedo, melhor, eu acho. Não queremos que a jovem fique na sua casa nem um minuto a mais do que o necessário. Vou para a casa da minha mãe e encontro você lá.

– Excelente – disse Dunford e fez uma mesura para a amiga antes de sair.

Belle o observou se afastar e só então se permitiu ficar boquiaberta de choque pelo modo como Dunford descrevera Henry. As mil libras eram dela. Praticamente podia sentir o dinheiro em suas mãos.

CAPÍTULO 12

Como era de se esperar, a mãe de Belle colocou Henry firmemente sob as suas asas. No entanto, ela não conseguia chamar a jovem pelo apelido, e preferia o "Henrietta", mais formal.

– Não que eu desaprove o apelido – esclareceu Caroline. – Mas é que o nome do meu marido também é Henry, e para mim é bastante desconcertante chamar uma moça tão jovem da mesma forma.

Henry apenas sorriu e disse que não havia problema. Fazia tanto tempo que não tinha qualquer figura materna em sua vida que estaria inclinada a permitir que Caroline a chamasse de Esmerelda se ela assim desejasse.

Henry não tivera a intenção de apreciar o tempo que passaria em Londres, mas Belle e a mãe estavam tornando muito difícil para ela que permanecesse amuada. Com gentileza, as duas tinham vencido os medos de Henry, afastando suas incertezas com brincadeiras e bom humor. Henry sentia falta da vida em Stannage Park, mas tinha que admitir que os amigos de Dunford haviam lhe trazido certa dose de felicidade que ela nem se dera conta de que estava faltando.

Havia esquecido o que significava ter uma família.

Caroline tinha grandes planos para seu novo encargo e, já na primeira semana, Henry visitou a modista, a chapeleira, a modista, a livraria, a modista, a loja de luvas e, é claro, a modista. Mais de uma vez, Caroline balançou a cabeça e declarou que nunca tinha visto uma jovem que precisasse de tantas peças de roupa ao mesmo tempo.

Por esse motivo, pensou Henry em agonia, elas estavam no ateliê da modista pela sétima vez na mesma semana. As primeiras visitas tinham sido empolgantes, mas agora eram exaustivas.

– A maioria de nós – explicou Caroline, dando uma palmadinha carinhosa na mão da jovem – tenta fazer isso aos poucos. Mas no seu caso não havia essa alternativa.

Henry deu um sorriso tenso em resposta enquanto madame Lambert espetava outro alfinete na lateral do seu corpo.

– Ah, Henry – disse Belle, rindo. – Tente não parecer tão arrasada.

Henry balançou a cabeça.

– Acho que dessa vez ela tirou sangue.

A modista arquejou, indignada, mas Caroline, a muito estimada condessa de Worth, escondeu o sorriso por trás da mão. Quando Henry foi para o quarto dos fundos para se trocar, Caroline se virou para a filha e sussurrou:

– Acho que gosto dessa moça.

– Eu tenho certeza de que gosto – respondeu Belle com firmeza. – E acho que Dunford também.

– Você não está dizendo que ele está interessado nela, está?

Belle assentiu.

– Não sei se ele já sabe disso. Se sabe, não quer admitir.

Caroline franziu os lábios.

– Já é mesmo hora de esse jovem se assentar.

– Tenho mil libras em jogo, mamãe.

– Não!

– Pois sim. Meses atrás apostei com Dunford que ele se casaria em um ano.

– Bem, temos que nos certificar de que a nossa querida Henrietta desabroche e se torne uma verdadeira beldade – disse Caroline, e seus olhos azuis cintilaram com um brilho casamenteiro. – Não quero que a minha única filha perca uma soma tão grande de dinheiro.

No dia seguinte, Henry estava tomando café da manhã com o conde e a condessa quando Belle apareceu com o marido, lorde Blackwood. John era um homem bonito, de olhos castanhos afetuosos e cabelo escuro e farto. Henry percebeu com surpresa que ele mancava.

– Então essa é a dama que manteve a minha esposa tão ocupada na semana passada – comentou John com simpatia antes de se inclinar e beijar a mão dela.

Henry enrubesceu, desacostumada ao gesto cortês.

– Prometo que a terá de volta em breve, milorde. Estou quase terminando meus estudos introdutórios à aristocracia.

John abafou uma risada.

– Ah, e o que a senhorita já aprendeu?

– Coisas *muito* importantes, milorde. Por exemplo, se estou subindo um lance de escada, devo ir atrás do cavalheiro, mas se estou descendo, quem deve ir atrás é ele.

– Eu lhe garanto – disse John, com uma expressão incrivelmente séria – que esse é um conhecimento muito útil.

– Com certeza é. E o pior é que tenho agido da forma errada ao longo de todos esses anos, sem nem ter ideia disso.

John conseguiu manter a expressão impassível antes de fazer mais um comentário.

– E a senhorita errou ao subir ou ao descer?

– Ah, subindo, com certeza. O senhor entende – disse ela, inclinando-se em uma atitude conspiratória –, sou extremamente impaciente e não consigo me imaginar tendo que esperar por um cavalheiro se quiser subir uma escada.

John caiu na gargalhada.

– Belle, Caroline, acho que vocês têm um sucesso nas mãos.

Henry se virou e cutucou Belle com o cotovelo.

– Você percebeu que eu consegui usar "extremamente"? Saiba que não foi fácil. E como me saí com o flerte? Lamento ter tido que fazer isso com o seu marido, mas ele é o único cavalheiro por perto.

Elas ouviram um pigarro alto vindo da cabeceira da mesa. Henry sorriu inocentemente quando seus olhos encontraram o rosto do pai de Belle.

– Ah, peço que me perdoe, lorde Worth, mas não posso flertar com o senhor. Lady Worth me *mataria*.

– E eu não? – perguntou Belle, com o riso dançando em seus olhos azuis brilhantes.

– Ah, não, você é gentil demais.

– Ora, e eu não sou? – provocou Caroline.

Henry abriu a boca, fechou e logo abriu de novo para dizer:

– Acredito ter me colocado em um dilema.

– E que dilema seria esse?

O coração de Henry saltou quando ouviu a voz familiar. Dunford estava parado na porta, lindíssimo em uma calça marrom-clara e um casaco verde-garrafa.

– Pensei em fazer uma breve visita para ver como anda o progresso de Henry – disse ele.

– Ela está indo muito bem – respondeu Caroline. – E estamos bastante felizes por tê-la conosco. Havia anos que eu não ria tanto.

Henry deu um sorriso atrevido.

– Sou muito divertida.

John e o conde tossiram, provavelmente para disfarçar o sorriso. Dunford, no entanto, não se preocupou em esconder o dele.

– Eu também queria saber se você gostaria de dar um passeio essa tarde.

Os olhos de Henry brilharam.

– Ah, isso me daria imenso prazer.

E então Henry estragou o efeito da resposta bem colocada cutucando Belle mais uma vez e dizendo:

– Ouviu isso? Consegui usar "imenso prazer". Foi uma frase boba, com certeza, mas acho que enfim estou começando a soar como uma debutante.

Dessa vez ninguém conseguiu esconder o sorriso.

– Excelente – respondeu Dunford. – Virei buscá-la às duas.

Ele se despediu do conde e da condessa com um aceno de cabeça, e disse que não precisavam acompanhá-lo até a porta.

– Também vou me retirar – anunciou John. – Tenho muito que fazer esta manhã.

Ele deu um beijo no topo da cabeça da esposa e seguiu Dunford até a porta.

Belle e Henry pediram licença e se retiraram para a sala de estar, onde planejavam repassar títulos e regras de precedência até a refeição do meio-dia. Henry não estava nem um pouco animada com a perspectiva.

– Gostou do meu marido? – perguntou Belle quando elas já haviam sentado.

– Ele é encantador, Belle. Obviamente é um homem de grande bondade e integridade. Pude ver isso nos olhos dele. Você tem muita sorte.

Belle sorriu e até enrubesceu um pouco.

– Eu sei.

Henry deu um sorrisinho travesso.

– E é bonito também. O jeito como ele manca é muito atraente.

– Eu também sempre achei. Antes John costumava ter muita vergonha disso, mas agora acho que mal se lembra.

– Foi um ferimento de guerra?

Belle assentiu, e sua expressão se tornou sombria.

– Foi. Ele tem muita sorte de ainda ter a perna.

As duas ficaram em silêncio por algum tempo e, de repente, Henry disse:

– Ele me lembra um pouco Dunford.

– Dunford? – perguntou Belle, surpresa. – É mesmo? Você acha?

– Com certeza. O mesmo cabelo e os mesmos olhos castanhos, embora talvez o cabelo de Dunford seja um pouco mais cheio. E acho que os ombros de Dunford talvez sejam um pouco mais largos.

Belle se inclinou para a frente, interessada.

– É mesmo?

– Aham. E ele é muito bonito, é claro.

– Dunford? Ou meu marido?

– Ambos – apressou-se a dizer Henry. – Mas...

As palavras de Henry se perderam quando ela se deu conta de que seria imperdoavelmente rude declarar que Dunford era o mais bonito dos dois.

Belle, é claro, *sabia* que o marido era mais bonito, mas nada no mundo a teria agradado mais do que ouvir que Henry discordava. Ela sorriu e deixou escapar um murmúrio baixo, encorajando Henry a continuar falando.

– E – acrescentou Henry, fazendo a vontade de Belle – foi um encanto da parte do seu marido dar aquele beijo de despedida. Até eu conheço o bastante da alta sociedade para saber que isso não é considerado *de rigueur*.

Belle nem precisou olhar para Henry para saber quanto ela queria que Dunford fizesse o mesmo com ela.

Quando o relógio bateu duas horas, Henry teve que ser dissuadida de esperar na soleira da porta. Belle conseguiu convencê-la a se sentar na sala de estar e tentou explicar que a maior parte das damas optava por permanecer no andar de cima e deixar os cavalheiros que as visitavam esperando alguns minutos. Henry não deu ouvidos.

Parte da razão pela qual ela estava tão animada em ver Dunford era ter descoberto que apreciava seus atributos femininos. Belle e a família pareciam gostar muito dela, e Henry sabia que eram muito respeitados na aristocracia. E, embora todo o alvoroço de Caroline em relação ao cabelo e ao novo guarda-roupa de sua hóspede pudesse ser muito irritante, também dava a Henry a esperança de que ela talvez fosse bonita, afinal de contas. Não de uma beleza deslumbrante como Belle – cujo cabelo loiro ondulado e os olhos azuis brilhantes haviam inspirado cavalheiros da alta sociedade a compor poesias –, mas sem dúvida não era totalmente sem atrativos.

À medida que a sua autoestima aumentava, Henry começou a achar que talvez houvesse uma pequena chance de induzir Dunford a amá-la. Ele gostava dela, o que já era meio caminho andado. Talvez ela fosse capaz de competir com as damas sofisticadas da aristocracia, afinal. Henry não imaginava como conseguiria esse milagre, mas sabia que teria que passar o máximo de tempo possível na presença dele se quisesse fazer algum progresso.

E foi por isso que, quando olhou para o relógio e percebeu que eram duas horas, sentiu o coração acelerar.

Dunford chegou dois minutos depois da hora marcada e encontrou Belle e Henry analisando um exemplar do *Debrett's Peerage*. Ou melhor, Belle estava fazendo um grande esforço para convencer Henry a estudar o guia que informava quem era quem na aristocracia, enquanto Henry, por sua vez, se esforçava muito para não jogar o livro pela janela.

– Vejo que estão se divertindo – comentou Dunford com a fala arrastada.

– Ah, muito – respondeu Belle, pegando o livro antes que Henry conseguisse arremessá-lo em uma escarradeira antiga.

– Muito, milorde – repetiu Henry. – Descobri que devo chamá-lo de "milorde".

– Bom mesmo seria se me chamasse de "meu senhor" – murmurou Dunford baixinho.

Tal obediência da parte de Henry seria uma bênção, de fato.

– Não barão, ou barão Stannage – continuou ela. – Ao que parece, ninguém usa a palavra "barão" exceto quando fala *sobre* alguém. Um maldito título inútil, na minha opinião, se ninguém souber que você o tem.

– Hummm, Henry, talvez seja melhor você restringir o uso da palavra "maldito" – disse Belle, sentindo-se obrigada a fazer a observação. – E todos sabem que ele detém o título. É *disso* que esse livro trata – explicou, apontando para o volume que tinha na mão.

Henry fez uma careta.

– Eu sei. E não se preocupe, não direi "maldito" em público a menos que alguém tenha rompido uma artéria minha e eu corra o risco de sangrar até a morte.

– Hummm, e isso é outra coisa – disse Belle.

– Eu sei, eu sei, nenhuma menção à anatomia humana em público, também. Receio ter sido criada em uma fazenda, não somos tão sensíveis assim.

Dunford deu o braço a ela e disse a Belle:

– É melhor eu tirar Henry daqui antes que ela morra de tédio.

– Divirtam-se – disse Belle.

E então saíram, com uma criada seguindo os dois alguns respeitáveis metros atrás.

– Isso é muito estranho – sussurrou Henry, assim que chegaram ao fim da Grosvenor Square. – Eu me sinto como se estivesse sendo perseguida.

– Vai acabar se acostumando. Agora me diga, está se divertindo aqui em Londres?

Henry pensou um pouco antes de responder.

– Você estava certo sobre fazer amigos. Adoro Belle. E lorde e lady Worth são muito gentis. Acho que eu não sabia o que estava perdendo ao permanecer tão isolada em Stannage Park.

– Que ótimo – respondeu Dunford, dando palmadinhas carinhosas na mão enluvada dela.

– Mas sinto falta da Cornualha – acrescentou Henry em um tom saudoso. – Especialmente do ar puro e do verde.

– E de Rufus – provocou ele.

– E de Rufus.

– Mas você está feliz por ter vindo?

Dunford parou de andar. Mesmo sem notar, estava prendendo a respiração, tamanha a ansiedade em ouvir uma resposta positiva.

– Sim – disse Henry. – Acho que sim.

Dunford deu um sorriso gentil.

– Você *acha*?

– Estou com medo, Dunford.

– De que, Hen? – perguntou ele, com olhos atentos.

– E se eu fizer papel de boba? E se fizer alguma coisa condenável sem nem me dar conta?

– Isso não vai acontecer, Hen.

– Ah, mas eu *poderia* fazer. Seria bem fácil.

– Hen, tanto Caroline quanto Belle me disseram que você está fazendo grandes avanços. E as duas sabem muito sobre a aristocracia. Se dizem que você está pronta para fazer seu debute, posso lhe garantir que você está.

– Elas me ensinaram muito, Dunford. Sei disso. Mas também sei que as duas não teriam como me ensinar tudo em quinze dias. E se eu fizer algo errado...

As palavras se perderam, e os olhos prateados de Henry estavam arregalados e brilhando de apreensão.

Dunford sentiu uma enorme vontade de puxá-la para seus braços, apoiar o queixo na cabeça dela e garantir que tudo ficaria bem. Mas estavam parados em um jardim público, então ele teve que se contentar em dizer:

– O que vai acontecer se você fizer algo errado, minha querida? O mundo vai acabar? Os céus irão desabar sobre nós? Acho que não.

– Por favor, não minimize a situação – disse ela, com o lábio inferior tremendo.

– Não estou minimizando, Hen, eu só quis dizer...

– Eu sei – interrompeu ela, com a voz trêmula. – É que... ora, você já sabe que não sou muito boa em ser uma dama, e se eu fizer algo errado isso acabará refletindo mal em *você*. E em lady Worth e Belle, e em toda a família delas, e todos têm sido tão gentis comigo, e...

– *Pare*, Henry – pediu Dunford. – Basta ser você mesma e vai ficar tudo bem, eu prometo.

Ela olhou para ele. Depois do que pareceu uma eternidade, assentiu e disse:

– Bem, se você está dizendo... Confio em você.

Dunford sentiu algo oscilar em seu âmago e voltar ao lugar enquanto encarava as profundezas prateadas dos olhos dela. Sentiu que seu corpo se inclinava mais para perto do dela e soube que o que mais queria era passar os dedos naqueles lábios rosados, aquecendo-os para um beijo.

– Dunford?

O som suave da voz de Henry o despertou do devaneio e ele retomou a caminhada tão rápido que Henry quase precisou correr. Maldição, praguejou consigo mesmo. Não havia trazido Henry para Londres só para continuar seduzindo-a.

– Como vai indo a aquisição do seu novo guarda-roupa? – perguntou ele. – Vejo que está usando um dos vestidos que compramos na Cornualha.

Henry demorou um instante para responder, ainda confusa com a mudança repentina na velocidade da caminhada.

– Ah, muito bem – respondeu por fim. – Madame Lambert está terminando os últimos ajustes. A maior parte dos vestidos deve ficar pronta no início da próxima semana.

– E seus estudos?

– Não sei bem se posso chamá-los de estudos. Não parece um esforço muito nobre memorizar posições sociais e regras de precedência. Suponho que *alguém* deva saber que os filhos mais novos dos marqueses estão abaixo dos filhos mais velhos dos condes, mas não vejo por que *eu* preciso saber.

Ela forçou os lábios em um sorriso, na esperança de fazer com que ele recuperasse o bom humor.

– Embora *você* possa estar interessado no fato de os barões estarem acima do presidente da Câmara dos Comuns, mas infelizmente não acima dos filhos dos marqueses, mais velhos ou mais jovens.

– Bem, como eu já me classificava abaixo deles quando era apenas Sr. Dunford – comentou ele, grato pelo fato de a conversa ter retornado a assuntos mundanos –, não vou me torturar pelo fato de eles ainda estarem acima de mim, por assim dizer.

– Mas você precisa adotar um certo ar de arrogância senhorial da próxima vez que encontrar o presidente da Câmara dos Comuns – orientou Henry com um sorriso.

– Você é mesmo uma tonta, sabia?

– Eu sei. Provavelmente deveria aprender a me comportar com mais seriedade.

– Não comigo, eu espero. Gosto de você do jeito que é.

E retornava então a já conhecida sensação de vertigem.

– Mas ainda tenho uma série de coisas a aprender – comentou Henry, olhando para ele de relance.

– Como o quê?

– Belle disse que preciso aprender a flertar.

– É bem típico de Belle – murmurou Dunford.

– Pratiquei um pouco com o marido dela hoje de manhã.

– Você fez o quê?

– Ora, não foi o que eu quis dizer – apressou-se a esclarecer Henry. – E não teria feito isso se não fosse tão óbvio que ele é apaixonado por Belle. John pareceu uma escolha segura para testar as minhas habilidades.

– Fique longe de homens casados – alertou Dunford com severidade.

– *Você* não é casado – observou ela.

– E o que diabo isso tem a ver?

Henry deixou os olhos se demorarem na vitrine da loja pela qual estavam passando antes de responder.

– Ah, não sei. Acho que estou sugerindo que eu poderia praticar com você.

– Está falando sério?

– Ora, vamos, Dunford. Colabore. Pode me ensinar a flertar?

– Eu diria que você está se saindo muito bem por conta própria – murmurou ele.

– Você acha? – perguntou ela, parecendo a perfeita imagem do deleite.

O corpo de Dunford reagiu na mesma hora à alegria radiante na expressão da jovem, e ele disse a si mesmo para não olhar para ela de novo. Nunca mais.

Mas Henry estava puxando o braço dele, o que o impossibilitava de colocar essa ideia em prática, e pedindo:

– Pode me ensinar? Por favor?

– Ah, está certo – concordou Dunford com um suspiro, mesmo ciente de que era uma ideia muito desaconselhável.

– Ah, esplêndido. Por onde devemos começar?

– Está um dia lindo hoje – disse ele, sem conseguir colocar qualquer emoção nas palavras.

– Sim, está, mas pensei que iríamos nos concentrar no flerte.

Dunford olhou para Henry e logo desejou não ter feito isso. Seus olhos sempre conseguiam dar um jeito de se desviarem para os lábios dela.

– A maioria dos flertes – explicou ele, sentindo dificuldade para respirar – começa com as banalidades de uma conversa educada.

– Ah, entendo. Certo. Comece de novo, então, por favor.

Dunford respirou fundo e disse, sem grande inflexão na voz:

– Está um dia lindo hoje.

– Sim. Que nos leva a desejar estar ao ar livre, não acha?

– Nós *estamos* ao ar livre, Henry.

– Estou fingindo que estamos em um baile – explicou ela. – Que tal entrarmos no parque? Talvez possamos encontrar um banco.

Dunford entrou em silêncio com ela no Green Park.

– Podemos começar de novo? – perguntou Henry.

– Não fizemos muito progresso até agora.

– Não importa. Tenho certeza de que vamos nos sair bem assim que começarmos de verdade. Agora vamos lá, acabei de dizer que o dia dá vontade de passar algum tempo ao ar livre.

— Sem dúvida — respondeu Dunford laconicamente.

— Dunford, você não está facilitando as coisas.

Ela avistou um banco e se sentou, abrindo espaço para ele ao lado. A criada que fazia as vezes de acompanhante ficou parada em silêncio sob uma árvore a cerca de 10 metros de distância.

— Não quero facilitar as coisas. Não quero participar dessa aula.

— Sem dúvida, você entende a necessidade de eu saber conversar com cavalheiros, certo? Agora, por favor, me ajude e tente entrar no espírito da missão.

Dunford cerrou o maxilar. Henry precisava aprender que não deveria pressioná-lo muito além dos limites. Dunford curvou os lábios em um sorrisinho malicioso. Se ela queria um flerte, um flerte ela teria.

— Muito bem. Permita-me começar de novo.

Henry sorriu, satisfeita.

— Ora, a senhorita fica linda quando sorri.

Ela sentiu o coração quase saltar do peito. E não conseguiu dizer nem uma palavra.

— É preciso que duas pessoas interajam para que o flerte aconteça — falou Dunford. — Será considerada uma tonta se não tiver nada a dizer.

— E-eu agradeço, milorde — disse Henry, invocando sua ousadia. — É realmente um elogio, vindo do senhor.

— Vindo de mim? O que quer dizer com isso? Me explique, por favor.

— Não é segredo nenhum que é um conhecedor das mulheres, milorde.

— A senhorita andou falando sobre mim...

— De jeito nenhum. Não posso fazer nada se o seu comportamento o torna um assunto frequente nas conversas.

— Como assim? — perguntou Dunford mais uma vez, em um tom frio.

— Ouvi dizer que as mulheres se jogam aos seus pés. E me pergunto por que não se casou com nenhuma delas...

— Não se faz esse tipo de pergunta, benzinho.

— Ah, mas não consigo impedir que a minha mente divague.

— *Nunca* deixe um homem chamá-la de benzinho — ordenou ele.

Henry demorou um instante para perceber que ele saíra do personagem.

— Ah, não levei a mal porque é *você*, Dunford — retrucou Henry em um tom dolorosamente apaziguador.

Por algum motivo, isso fez com que ele se sentisse um velho frágil e maltratado pela gota.

– Pois saiba que sou tão perigoso quanto o resto deles – retrucou em um tom muito duro.

– Até para mim? Mas você é meu tutor.

Se eles não estivessem no meio de um parque, Dunford teria agarrado Henry e lhe mostrado como ele podia ser perigoso. Era incrível a capacidade que aquela garota tinha de provocá-lo. Em um instante ele estava tentando ser o tutor sábio, porém severo, e no momento seguinte precisava fazer um esforço desesperado para se conter e não se deitar com ela no chão.

– Muito bem – retomou Henry, avaliando com cautela a expressão séria dele. – Que tal assim: Ah, é claro, milorde, mas não é adequado que me chame de benzinho.

– É um começo, mas se por acaso você estiver segurando um leque, recomendo que o enfie no olho do abusado também.

Henry ficou um pouco animada ao perceber o toque de possessividade no tom dele.

– Só que não tenho um leque no momento. Sendo assim, o que eu faria se um cavalheiro não desse ouvidos ao meu alerta verbal?

– Então você deveria correr na direção oposta. Rápido.

– Mas, só para fins de argumentação, digamos que eu esteja encurralada. Ou talvez no meio de um salão de baile lotado e não queira fazer uma cena. Se você estivesse flertando com uma jovem dama que tivesse acabado de lhe pedir que não a chame de benzinho, o que faria?

– Eu acataria o pedido e lhe daria boa-noite – retrucou Dunford, rispidamente.

– Você não faria isso! – acusou Henry com um sorriso brincalhão. – Você é um libertino terrível, Dunford. Belle me contou.

– Belle fala demais.

– Ela só estava me alertando a respeito dos cavalheiros com os quais devo ter cuidado. E – disse Henry, dando de ombros –, quando ela nomeou esses libertinos, citou você quase no topo da lista.

– Ah, que gentil da parte dela.

– Mas você é meu tutor, é claro – continuou ela, em um tom pensativo. – Por isso apenas ser vista com você não vai arruinar a minha reputação. O que é uma sorte, pois gosto da sua companhia.

– Eu diria, Henry – falou Dunford, com uma lentidão e uma calma deliberadas –, que você não precisa mais de prática para flertar.

Ela abriu um sorriso.

– Vindo de *você*, vou encarar isso como um elogio. Até onde sei, você é um mestre na arte da sedução.

Na verdade, as palavras dela o deixaram bastante irritado.

– No entanto, acho que você está sendo otimista demais. Acho que preciso de um pouco mais de prática. Para ter a autoconfiança necessária para enfrentar a aristocracia em meu primeiro baile – explicou ela, com uma expressão muito séria. – Talvez eu possa recrutar o irmão de Belle. Ouvi dizer que ele está prestes a terminar os estudos em Oxford e que virá a Londres para a temporada social.

Na opinião de Dunford, Ned, o irmão de Belle, ainda era um pouco inexperiente, mas mesmo assim já estava adiantado no caminho de se tornar um libertino. E ainda havia o fato irritante de que era extremamente bonito, uma vez que fora abençoado com os mesmos olhos azuis deslumbrantes e a estrutura óssea maravilhosa da irmã. Sem mencionar o fato ainda mais irritante de que Ned estaria morando sob o mesmo teto que Henry.

– Não, Henry – disse Dunford, em um tom muito baixo e perigoso. – Não acho que você deva praticar seus truques femininos com Ned.

– Não? – perguntou Henry em um tom despreocupado. – Ele parece uma escolha perfeita.

– Seria muito perigoso para a sua saúde.

– Como assim? Não consigo imaginar que o irmão de Belle possa me fazer qualquer mal.

– Mas *eu* faria.

– *Você*? – perguntou Henry em um sussurro. – O que você faria?

– Se acha – grunhiu Dunford – que vou responder a essa pergunta, você é tola, se não insana.

Henry arregalou os olhos.

– Ah, nossa.

– Exatamente. Agora quero que me escute – disse ele, com os olhos fixos nos dela. – Você deve ficar longe de Ned Blydon, deve ficar longe de homens casados e deve ficar longe de todos os libertinos da lista de Belle.

– Inclusive de você?

– É claro que não estou incluído – retrucou ele. – Sou seu tutor, maldição!

Dunford comprimiu os lábios com força, mal conseguindo acreditar que havia perdido a paciência a ponto de praguejar diante dela.

Henry, entretanto, pareceu não notar a linguagem chula.

– *Todos* os libertinos?

– Todos eles.

– Então por quem devo me interessar?

Dunford abriu a boca, com toda a intenção de recitar uma lista de nomes. Para sua surpresa, não conseguiu pensar em nenhum.

– Deve haver alguém – pressionou Henry.

Dunford fitou-a, pensando que gostaria de passar a mão pelo rosto dela e limpar aquela expressão incrivelmente alegre. Ou, melhor ainda, faria isso com a boca.

– Não me diga que terei que passar a temporada inteira tendo só *você* como companhia.

Foi difícil, mas Henry conseguiu não deixar a esperança transparecer em sua voz.

Dunford se levantou de repente, quase puxando-a com ele.

– Nós vamos encontrar alguém. Nesse meio-tempo, é melhor voltarmos para casa.

Eles não haviam dado três passos quando ouviram alguém chamar o nome de Dunford. Henry levantou os olhos e viu uma mulher muito elegante, extremamente bem-vestida e bonita vindo na direção deles.

– Uma amiga sua? – perguntou ela.

– Lady Sarah-Jane Wolcott.

– Outra de suas conquistas?

– Não – respondeu ele, irritado.

Henry avaliou rapidamente o brilho predatório nos olhos da mulher.

– Mas ela gostaria de ser...

Dunford se voltou para ela.

– *O que* você acabou de dizer?

Henry foi salva de ter que responder à pergunta pela chegada de lady Wolcott. Dunford a cumprimentou, então apresentou as damas.

– Uma pupila? – disse lady Wolcott em uma vozinha aguda. – Que encanto.

Encanto? Henry sentiu vontade de repetir a observação. Mas manteve a boca fechada.

– Que delicado da sua parte – continuou lady Wolcott, tocando o braço de Dunford... de um modo bem sugestivo, na opinião de Henry.

– Não sei se chamaria de "delicado" – retorquiu Dunford em um tom educado –, mas está sendo uma experiência nova.

– Ah, tenho certeza que sim – disse lady Wolcott, umedecendo os lábios. – Não se parece nada com o seu estilo usual. O senhor costuma ser dado a ocupações mais atléticas e... masculinas.

Henry estava tão furiosa que achou incrível não ter começado a grunhir. Ela contraiu o punho de forma involuntária, formando garras que *realmente* gostaria de cravar no rosto da mulher mais velha.

– Fique tranquila, lady Wolcott – respondeu Dunford. – Estou achando o meu papel de tutor muito instrutivo, excelente para a formação de caráter.

– Para a formação de caráter? Nossa. Que monótono. Creio que logo ficará entediado. Bem, apareça quando quiser. Tenho certeza que podemos encontrar algo divertido para fazermos juntos.

Dunford suspirou. Em geral teria se sentido tentado a aceitar a oferta um tanto descarada de Sarah-Jane, mas, com Henry a reboque, sentiu uma súbita necessidade de seguir percorrendo a estrada da moralidade.

– Diga, milady – perguntou ele –, como está lorde Wolcott?

– Se arrastando por Dorset, como sempre. Ele realmente não é motivo de preocupação aqui em Londres.

Lady Wolcott deu a Dunford um último sorriso sedutor, acenou com a cabeça para Henry e foi embora.

– É *assim* que devo me comportar? – perguntou Henry, incrédula.

– De forma alguma.

– Então...

– Apenas seja você mesma – disse Dunford sem rodeios. – Basta ser você mesma e ficar longe de...

– Eu sei. Eu sei. Ficar longe de homens casados, de Ned Blydon e de libertinos de todos os tipos. Só me avise se pensar em outra pessoa que devo adicionar à lista.

Dunford ficou carrancudo.

Henry sorriu durante todo o caminho de volta para casa.

CAPÍTULO 13

Uma semana depois, Henry estava pronta para ser apresentada à sociedade. Caroline havia decidido que a pupila faria seu *debut* na festa anual dos Lindworthys, que, segundo explicou, era sempre um evento grandioso. Assim, se Henry fosse um sucesso estrondoso, todos ficariam sabendo de uma só vez.

– E se eu for um fracasso absoluto? – perguntara Henry.

Caroline abrira um sorriso que deixava claro que essa preocupação era infundada.

– Basta se misturar na multidão – respondera mesmo assim.

Era uma lógica bastante razoável, pensou Henry.

Belle foi à casa dos pais na noite do baile, para ajudá-la a se vestir. Elas haviam escolhido um vestido de seda branca entremeada com fios prateados.

– Você tem muita sorte – comentou Belle enquanto ela e uma criada ajudavam Henry a se vestir. – Jovens damas que estão debutando devem usar branco, mas muitas ficam horríveis com essa cor.

– Eu fico? – apressou-se a perguntar Henry, com uma expressão de pânico nos olhos.

Henry queria parecer perfeita. Ao menos o mais perfeita possível, com as graças que Deus lhe havia concedido. Queria desesperadamente mostrar a Dunford que era capaz de ser o tipo de mulher que ele gostaria de ter ao lado ali em Londres. Precisava provar a ele – e a si mesma – que podia ser mais do que uma camponesa.

– É claro que não – afirmou Belle em um tom tranquilizador. – Mamãe e eu jamais teríamos permitido que comprasse esse vestido se não tivesse ficado encantador em você. A minha prima Emma usou violeta em sua apresentação à sociedade. Alguns ficaram chocados, mas, como disse mamãe, o branco faz Emma parecer amarelada. Era melhor desafiar a tradição do que parecer um pote de creme.

Henry assentiu enquanto Belle abotoava os botões da parte de trás do vestido. Ela tentou se virar para se olhar no espelho, mas Belle pousou a mão em seu ombro e disse:

– Ainda não. Espere até poder ver o efeito completo.

Mary, a camareira de Belle, passou a hora seguinte arrumando o penteado, encaracolando o cabelo de um lado, ajeitando do outro. Henry aguardava em um suspense aflito. Finalmente Belle colocou um par de brincos de diamante em suas orelhas e um colar combinando em volta do pescoço.

– Mas de quem são essas joias? – perguntou Henry em um tom surpreso.

– Minhas.

Na mesma hora, Henry levou as mãos às orelhas para retirar os brincos.

– Imagine, eu não posso aceitar.

Belle afastou as mãos dela.

– É claro que pode.

– E se eu perdê-los?

– Isso não vai acontecer.

– E se acontecer? – insistiu Henry.

– Então a culpa será minha por tê-los emprestado a você. Agora fique quieta e dê uma olhada em nosso trabalho.

Belle sorriu e virou Henry para que ela se olhasse no espelho.

Henry ficou tão atordoada que durante um longo tempo não conseguiu dizer nada. Por fim, sussurrou:

– Sou eu mesma?

Seus olhos pareciam cintilar como os diamantes, e seu rosto brilhava com uma ansiedade inocente. Mary havia penteado o cabelo cheio em um elegante coque francês e, em seguida, soltado mechas finas que se encaracolavam ao redor do rosto, dando um ar levemente travesso. As mechas douradas brilhavam à luz das velas, e Henry parecia quase etérea.

– Você parece uma visão – disse Belle com um sorriso.

Henry se levantou, ainda incapaz de acreditar que o reflexo no espelho era dela. Os fios de prata em seu vestido refletiram a luz quando ela se moveu e, ao caminhar pelo quarto, ela tremeluzia e cintilava como se não fosse deste mundo, como se fosse quase preciosa demais para ser tocada. Henry respirou fundo, tentando controlar algumas das sensações inebriantes que ameaçavam dominá-la. Ela nunca imaginou, nunca sonhou que poderia se sentir bela. Mas era assim que se sentia. Como uma princesa – como uma princesa de contos de fadas, com o mundo aos seus pés. Poderia conquistar Londres. Poderia deslizar pelo chão ainda mais graciosamente do que aquelas mulheres que pareciam andar sobre rodinhas. Poderia rir, cantar e dançar até o amanhecer. Henry sorriu e envolveu o próprio corpo. Poderia fazer qualquer coisa.

Achava até que poderia fazer com que Dunford se apaixonasse por ela. E essa era a sensação mais inebriante de todas.

⁓

O homem que ocupava seus pensamentos estava esperando no andar de baixo ao lado do marido de Belle, John, e seu bom amigo Alexander Ridgely, o duque de Ashbourne.

– Diga-me, então – falou Alex enquanto girava o uísque no copo. – Quem é a jovem que devo proteger essa noite? E como você conseguiu uma tutelada, Dunford?

– Veio com o título. Uma herança mais chocante do que o baronato, para falar a verdade. A propósito, obrigado por vir dar seu apoio. Henry não sai da Cornualha desde que tinha cerca de 10 anos e está apavorada com a perspectiva de encarar uma temporada social em Londres.

Na mesma hora, Alex imaginou uma jovem dócil e retraída e suspirou.

– Farei o melhor que puder.

John percebeu sua expressão, sorriu e disse:

– Você vai gostar da moça, Alex. Eu garanto.

Alex arqueou uma sobrancelha.

– Estou falando sério.

John pensou que faria o maior dos elogios a Henry ao dizer que ela lhe lembrava Belle, mas se deu conta de que estava falando com um homem tão apaixonado pela esposa quanto ele.

– Ela é bastante parecida com Emma – preferiu dizer. – Tenho certeza de que as duas vão se dar muito bem.

– Ah, por favor – zombou Dunford. – Ela não tem nada a ver com Emma.

– É uma pena para ela, então – disse Alex.

Dunford lhe lançou um olhar irritado.

– Por que você acha que ela não se parece com Emma? – perguntou John, em um tom tranquilo.

– Se você a tivesse visto na Cornualha, entenderia o motivo. Pelo amor de Deus, John. Ela usava calças o tempo todo e administrava uma fazenda inteira.

– Estou achando seu tom difícil de entender – comentou Alex. – Essa sua declaração deveria me levar a admirar a jovem ou desprezá-la?

Outra carranca de Dunford.

– Você só precisa sorrir com aprovação para Henry e dançar com ela uma ou duas vezes. Por mais que eu deteste a maneira como a sociedade o bajula, não me importo de usar sua posição para garantir o sucesso dela.

– Como quiser – garantiu Alex com simpatia, ignorando os comentários ácidos do amigo. – Mas não pense que estou fazendo isso por você. Emma disse que arrancaria a minha cabeça se eu não ajudasse a nova protegida de Belle.

– E é isso mesmo que você deve fazer – disse Belle atrevidamente, entrando na sala em uma nuvem de seda azul.

– Onde está Henry? – perguntou Dunford.

– Bem aqui.

Belle se afastou para o lado para deixar Henry passar.

Os três homens olharam para a mulher na porta, mas cada um viu uma imagem diferente. Alex viu uma jovem bastante atraente com uma vitalidade impressionante nos olhos prateados.

John viu a mulher de quem passara a gostar ao longo da semana anterior e a admirar, e que agora parecia muito adulta e bela com o vestido e o penteado novos.

Dunford viu um anjo.

– Meu Deus, Henry – murmurou ele enquanto dava um passo involuntário na direção dela. – O que aconteceu com você?

Henry franziu a testa.

– Você não gostou? Belle disse que...

– Não! – interrompeu ele, com a voz estranhamente rouca.

Ele se adiantou e apertou as mãos dela.

– Quer dizer, sim. Quer dizer, você está maravilhosa.

– Tem certeza? Porque eu poderia mudar...

– Não mude *nada* – disse ele em um tom bem sério.

Henry o encarou, sabendo que o que carregava no coração estava visível em seus olhos, mas incapaz de impedi-lo. Finalmente, Belle interrompeu a cena e disse, em uma voz carregada de humor:

– Henry, eu preciso apresentá-la ao meu primo.

Henry piscou algumas vezes e se virou para o homem de cabelos pretos e olhos verdes parado ao lado de John. Ele tinha uma beleza magnética, pensou de forma bastante objetiva, mas ela nem sequer o notara quando entrara na sala. Não conseguira ver ninguém além de Dunford.

– Senhorita Henrietta Barrett – disse Belle –, permita-me apresentá-la ao duque de Ashbourne.

Alex pegou a mão dela e deu um beijo leve em seus dedos.

– É um grande prazer conhecê-la, Srta. Barrett.

Alex falou em um tom tranquilo, mas não sem lançar um olhar malicioso para Dunford, que claramente acabara de perceber que havia feito papel de bobo por causa de Henry.

– Não tão encantado quanto nosso amigo Dunford, talvez, mas mesmo assim encantado.

Os olhos de Henry dançaram e um largo sorriso apareceu em seu rosto.

– Por favor, me chame de Henry, Vossa Graça...

– É como todos a chamam – completou Dunford por ela.

Ela deu de ombros.

– É verdade. A não ser lady Worth.

– Henry – falou Alex, testando o som do nome. – Acho que combina com você. Mais do que Henrietta, sem dúvida.

– Acho que *Henrietta* não combina com ninguém – retrucou ela.

Então brindou-o com seu sorriso atrevido característico, e Alex na mesma hora entendeu por que Dunford estava encantado por ela. A jovem era espirituosa e, por mais que ela mesma ainda não se desse conta disso, também era bonita, de forma que Dunford não tinha a menor chance de escapar ileso.

– Imagino que não – comentou Alex. – A minha esposa está esperando o nosso primeiro filho para daqui a dois meses. Preciso garantir que não a batizaremos de Henrietta.

– Ah, sim – falou Henry de repente, como se tivesse acabado de se lembrar de algo importante. – O senhor é casado com a prima de Belle. Uma mulher adorável, imagino.

Os olhos de Alex se suavizaram.

– Sim, ela é. Espero que tenha a chance de conhecê-la. Emma vai gostar muito de você, Henry.

– Não tanto quanto vou gostar dela, tenho certeza, já que ela teve o bom senso de se casar com *o senhor* – disse Henry, e lançou um olhar ousado para Dunford. – Ah, mas, por favor, esqueça que eu disse isso, Vossa Graça. Dunford recomendou que eu não falasse com homens casados.

Como se para ilustrar seu argumento, ela deu um passo para trás e Alex começou a rir.

— Com Ashbourne é permitido — disse Dunford tentando conter um gemido.

— Espero não estar fora dos limites também — acrescentou John.

Henry olhou de soslaio para o seu tutor acuado.

— Com John também — garantiu ele, com a voz agora irritada.

— Meus parabéns, Dunford — disse Alex, enxugando as lágrimas de riso. — Prevejo que você tem um sucesso retumbante nas mãos. Os pretendentes vão arrombar a sua porta.

Se Dunford ficou satisfeito com a declaração do amigo, não demonstrou. Henry sorriu.

— Acha mesmo, milorde? Devo confessar que sei muito pouco sobre como transitar na sociedade. Caroline me disse que às vezes sou um tanto franca demais.

— Por isso mesmo — declarou Alex em um tom confiante — você será um sucesso.

— Precisamos ir — interrompeu Belle. — Mamãe e papai já foram para o baile e eu disse a eles que não demoraríamos. Vamos todos na mesma carruagem? Acho que podemos nos espremer.

— Henry e eu iremos sozinhos — avisou Dunford com tranquilidade, pegando o braço dela. — Eu gostaria de discutir algumas coisas com ela antes do evento.

Ele a conduziu em direção à porta e os dois saíram juntos da sala.

Provavelmente foi bom Dunford não ter visto os três sorrisos idênticos dirigidos às suas costas.

— Sobre o que você queria falar comigo? — perguntou Henry assim que a carruagem partiu.

— Nada em particular — admitiu ele. — Só achei que você gostaria de ter alguns momentos de paz antes de chegarmos à festa.

— Isso é muito atencioso da sua parte, milorde.

— Ah, pelo amor de Deus — disse Dunford, irritado. — Faça o que fizer, não me chame de "milorde".

– Estava só treinando – murmurou ela.

Um momento de silêncio se abateu sobre eles, então ele perguntou:

– Nervosa?

– Um pouco – admitiu Henry. – Mas seus amigos são encantadores e me deixaram bastante à vontade.

– Que ótimo – disse ele, e deu uma palmadinha paternal na mão dela.

Henry conseguiu sentir o calor da mão de Dunford através das luvas de ambos, e ansiou por prolongar o toque. Como não sabia de que modo fazer isso, agiu como sempre agia quando as emoções ficavam muito à flor da pele: deu um sorriso atrevido. Seguido por uma palmadinha na mão *dele*.

Dunford se recostou, pensando que Henry devia ter um autocontrole maravilhoso para conseguir provocá-lo daquele jeito na noite de sua apresentação à sociedade. Ela se afastou dele para observar Londres passando pela janela. Ele observou seu perfil, percebendo com curiosidade que a expressão animada nos olhos da jovem havia desaparecido. Estava prestes a perguntar a Henry o motivo quando ela umedeceu os lábios.

E o coração de Dunford disparou.

Ele jamais imaginara que Henry se transformaria daquela forma com apenas quinze dias em Londres, nunca imaginara que a jovem atrevida do campo poderia se tornar aquela mulher atraente – embora igualmente atrevida. Dunford queria tocar o contorno do pescoço dela, deixar a mão correr ao longo do decote bordado do vestido, enfiar os dedos no calor magnífico logo abaixo dele e...

Muito consciente de que seus pensamentos começavam a conduzir seu corpo em uma direção bastante desconfortável, Dunford estremeceu. Estava se tornando dolorosamente ciente de que começava a se importar demais com Henry, e com certeza não de uma forma adequada à relação entre tutor e tutelada.

Seria muito fácil seduzi-la. Ele sabia que tinha esse poder em mãos e, embora Henry tivesse ficado assustada no último encontro dos dois, Dunford não achava que ela tentaria impedi-lo uma segunda vez. Henry seria tomada de prazer, não teria como escapar.

Ele estremeceu, como se o movimento físico pudesse impedi-lo de se inclinar sobre o assento e dar o primeiro passo em direção ao seu objetivo. Não levara Henry a Londres para seduzi-la. *Meu Deus*, pensou Dunford, quantas vezes tivera que repetir aquele refrão para si mesmo durante as últimas semanas? Mas era verdade, e Henry tinha o direito de conhecer todos os bons partidos de Londres. Ele teria que recuar e deixá-la descobrir por si mesma o que mais havia a sua espera.

Aquele maldito instinto cavalheiresco. A vida seria muito mais simples se a sua honra não se intrometesse sempre que o assunto era ela. Quando Henry se virou para encará-lo, seus lábios se separaram ligeiramente e ela pareceu assustada ao ver a expressão muito séria dele.

– Algum problema? – perguntou baixinho.

– Não – respondeu Dunford, em um tom um pouco mais áspero do que pretendia.

– Você está chateado comigo.

– Por que diabo eu estaria chateado com você? – quase explodiu ele.

– Você *parece* estar.

Dunford suspirou.

– Estou chateado comigo mesmo.

– Mas por quê? – insistiu Henry, mostrando preocupação no rosto.

Dunford se amaldiçoou em voz baixa. O que iria dizer agora? *Estou chateado porque quero seduzir você? Estou chateado porque você cheira a limão e estou morrendo de vontade de saber por quê? Estou chateado porque...*

– Não precisa dizer nada – falou Henry, percebendo que ele não queria compartilhar seus sentimentos com ela. – Só me deixe distrai-lo um pouco.

Dunford sentiu o ventre latejar diante da ideia.

– Posso contar o que aconteceu comigo e com Belle ontem? Foi muito divertido e... Hum, melhor não. Vejo que você não está interessado.

– Isso não é verdade – se forçou a dizer Dunford.

– Bem, fomos ao salão de chá Hardiman's e... Você não está ouvindo.

– Estou, sim – assegurou ele, esforçando-se para colocar uma expressão mais agradável no rosto.

– Muito bem – falou Henry, com um olhar avaliador. – Uma dama entrou e seu cabelo estava totalmente verde...

Dunford não fez qualquer comentário.

– Você *não* está ouvindo – acusou ela.

– Estou, sim.

Dunford começou a protestar, mas, ao ver a expressão cética dela, admitiu com um sorriso travesso:

– Certo, não estou.

Henry sorriu para ele, não o sorriso atrevido de sempre, com o qual ele havia se acostumado, mas um sorriso feliz, inocente em sua beleza.

Dunford estava hipnotizado. Ele se inclinou para a frente, sem perceber o que estava fazendo.

– Você quer me beijar... – sussurrou ela, maravilhada.

Dunford balançou a cabeça.

– Quer, sim – insistiu ela. – Posso ver isso em seus olhos. Você está olhando para mim do jeito que eu sempre quero olhar para você, mas não sei como, e...

– Shhh...

Dunford pressionou o dedo contra os lábios dela.

– Eu não me importaria – sussurrou Henry contra o dedo dele.

Dunford sentiu o sangue disparar nas veias. Ela estava a dois centímetros de distância, uma visão em seda branca, e estava dando *permissão* para que ele a beijasse. Permissão para fazer o que ele vinha querendo fazer há...

Dunford deslizou o dedo pela boca de Henry, encontrando o lábio inferior no caminho.

– Por favor – sussurrou ela.

– Isso não significa nada – murmurou ele.

Henry balançou a cabeça.

– Nada.

Ele se inclinou para a frente e segurou o rosto dela.

– Você vai ao baile, vai conhecer um cavalheiro gentil...

Ela assentiu.

– Como queira...

– Ele vai cortejá-la... Talvez você se apaixone.

Henry não disse nada.

Ele estava a apenas um fio de cabelo de distância.

– E você vai ser feliz para sempre.

– Espero que sim – disse Henry.

Mas as palavras se perderam em sua boca quando ele a beijou com tamanhos desejo e ternura que ela achou que explodiria de amor.

Dunford a beijou outra vez, e de novo, com lábios suaves e gentis, as mãos quentes em seu rosto. Henry disse o nome dele em um gemido, e Dunford colocou a língua entre os lábios dela, incapaz de resistir à suave tentação daquela boca.

A intimidade que ali se criava acabou com qualquer autocontrole de Dunford e seu último pensamento racional foi que não deveria desarrumar o cabelo dela... Suas mãos deslizaram pelas costas de Henry e ele a puxou contra si, deleitando-se com o calor de seu corpo.

– Ah, Deus, Henry – falou Dunford em um gemido. – Ah, Hen...

Dunford podia sentir a aquiescência dela e *sabia* que era um patife. Se estivesse em qualquer lugar que não fosse uma carruagem em movimento, a caminho do primeiro baile de Henry, provavelmente não teria tido força de vontade para parar, mas naquela situação... Ah, meu Deus, ele não poderia arruiná-la. Ele queria que Henry tivesse uma noite perfeita.

Mas não lhe ocorreu que *aquela* poderia ser a ideia dela de um momento perfeito.

Ele respirou fundo e tentou afastar os lábios dos dela, mas só conseguiu chegar ao queixo. A pele de Henry era tão macia, tão quente, que Dunford não resistiu a deixar um rastro de beijos até a sua orelha. Enfim conseguiu se afastar, se odiando por tirar vantagem dela daquela forma. Ele pousou as mãos em seus ombros, forçando-se a manter distância, mas, ao se dar conta de que qualquer toque era potencialmente explosivo, colocou as mãos atrás das costas e se afastou no assento. Então passou para o assento oposto.

Henry tocou os lábios que ainda pulsavam, inocente demais para entender que Dunford estava controlando o próprio desejo por um fio muito tênue. Por que ele se afastara? Ela sabia que ele estava certo em interromper o beijo. Sabia que deveria agradecê-lo por isso, mas ele não poderia ter permanecido ao lado dela e ao menos segurado a sua mão?

– Isso não significou nada – tentou brincar Henry, mas a voz falhou.

– Para o seu bem, é melhor que não tenha significado.

O que significava aquilo? Henry se odiou por não ter a coragem de perguntar.

– Eu-eu devo estar toda desarrumada – preferiu comentar, com a voz soando muito vazia aos próprios ouvidos.

– Seu penteado está no lugar – afirmou Dunford, sem expressão na voz. – Tive o cuidado de não desarrumá-lo.

O fato de ele ser capaz de se referir ao beijo com um distanciamento tão clínico e tão frio foi como um balde de água gelada sendo jogado em cima dela.

– É claro que teve. Você não iria querer me arruinar no meu primeiro evento social.

Ao contrário, pensou Dunford com ironia, ele adoraria ter feito isso. Adoraria arruiná-la repetidamente. Sentiu vontade de rir da justiça poética de tudo aquilo. Depois de alguns anos correndo atrás de mulheres, seguidos por uma década *sendo* perseguido por *elas*, enfim se via abatido por uma jovem recém-saída da Cornualha, a qual tinha o dever de proteger. Como tutor de Henry, era quase seu dever sagrado mantê-la pura e casta para o futuro marido – homem esse que, por sinal, ele deveria ajudá-la a encontrar e escolher. Dunford balançou a cabeça, se obrigando a lembrar que esse tipo de incidente não poderia se repetir.

Henry o viu balançar a cabeça e pensou que ele estava respondendo ao comentário desesperado dela, e a humilhação a levou a dizer:

– Afinal, sei que não devo fazer nada para prejudicar a minha reputação. Posso acabar não conseguindo arrumar um marido, e esse é o nosso objetivo aqui, não é mesmo?

Ela olhou de relance para Dunford. Ele fazia questão de não olhar para ela, e seu maxilar estava cerrado com tanta força que Henry achou que os dentes dele acabariam rachando. Então ele estava chateado... Ótimo! Chateação não chegava nem perto do que ela estava sentindo. Ela deu uma risada nervosa e acrescentou:

– Sei que você disse que eu poderia voltar para a Cornualha se quisesse, mas agora nós dois sabemos que isso era mentira, não é?

Dunford se virou para encará-la, mas Henry não lhe deu oportunidade de falar.

– Uma temporada social – retomou ela, em um tom mais alto agora – tem apenas um propósito, que é fazer com que a dama em questão se case para que, assim, o encargo que ela representa saia das mãos do responsável. No meu caso, creio que as mãos em questão são as suas, embora você não pareça estar fazendo um trabalho muito bom em tirá-las de mim.

– Henry, fique quieta – ordenou ele.

– Ah, claro, milorde. Vou ficar quieta. Uma jovem senhorita totalmente recatada e bem-comportada. Eu jamais gostaria de ser outra coisa senão a debutante ideal. Deus me livre de estragar as minhas chances de um bom casamento. Ora, eu posso até conseguir agarrar um visconde.

– Se tiver sorte – atacou ele.

Henry sentiu como se tivesse levado uma bofetada. Ah, ela sabia que o objetivo principal de Dunford era casá-la, mas ainda doía muito ouvi-lo dizer aquilo.

– Tal-talvez eu não me case – declarou ela, tentando usar um tom desafiador, mas sem muito sucesso. – Não tenho que me casar, sabe?

– Espero que você não sabote de propósito as suas chances de encontrar um marido só para me irritar.

Henry ficou rígida.

– Não se valorize tanto, Dunford. Tenho coisas mais importantes em que pensar do que irritá-lo.

– Que sorte a minha – retrucou ele.

– Você é detestável – atacou Henry. – Detestável e... detestável!

– Que vocabulário rico...

Henry se sentiu enrubescer de vergonha e fúria.

– Você é um homem cruel, Dunford. Um monstro! Nem sei por que me beijou. Eu fiz alguma coisa para deixar você com todo esse ódio? Você está querendo me punir?

Não, respondeu a mente torturada de Dunford, *ele queria se punir.*

Ele deixou escapar um suspiro entrecortado e disse:

– Não odeio você, Henry.

Mas você também não me ama, sentiu vontade de gritar Henry. *Não me ama e isso dói demais.* Ela era assim tão horrível? Havia algo de *errado* com ela? Algo que o compelia a degradá-la beijando-a com tanta intensidade, mas por nenhuma outra razão a não ser... Maldição. Ela não conseguia pensar em nenhum motivo. Sem dúvida não era o mesmo tipo de paixão que ela sentia. Dunford tinha sido muito frio e distante quando falou sobre o cabelo dela.

Henry arquejou e – para sua completa mortificação – de repente se deu conta de que lágrimas escorriam de seus olhos. Ela virou o rosto e as enxugou, sem se importar com a possibilidade de as gotas salgadas mancharem o tecido delicado das luvas.

– Ah, Deus, Hen – disse Dunford, e Henry ouviu a compaixão em sua voz. – Não...

– Não o quê? – explodiu ela. – Não chore? É muita coragem da sua parte me pedir isso!

Ela cruzou os braços em uma atitude rebelde e usou cada grama de sua força de vontade para drenar todas as lágrimas do corpo. Depois de cerca de um minuto, Henry enfim sentiu que estava recuperando minimamente uma aparência de normalidade.

E bem a tempo, porque a carruagem parou e Dunford disse de forma categórica:

– Chegamos.

A única coisa que Henry queria era ir para casa.

Percorrer toda a distância dali até a Cornualha.

CAPÍTULO 14

Henry manteve a cabeça erguida enquanto Dunford a ajudava a descer da carruagem. Seu coração quase se partiu ao sentir o toque da mão dele, mas estava começando a aprender a não demonstrar emoções. Se Dunford a fitasse, veria apenas um rosto perfeitamente composto, sem nenhum sinal de tristeza ou raiva, mas também nenhum sinal de alegria.

Eles tinham acabado de descer quando a carruagem dos Blackwoods parou logo atrás. Henry ficou observando enquanto John ajudava Belle a descer. Belle correu para o lado dela, sem se preocupar em esperar Alex desembarcar.

– Qual é o problema? – exclamou, reparando no rosto tenso de Henry.

– Nenhum – mentiu Henry.

Mas Belle reparou em sua voz inexpressiva.

– Obviamente *há* algo errado.

– Não foi nada, é sério. Só estou nervosa.

Belle duvidava que Henry pudesse ter ficado tão nervosa durante a curta viagem até ali. Ela lançou um olhar fulminante na direção de Dunford, que na mesma hora lhe deu as costas e puxou conversa com John e Alex.

– O que ele fez? – sussurrou Belle, furiosa.

– Nada!

– Se isso for mesmo verdade – disse Belle, lançando um olhar a Henry que deixava claro que nem por um segundo acreditava naquilo –, então é melhor você se recompor rápido antes de entrarmos.

– Estou composta – protestou Henry. – Acho que nunca estive tão composta em toda a minha vida.

– Então se *des*-componha.

Belle segurou as mãos de Henry em um gesto aflito.

– Henry, nunca vi seus olhos parecerem tão sem vida. Lamento ter que dizer isso dessa forma, mas é a verdade. Não há nada a temer. Todos vão amá-la. Basta entrar e ser você mesma – disse ela, e, depois de uma pausa, acrescentou: – Só não pragueje.

Um sorriso relutante curvou os lábios de Henry.

– E também deixe de lado o cultivo de fazendas – acrescentou Belle depressa. – Sobretudo aquela parte sobre o porco.

Henry sentiu o brilho voltando aos próprios olhos.

– Ah, Belle, eu amo você de verdade. Você tem sido uma boa amiga.

– Você torna isso muito fácil – retribuiu Belle, apertando afetuosamente as mãos de Henry. – Está pronta?

Henry assentiu.

– Ótimo. Tanto Dunford quanto Alex vão acompanhá-la até o salão. Isso deve garantir que você faça uma entrada triunfal. Antes de Alex se casar, os dois eram os cavalheiros mais cobiçados do país.

– Mas Dunford nem sequer tinha um título.

– Isso não importava. As mulheres o queriam da mesma forma.

Henry entendia muito bem por quê. Mas Dunford não a desejava. Pelo menos não de forma permanente. Uma nova onda de humilhação a invadiu quando voltou a olhar para ele. De repente, Henry sentiu uma necessidade avassaladora de provar a si mesma que era digna de amor, mesmo que Dunford não pensasse dessa forma. Ela ergueu o queixo e forçou um sorriso deslumbrante.

– Estou pronta, Belle. Pronta para ter uma noite *maravilhosa*.

Belle pareceu um pouco surpresa com a veemência repentina da amiga.

– Então vamos. Dunford! Alex! John! Estamos prontas para entrar.

Os três cavalheiros interromperam a conversa com relutância, e Henry se viu ladeada por Dunford e Alex. Sentiu-se muito pequena – os dois homens tinham mais de 1,80 metro de altura, e ombros muito largos. Ela sabia que seria objeto de inveja de todas as mulheres no salão de baile – não conhecia muitos cavalheiros da alta sociedade, mas a maioria deles carecia da virilidade indiscutível dos três que a acompanhavam.

O grupo entrou e esperou na fila, para que o mordomo os anunciasse. Sem nem perceber, Henry começou a se aproximar cada vez mais de Alex, afastando-se de Dunford. Finalmente, Alex se inclinou e perguntou baixinho:

– Você está bem, Henry? Está quase na nossa vez.

Henry se virou e deu a ele o mesmo sorriso deslumbrante que dirigira a Belle pouco antes.

– Estou ótima, Vossa Graça. Ótima. Vou *dominar* Londres. Deixarei a aristocracia aos meus pés.

Dunford ouviu aquelas palavras, enrijeceu o corpo e puxou-a para mais perto de si.

– Cuidado com o que faz, Henry – sussurrou em um tom cortante. – Não seria bom para você fazer sua entrada no baile agarrada a Ashbourne. Todos sabem muito bem como ele é devoto à esposa.

– Não se preocupe – retrucou ela com um sorriso falso. – Não vou envergonhá-lo. E prometo deixar de ser responsabilidade sua o mais rápido possível. Vou me esforçar para ter *dezenas* de propostas de casamento. Na próxima semana, se possível.

Alex imaginou o que estava acontecendo e precisou conter um sorriso. Não era honrado a ponto de não apreciar a aflição de Dunford.

– *Lorde e lady Blackwood!* – bradou o mordomo.

Henry sentiu a respiração presa na garganta. Eles eram os próximos. Em tom de brincadeira, Alex a cutucou e sussurrou:

– Sorria.

– *Sua Graça, o duque de Ashbourne! Lorde Stannage! Senhorita Henrietta Barrett!*

Um silêncio caiu sobre os convidados. Henry não era tão vaidosa e iludida a ponto de acreditar que a nobreza perdera a fala por causa de sua beleza incomparável, mas sabia que todos estavam loucos para ver a dama que por algum motivo conseguira fazer a sua entrada na sociedade pelos braços de dois dos homens mais desejáveis da Grã-Bretanha.

Os cinco amigos abriram caminho até onde estava Caroline, garantindo ainda mais o sucesso de Henry ao proclamar ao mundo que a jovem estava sob as asas da influente condessa de Worth.

Em poucos minutos, Henry se viu cercada por rapazes e moças, todos ansiosos para conhecê-la. Os homens estavam curiosos – quem era aquela desconhecida e como ela conseguira atrair a atenção de Dunford e Ashbourne? (O *on-dit* de que Henry era tutelada legal de Dunford ainda não havia circulado.) As mulheres sentiam-se ainda mais curiosas – pelo mesmo motivo.

Henry ria e flertava, provocava e parecia cintilar. Por pura força de vontade, conseguiu afastar Dunford da mente. Ela fingiu que cada homem que lhe apresentavam era Alex ou John, e cada mulher, Belle ou Caroline. Esse truque mental permitiu que relaxasse e fosse ela mesma. Quando foi capaz de fazer isso, as pessoas a acolheram na mesma hora.

– A jovem é uma lufada de ar fresco – declarou lady Jersey, sem se importar nem um pouco por estar sendo tão banal.

Dunford ouviu esse comentário e tentou se orgulhar de Henry, mas não conseguiu superar o irritante sentimento de posse que o acometia toda vez que algum jovem almofadinha beijava a mão dela. E isso não era nada se comparado aos cáusticos surtos de ciúme que o atingiam cada vez que ela sorria para um dos muitos homens mais velhos e experientes que também se arrebanhavam ao seu lado.

Caroline acabara de apresentar Henry ao conde de Billington, um homem de quem ele gostava e a quem muito respeitava. Mas... Maldição, ela estava dando o mesmo sorriso atrevido que costumava guardar só para *ele*. Dunford fez uma anotação mental para não vender a Billington o garanhão árabe premiado que ele cobiçara por toda a primavera.

– Vejo que sua tutelada é a sensação da festa.

Dunford virou a cabeça e viu lady Sarah-Jane Wolcott.

– Lady Wolcott – cumprimentou, inclinando a cabeça.

– Ela é um grande sucesso.

– Ah, sim, ela é.

– Suponho que o senhor deva estar orgulhoso.

Ele assentiu.

– Devo dizer que eu não teria imaginado. Não que ela não seja atraente – acrescentou depressa lady Wolcott. – Mas ela não faz o estilo usual.

Dunford lançou um olhar letal à mulher.

– Na aparência ou na personalidade?

Ou Sarah-Jane era muito tola ou não percebeu o brilho furioso nos olhos dele.

– Em ambas, creio eu. Ela é um tanto ousada, não acha?

– Não – retrucou Dunford, secamente. – Não acho.

– Ah.

Os cantos dos lábios dela se curvaram um pouco.

– Bem, tenho certeza de que logo todos vão perceber isso.

Ela abriu um sorriso malicioso para Dunford e se afastou.

Dunford voltou-se para fitar Henry mais uma vez. Ela *estava* sendo ousada demais? Henry tinha uma risada bastante vibrante. Ele sempre considerara isso como sinal de uma pessoa feliz e encantadora, mas outro homem poderia interpretar esse comportamento como um convite.

Dunford se colocou ao lado de Alex, onde poderia tomar conta dela com mais facilidade.

Henry, por sua vez, conseguiu se convencer de que estava se divertindo muito. Todos pareciam achá-la muitíssimo atraente e espirituosa e, para uma mulher que passara a maior parte da vida sem amigos, a combinação era inebriante. O conde de Billington prestava especial atenção nela, e Henry percebeu pelos olhares que recebia que ele não costumava cortejar jovens debutantes. Ela o achou bastante atraente e agradável e começou a pensar que, se houvesse mais homens como ele, talvez conseguisse encontrar alguém com quem pudesse ser feliz. Talvez até mesmo ele. O conde parecia inteligente e, embora seu cabelo fosse castanho-avermelhado, os olhos castanhos afetuosos lembravam a ela os de Dunford.

Não, pensou Henry, isso não deveria ser um ponto a favor do conde.

No entanto, para ser justa, decidiu também que não deveria ser necessariamente um ponto contra ele.

– E a senhorita monta a cavalo, Srta. Barrett? – perguntou o conde.

– É claro – respondeu Henry. – Afinal, cresci em uma fazenda.

Belle tossiu.

– É mesmo? Eu não fazia ideia.

– Na Cornualha – disse Henry, decidindo poupar Belle da agonia. – Mas o senhor não quer ouvir sobre a minha fazenda. Deve haver milhares como ela. Diga, *o senhor* monta a cavalo?

Henry fez a última pergunta com um olhar provocante, afinal era fato que todos os cavalheiros montavam a cavalo.

Billington deu uma risadinha.

– Posso ter o prazer de acompanhá-la em um passeio ao Hyde Park em breve?

– Ah, eu não poderia.

– Ah, isso me deixa arrasado, Srta. Barrett...

– Eu nem sei o seu nome – continuou Henry, e um sorriso iluminou seu rosto. – Eu não poderia marcar um passeio a cavalo com um homem que conheço apenas como "o conde". E também é desencorajador ser apenas uma "senhorita", entende, milorde? Eu passaria o tempo todo morrendo de medo de ofendê-lo.

Dessa vez Billington deu uma gargalhada. E fez uma reverência elegante.

– Charles Wycombe, milady, ao seu dispor.

– Eu adoraria passear a cavalo com o senhor, lorde Billington.

– Quer dizer que tive o trabalho de me apresentar e a senhorita ainda quer me chamar de "lorde Billington"?

Henry inclinou a cabeça para o lado.

– A verdade é que eu não o conheço muito bem, lorde Billington. Seria muito impróprio da minha parte chamá-lo de Charles, não acha?

– Não – retrucou ele abrindo lentamente um sorriso –, não acho.

Henry sentiu uma sensação de calor percorrer seu corpo, semelhante, mas não idêntica, à que sentia quando Dunford sorria para ela. E decidiu que gostava ainda mais da sensação atual. Havia ali também o prazer de ser desejada, cuidada, talvez até amada um dia, mas com Billington ela era capaz de manter um pouco de autocontrole. Quando Dunford resolvia abrir um daqueles seus sorrisos, era como se ela despencasse de uma cachoeira.

Henry podia senti-lo por perto e olhou para a esquerda. Dunford estava lá, como ela sabia que estaria, e lhe fez um aceno zombeteiro. Por um momento, seu corpo inteiro reagiu e ela se esqueceu de respirar. Mas logo a mente retomou o controle e, decidida, Henry se voltou para lorde Billington:

– É bom saber seu nome de batismo, mesmo que eu não pretenda usá--lo – disse, com um sorriso misterioso. – É difícil *pensar* no senhor como "o conde".

– Isso significa que vai pensar em mim como Charles?

Henry deu de ombros com delicadeza.

Foi nesse momento que Dunford decidiu que era melhor intervir. Billington parecia prestes a pegar a mão de Henry, levá-la para o jardim e beijá-la até que ela perdesse os sentidos. Dunford achou esse desejo desagradavelmente fácil de entender. Ele deu três passos rápidos e passou o braço pelo dela em um gesto bastante possessivo.

– Billington – cumprimentou, com o máximo de simpatia que conseguiu reunir, e que foi obrigado a reconhecer não ter sido muita.

– Dunford. Pelo que entendi, você é o responsável por apresentar essa criatura encantadora à alta sociedade.

Dunford assentiu.

– Ah, sim, sou o tutor dela.

A orquestra começou a tocar os primeiros acordes de uma valsa. A mão de Dunford desceu pelo braço de Henry até pousar em seu pulso.

Billington inclinou-se mais uma vez na direção de Henry.

– Posso ter o prazer dessa dança, Srta. Barrett?
Henry abriu a boca para responder, mas Dunford foi mais rápido.
– A Srta. Barrett já havia me prometido esta.
– Ah, sim, na qualidade de tutor, é claro.
Dunford teve vontade de arrancar os pulmões do conde. E Billington era um amigo. Dunford cerrou o maxilar e controlou o desejo de grunhir. Que diabos ele iria fazer quando homens que não eram seus amigos começassem a cortejá-la?
Henry franziu a testa, irritada.
– Mas...
Dunford apertou o pulso dela com uma força considerável, encerrando qualquer possibilidade de protesto.
– Foi um prazer conhecê-lo, lorde Billington – disse Henry, com um entusiasmo sincero.
Ele assentiu com uma expressão afável no rosto.
– Um grande prazer, de fato.
A expressão de Dunford se fechou.
– Se nos der licença – disse ele.
E começou a guiar Henry na direção da pista de dança.
– Talvez eu não queira dançar com você – declarou Henry.
Dunford arqueou uma sobrancelha.
– Você não tem escolha.
– Para um homem que parece tão ansioso para me ver casada, você está fazendo um bom trabalho em assustar os meus pretendentes.
– Eu não assustei Billington. Acredite em mim, ele vai aparecer na sua porta amanhã de manhã, com flores em uma das mãos e chocolates na outra.
Henry abriu um sorriso sonhador, sobretudo para irritá-lo. Porém, quando chegaram à pista de dança, ela percebeu que a orquestra havia começado a tocar uma valsa. Era uma dança relativamente nova, e as debutantes não tinham permissão para valsar sem a aprovação das matronas mais importantes da sociedade. Em um gesto de teimosia, Henry parou.
– Eu não posso – informou. – Não tenho permissão.
– Caroline cuidou disso – retrucou Dunford.
– Tem certeza?
– Se você não começar a dançar comigo em um segundo, vou puxá-la à força para os meus braços, provocando uma cena que...

Henry apressou-se a pousar a mão no ombro dele.

– Eu não entendo você, Dunford – comentou ela quando começaram a rodopiar pelo salão.

– Não? – perguntou ele, em um tom sombrio.

Henry levantou os olhos para encontrar os dele. O que Dunford queria dizer com aquilo?

– Não – respondeu, com uma dignidade tranquila. – Eu não entendo.

Ele apertou a cintura dela com mais força, incapaz de resistir à tentação do corpo macio de Henry. Inferno, nem ele entendia a si mesmo ultimamente.

– Por que estão todos olhando para nós? – perguntou Henry baixinho.

– Porque, minha querida, você é a grande estrela no momento. A Incomparável desta temporada. Sem dúvida, já se deu conta disso.

O tom e a expressão dele fizeram com que ela enrubescesse de raiva.

– Você poderia tentar se sentir um pouco feliz por mim. Achei que o objetivo dessa viagem era me ensinar a ter algum traquejo social. Mas agora que estou indo bem, você não consegue nem olhar para mim.

– Nunca ouvi nada que estivesse tão distante da verdade – declarou Dunford.

– Então por que...

As palavras se perderam. Henry não sabia como perguntar o que se passava no coração dele.

Dunford percebeu que a conversa começava a se desviar para águas perigosas e procurou escapar rapidamente.

– Billington – disse ele – é conhecido por ser um bom partido.

– Quase tanto quanto você? – zombou ela.

– Melhor, eu imagino. Mas eu a aconselharia a tomar cuidado com ele. Billington não é um jovem dândi que você pode levar a comer na palma da sua mão.

– É por isso que gosto tanto dele.

Ele apertou a cintura dela ainda com mais força.

– Pode acabar conseguindo o que quer com suas provocações.

A expressão nos olhos prateados se tornou dura.

– Eu não estava provocando o conde, e você sabe disso.

Dunford deu de ombros com desdém.

– As pessoas já estão comentando.

– Não estão, não! Sei que não estão. Belle já teria me dito alguma coisa.

193

– E quando ela teria tido oportunidade? Antes ou depois de você provocá-lo para que se tratassem pelo primeiro nome?

– Você é horrível, Dunford. Não sei o que aconteceu, mas neste momento não gosto muito de você.

Engraçado, ele também não estava gostando muito de si mesmo. E gostou ainda menos quando disse:

– Eu vi a maneira como você olhou para ele, Henry. Como eu mesmo já fui alvo dessa expressão, sei muito bem o que significa. Ele acha que você o deseja, e não apenas como um prêmio matrimonial.

– Seu desgraçado – sussurrou ela, e tentou se afastar dele.

As mãos ao redor da cintura dela agora pareciam feitas de aço.

– Nem pense em me deixar sozinho no meio da pista de dança.

– Eu deixaria você no inferno, se pudesse.

– Tenho certeza disso – retrucou Dunford com frieza –, assim como não tenho dúvida de que encontrarei o diabo em algum momento. Mas enquanto eu estiver aqui na terra você vai dançar comigo e vai fazer isso com um sorriso no rosto.

– Sorrir – declarou Henry com veemência – não é parte do acordo.

– E que acordo seria esse, querida Hen?

Ela estreitou os olhos.

– Um dia desses, Dunford, você vai ter que decidir se gosta de mim ou não, porque você não pode simplesmente esperar que eu adivinhe o seu humor o tempo todo. Uma hora você é o homem mais gentil que eu conheço, e no instante seguinte é o próprio demônio.

– "Gentil" é uma palavra tão sem graça.

– Eu não me incomodaria com isso se fosse você. Esse não é o adjetivo que eu usaria para descrevê-lo agora.

– Posso garantir que não estou nem um pouco preocupado com isso.

– Diga, Dunford, o que o torna tão horrível de vez em quando? No início da noite você estava tão encantador... – A expressão nos olhos dela se tornou melancólica. – Tão gentil quando me disse que eu estava bonita.

Dunford pensou com ironia que ela estava muito mais do que bonita. E *essa* era a raiz do problema.

– Você fez com que eu me sentisse como uma princesa, um anjo. E agora...

– E agora? – perguntou ele em voz baixa.

Ela o fitou bem no fundo dos olhos.

– Agora está tentando fazer com que me sinta como uma prostituta.

Dunford teve a sensação de ter levado um soco, mas recebeu a dor com prazer. Não merecia menos.

– Isso, Hen – disse ele por fim –, é a agonia do desejo frustrado.

Ela deu um passo em falso.

– *O quê?*

– Você ouviu. Com certeza você não pode ter deixado de perceber que eu a desejo.

Ela enrubesceu e engoliu em seco, nervosa, se perguntando se seria possível que os outros quinhentos convidados não estivessem reparando na sua angústia.

– Há uma diferença entre desejar e amar, milorde, e não vou aceitar um sem o outro.

– Como quiser.

A música terminou e Dunford se inclinou para ela com elegância.

Antes que Henry tivesse oportunidade de reagir, Dunford desapareceu na multidão. Guiada pelo instinto, ela caminhou até a lateral do salão de baile, com a intenção de encontrar um banheiro onde pudesse ter alguns momentos de privacidade e se recompor. No entanto, foi emboscada por Belle, que disse que gostaria que Henry conhecesse algumas pessoas.

– Isso poderia esperar alguns minutos? Eu preciso ir até o lavatório. Acho... acho que há um rasguinho no meu vestido.

Belle sabia muito bem com quem Henry estivera dançando e adivinhou que havia algo errado.

– Eu vou com você.

A declaração causou grande consternação em John, que foi levado a se virar para Alex e perguntar por que as mulheres sempre pareciam precisar ir ao lavatório em pares.

Alex deu de ombros.

– Acho que esse está destinado a ser um dos grandes mistérios da vida. Eu, pelo menos, morro de medo de descobrir o que acontece nessas idas reservadas ao lavatório.

– É onde guardam todas as boas bebidas – disse Belle em um tom petulante.

– Isso explica tudo, então. Ah, a propósito, algum de vocês viu Dunford? Eu queria perguntar uma coisa a ele.

Ele se virou para Henry e perguntou:

– Você não estava dançando com ele agora mesmo?

– Posso garantir que não tenho a menor ideia de onde ele está.

Belle deu um sorriso rígido.

– Vejo vocês mais tarde, Alex, John – disse ela, e então, para Henry: – Pode me acompanhar, eu sei o caminho.

Belle se deslocou pelo salão de baile com velocidade notável, parando apenas para pegar duas taças de champanhe de uma bandeja.

– Tome aqui – falou, entregando uma para Henry. – Podemos precisar.

– No lavatório?

– Sem nenhum homem por perto? É o lugar perfeito para um brinde.

– Devo dizer que não estou com muita vontade de comemorar nada no momento.

– Imaginei que não, mas uma bebida pode ser a coisa certa nesses momentos.

Elas entraram em um corredor e Henry seguiu Belle até uma pequena câmara iluminada por meia dúzia de velas. Um grande espelho cobria uma das paredes. Belle fechou a porta e girou a chave para trancá-la.

– Agora fale – disse –, qual é o problema?

– Nenh...

– E não diga "nenhum", porque eu não vou acreditar.

– Belle...

– É melhor você me contar logo, porque sou muito intrometida e sempre acabo descobrindo tudo, mais cedo ou mais tarde. Se não acredita em mim, pergunte à minha família. Eles serão os primeiros a confirmar.

– É só a emoção da noite, eu juro.

– É Dunford.

Henry desviou o olhar.

– É bastante óbvio para mim que você está apaixonada por ele – declarou Belle sem rodeios. – Portanto, pode ser sincera.

Henry voltou a encará-la.

– Todos sabem? – perguntou em um sussurro que pairou em algum lugar entre o pânico e a humilhação.

– Não, eu acho que não – mentiu Belle. – E se sabem, tenho certeza de que todos estão torcendo por você.

– Não adianta. Ele não me deseja.

Belle ergueu as sobrancelhas. Tinha visto o modo como Dunford olhava para Henry quando pensava que ninguém estava vendo.

– Ah, acho que ele *deseja*, sim.

– O que eu quis dizer é que ele não... ele não me ama – gaguejou Henry.

– Essa questão também é discutível – disse Belle com uma expressão pensativa. – Dunford já beijou você?

O rubor no rosto de Henry foi resposta suficiente.

– Ora, vejo que beijou! Como eu pensava. Bem, isso é um ótimo sinal.

– Acho que não.

Henry voltou a abaixar os olhos. Ela e Belle haviam se tornado boas amigas nas últimas duas semanas, mas nunca tinham conversado com tanta franqueza.

– Ele, hum... ele, hum...

– Ele o quê, Henry?

– Ele pareceu totalmente recomposto depois do beijo e se afastou para o outro lado da carruagem como se não quisesse nem ficar perto de mim. Ele nem sequer segurou minha mão.

Belle era mais experiente do que Henry, e reconheceu na mesma hora que Dunford tivera medo de perder o controle. Embora não entendesse muito bem por que ele estava tentando se comportar de maneira tão honrada. Qualquer idiota podia ver que os dois formavam um casal perfeito. Uma pequena indiscrição antes do casamento passaria despercebida.

– Os homens – declarou Belle por fim, e tomou um gole de champanhe – podem ser uns idiotas.

– O que disse?

– Não sei por que as pessoas insistem em achar que nós somos inferiores, quando está muito claro que eles é que têm a mente mais fraca.

Henry a encarou sem entender.

– Veja bem: Alex tentou se convencer de que não estava apaixonado pela minha prima só porque ele achava que não queria se casar. E John... Esse é ainda mais idiota. Ele tentou me afastar porque havia colocado na cabeça que um episódio do passado dele o tornava indigno de mim. Dunford sem dúvida tem algum motivo igualmente imbecil para tentar mantê-la à distância.

– Mas por quê?

Belle deu de ombros.

– Se eu soubesse a resposta para isso, estaria ocupando o lugar do primeiro-

-ministro. A mulher que um dia entender os homens vai governar o mundo, guarde as minhas palavras. A não ser que...

– A não ser o quê?

– Não, *não pode* ser por causa da aposta...

– Que aposta?

– Há alguns meses, apostei que Dunford se casaria em um ano.

Ela olhou para Henry com uma expressão contrita.

– É mesmo?

Belle engoliu em seco, parecendo desconfortável.

– Acho que eu disse que ele estaria "amarrado, acorrentado e adorando isso".

– Então ele está me levando a sofrer por causa de uma *aposta*?

O tom de Henry se elevou bastante na última palavra.

– Pode não ser por causa da aposta – disse Belle ao se dar conta de que não tinha melhorado a situação.

– Eu quero torcer... o pescoço... dele.

Henry pontuou a frase jogando para trás o conteúdo da taça.

– Tente não fazer isso aqui no baile.

Henry se levantou e colocou as mãos nos quadris.

– Não se preocupe. Eu não daria a ele a satisfação de saber que me importo.

Belle mordeu o lábio nervosamente enquanto observava a amiga sair do lavatório. Henry se importava. E muito.

CAPÍTULO 15

Dunford havia se refugiado no salão de jogos, onde começou a ganhar uma soma absurda de dinheiro sem dever nenhum crédito à própria habilidade. Deus sabia que ele estava achando difícil se concentrar no jogo.

Depois de algumas rodadas, Alex se aproximou.

– Se importa se eu me juntar a você?

Dunford deu de ombros.

– De forma alguma.

Os outros homens na mesa de vinte e um afastaram as cadeiras para dar lugar ao duque.

– Quem está vencendo? – perguntou Alex.

– Dunford – respondeu lorde Tarryton. – Com bastante facilidade.

Dunford deu de ombros novamente, com uma expressão de desinteresse estampada no rosto.

Alex tomou um gole de uísque enquanto as cartas eram distribuídas, então checou a carta virada para baixo. Depois olhou de relance para Dunford e disse:

– A sua Henry acabou sendo um grande sucesso.

– Ela não é "a minha" Henry – disse Dunford, quase explodindo de raiva.

– Ora, a Srta. Barrett não é sua tutelada? – perguntou lorde Tarryton.

Dunford olhou para ele, assentiu secamente e disse:

– Outra carta.

Tarryton fez o que ele pediu, mas não antes de dizer:

– Eu não ficaria surpreso se Billington resolvesse arrebatá-la.

– Billington, Farnsworth e alguns outros – comentou Alex com o mais afável dos sorrisos.

– Ashbourne? – disse Dunford em um tom mais frio do que gelo.

– Dunford?

– *Cale-se.*

Alex conteve um sorriso e pediu outra carta.

– O que eu não entendo – falou lorde Symington, um homem grisalho de

50 e poucos anos – é por que ninguém nunca ouviu falar dela antes. Qual é a família dela?

– Acredito que Dunford seja "a família" dela agora – disse Alex.

– Ela veio da Cornualha – respondeu Dunford enquanto fitava seu par de cincos com uma expressão entediada. – Antes disso, de Manchester.

– Ela tem um dote? – perguntou Symington.

Dunford fez uma pausa. Ainda nem pensara nisso. E então notou que Alex o fitava com uma expressão interrogativa, uma sobrancelha levantada com arrogância. Seria tão fácil dizer que não, que Henry não tinha um dote. Afinal, era verdade. Carlyle havia deixado a moça sem um tostão.

Suas chances de um casamento vantajoso seriam muito reduzidas.

Ela poderia acabar dependendo dele para sempre.

O que era uma ideia muito atraente...

Dunford suspirou, amaldiçoando-se mais uma vez por aquele impulso revoltante de bancar o herói.

– Sim – respondeu com um suspirou. – Sim, ela tem.

– Bem, isso é uma boa notícia para a moça – voltou a falar Symington. – É claro que ela não teria muitos problemas mesmo se não tivesse um dote. Sorte sua, Dunford, porque tuteladas podem ser um aborrecimento. Tenho uma de quem estou tentando me livrar há três anos. Nunca vou entender por que Deus inventou os parentes pobres.

Dunford ignorou-o deliberadamente, então virou a carta que recebera, um ás.

– Vinte e um – disse ele, nem um pouco animado com o fato de ter acabado de ganhar quase mil libras.

Alex se inclinou para trás e abriu um largo sorriso.

– Essa deve ser a sua noite de sorte.

Dunford empurrou a cadeira para trás e se levantou, enfiando as promissórias dos outros jogadores no bolso.

– De fato – disse ele enquanto se encaminhava para a porta que levava ao salão de baile. – A maldita noite em que tive mais sorte na vida.

Henry decidiu que conquistaria pelo menos mais três corações antes de precisar partir, e teve sucesso. Parecia tão fácil... Ela se perguntou por que nunca havia percebido como era fácil manipular os homens.

A maioria deles, é claro. Os homens que ela não queria.

Estava se deixando rodopiar na pista pelo visconde Haverly quando avistou Dunford. Seu coração parou de bater e seus pés falharam um passo antes que ela conseguisse lembrar que estava furiosa com ele.

Mas, cada vez que Haverly girava com ela, lá estava Dunford, com o corpo apoiado contra um pilar, de braços cruzados. A expressão em seu rosto não convidava os outros a se aproximarem, ou a puxar conversa com ele. Dunford parecia bastante sofisticado em suas roupas de noite pretas, insuportavelmente arrogante e muito, muito másculo.

E os olhos dele a seguiam, um olhar preguiçoso e velado – que provocou arrepios em suas costas.

A dança chegou ao fim, ao que Henry fez uma mesura respeitosa. Haverly fez o mesmo e disse:

– Devo conduzi-la até o seu tutor? Vejo que ele está bem ali.

Henry pensou em mil respostas – já tinha outro parceiro para a próxima dança e ele estava do outro lado da sala; estava com sede e queria um copo de limonada; precisava falar com Belle – mas acabou apenas assentindo, já que aparentemente havia perdido a capacidade de falar.

– Aqui está, Dunford – disse Haverly, com um sorriso benevolente, ao deixar Henry ao lado dele. – Ou talvez eu deva dizer Stannage agora. Soube que você conseguiu um título.

– Dunford ainda serve muito bem – respondeu ele em um tom tão elegante e frio que Haverly se despediu gaguejando e se afastou.

Henry franziu a testa.

– Você não precisava assustá-lo dessa forma.

– Não? Você parece estar colecionando um número inapropriado de admiradores.

– Eu não me comportei de maneira imprópria e você sabe disso – retrucou ela, e a raiva ardente coloriu seu rosto.

– Shhhh, sua atrevida, você está chamando atenção.

Henry achou que fosse chorar ao ouvi-lo usar o apelido carinhoso em um tom tão zombeteiro.

– Eu não me importo! Não me importo nem um pouco. Só quero...

– O que você *quer*? – perguntou ele, com a voz baixa e intensa.

Henry balançou a cabeça.

– Não sei.

– Imagino que você *não* queira chamar atenção. Isso pode colocar em risco os seus esforços para se tornar a beldade da temporada.

– É *você* quem está colocando isso em risco, assustando meus pretendentes desse jeito.

– Hummm. Terei que retificar o meu erro, então, não é mesmo?

Henry olhou para ele com desconfiança, incapaz de adivinhar suas intenções.

– O que você quer, Dunford?

– Ora, apenas dançar com você.

Ele pegou-a pelo braço e se preparou para levá-la de volta à pista de dança.

– Nem que seja para acabar com qualquer rumor desagradável de que não nos damos bem.

– Nós não nos damos bem. Ao menos, não mais.

– Sim – disse ele secamente –, mas ninguém além de nós precisa saber disso, não é?

Dunford a puxou para seus braços, perguntando-se que diabo o havia levado a dançar com ela de novo. Fora um erro, é claro, assim como qualquer contato prolongado com Henry naqueles dias era um erro, porque só tornava seu desejo mais difícil e mais intenso.

E aquele anseio estava avançando inexoravelmente do corpo para a alma dele.

Mas a sensação de ter Henry nos braços era tentadora demais para resistir. A valsa permitiu que ele chegasse perto dela o bastante para sentir aquele perfume cítrico enlouquecedor, que ele sorveu como se sua vida dependesse disso.

Estava começando a gostar de verdade dela. Reconhecia isso agora. Queria Henry em *seus* braços nesses eventos sociais em vez de andando por aí com todos aqueles almofadinhas e dândis de Londres. Queria se sujar andando pelos campos de Stannage Park de mãos dadas com ela. Queria poder – naquele momento – beijá-la até que ela perdesse os sentidos de desejo.

Mas Henry já não desejava somente a ele. Dunford deveria tê-la clamado para si antes de apresentá-la à alta sociedade, pois agora ela havia experimentado o sucesso social e estava saboreando o próprio triunfo. Os homens se aglomeravam ao redor dela, e Henry estava começando a perceber que poderia escolher o marido que quisesse. E, aborrecido, Dunford se lembrou de que praticamente prometera que ela poderia escolher. Precisava permitir que Henry aproveitasse o prazer de ser cortejada por dúzias de admiradores antes de fazer qualquer tentativa séria de requisitar a mão dela.

Ele fechou os olhos, sentindo uma dor quase física. Não estava acostumado a negar nada a si mesmo – ao menos nada que quisesse de verdade. E ele queria Henry.

Ela observava as emoções se sucederem no rosto dele, sentindo-se mais apreensiva a cada segundo. Dunford parecia zangado, como se ter que abraçá-la fosse uma tarefa terrível. Sentindo o orgulho ferido, ela reuniu o que lhe restava de coragem e disse:

– Eu sei por que está fazendo tudo isso.

Dunford arregalou os olhos.

– Estou fazendo o quê?

– Isso. A maneira como está me tratando.

A música chegou ao fim e Dunford a levou para uma alcova vazia onde poderiam continuar a conversa em relativa privacidade.

– E como estou tratando você? – perguntou ele, temendo a resposta.

– Pessimamente. Pior do que pessimamente. E eu sei por quê.

Ele riu, incapaz de se conter.

– É mesmo?

– Sim – afirmou Henry, amaldiçoando-se pela leve hesitação. – Eu sei mesmo. Tem a ver com aquela maldita aposta.

– Aposta?

– Você sabe do que estou falando. A aposta que você fez com Belle.

Ele a encarou sem entender.

– De que não vai se casar! – explodiu ela, mortificada ao se dar conta de que a amizade deles havia chegado àquele ponto. – Você apostou mil libras com ela que não se casaria.

– Sim – disse ele, sem conseguir acompanhar o raciocínio dela.

– Você não quer perder mil libras se casando comigo.

– Meu Deus, Henry, você acha que *esse* é o motivo?

A incredulidade estava clara em seu rosto, sua voz, sua postura.

Ele sentiu vontade de dizer a ela que pagaria as mil libras de bom grado para tê-la. Que pagaria 100 mil libras se fosse preciso. Fazia mais de um mês que ele nem se lembrava daquela maldita aposta. Desde que conhecera Henry e ela virara a vida dele de cabeça para baixo, e... Dunford se esforçou para encontrar as palavras, sem saber o que dizer para salvar aquela noite desastrosa.

Henry estava prestes a cair no choro; e não seriam lágrimas de tristeza, mas de uma vergonha quente, de uma fúria humilhada. Quando ouviu a absoluta incredulidade na voz de Dunford, ela soube – teve certeza – que ele não nutria qualquer sentimento romântico por ela. Até a amizade deles parecia ter se desintegrado no espaço de uma noite. Não eram as mil libras que o impediam. Ela era uma tola por até mesmo sonhar que Dunford a estava afastando por algo tão bobo quanto uma aposta.

Não, ele não estava pensando na aposta. Nenhum homem seria capaz de fingir a surpresa que ela vira no rosto dele e ouvira em sua voz. Dunford a estava afastando simplesmente por querer, simplesmente por não *a* querer. A única coisa que importava para ele era casá-la da melhor maneira para que ela saísse das mãos dele, da vida dele.

– Se me der licença – disse Henry, com a voz embargada, louca para se afastar dele –, tenho mais alguns corações para conquistar esta noite. Eu gostaria de terminar a noite com pelo menos uma dúzia na minha coleção.

Dunford ficou olhando enquanto ela desaparecia na multidão, sem nem sonhar que na verdade Henry estava indo direto para um dos lavatórios femininos, onde trancaria a porta e passaria a próxima meia hora solitária.

Os buquês começaram a chegar cedo na manhã seguinte: rosas de todos os tons, íris, tulipas importadas da Holanda. Eles encheram a sala de estar dos Blydons e se espalharam pelo saguão de entrada. O aroma era tão forte e penetrante que a cozinheira chegou a resmungar que não conseguia sentir o cheiro da comida que estava preparando.

Sem sombra de dúvida, Henry era um sucesso.

Ela acordou relativamente cedo naquele dia, em comparação com os outros membros da casa, é claro. Quando desceu a escada era quase meio-dia. Na sala do café da manhã, ficou surpresa ao ver um estranho de cabelos cor de mogno sentado à mesa. Henry estancou, assustada com a presença dele, até que o homem a encarou com olhos de um azul tão brilhante que na mesma hora ela soube que se tratava do irmão de Belle.

– Você deve ser Ned – disse Henry, curvando os lábios em um sorriso de boas-vindas.

Ned ergueu uma sobrancelha enquanto se levantava.

– Creio que tenha vantagem sobre mim em relação a nomes.
– Sinto muito. Sou a Srta. Henrietta Barrett.

Ela estendeu a mão, que Ned segurou e ficou olhando por um momento, como se estivesse tentando decidir se deveria beijá-la ou trocar um aperto de mãos. Enfim, optou por beijá-la.

– É um prazer conhecê-la, Srta. Barrett – disse ele –, embora eu deva confessar que estou um pouco perplexo com a sua presença aqui tão cedo.

– Sou uma hóspede – explicou Henry. – Sua mãe está me orientando nesta temporada social.

Ned puxou uma cadeira para ela.

– Ah, é mesmo? Então atrevo-me a dizer que a senhorita será um sucesso estrondoso.

Ela abriu um sorriso jovial enquanto se sentava.

– Estrondoso.

– Agora vejo que a senhorita deve ser a razão de tantos buquês no saguão da frente.

Ela deu de ombros.

– Estou surpresa por sua mãe não tê-lo informado da minha presença. Ou Belle. Ela falou muito a respeito de você.

Os olhos dele se estreitaram enquanto seu coração afundava no peito.

– A senhorita ficou amiga de Belle?

Ned viu todas as suas esperanças de um flerte com aquela jovem virarem fumaça.

– Ah, sim. Ela é a melhor amiga que eu já tive – disse Henry, e então serviu-se de ovos e torceu o nariz. – Espero que não estejam muito frios.

– Serão aquecidos para a senhorita – garantiu ele com um aceno de mão.

Henry levou uma garfada à boca, hesitante.

– Não é preciso, estão bons.

– O que Belle disse a respeito de mim?

– Que você é muito gentil, é claro... bem, na maioria das vezes. E que está se esforçando muito para adquirir a reputação de um libertino.

Ned se engasgou com a torrada.

– Você está bem? Quer um pouco mais de chá?

– Estou bem – arquejou ele. – Belle disse *isso*?

– Achei que era o tipo de coisa que uma irmã diria sobre o irmão.

– De fato.

– Espero não ter frustrado nenhum plano seu para *me* conquistar – continuou Henry em um tom despreocupado. – Não que eu tenha a minha beleza em tão alta conta a ponto de imaginar que todos queiram me conquistar. Só achei que você poderia estar pensando nisso por mera conveniência.

– Conveniência? – repetiu Ned, sem compreender.

– Já que estamos vivendo sob o mesmo teto...

– Devo dizer, Srta. Barrett...

– Henry – interrompeu ela. – Por favor, me chame de Henry. É como todo mundo me chama.

– Henry – murmurou Ned. – É claro que você se chamaria Henry.

– Combina mais comigo do que Henrietta, não acha?

– Prefiro pensar que sim – disse ele muito sinceramente.

Henry comeu mais um pouco do ovo.

– A sua mãe insiste em me chamar de Henrietta, mas só porque o nome do seu pai é Henry. Mas você estava dizendo?

Ned piscou.

– Eu estava?

– Sim, estava. Se não me engano, você falou "Devo dizer, Srta. Barrett", então eu o interrompi e pedi que me chamasse de Henry.

Ele piscou algumas vezes de novo, tentando recuperar a linha de pensamento.

– Ah, sim. Acho que estava prestes a perguntar se alguém já lhe disse que você é muito franca.

Ela riu.

– Ah, *todo mundo*.

– Por algum motivo, isso não me surpreende.

– A mim também não. Dunford vive me dizendo que há vantagens na sutileza, mas nunca consegui descobri-las.

Na mesma hora, Henry se amaldiçoou por trazer *Dunford* para a conversa. Era a pessoa sobre quem menos queria falar – ou mesmo pensar.

– Você conhece Dunford?

Henry engoliu um pedaço de presunto.

– Ele é meu tutor.

Ned precisou cobrir a boca com o guardanapo para não cuspir o chá que estava tomando.

– Ele é seu *o quê*? – perguntou, incrédulo.

– Vejo que essa informação está provocando reações semelhantes por toda

Londres – comentou ela, balançando a cabeça, intrigada. – Suponho que Dunford não seja o que a maioria das pessoas consideraria um tutor adequado.

– Essa sem dúvida é uma maneira de descrever a questão.

– Ouvi dizer que Dunford é um terrível libertino.

– Essa é outra forma de descrever.

Henry se inclinou para a frente, e seus olhos prateados cintilaram com um brilho diabólico.

– Belle me disse que *você* está tentando conquistar o mesmo tipo de reputação.

– Belle fala demais.

– Engraçado, ele disse a mesma coisa.

– Isso não me surpreende nem um pouco.

– Sabe o que eu acho, Ned? Posso chamá-lo de Ned, não é?

Os lábios dele se curvaram.

– É claro.

Henry balançou a cabeça.

– Acho que você não terá sucesso nessa missão de se tornar um libertino.

– É mesmo? – questionou ele.

– Sim. Posso ver que está se esforçando. E que disse "É mesmo" no tom certo de condescendência e civilidade entediada que se esperaria de um libertino.

– Fico feliz por ver que estou à altura dos seus padrões.

– Ah, mas você não está!

Ned começou a se perguntar de onde estava tirando forças para não rir.

– É mesmo? – perguntou ele outra vez, no mesmo tom terrível.

Henry deu uma risadinha.

– Muito bem, milorde, quer saber por que penso isso?

Ned apoiou os cotovelos na mesa e se inclinou para a frente.

– Como pode ver, estou morrendo de curiosidade.

– Você é gentil demais! – disse ela, fazendo um floreio com o braço.

Ned se recostou na cadeira.

– Isso é um elogio?

– Pode ter certeza.

Os olhos de Ned cintilaram.

– Não consigo expressar quão profundamente aliviado estou.

– Sendo franca... e acho que já ficou claro que em geral sou franca...

– Ah, sem dúvida.

Ela lhe lançou um olhar vagamente irritado.

– Sendo franca, estou começando a achar que o tipo de homem sombrio e taciturno é muito superestimado. Encontrei vários ontem à noite e acho que vou me esforçar para não recebê-los hoje, caso apareçam aqui.

– Estou certo de que ficarão arrasados.

Henry o ignorou.

– Vou me esforçar para buscar um homem *gentil*.

– Sendo assim, creio que devo estar no topo da sua lista, não é mesmo?

Ned ficou surpreso ao descobrir que não se importava nem um pouco com isso.

Henry tomou um gole de chá, sem pressa, e disse.

– Ah, nós não combinaríamos.

– Por que motivo?

– Porque, milorde, o senhor *não quer* ser gentil. Ainda precisa de tempo para superar suas ilusões em relação à libertinagem.

Dessa vez Ned não conseguiu se conter e riu com vontade. Quando enfim se acalmou, disse:

– Seu Dunford é um libertino e tanto, e um sujeito muito gentil. Um pouco dominador às vezes, mas ainda assim gentil.

O rosto de Henry ficou muito sério.

– Em primeiro lugar, ele não é "meu" Dunford. E o mais importante, ele não é nada gentil.

Na mesma hora Ned endireitou o corpo na cadeira. Ele achava que nunca havia conhecido alguém que não gostasse de Dunford. Era por isso que ele era um libertino tão bem-sucedido. Era um homem encantador, a menos que alguém conseguisse deixá-lo realmente furioso. Nesse caso, se tornava letal.

Ned olhou de soslaio para Henry e se perguntou se ela teria deixado Dunford realmente furioso. Seria capaz de apostar que sim.

– Diga, Henry, você estará ocupada essa tarde?

– Suponho que preciso permanecer em casa para receber visitas.

– Ah, imagine, os pretendentes vão querê-la ainda mais se constatarem que você não está disponível.

Henry revirou os olhos.

– Se eu conseguisse encontrar um homem gentil, não teria que fazer esses joguinhos.

– Talvez sim, talvez não. Provavelmente nunca saberemos, já que não acredito que exista um homem tão gentil quanto você deseja.

Exceto Dunford, pensou Henry com tristeza. Antes de se tornar tão cruel. Ela se lembrou dele na loja de vestidos em Truro. "Não seja tímida... Por que eu riria, pelo amor de Deus? Como eu poderia dar para a minha irmã um vestido que ficou tão lindo em você?" Mas ele não tinha irmã. E a levara à loja de vestidos apenas para que ela se sentisse melhor. Sua única intenção fora ajudá-la a aumentar a autoconfiança.

Ela balançou a cabeça. Jamais conseguiria entender.

– Henry?

Ela piscou algumas vezes.

– O quê? Ah, me desculpe, Ned. Acho que estava divagando.

– Você gostaria de dar um passeio? Achei que poderíamos dar uma volta pelas lojas, comprar uma bobagem ou outra.

Henry observou o irmão de Belle. Ele tinha um sorriso jovial, uma expressão de expectativa nos olhos. Ned gostava dela. Ned queria ficar com ela. Por que Dunford não queria? *Não, não pense nesse homem.* Só porque uma pessoa a rejeitara, isso não significava que outros não fossem querê-la. Ned havia gostado dela. Ela havia se sentado ali no café da manhã, sendo ela mesma, e Ned gostara do que vira. Assim como Billington na noite anterior. E Belle – e os pais dela.

– Henry?

– Ned – falou Henry, decidida –, eu adoraria passar o dia com você. Vamos agora mesmo?

– Por que não? Que tal chamar a sua camareira e me encontrar no saguão em quinze minutos?

– Em dez minutos.

Ned acenou alegremente para ela.

Henry subiu correndo a escada. Talvez aquela viagem a Londres não fosse um desastre completo, afinal.

༄

A menos de um quilômetro de distância, Dunford estava deitado em sua cama, tentando se recuperar de uma ressaca infernal. Para a grande consternação do seu valete, ainda estava com a roupa que usara na véspera. Dunford não bebera quase nada no baile e saíra de lá desgostosamente sóbrio. Então, ao chegar em casa, bebera quase uma garrafa inteira de uísque, como se a bebida pudesse apagar a noite da sua memória.

Não funcionou. Em vez disso, ele agora fedia como uma taberna, a cabeça parecia ter sido pisoteada por toda a cavalaria britânica e a roupa de cama estava imunda graças às botas que ele não tinha conseguido tirar antes de dormir.

Tudo por causa de uma mulher.

Dunford estremeceu. Ele nunca imaginou que ficaria tão mal. Sim, ele tinha visto amigos caírem, um por um, mordidos por aquele inseto que chamam de casamento, todos nauseantemente apaixonados pelas esposas. Era uma loucura, na verdade – ninguém se casava por amor, ninguém.

Exceto os amigos dele.

O que o levou a se perguntar: *Por que não eu?* Por que ele mesmo não poderia se estabelecer com alguém de quem gostasse de verdade? E Henry praticamente caíra em seu colo. Bastou apenas um olhar para aqueles olhos prateados e ele deveria ter se dado conta de que não adiantaria tentar lutar contra o sentimento.

Bem, talvez não fosse bem assim, corrigiu Dunford. A ressaca não era tão forte a ponto de impedi-lo de admitir que não tinha sido amor à primeira vista. Com certeza os sentimentos só começaram algum tempo *depois* do incidente do chiqueiro. Talvez tivesse sido em Truro, quando ele comprara o vestido amarelo para ela. Talvez tivesse sido ali que tudo começara.

Dunford suspirou. Maldição, isso importava mesmo?

Ele se levantou, foi até uma cadeira perto da janela e ficou olhando sem ver as pessoas que subiam e desciam a Half Moon Street. Que diabos ele deveria fazer agora? Henry o odiava. Se não tivesse se empenhado tanto em bancar um maldito herói, já poderia ter se casado duas vezes com ela. Mas não, ele *precisava* levá-la a Londres, *precisava* insistir em que ela tivesse a oportunidade de conhecer todos os bons partidos da alta sociedade antes de tomar qualquer decisão. Ele *precisava* afastá-la, afastá-la e afastá-la, só porque estava com medo de não conseguir manter as mãos longe dela.

Ora essa. Teria sido melhor se a tivesse violado e arrastado para o altar antes que Henry tivesse a chance de pensar direito. Era *isso* que um verdadeiro herói teria feito.

Dunford se levantou. Poderia reconquistá-la. Só precisava parar de agir como um cretino ciumento e voltar a ser gentil com ela. Era capaz de fazer isso.

Não era?

CAPÍTULO 16

Pelo visto, não era.

Dunford estava subindo a Bond Street com a intenção de comprar um buquê antes de seguir para a Grosvenor Square, para visitar Henry.

Foi quando avistou os dois. Henry e Ned, para ser mais preciso. Maldição. Ele dissera muito especificamente a Henry para ficar longe do jovem visconde Burwick. Henry era o tipo de jovem dama que Ned acharia fascinante e provavelmente ideal para estabelecer sua reputação de libertino.

Dunford diminuiu o passo e ficou observando enquanto os dois examinavam a vitrine de uma livraria. Pareciam estar se dando muito bem. Ned ria de algo que Henry dissera, e ela cutucou o braço dele em um gesto brincalhão. Pareciam felizes.

De repente, pareceu bastante lógico que Henry se interessasse por Ned. Afinal, era um rapaz jovem, bonito, apresentável e rico. Mais importante ainda, era irmão da nova melhor amiga de Henry. Dunford sabia que o conde e a condessa de Worth adorariam receber Henry na família.

Toda a atenção dada a Henry na noite anterior o deixara irritado, mas nada em sua vida o havia preparado para a onda violenta e dilacerante de ciúme que o atingiu quando ela se inclinou e sussurrou alguma coisa no ouvido de Ned.

Dunford agiu sem pensar; essa deveria ser a explicação, ponderou mais tarde, porque nunca teria se comportado como um cretino grosseiro se sua mente estivesse funcionando direito. Em questão de segundos, conseguiu se plantar entre os dois.

– Olá, Henry – disse ele, e abriu um largo sorriso que não teve a menor pretensão de chegar aos olhos.

Ela rangeu os dentes, já se preparando para uma resposta ácida.

– Que bom saber que voltou da universidade, Ned – disse Dunford, sem desviar os olhos para o homem mais jovem nem por um instante.

– Só estou fazendo companhia a Henry – explicou Ned, meneando a cabeça com leve astúcia.

– Não imagina como fico grato por seus serviços – respondeu Dunford com firmeza –, mas eles não são mais necessários.

– Acho que são, sim – interrompeu Henry.

Dunford cravou um olhar letal em Ned.

– Preciso conversar com a minha tutelada.

– No meio da rua? – perguntou Ned, com os olhos arregalados em uma expressão de falsa inocência. – Estou certo de que você prefere que eu a acompanhe de volta para casa. Então poderá conversar com ela no conforto da nossa sala de visitas, tomando chá e...

– Edward – interrompeu Dunford, e sua voz era como aço sob uma camada de veludo.

– Sim?

– Você se lembra da última vez que discordamos?

– Ah, me lembro, sim. Mas estou muito mais velho e sábio agora.

– Não tão velho e sábio quanto eu.

– Ora, mas enquanto você está se aproximando da esfera dos velhos e fracos, eu ainda sou jovem e forte.

– Isso é uma *disputa*? – perguntou Henry.

– Fique quieta – retrucou Dunford com rispidez. – Isso não é da sua conta.

– Não?

Incapaz de acreditar na audácia de Dunford e na súbita deserção de Ned para o lado dos homens estúpidos, insensíveis e arrogantes, Henry ergueu os braços e foi embora. Os dois nem perceberiam sua ausência até que ela estivesse no meio da rua, tão concentrados estavam naquela rinha de galo.

Mas estava enganada.

Dera apenas três passos quando sentiu uma mão firme se fechando ao redor da sua cintura, puxando-a de volta.

– Você não vai a lugar algum – disse Dunford com frieza, então voltou o olhar para Ned. – Mas você, sim. Vá embora, Edward.

Ned olhou para Henry, deixando claro pela expressão em seu rosto que bastaria uma palavra dela para que a levasse de volta para casa naquele instante. Ela duvidava que o rapaz fosse capaz de derrotar Dunford em uma troca de socos, embora um empate fosse possível. Mas, sem dúvida, Dunford não gostaria de fazer uma cena dessas no meio da Bond Street. Henry ergueu o queixo e disse isso a ele.

– Você acha mesmo, Henry? – perguntou Dunford em voz baixa.

Ela assentiu, nervosa.

Ele se inclinou para a frente.

– Estou *com raiva*, Henry.

Ela arregalou os olhos ao se lembrar das palavras dele em Stannage Park.

Não cometa o erro de me deixar com raiva, Henry.

Você não está com raiva agora?

Acredite em mim, Henry, quando eu ficar com raiva, você vai saber.

– Ahn, Ned – disse Henry –, talvez seja melhor você ir embora.

– Tem certeza?

– Não há necessidade de fazer o maldito papel do cavaleiro resgatando a donzela em apuros – falou Dunford, ainda mais irritado.

– É melhor você ir – insistiu Henry. – Vou ficar bem.

Ned não parecia convencido, mas atendeu ao apelo dela e se afastou, com relutância.

– Para que tudo isso? – indagou Henry, voltando-se para Dunford. – Você foi lamentavelmente grosseiro e...

– Shhhh – disse ele, parecendo composto. – Se continuarmos assim, estaremos fazendo uma cena, se é que isso já não está acontecendo.

– Você acabou de dizer que não se importava se fizéssemos uma cena.

– Eu não disse que não me importava. Apenas sugeri que estaria disposto a fazer uma cena se isso fosse necessário para conseguir o que quero. Agora vamos, Hen. Precisamos conversar – disse ele, segurando-a pelo braço.

– Mas a minha acompanhante...

– Onde está ela?

– Ali.

Dunford foi falar com a jovem, que logo se afastou, apressada.

– O que você disse a ela? – perguntou Henry.

– Apenas que sou seu tutor e que você estará segura comigo.

– Por algum motivo, eu duvido que realmente esteja – murmurou ela.

Dunford sentia-se inclinado a concordar, levando em conta a enorme vontade que sentia de arrastá-la para a casa dele, subir a escada com ela no colo e fazer o que quisesse com ela. Mas permaneceu em silêncio, em parte porque não queria assustá-la e em parte porque se deu conta de que o rumo dos seus pensamentos começava a parecer o enredo de um livro ruim, e ele não queria que suas palavras passassem a mesma impressão.

– Aonde vamos? – perguntou Henry.

– Dar um passeio de carruagem.

– Um passeio de carruagem? – repetiu ela, desconfiada, olhando ao redor à procura do veículo.

Dunford começou a andar, conduzindo-a com tamanha habilidade que Henry nem se deu conta de que estava sendo puxada.

– Estamos indo para a minha casa, onde pegaremos uma das minhas carruagens para passearmos por Londres, porque essa é a única maneira de conseguir ficar sozinho com você sem destruir a sua reputação.

Por um momento, Henry esqueceu que ele a havia humilhado na noite anterior. Esqueceu até que estava furiosa com ele, de tão animada que ficou com a ideia de Dunford querer ficar a sós com ela. Mas então se lembrou. "Meu Deus, Henry, você acha que *esse* é o motivo?" O problema maior não foram as malditas palavras, mas o tom de voz e a expressão de Dunford.

Enquanto se esforçava para acompanhar os passos largos de seu tutor, Henry mordia o lábio inferior. Não, ele não estava apaixonado por ela, e por esse motivo ela não deveria ficar nem um pouco animada com a ideia dele. Talvez ele só estivesse planejando repreender o comportamento supostamente escandaloso dela na noite anterior. Na verdade, Henry não achava que havia se comportado de maneira imprópria, mas Dunford parecia pensar que sim e, sem dúvida, queria deixar aquilo claro.

Temerosa, ela subiu os degraus da entrada da casa dele e, com mais temor ainda, voltou a descê-los alguns minutos depois, a caminho da carruagem. Dunford ajudou-a a entrar no veículo e, quando ela se acomodou no assento macio, ele disse ao motorista:

– Vá para onde quiser. Avisarei quando estivermos prontos para voltar à Grosvenor Square e deixar a dama em casa.

Henry se afastou ainda mais para o canto do assento, amaldiçoando-se por sua covardia nada característica. O problema não era tanto o medo de ouvir uma repreensão, mas sim o da perda iminente daquela amizade. O vínculo que ela e Dunford haviam forjado em Stannage Park agora se mantinha apenas por alguns fios frágeis, e Henry tinha a sensação de que seriam totalmente rompidos naquela tarde.

Dunford sentou-se diante dela e, sem preâmbulos, começou a falar com rispidez:

– Eu avisei com todas as letras que se mantivesse longe de Ned Blydon.

– Bem, acontece que eu escolhi não seguir o seu conselho. Ned é uma pessoa muito gentil. É um homem belo, agradável... um acompanhante perfeito.

– Exatamente por isso eu queria que você o mantivesse à distância.

– Agora você está me dizendo que não posso fazer amigos? – perguntou Henry, com os olhos duros como aço.

– Estou dizendo – grunhiu ele – que você não pode andar com rapazes que passaram o último ano se esforçando para se tornarem o pior tipo de libertino.

– Em outras palavras, não posso ser amiga de um homem que é *quase* tão ruim quanto você.

As pontas das orelhas dele ficaram vermelhas.

– O que eu sou, ou melhor, o que você acha que eu sou, é irrelevante. Não sou eu quem está cortejando você.

– Não – concordou Henry, incapaz de esconder uma pontada de tristeza na voz –, não é.

Talvez tenha sido o tom vazio com que ela falou, talvez apenas o fato de não haver o menor brilho de felicidade nos olhos dela, mas de repente Dunford desejou mais do que tudo puxá-la para seus braços, apenas para confortá-la. Mas achou que Henry não o aceitaria bem, então apenas respirou fundo e disse:

– Não tive a intenção de agir como um cretino ainda há pouco.

Henry o encarou sem entender.

– Eu... ahn... – balbuciou ela.

– Eu sei. Não existe uma resposta adequada para isso.

– Não – concordou ela, atordoada. – Não existe.

– Mas eu avisei que ficasse longe de Ned, e parece que você o conquistou da mesma forma que fez com Billington e Haverly. E Tarryton, é claro – acrescentou Dunford, em um tom ácido. – Eu deveria ter percebido as intenções dele quando começou a fazer perguntas sobre você na mesa de jogo.

Henry o encarou, espantada.

– Eu nem sei quem é Tarryton.

– Então podemos considerá-la um sucesso – comentou ele, com uma risada irônica. – Só as Incomparáveis não sabem quem são seus pretendentes.

Ela se inclinou um centímetro para a frente, com a testa franzida e uma expressão perplexa nos olhos.

Dunford não tinha ideia do que aquilo significava, por isso se inclinou para a frente também e disse:

— Sim?

— Você está com ciúmes — afirmou Henry, e a incredulidade tornou as suas palavras quase inaudíveis.

Dunford sabia que era verdade, mas algum pequeno pedaço da sua alma — um pedaço muito arrogante e masculino — ficou constrangido diante da acusação e o levou a retrucar:

— Não se iluda, Henry, eu...

— Não — falou ela, em um tom agora mais alto. — Está, sim.

Henry entreabriu os lábios em uma expressão de espanto, então os cantos de seus lábios começaram a se curvar em um sorriso surpreso.

— Ora, meu Deus, Henry, o que você esperava? Você flerta com todos os homens com menos de 30 anos e com pelo menos metade dos que são mais velhos do que isso. Cutuca o braço do *querido* Ned, sussurra no ouvido dele...

— Você está com ciúmes.

Ela não parecia capaz de dizer nada além disso.

— Não era essa a sua intenção? — deixou escapar Dunford, furioso consigo mesmo, furioso com ela, furioso até com os malditos cavalos que puxavam a carruagem.

— Não! — explodiu Henry. — Não! Eu... eu só queria...

— O que, Henry? — perguntou ele em um tom urgente, pousando as mãos nos joelhos dela. — O que você queria?

— Eu preciso sentir que alguém me quer — disse ela em um tom de voz muito baixo. — Você não me quer mais, e...

— Ah, meu bom Deus!

Em um piscar de olhos, Dunford estava ao lado dela, puxando-a para seus braços e apertando-a contra ele.

— Você achou que eu não a queria mais? — disse, com uma risada meio insana. — Meu Deus, Hen, eu não tenho conseguido nem dormir à noite por querer você. Não consigo sequer ler um livro. Não fui a uma única corrida de cavalos. Fico só deitado na cama, olhando para o teto, tentando em vão não imaginar que você está comigo.

Henry empurrou o peito dele, precisando colocar algum espaço entre os dois. Sua mente estava atordoada com aquela declaração inacreditável, e ela não conseguia conciliar as palavras de Dunford com suas ações recentes.

— Por que você continuou a me insultar, então? Por que continuou a me afastar?

Dunford balançou a cabeça, deixando claro o desprezo por si mesmo.

– Eu prometi o mundo a você, Henry. Prometi a oportunidade de conhecer todos os bons partidos de Londres, e de repente tudo o que eu queria fazer era escondê-la e guardá-la só para mim. Você não entende? Tudo o que eu queria era arruinar a sua reputação – continuou ele, com palavras contundentes –, para que nenhum outro homem a tivesse.

– Ah, Dunford – disse ela em um tom suave, pondo a mão sobre a dele.

Ele agarrou aquela mão como um homem morto de fome.

– Você não estava segura comigo – falou Dunford, com a voz rouca. – Não está segura comigo agora.

– Acho que estou – sussurrou ela, colocando a outra mão na dele. – Sei que estou.

– Hen, eu prometi... Maldição, eu prometi a você.

Ela umedeceu os lábios.

– Eu não quero conhecer todos aqueles homens. Não quero dançar com eles e não quero as flores que me mandam.

– Hen, você não sabe o que está dizendo. Eu não estou sendo justo. Você deveria ter a oportunidade...

– Dunford – interrompeu ela, apertando com urgência as mãos dele. – Nem sempre é preciso beijar muitos sapos para reconhecer um príncipe quando o encontramos.

Ele a encarou como se ela fosse um tesouro inestimável, incapaz de acreditar na emoção que brilhava em seus olhos. O calor daquele olhar o envolveu, o acalmou, fez com que se sentisse capaz de conquistar o mundo. Dunford pousou dois dedos sob o queixo de Henry e ergueu o rosto dela para que o encarasse.

– Ah, Hen – disse, com a voz embargada. – Eu sou um idiota.

– Não, você não é – retrucou ela, em um reflexo de lealdade. – Bem, talvez um pouco... Mas só um pouco.

Dunford sentiu o corpo começar a estremecer com uma risada silenciosa.

– É de admirar que eu precise tanto de você? Você sempre sabe a hora de me colocar no meu lugar.

Ele roçou um beijo rápido nos lábios dela.

– E quando preciso ser elogiado.

Sua boca voltou a tocar a dela.

– E quando preciso ser tocado...

– Como neste exato momento? – perguntou Henry, com a voz trêmula.

– Especialmente neste exato momento.

Dunford beijou-a de novo, com uma urgência gentil, para afastar qualquer dúvida que restasse nos pensamentos dela. Henry passou os braços ao redor do pescoço dele e deu permissão silenciosa para que Dunford intensificasse o beijo.

E foi o que ele fez. Dunford vinha lutando contra o desejo por semanas, e não havia como negar a tentação de ter o corpo dela entregue em seus braços. Com a língua na boca de Henry, ele experimentou e saboreou, contornando os dentes dela – qualquer coisa para trazê-la mais para perto. Suas mãos deslizaram pelas costas dela, tentando sentir o calor e a forma de seu corpo através do tecido do vestido.

– Henry – murmurou Dunford, com a voz rouca, os lábios mordiscando a orelha dela. – Deus, como eu quero você. Você... só você.

Henry gemeu, sentindo-se inundada por inúmeras sensações, incapaz de falar. Na última vez que haviam se beijado, ela sentira que o coração dele não estava tão envolvido no momento de intimidade quanto seu corpo. Mas agora ela conseguia sentir o amor dele – em suas mãos, em seus lábios, jorrando dos seus olhos. Dunford talvez ainda não tivesse verbalizado o que sentia, mas a emoção estava ali, quase palpável no ar. De repente, foi como se ela tivesse permissão para amá-lo. Não havia problema em tentar externar seus sentimentos, porque eram recíprocos.

Henry se virou nos braços de Dunford para poder beijar sua orelha do jeito que ele estava beijando a dela. Ele se encolheu quando ela passou a língua ao longo da borda e se afastou.

– Ah, me desculpe – disse ela, e as palavras saíram atropeladas pelo nervosismo. – Foi ruim? Achei que você também iria gostar e... eu só...

Dunford pousou a mão sobre a boca de Henry.

– Shhhh. Foi maravilhoso. Só me pegou de surpresa.

– Ah. Desculpe – disse ela assim que Dunford retirou a mão de sua boca.

– *Não* peça desculpas. Apenas faça de novo.

Dunford abriu um sorriso preguiçoso.

Henry levantou os olhos para ele, como se perguntasse: "Tem certeza?"

Ele assentiu e, só para provocá-la, virou a cabeça até que sua orelha estivesse a poucos centímetros de distância. Henry sorriu e passou a língua ao longo do lóbulo. De alguma forma, parecia ousado demais usar os dentes como ele fizera.

Dunford resistiu à tortura daquelas carícias deliciosamente inexperientes pelo máximo de tempo possível, mas, em menos de um minuto, seu desejo se tornou tão ardente que ele não conseguiu se impedir de segurar o rosto dela entre as mãos e puxá-la para outro beijo intenso. Ele enfiou as mãos nos cabelos de Henry, soltando os grampos do penteado. E então enterrou o rosto nos cachos macios, inspirando aquele aroma inebriante de limão que o vinha provocando havia semanas.

– Por que tem esse perfume? – perguntou em um murmúrio, deixando um rastro de beijos ao longo da linha do cabelo dela.

– Por que... o quê?

Ele riu ao ver os olhos dela nublados de paixão. Henry era um tesouro, não se valia de artifícios de qualquer espécie. Ela não negava nada quando ele a beijava e tinha noção do poder que exercia sobre ele. Dunford, no entanto, tinha certeza de que ela nunca usaria aquilo de uma forma maldosa. Ele segurou uma mecha do cabelo dela entre os dedos e o usou para fazer cócegas em seu nariz.

– Por que seu cabelo cheira a limão?

Para a surpresa de Dunford, ela enrubesceu.

– Sempre que lavo o cabelo eu passo suco de limão – admitiu ela. – Viola me disse que o deixaria mais claro.

Ele a fitou com carinho.

– Outra prova de que você possui as mesmas fraquezas que o resto de nós. Usando limões para clarear o cabelo. Tsc, tsc.

– O cabelo sempre foi a minha melhor característica física – confessou ela, timidamente. – Por isso eu nunca o cortei. Teria feito muito mais sentido usá-lo curto em Stannage Park, mas não consegui me forçar a fazer isso. Então achei que deveria tirar o melhor proveito dele, já que o resto de mim é bastante comum.

– Comum? – repetiu ele em um tom suave. – Acho que não.

– Não precisa me adular, Dunford. Sei que sou razoavelmente atraente, e admito que estava muito bem no vestido branco da noite passada, mas... Ah, Deus, você deve estar achando que estou atrás de elogios.

Ele balançou a cabeça.

– Não estou achando isso.

– Então deve estar me achando uma tola, falando sem parar sobre o meu cabelo.

Ele tocou o rosto dela e acariciou suas sobrancelhas com os polegares.

– Acho que seus olhos parecem lagos de prata derretida, suas sobrancelhas, as asas de um anjo, macias e delicadas.

Dunford deu um beijo gentil nos lábios dela.

– Sua boca é macia e rosada, e tem o formato perfeito, com o lábio inferior encantadoramente carnudo e os cantos sempre parecendo prestes a se curvar em um sorriso. E o seu nariz... bem, é um nariz, mas devo confessar que nunca vi nenhum que me agradasse mais.

Henry estava hipnotizada pelo timbre rouco da voz dele.

– Mas sabe qual é o melhor de tudo? – continuou Dunford. – Dentro dessa embalagem encantadora há um coração, uma mente e uma alma lindos.

Henry não sabia o que dizer, não sabia o que *poderia* dizer que sequer se aproximasse da emoção contida nas palavras dele.

– Eu... eu... obrigada.

Dunford respondeu dando um beijinho em sua testa.

– Você gosta do cheiro de limão? – perguntou ela, nervosa. – Porque eu posso parar de usar, se quiser.

– Eu adoro o cheiro de limão. Faça como lhe agradar.

– Não sei se funciona para clarear – comentou Henry com um sorrisinho de lado. – Tenho feito isso há tanto tempo que não sei como o cabelo ficaria se eu parasse. Talvez não mude nada.

– Não mudar nada seria perfeito – declarou Dunford em um tom solene.

– E se eu parar e o tom ficar muito escuro?

– Isso também seria perfeito.

– Deixe de ser bobo, não pode ser perfeito das duas maneiras.

Ele segurou o rosto dela entre as mãos.

– Deixe de ser boba. *Você* é perfeita, Hen. Não importa a sua aparência.

– Também acho você bastante perfeito – comentou ela em um tom suave, cobrindo as mãos de Dunford com as dela. – Eu me lembro da primeira vez que o vi. Achei que era o homem mais bonito em que eu já colocara os olhos.

Dunford puxou-a para o colo, determinado a se contentar apenas em abraçá-la daquele jeito. Sabia que não poderia se permitir beijá-la mais uma vez. Seu corpo ansiava por mais, mas teria que esperar. Henry era uma jovem inocente. E, mais importante do que isso, era uma jovem inocente que estava sob a responsabilidade *dele* e que merecia ser tratada com respeito.

– Se bem me lembro – disse Dunford, traçando círculos preguiçosamente na pele macia do rosto dela –, na primeira vez que nos vimos você prestou muito mais atenção no porco do que em mim.

– Aquela não foi a primeira vez que vi você. Eu estava olhando pela janela do meu quarto quando você chegou – explicou Henry, parecendo tímida de repente. – Na verdade, me lembro de ter achado suas botas especialmente elegantes.

Dunford soltou uma gargalhada.

– Você está me dizendo que me ama pelas minhas *botas*?

– Bem... agora não mais – balbuciou ela.

Dunford estava tentando levá-la a admitir que o amava? De repente, Henry teve medo – medo de declarar seu amor e ele não ter nada a dizer em troca. Aquilo era tão difícil... *Ela* sabia que Dunford a amava – ficava claro em tudo o que ele fazia –, mas não tinha certeza se ele já se dera conta disso, e achava que não conseguiria suportar a dor de ouvi-lo murmurar uma tolice qualquer, como "Também tenho muito carinho por você".

Henry decidiu que Dunford não estava tentando fazê-la admitir nada, uma vez que parecia alheio à sua angústia interna. Dunford se esforçou para se manter sério, se abaixou e ergueu a saia dela alguns centímetros.

– Suas botas também são muito bonitas – disse ele, conseguindo manter uma expressão séria.

– Ah, Dunford, você me deixa tão feliz...

Henry não estava olhando para ele quando disse isso, mas Dunford conseguiu ouvir o sorriso em sua voz.

– Você também me deixa feliz. Infelizmente, temo que seja melhor levá-la de volta para casa antes que comecem a entrar em pânico com a sua ausência por lá.

– Você praticamente me raptou.

– Ah, mas o fim justificou os meios.

– Creio que sim, mas concordo que preciso voltar. Ned deve estar bem curioso.

– Ah, sim, nosso querido amigo Ned.

Com uma expressão resignada, Dunford bateu na lateral da carruagem, sinalizando ao cocheiro que deveria se dirigir à mansão Blydon, na Grosvenor Square.

– Você precisa ser mais gentil com Ned – falou Henry. – Ele é uma pessoa adorável, e tenho certeza de que será um bom amigo.

– Serei gentil com Ned assim que ele encontrar uma esposa – resmungou Dunford.

Henry não disse nada. Estava encantada demais com aquela óbvia demonstração de ciúme para se dar o trabalho de repreendê-lo.

Eles ficaram sentados ali, em um silêncio satisfeito, por vários minutos enquanto a carruagem seguia para a Grosvenor Square. Enfim pararam e Henry se pronunciou, com certa melancolia:

– Eu gostaria de não ter que sair daqui. Queria poder ficar nesta carruagem para sempre.

Dunford saiu e colocou as mãos em volta da cintura dela para ajudá-la a descer. E, mesmo com ela já no chão, ele a segurou por um pouco mais de tempo do que o necessário.

– Eu sei, Hen – disse ele –, mas temos o resto das nossas vidas pela frente.

Ele se curvou sobre a mão dela, beijou-a em um gesto galante e ficou olhando enquanto ela subia a escada e entrava na casa. Henry ficou parada no saguão por alguns segundos, tentando assimilar tudo o que havia acontecido na última hora. Como era possível que a vida dela pudesse ter mudado tanto em tão pouco tempo?

Temos o resto das nossas vidas pela frente. Dunford estava falando sério? Ele queria mesmo se casar com ela? Henry levou a mão à boca.

– Meu Deus, Henry! Onde você esteve?

Ned vinha pelo corredor em um passo firme. Mas Henry não respondeu nada e ficou ali parada, olhando para ele, com a mão ainda sobre a boca.

Ned ficou ainda mais preocupado ao notar que o cabelo de Henry estava todo desalinhado e que ela parecia incapaz de falar.

– O que houve? – perguntou ele, muito sério. – Que diabos ele fez com você?

Temos o resto das nossas vidas pela frente.

Henry tirou a mão da boca.

– Acho que...

Ela franziu a testa e inclinou a cabeça para o lado. A expressão em seus olhos era de pura perplexidade e, se alguém perguntasse, ela não teria sido capaz de descrever um único item no saguão. Henry nem sequer teria conseguido identificar a pessoa na frente dela sem precisar dar uma segunda olhada.

– Acho que...
– O que, Henry? O quê?
– Acho que acabei de ficar noiva.
– Você *acha* que ficou noiva?
Temos o resto das nossas vidas pela frente.
– Sim. Eu realmente acho.

CAPÍTULO 17

— O que você fez? – perguntou Belle, em um tom mais do que um pouco sarcástico. – Pediu permissão a si mesmo para se casar com ela?

Dunford sorriu.

— Algo assim.

— Você sabe que isso parece algo saído de um livro muito ruim, não sabe? O tutor se casa com a tutelada. Não acredito que vai fazer isso.

Dunford nem por um momento duvidou que Belle estivera trabalhando para esse fim havia várias semanas.

— Não?

— Ora, na verdade, eu acredito, sim. Henry combina perfeitamente com você.

— Eu sei.

— Como você a pediu em casamento? De uma forma bem romântica, espero.

— Na verdade, eu ainda não fiz isso.

— Você não acha que está sendo um pouco precipitado, então?

— Por ter pedido a Ashbourne que nos convidasse para ir a Westonbirt? De jeito nenhum. De que outra forma vou conseguir algum tempo a sós com ela?

— Você ainda não está noivo. Tecnicamente, não tem direito a nenhum tempo a sós com ela.

O sorriso de Dunford era pura arrogância masculina.

— Mas ela vai aceitar.

Belle ficou irritada.

— Seria bem-feito para você se ela recusasse.

— Mas ela não vai recusar.

Belle suspirou.

— Você provavelmente está certo.

— De qualquer modo, por mais que eu queira obter uma licença especial e me casar com ela na próxima semana, vou aceitar um período de noivado convencional. A alta sociedade já ficará agitada o bastante com fato de Hen ser minha tutelada, e eu não quero especulações indevidas sobre o caráter dela. Se nos casarmos com muita pressa, alguém vai acabar investigando e descobrindo que passamos mais de uma semana desacompanhados na Cornualha.

– Até aqui você nunca se importou muito com as fofocas da alta sociedade – lembrou Belle.

– Isso não mudou – retrucou Dunford. – Ao menos não em relação a mim, mas não vou expor Henry a nenhuma fofoca obscena.

Belle reprimiu um sorriso.

– Estou vendo que as mil libras estarão em minhas mãos em pouco tempo.

– Pagarei com prazer. Desde que você e Blackwood venham para Westonbirt conosco. Vai parecer mais um fim de semana festivo se houver três casais.

– Dunford, não faz sentido me hospedar com Alex e Emma quando John e eu temos uma casa a menos de quinze minutos de distância.

– Nesse caso, poderiam ir para a casa de campo de vocês na próxima semana? Significaria muito para Henry.

E qualquer coisa que significasse muito para Henry obviamente significava muito para Dunford. Belle sorriu. O amigo estava muito apaixonado por aquela jovem, e ela não poderia estar mais feliz por ele.

– Eu faria qualquer coisa por Henry – disse Belle com um gesto magnânimo. – Qualquer coisa.

Poucos dias depois, Dunford e Henry partiram – com a bênção de Caroline – para Westonbirt, a propriedade de Ashbourne em Oxfordshire. Depois de muita insistência de Dunford, Alex e Emma organizaram às pressas uma reunião para os amigos mais próximos – Dunford, Henry e os Blackwoods, que prometeram aparecer todos os dias, embora insistissem em retornar para dormir em Persephone Park, a residência deles, que ficava muito perto dali.

A carruagem tinha quatro ocupantes – lady Caroline se recusara terminantemente a permitir a ida de Henry a menos que a camareira da jovem e o criado de Dunford servissem de acompanhantes durante a viagem de três horas até o campo. Dunford tivera o bom senso de guardar para si mesmo suas reclamações – não queria fazer nada que pudesse prejudicar aquela preciosa semana que lhe havia sido concedida. Alex e Emma, enquanto casal, eram acompanhantes adequados, mas também tinham um fraco pelo romance. Afinal, Belle conhecera o marido e se apaixonara sob os olhos nem sempre tão vigilantes de ambos.

Henry permaneceu em silêncio durante a maior parte da viagem, incapaz de pensar em qualquer coisa que quisesse dizer a Dunford na frente dos criados. Sua mente transbordava, mas tudo parecia tão *pessoal* agora, até mesmo o balanço da carruagem e a cor da grama do lado de fora. Ela se contentou com os frequentes olhares e sorrisos secretos – e Dunford reparou em todos, pois se viu incapaz de afastar os olhos dela durante toda a viagem.

Era meio da tarde quando entraram no longo caminho arborizado que levava a Westonbirt.

– Ah, como é adorável – comentou Henry, enfim encontrando o que dizer.

A casa imensa tinha sido construída em forma de E, para homenagear a então rainha Elizabeth. Henry sempre preferira casas mais modestas, como Stannage Park, mas, apesar do tamanho, de algum modo Westonbirt mantinha um ar aconchegante. Talvez fossem as janelas, que brilhavam como sorrisos alegres, ou os canteiros de flores que cresciam em selvagem abandono ao longo do caminho. Fosse o que fosse, Henry se apaixonou na mesma hora.

Ela e Dunford desceram da carruagem e subiram os degraus até a porta da frente, que acabara de ser aberta por Norwood, o mordomo já idoso de Westonbirt.

– Estou apresentável? – perguntou Henry em um sussurro enquanto eram conduzidos a uma sala arejada.

– Você está ótima – respondeu ele, parecendo achar graça da ansiedade dela.

– Não estou muito amassada depois da viagem?

– É claro que não. E, mesmo que estivesse, não importaria. Alex e Emma são nossos amigos.

Ele deu uma palmadinha tranquilizadora na mão dela.

– Você acha que ela vai gostar de mim?

– Tenho certeza – disse Dunford, contendo a vontade de revirar os olhos. – Qual é o problema com você? Achei que estava animada com essa viagem ao campo.

– E estou. Só estou nervosa, só isso. Quero que a duquesa goste de mim. Sei que ela é uma amiga especial, e...

– Sim, ela é, mas *você* é ainda mais especial.

Henry ficou vermelha de prazer.

– Obrigada, Dunford. Mas ela é uma duquesa, você sabe, e...

– E o quê? Alex é um duque, e isso não pareceu impedir a senhorita de seduzi-lo. Se ele a tivesse conhecido antes de Emma, eu teria que brigar feio com o duque.

Henry ficou ainda mais vermelha.

– Não seja bobo.

Ele suspirou.

– Pense o que quiser, Hen, mas se eu ouvir mais um comentário desse tipo saindo da sua boca, terei que beijá-la até você parar de falar.

Os olhos dela se iluminaram.

– Ah, é?

Dunford deixou escapar o ar e levou a mão à testa.

– O que eu vou fazer com você, sua atrevida?

– Vai me beijar? – disse ela, esperançosa.

– Suponho que precisarei fazer exatamente isso.

Dunford se inclinou para a frente e roçou os lábios nos dela, evitando qualquer contato mais intenso. Sabia que se tocasse o corpo de Henry de alguma forma, mesmo que fosse apenas a mão no rosto, não conseguiria deixar de puxá-la com força para seus braços. Era tudo o que ele mais queria no mundo, é claro, mas o duque e a duquesa de Ashbourne apareceriam a qualquer momento, e Dunford não tinha nenhuma vontade de ser pego em *flagrante delicto*.

Ele ouviu uma tosse discreta na porta. Tarde demais. Dunford se afastou, mas viu de relance o rosto enrubescido de Henry quando desviou os olhos para a porta. Emma estava fazendo um grande esforço para não sorrir. Alex não estava fazendo esforço nenhum.

– Ah, meu *Deus* – disse Henry com um gemido.

– Deus não, apenas eu – respondeu Alex, brincalhão, tentando deixar Henry à vontade. – Embora a minha esposa tenha, em mais de uma ocasião, me acusado de me confundir com o Todo-poderoso.

Henry deu um sorrisinho bastante débil.

– É um prazer vê-lo, Ashbourne – murmurou Dunford, levantando-se.

Alex conduziu a esposa muito grávida até uma cadeira confortável.

– Imagino que teria achado bem melhor me ver daqui a cinco minutos – murmurou o duque no ouvido de Dunford enquanto atravessava a sala até onde estava Henry. – É um prazer revê-la, Henry. Fico feliz ao ver que você conquistou nosso querido amigo aqui. Só entre nós, ele não tinha escapatória.

– Eu... Ahn...

– Pelo amor de Deus, Alex – disse Emma –, se disser mais alguma coisa para constranger a moça, vou arrancar a sua cabeça.

Só Henry conseguiu ver o rosto de Alex enquanto ele se esforçava muito para parecer arrependido. Precisou levar a mão à boca para se impedir de rir alto.

– Talvez você queira ser apresentada àquela mulher mandona na cadeira amarela? – perguntou ele com um meio-sorriso peculiar.

– Não vejo nenhuma mulher mandona – retrucou Henry com malícia, encontrando o sorriso de Emma do outro lado da sala.

– Dunford – disse Alex, pegando a mão de Henry enquanto ela se levantava –, esta mulher é cega como um morcego.

Dunford deu de ombros, compartilhando um olhar divertido com Emma.

– Minha cara esposa – falou Alex. – Permita-me apresentar...

– Para você é "minha cara esposa mandona" – disse Emma com petulância, com os olhos brilhando de malícia na direção de Henry.

– Ah, é claro. Que negligência da minha parte. Minha cara esposa mandona, permita-me apresentar a Srta. Henrietta Barrett, vinda da Cornualha, e mais recentemente do quarto de hóspedes de sua tia Caroline.

– É um enorme prazer conhecê-la, Srta. Barrett – cumprimentou a duquesa, e Henry viu que ela falava sério.

– Por favor, me chame de Henry. É como todos me chamam.

– E você, por favor, me chame de Emma. É o que eu gostaria que todos fizessem.

Henry decidiu na mesma hora que gostava da jovem duquesa com cabelos cor de fogo e se perguntou por que diabo estava tão apreensiva em conhecê-la. Afinal, Emma era prima de Belle e de Ned, e se essa não era uma recomendação excelente, não sabia qual outra poderia ser.

Emma se levantou, ignorando os protestos do marido preocupado, deu o braço a Henry e disse:

– Vamos sair daqui. Estou muito ansiosa para conversar com você, e ficaremos muito mais à vontade para falar longe *deles*.

Ela indicou os cavalheiros com um gesto de cabeça.

– Tem razão – respondeu Henry, sem conseguir deixar de sorrir.

– Você não tem ideia de como estou feliz por finalmente conhecê-la – disse Emma assim que chegaram ao corredor. – Belle escreveu contando tudo a respeito de você, e estou muito feliz por Dunford. Não que eu não ache que você seja adorável por mérito próprio, mas, antes de tudo, preciso admitir que estou satisfeita por ele ter encontrado um par.

– Ora, a senhora é mesmo *bem* franca.

– Não tanto quanto você, se as cartas de Belle servirem de referência. E eu não poderia estar mais satisfeita com isso.

Emma sorriu para Henry enquanto percorriam um amplo corredor.

– Que tal eu lhe mostrar Westonbirt enquanto conversamos? É mesmo uma casa adorável, apesar do tamanho.

– Estou achando magnífica. Nada intimidante.

– É verdade – concordou Emma, pensativa. – Realmente não é. Interessante isso, porque, pelo tamanho, deveria ser. Bem, seja como for, fico feliz por você também ser franca. Nunca tive muita paciência para lidar com as ambiguidades da alta sociedade.

– Nem eu, Vossa Graça.

– Ah, por favor, apenas Emma. Eu não tinha título nenhum até o ano passado e ainda não me acostumei com todos os criados se inclinando toda vez que passo por eles. Se os meus amigos não usarem o meu nome de batismo, acho que vou morrer por excesso de formalidade.

– Será um prazer para mim estar entre os seus amigos, Emma.

– E eu entre os seus. Agora, por favor, me conte. Como Dunford fez o pedido? De uma forma original, espero.

Henry sentiu o rosto ficar quente.

– Não sei bem. Quer dizer, ele não fez o pedido exatamente...

– Ele ainda não pediu você em casamento? – perguntou Emma, indignada. – Aquele desgraçado ardiloso.

– Não, veja bem...

Henry precisava defender Dunford, embora não estivesse muito certa de qual era a acusação.

– Sem querer ofender – interrompeu Emma –, ao menos não de forma grave. Imagino que ele tenha agido como agiu para que façamos vista grossa se vocês dois saírem por aí sozinhos. Dunford nos disse que vocês estavam noivos.

– Ele disse? – perguntou Henry, hesitante. – Bem, isso é bom, não é?

229

– Homens – murmurou Emma. – Sempre achando que vamos nos casar com eles mesmo que nem se deem o trabalho de fazer um pedido decente. Eu deveria ter imaginado que Dunford faria algo assim.

– Mas acho que isso prova que ele *vai* me pedir em casamento, não? – concluiu Henry, em um tom sonhador. – E não consigo evitar ficar feliz com isso, porque quero muito me casar com ele.

– É claro que quer. Todo mundo quer se casar com Dunford.

– O quê?

Emma piscou algumas vezes, como se subitamente voltasse a prestar atenção plena à conversa.

– Exceto eu, é claro.

Sem conseguir identificar em que momento aquela conversa se tornara tão esquisita, Henry se sentiu obrigada a lembrar:

– Ora, de qualquer modo você não poderia. Afinal, já é casada.

– Estava me referindo a antes de eu me casar – disse Emma, rindo. – Você deve estar me achando uma tonta. Não costumo ter tanta dificuldade para me concentrar em um assunto. Acho que é o bebê.

Ela deu uma palmadinha na barriga.

– Bem, provavelmente não, mas é muito conveniente poder imputar à gravidez a culpa por todas as minhas extravagâncias.

– É claro – murmurou Henry.

– Eu só estava querendo dizer que Dunford é muito popular. *E* ele é um homem muito bom. Assim como Alex. Uma mulher teria que ser muito tola para recusar um pedido de casamento de alguém como ele.

– Exceto pelo fato de ele ainda não ter me pedido em casamento exatamente.

– O que você quer dizer com "exatamente"?

Henry se virou e olhou por uma janela que dava para um belo pátio.

– Ele deu a entender que vamos nos casar, mas não fez o pedido propriamente dito.

– Entendo.

Emma mordeu o lábio inferior enquanto pensava por algum tempo.

– Imagino que ele queira fazer isso aqui em Westonbirt, onde terá mais chance de ficar a sós com você. Ele provavelmente vai querer, hum, beijá-la quando fizer o pedido, e acredito que não gostaria de ter que se preocupar com a tia Caroline aparecendo de repente para resgatá-la.

Henry não tinha o menor desejo de ser resgatada dos braços de Dunford. Deixou escapar um murmúrio inarticulado de concordância.

Emma olhou de relance para a nova amiga.

– Bem, posso ver pela sua expressão que ele já a beijou. E não precisa ficar constrangida, estou bastante acostumada com esse tipo de coisa. Tive os mesmos problemas quando fui acompanhante de Belle.

– Você foi acompanhante de Belle?

– E também fiz um péssimo trabalho... Mas enfim... Você ficará encantada em saber que provavelmente serei tão displicente em relação a você quanto fui com Belle.

– Ah, sim – balbuciou Henry. – Quer dizer, suponho que sim.

Henry avistou um banco estofado em damasco cor-de-rosa.

– Se importa se nos sentarmos por um momento? Fiquei muito cansada de repente.

Emma suspirou.

– Ah, eu cansei você...

– Não, é claro que não... Bem... – admitiu Henry enquanto se sentava –, cansou um pouco...

– Tenho uma tendência a provocar esse efeito nas pessoas – confessou Emma, arriando o corpo no banco. – Não sei por quê.

Quatro horas depois, Henry achava que sabia muito bem por que a nova amiga provocava aquele efeito nas pessoas. Emma Ridgely, duquesa de Ashbourne, tinha a maior concentração de energia que ela já vira em qualquer pessoa, inclusive ela mesma. E Henry nunca se considerou uma pessoa particularmente lânguida.

Não que Emma agisse com agitação. Muito pelo contrário. A criatura *mignon* era a epítome da graça e da sofisticação. O problema é que tudo o que Emma fazia ou dizia era carregado de tamanha vitalidade que a pessoa ficava sem fôlego só de olhar para ela.

Era fácil ver por que o marido a adorava tanto. Henry só esperava que Dunford um dia viesse a amá-la com aquela devoção tão sincera.

A refeição da noite foi deliciosa. Belle e John ainda não haviam chegado de Londres, então apenas Dunford, Henry e os Ashbournes sentaram-se à mesa.

Henry, ainda um pouco desacostumada a fazer as refeições com qualquer pessoa que não os criados de Stannage Park, se deleitou com a companhia, rindo com prazer das histórias que seus companheiros de mesa contaram sobre a infância e acrescentando alguns casos sobre si mesma.

– Você tentou mesmo transferir a colmeia para mais perto de casa? – perguntou Emma, rindo e dando tapinhas no peito enquanto tentava recuperar o fôlego.

– Eu sou apaixonada por doces – explicou Henry –, e quando a cozinheira me disse que eu não podia comer mais do que um por dia, porque não tínhamos açúcar suficiente, decidi resolver o problema.

– Isso deve ter ensinado a Sra. Simpson a inventar desculpas melhores – comentou Dunford.

Henry deu de ombros.

– Depois disso, ela nunca mais mediu forças comigo.

– Mas seus tutores não ficaram aborrecidos com você? – perguntou Emma.

– Ah, sim – respondeu Henry, acenando animadamente com o garfo. – Achei que Viola fosse desmaiar. Mas só *depois* de ter me esquartejado. Felizmente, ela não estava em condições de me punir, já que tinha doze picadas de abelha nos braços.

– Ah, meu Deus – falou Emma. – Você também foi picada?

– Não. É incrível, mas não levei nem uma picada.

– Henry parece ter jeito com abelhas – declarou Dunford, esforçando-se para não se lembrar de como reagira ao episódio em Stannage Park.

Ele sentiu uma incrível onda de orgulho ao vê-la se voltar para Emma, aparentemente para responder a outra pergunta sobre a colmeia. Os amigos estavam amando Henry. Ele sabia que isso aconteceria, é claro, mas ainda assim o enchia de alegria vê-la tão feliz. Pelo que devia ser a centésima vez só naquele dia, ele se maravilhou com a sorte que tivera de encontrar a única mulher no mundo que se adequava a ele em todos os sentidos.

Henry era maravilhosamente direta e eficiente, e sua capacidade para amar de forma pura e sentimental era irrestrita. Dunford sentia o coração doer toda vez que se lembrava daquele dia na cabana abandonada, quando ela chorara pela morte de um bebê desconhecido. Sua capacidade intelectual também combinava com a dele. Ela nem sequer precisava abrir a boca para que se soubesse que detinha uma inteligência incomum; isso ficava claro no brilho prateado em seus olhos. Também era corajosa e destemida; precisara ser, para administrar com sucesso uma propriedade e uma fazenda de tamanho razoável por seis anos. E, pensou Dunford, com um meio-sorriso curvando ligeiramente os lábios, aquela mesma mulher se derretia em seus braços cada vez que se tocavam, fazendo com que o sangue dele ardesse nas veias. Dunford desejava Henry a cada minuto do dia e tudo o que ele mais queria era demonstrar a profundidade de seu amor, usando as mãos e os lábios.

Então amor era *isso*. Ele quase gargalhou ali mesmo, à mesa de jantar. Não era de admirar que os poetas fizessem tantas odes ao sentimento.

– Dunford?

Ele piscou algumas vezes e ergueu os olhos. Ao que parecia, Alex estava tentando lhe fazer uma pergunta.

– Sim?

– Eu perguntei – repetiu Alex – se Henry deixou você igualmente preocupado nas últimas semanas.

– Bem, se deixarmos de lado as constantes aventuras com as colmeias de Stannage Park, ela tem sido a imagem viva da dignidade e do decoro.

– Aventuras? – perguntou Emma. – O que você fez?

– Ah, não fiz nada – respondeu Henry, sem ousar olhar para Dunford. – Só estiquei a mão para pegar um favo de mel.

– O que você fez – corrigiu Dunford, em um tom severo – foi quase ser picada por uma centena de insetos raivosos.

– Você enfiou mesmo a mão em uma colmeia? – perguntou Emma, se inclinando para a frente com interesse. – Eu adoraria saber como fazer isso.

– Bem, *eu* terei uma dívida eterna com você – interveio Alex, dirigindo-se a Henry – se puder fazer o esforço de nunca ensinar essa habilidade à minha esposa.

– Eu não estava correndo nenhum risco. Dunford gosta de exagerar.

– Ah, é mesmo? – perguntou Alex, erguendo as sobrancelhas.

– Ele ficou muito ansioso – retrucou Henry, então virou-se para Emma, como se tivesse que explicar. – O que acontece com muita frequência.

– Ansioso? – repetiu Emma.

– Dunford? – perguntou Alex ao mesmo tempo.

– Você deve estar brincando – acrescentou Emma, em um tom que sugeria que não havia alternativa possível.

– Basta dizer – interrompeu Dunford, ansioso agora para mudar o rumo da conversa – que ela fez com que eu envelhecesse dez anos em dez segundos e assunto encerrado.

– Suponho que sim – disse Henry, olhando para Emma e dando de ombros –, já que ele me obrigou a prometer que nunca mais comeria mel.

– Ele fez isso? Dunford, como pôde? Nem Alex jamais foi tão bestial.

Se o marido tinha qualquer objeção à insinuação de que ele poderia ser *um pouco* bestial, guardou-a para si.

– Bem, apenas para não entrar para a história como o homem mais autoritário da Grã-Bretanha, Emma, eu não proibi Henry de comer mel – disse ele, voltando-se para Henry. – Só obriguei você a prometer que não pegaria mel por conta própria e, francamente, esta conversa já está tediosa.

Emma se inclinou na direção de Henry e sussurrou em uma voz que podia ser ouvida do outro lado da mesa:

– Eu nunca o vi assim.

– Isso é bom?

– Muito.

– Emma? – chamou Dunford, soando perigosamente casual.

– Dunford?

– Apenas as minhas boas maneiras muito bem cultivadas e o fato de você ser uma dama me impedem de lhe mandar calar a boca.

Henry olhou, aflita, para Alex, certa de que ele enfrentaria Dunford imediatamente por insultar sua esposa. Mas o duque apenas cobriu a boca e pareceu engasgar com uma risada, já que não levava nenhuma comida à boca havia vários minutos.

– Ora, muito bem cultivadas as suas boas maneiras, de fato – retrucou Emma com acidez.

– Sem dúvida, isso não tem nada a ver com você ser uma dama – comentou Henry.

Nesse momento, ela se deu conta de que Dunford deveria ser mesmo muito amigo dos Ashbournes para Alex estar rindo do que poderia ser visto como um insulto a Emma.

– Porque uma vez ele me mandou calar a boca, e já me garantiram que também sou uma dama – acrescentou Henry.

Alex começou a tossir com tamanha violência que Dunford se sentiu compelido a bater com força em suas costas. É claro, ele poderia estar apenas procurando uma desculpa para o golpe.

– Quem garantiu? – perguntou Dunford.

– Ora, você, é claro – disse Henry, com os olhos cintilando diabolicamente. – E você deveria saber.

Emma se juntou ao marido em um dueto de espasmos de tosse. Dunford se recostou na cadeira, com um sorriso relutante de admiração se insinuando em seu rosto.

– Bem, Hen – disse ele, indicando o duque e a duquesa com um gesto de mão –, parece que acabamos com esses dois.

Henry inclinou a cabeça para o lado.

– Não foi muito difícil, hum?

– De jeito nenhum. Não representou o menor desafio.

– Emma, minha cara – disse Alex, recuperando o fôlego –, acho que nossa honra acaba de ser contestada.

– Concordo. Há muito tempo eu não ria tanto.

Emma se levantou e fez um gesto para que Henry a seguisse até a sala de estar.

– Venha, Henry, vamos deixar os cavalheiros com seus charutos e seu vinho do Porto.

– Pronto – disse Dunford enquanto se levantava. – Agora você finalmente vai descobrir o que acontece quando as damas se retiram após o jantar, sua atrevida.

– Dunford chamou você de "atrevida"? – perguntou Emma quando elas saíram da sala.

– Ah, é, ele me chama assim às vezes.

Emma esfregou as mãos.

– Isso está melhor do que eu pensava.

– Henry! Um instante!

Dunford veio andando rapidamente em sua direção.

– Posso ter uma palavrinha rápida com você? – perguntou.

– Sim, é claro.

Ele a puxou de lado e falou em um sussurro tão baixo que Emma, por mais que apurasse os ouvidos, não conseguiu ouvir direito.

– Preciso ver você essa noite.

Henry estremeceu com a urgência na voz dele.

– Precisa?

Dunford assentiu.

– Preciso falar com você em particular.

– Não tenho certeza se...

– Bem, saiba que *eu* nunca tive tanta certeza. Vou bater na sua porta à meia-noite.

– Mas Dunford... E se Alex e Emma...

– Eles sempre se recolhem às onze – explicou ele com um sorriso malicioso. – Os dois gostam de aproveitar a privacidade deles.

– Tudo bem, mas...

– Ótimo, até lá, então.

Dunford deu um beijo rápido na testa dela.

– E nem uma palavra a ninguém sobre isso.

Henry piscou algumas vezes e ficou olhando enquanto ele retornava à sala de jantar.

Emma reapareceu ao lado dela com notável rapidez para quem estava grávida de sete meses.

– O que foi tudo isso?

– Não foi nada, na verdade – murmurou Henry, ciente de que era uma péssima mentirosa, mas, mesmo assim, tentando.

Emma bufou, deixando claro que não acreditara.

– É verdade. Ele só, hum... disse para eu me comportar.

– Para se comportar? – repetiu Emma, desconfiada.

– Você sabe, para eu não fazer nada de que pudesse me envergonhar ou algo assim.

– Isso é uma mentira e tanto – retrucou Emma. – Até Dunford deve saber que seria impossível você fazer qualquer coisa que a envergonhasse na minha sala de visitas, tendo apenas a mim como companhia.

Henry deu um sorrisinho.

– Seja como for – continuou Emma –, está claro que não vou arrancar a verdade de você, então nem vou desperdiçar a minha valiosa energia tentando.

– Obrigada – murmurou Henry enquanto elas voltavam a caminhar em direção à sala de visitas.

Enquanto seguia ao lado de Emma, Henry cerrou o punho de empolgação. Naquela noite, Dunford diria que a amava. Podia sentir.

CAPÍTULO 18

23h57

Henry segurou com força a lapela do roupão enquanto checava a hora no relógio da mesa de cabeceira. Era uma idiota por ter concordado com aquilo, uma idiota por estar tão apaixonada por ele a ponto de dizer sim para aquele esquema, embora soubesse que era um comportamento mais do que indecente. Riu para si mesma ao se lembrar de quão despreocupada sempre fora em relação ao decoro quando morava em Stannage Park. Despreocupada e inocente. Duas semanas em Londres haviam lhe ensinado que se havia uma coisa que uma jovem dama não deveria fazer era deixar um homem entrar em seu quarto, especialmente quando o resto da casa estava apagada e adormecida.

Mas ela não conseguiu reunir medo virginal suficiente para recusar o pedido de Dunford. O que ela queria e o que sabia ser certo eram coisas diferentes, e o desejo estava vencendo o decoro por uma ampla margem de vantagem.

23h58.

Henry se sentou na cama e, ao se dar conta de onde estava, se levantou de um pulo, como se tivesse se queimado.

– Acalme-se, Henry – murmurou para si mesma, cruzando os braços, descruzando-os e voltando a cruzá-los.

Começou a andar de um lado para outro do quarto, então parou por um instante diante do espelho, percebeu como seu semblante estava sério demais e voltou a descruzar os braços. Não queria receber Dunford deitada na cama, mas não havia necessidade de parecer tão austera.

23h59.

Leves batidas na porta. Henry atravessou o quarto rapidamente.

– Você chegou cedo – sussurrou, agitada, ao abrir a porta.

Dunford enfiou a mão no bolso para pegar o relógio.

– Cheguei?

– Pode fazer o favor de entrar? – sussurrou Henry, irritada, puxando-o para dentro. – Alguém pode ver você aí fora.

Dunford guardou o relógio no bolso, o tempo todo ostentando um sorriso largo.

– E pare de sorrir! – acrescentou ela com firmeza.

– Por que?

– Porque isso... me faz sentir *coisas*!

Dunford desviou os olhos para o teto em uma tentativa de não rir em voz alta. Se Henry achava que aquela declaração o faria parar de sorrir, estava louca.

– O que você quer falar comigo? – perguntou ela em um sussurro.

Dunford se colocou ao lado dela em dois passos.

– Vou falar em um minuto – murmurou ele. – Primeiro eu preciso...

Ele deixou a frase pela metade enquanto capturava os lábios de Henry em um beijo ardente. Não tivera a intenção de beijá-la assim que entrasse no quarto, mas ela estava muito linda de roupão, com o cabelo emoldurando o rosto. Henry deixou escapar um gemido baixo e se aproximou um pouco mais, acomodando-se ao corpo grande.

Dunford se afastou com relutância.

– Não vamos conseguir fazer mais nada se continuarmos com isso...

As palavras foram se perdendo quando ele percebeu a expressão atordoada no rosto de Henry. Os lábios dela pareciam tão deliciosamente rosados, mesmo à luz de velas, e estavam ligeiramente abertos e úmidos.

– Bem, talvez só mais um...

Ele a puxou contra si de novo, e seus lábios buscaram outro beijo intenso. Beijo esse que Henry retribuiu com a mesma disposição. Dunford percebeu que ela havia passado os braços ao redor do seu pescoço, mas, de algum modo, uma minúscula centelha de bom senso conseguiu permanecer ativa em seu cérebro e mais uma vez ele se afastou.

– *Chega* – murmurou, em um tom de repreensão destinado a si mesmo.

Dunford respirou fundo, estremeceu e levantou a cabeça.

Grande erro. Outra descarga de desejo o percorreu ao olhar para Henry.

– Por que você não se senta um pouco? – sugeriu ele, agitando a mão.

Henry não fazia ideia de que o beijo o abalara tanto quanto a ela, e seguiu a orientação ao pé da letra. Seus olhos acompanharam o movimento do braço de Dunford e ela perguntou:

– Na cama?

– Não! Não...

Dunford pigarreou. – Por favor, não se sente na cama.

– Tudo bem.

Cautelosa, Henry foi até uma cadeira de espaldar reto, listrada de azul e branco.

Dunford aproximou-se da janela e olhou para fora, tentando dar tempo para o corpo esfriar. Agora que estava ali, no quarto de Henry, à meia-noite, não tinha certeza se estava seguindo o curso de ação mais sábio. Na verdade, estava convencido de que era um erro. A princípio, ele planejara levar Henry para um piquenique no dia seguinte e então pedi-la em casamento. Mas naquela noite, à mesa do jantar, subitamente se dera conta de que seus sentimentos iam além do afeto e do desejo. Ele amava Henry.

Não, não apenas a amava. Ele *precisava* dela. Precisava dela como precisava de comida e água, como as flores em Stannage Park precisavam do sol. Ele sorriu ironicamente. Ele precisava de Henry como Henry precisava de Stannage Park. Dunford se lembrou de uma manhã na Cornualha, quando tomavam café da manhã e ele pegou Henry olhando pela janela com uma expressão de puro êxtase. E imaginou que aquela devia ser a expressão dele sempre que a via.

Horas antes, sentado na sala de jantar informal de Westonbirt, com um pedaço de aspargo pendurado no garfo, de repente se tornou imperativo que contasse tudo isso a ela ainda naquela noite. Eram sentimentos tão poderosos que doía mantê-los só para si. Marcar um encontro secreto lhe pareceu a única opção.

Precisava que Henry soubesse quanto ele a amava, e jurava por Deus que não deixaria aquele quarto até dizer isso a ela.

– Henry...

Ele se virou. Ela estava sentada, muito ereta, na cadeira. Dunford pigarreou e disse mais uma vez:

– Henry.

– Sim?

– Eu não deveria ter vindo aqui essa noite.

– De fato – concordou ela, sem qualquer convicção.

– Mas eu precisava ver você a sós, e amanhã parecia a uma eternidade de distância.

Ela arregalou os olhos. Não era típico de Dunford falar de forma tão dramática. Ele parecia bastante agitado, quase nervoso, e sem dúvida era um homem que não ficava nervoso com nada. De repente, Dunford percorreu em segundos a distância que os separava e se ajoelhou aos pés dela.

– Dunford – disse Henry em uma voz estrangulada, sem saber direito o que deveria fazer.

– Shhhh, meu amor – falou Dunford.

Então se deu conta de que ela era exatamente aquilo. Era o amor dele.

– Eu amo você, Henry – disse ele, com a voz aveludada e rouca. – Amo você como nunca sonhei que poderia amar uma mulher. Amo você como tudo neste mundo que é lindo e bom. Como as estrelas no céu e como cada folha de grama em Stannage Park. Amo você como as facetas de um diamante, como as orelhas pontudas do Rufus, e...

Henry também não conseguiu mais se conter.

– Ah, Dunford! Eu também amo você. Amo demais.

Ela deslizou para o chão ao lado dele. Então pegou suas mãos, beijou cada uma delas e depois as duas juntas.

– Eu amo tanto você – disse ela de novo. – Muito, e há muito tempo.

– Eu fui um idiota – disse Dunford. – Eu deveria ter percebido o tesouro que você é no momento em que a vi. Perdi muito tempo.

– Só um mês – disse ela, com a voz trêmula.

– Que parece uma eternidade.

Ela endireitou o corpo para se sentar no tapete e o puxou para que fizesse o mesmo.

– Foi o mês mais precioso da minha vida.

– Espero tornar o resto da sua vida igualmente precioso, meu amor.

Dunford enfiou a mão no bolso e pegou alguma coisa.

– Você aceita se casar comigo?

Henry sabia que ele iria pedi-la em casamento, já esperava que aquilo acontecesse durante a estadia no campo, mas, ainda assim, foi dominada pela emoção. Seus olhos ficaram marejados e ela só conseguiu assentir, porque aparentemente perdera a capacidade de falar.

Dunford abriu a mão, revelando um anel de diamante maravilhoso, uma pedra de corte oval incrustada de forma muito simples em uma aliança de ouro.

– Não consegui achar nada que rivalizasse com o brilho dos seus olhos – disse ele com gentileza. – Isso foi o melhor que encontrei.

– É lindo... Eu nunca tive nada assim antes.

E então ela ergueu os olhos, parecendo preocupada.

– Tem certeza de que podemos pagar?

Dunford deixou escapar uma risada baixa, achando divertida a preocupação de Henry com as finanças dele. Obviamente ela não se dera conta de que, embora não tivesse título até pouco tempo, ainda assim ele era de uma das famílias mais ricas da Inglaterra. E também ficou bastante satisfeito com a forma como ela falou: "Tem certeza de que *podemos* pagar?"

Ele levou a mão dela aos lábios, beijou-a em um gesto galante e assegurou:

– Posso garantir que ainda temos o bastante para comprar um novo rebanho de ovelhas para Stannage Park.

– Mas temos vários poços que precisam ser consertados, e...

– Shhhh – disse ele, colocando os dedos sobre os lábios dela. – Você não precisa mais se preocupar com dinheiro.

– Eu dunca bi preocupei exadabente com izo – tentou dizer Henry.

Quando Dunford desistiu de mantê-la de boca fechada, ela acrescentou:

– Sou uma mulher econômica, apenas isso.

Dunford ergueu o queixo dela com o dedo indicador e deu um beijo doce em seus lábios.

– Acho ótimo. Mas se eu quiser ser um pouco extravagante de vez em quando e comprar um presente para a minha esposa, espero não ouvir nenhuma reclamação.

Henry admirou o anel que ele havia colocado em seu dedo, e um arrepio de empolgação percorreu seu corpo ao ouvir a palavra "esposa".

– Prometo que não ouvirá – murmurou ela, sentindo-se bastante frívola e muito feminina.

Depois de examinar o anel à esquerda, à direita e a cinco centímetros de distância da vela bruxuleante, ela olhou para ele e perguntou, com sinceridade:

– Quando podemos nos casar?

Ele segurou o rosto dela entre as mãos e a beijou novamente.

– Acho que é isso que eu mais amo em você.

– Isso o quê? – perguntou Henry, sem se importar nem um pouco por estar pedindo elogios.

– Você é absolutamente franca, de uma franqueza que desarma e uma objetividade que parece uma brisa fresca.

– Todas boas qualidades, espero?

– É claro que sim, embora eu suponha que você poderia ter sido um pouco mais direta comigo quando cheguei a Stannage Park. Talvez pudéssemos ter resolvido toda aquela confusão sem precisarmos nos aventurar daquela maneira no chiqueiro.

Henry sorriu.

– Mas você não me respondeu. Quando podemos nos casar?

– Em dois meses, eu acho.

A resposta causou uma onda de frustração angustiante em Henry.

– *Dois meses*?

– Temo que sim, meu amor.

– Você está louco?

– Acho que sim, já que vou morrer de desejo por você durante esse tempo.

– Por que não consegue uma licença especial e encerramos esse assunto na próxima semana? Não pode ser tão difícil. Emma disse que ela e Alex se casaram com uma licença especial – explicou ela, e então fez uma pausa e franziu a testa. – Agora que estou pensando a respeito, acho que Belle e John fizeram o mesmo.

– Não quero que nenhuma fofoca sobre um casamento apressado magoe você – explicou Dunford com gentileza.

– Bem, eu vou ficar bem mais magoada se não puder ter você! – retrucou ela, sem gentileza alguma.

Outra onda de desejo disparou pelo corpo de Dunford. Henry provavelmente não havia usado a palavra "ter" no sentido carnal, mas, mesmo assim, a declaração o inflamou. Ele se esforçou para manter a voz controlada e falou:

– Já seremos motivo de fofoca pelo simples fato de eu ser seu tutor. Não quero piorar as coisas, porque não seria muito difícil alguém descobrir que passamos mais de uma semana sozinhos na Cornualha.

– Achei que você não se importava com o que os outros pensam.

– Eu me importo com você. Não quero que se magoe.

– Não vou me magoar. Prometo. Um mês?

Embora não houvesse nada que desejasse mais do que se casar com ela em uma semana, Dunford estava tentando agir de forma madura.

– Seis semanas.

– Cinco.

– Está bem – concordou ele, cedendo facilmente porque seu coração estava do lado dela, mesmo que a mente não estivesse.

– Cinco semanas – disse Henry, embora não parecesse assim tão satisfeita por ter ganhado a disputa. – É muito tempo...

– Nem tanto. Você terá muito que fazer para se manter ocupada.

– Terei?

– Caroline vai querer ajudá-la a comprar seu enxoval e imagino que Belle e Emma também vão querer participar. Tenho certeza de que minha mãe também gostaria de ajudar, embora esteja de férias no continente.

– Você tem mãe?

Dunford ergueu uma sobrancelha.

– Ora, por acaso achou que meu nascimento foi algum tipo de evento divino? Meu pai era um homem notável, mas nem mesmo ele era assim *tão* talentoso.

Henry franziu a testa, deixando claro que as provocações não seriam levadas a sério.

– Você nunca fala deles. Raramente menciona os seus pais.

– Não vejo muito a minha mãe desde que o meu pai faleceu. Ela prefere o clima mais quente do Mediterrâneo.

Um silêncio constrangedor caiu entre eles quando Henry se deu conta de que estava sentada no chão do quarto, de roupão, na companhia de um homem libertino e viril que não demonstrava qualquer intenção de sair dali tão cedo.

E o mais aterrador nisso tudo era que ela não se sentia nem um pouco desconfortável. Henry suspirou, pensando que também devia ter a alma de uma mulher devassa.

– O que houve, meu bem? – murmurou Dunford, tocando o rosto dela.

– Eu estava pensando que deveria pedir que você fosse embora – respondeu ela em um sussurro.

– Você *deveria*?

– Deveria, mas não quero.

Dunford respirou fundo.

– Às vezes acho que você não sabe o que está dizendo.

Ela pousou a mão na dele.

– Eu sei.

Dunford se sentia como um homem que fora de livre e espontânea vontade a uma sessão de tortura. Ele se inclinou para a frente, sabendo que acabaria precisando tomar um banho frio e solitário, mas incapaz de resistir à tentação

243

de alguns beijos roubados. Traçou o contorno dos lábios de Henry com a língua, deliciando-se com sua doçura.

– Você é tão adorável... – murmurou. – Exatamente o que eu queria.

– Exatamente? – repetiu ela com uma risada trêmula.

– Aham.

Ele deixou a mão deslizar para dentro do roupão dela e envolver o seio coberto pela camisola.

– Não que eu soubesse disso até então.

Henry deixou a cabeça cair para trás enquanto os lábios de Dunford percorriam sua nuca. O calor do corpo dele parecia envolvê-la, e Henry estava indefesa contra aquele ataque dos próprios sentidos. Sua respiração passou a sair entrecortada e cessou por completo quando Dunford apertou delicadamente seu seio.

– Ah, Deus, Dunford – falou Henry arquejando mais uma vez e se esforçando para voltar a respirar. – Ah, meu Deus.

A outra mão dele deslizou pelas costas dela até cobrir o contorno firme e arredondado de seu traseiro.

– Eu quero mais... – disse ele, com a voz tensa. – Que Deus me ajude, mas eu quero mais...

Ele segurou Henry com firmeza contra seu corpo e abaixou-a até deitá-la no tapete. À luz bruxuleante das velas, o cabelo castanho parecia cintilar com minúsculas partículas douradas. Seus olhos eram prata derretida, lânguidos e entorpecidos de desejo. E o chamavam...

Com as mãos trêmulas, Dunford abriu o roupão de seda dela. Por baixo encontrou uma camisola de algodão branco, sem mangas, quase virginal. Passou-lhe pela cabeça que ele era o primeiro homem a vê-la daquele jeito – e o único homem que veria.

Dunford jamais imaginara que poderia vir a ser tão possessivo em relação a uma mulher, mas a visão e o toque e o cheiro do corpo intocado de Henry provocaram a explosão de um instinto primitivo que o levou a querer marcá-la como sua.

Ele queria possuí-la, devorá-la. Que Deus o ajudasse, queria trancá-la onde nenhum outro homem pudesse vê-la.

Henry fitou o rosto dele e o viu se transformar em uma máscara de emoção feroz.

– Dunford? – chamou ela, hesitante. – O que houve?

Ele simplesmente a encarou por um longo momento, como se tentasse memorizar cada um de seus traços, até a pequena marca de nascença perto da orelha direita.

– Nada – disse por fim. – É que...

– É que o quê?

Dunford soltou uma risada rouca e autodepreciativa.

– É que... o que você me faz sentir...

Ele pegou a mão dela e a colocou na altura do próprio coração acelerado.

– É tão forte... que me assusta.

A respiração de Henry ficou presa na garganta. Nunca sonhara que Dunford pudesse se assustar com alguma coisa. Os olhos dele cintilavam com uma intensidade desconhecida, e ela se perguntou se os dela estariam assim também. Dunford afrouxou o aperto na mão dela, então Henry correu delicadamente os dedos até os lábios dele.

Dunford grunhiu de prazer, pegou a mão dela mais uma vez e prendeu-a na boca. Então beijou a ponta dos seus dedos, demorando-se em cada um como se fosse um doce delicioso. E voltou à ponta do dedo indicador, traçando círculos preguiçosos com a língua.

– Dunford...

Henry mal conseguia respirar e pensar enquanto espasmos de prazer subiam pelo seu braço.

Ele enfiou mais o dedo dela na boca, sugando devagar enquanto passava a língua sobre a unha.

– Você lavou o cabelo – comentou ele baixinho.

– C-como você sabe?

Dunford voltou a sugar o dedo dela com delicadeza antes de responder.

– Você está com gosto de limão.

– Há um pomar aqui – falou Henry, mal reconhecendo a própria voz. – Com um limoeiro, e Emma disse que eu poderia...

– Hen?

– O que foi?

Dunford abriu aquele seu sorriso, lenta e preguiçosamente.

– Não quero ouvir sobre o limoeiro de Emma.

– Não achei que quisesse... – disse ela, feito uma boba.

Ele se inclinou alguns centímetros na direção dela.

– O que eu quero fazer é beijar você.

Henry foi incapaz de se mover, tão hipnotizada estava pelo brilho nos olhos dele.

– E acho que você também quer.

Ela assentiu, trêmula.

Dunford se aproximou mais até seus lábios tocarem suavemente os dela. E então passou a explorar sua boca de forma lenta e provocativa, sem exigir nada que Henry não estivesse pronta para dar. Henry sentia o corpo todo vibrar. Cada centímetro dela parecia reagir ao calor do corpo de Dunford. Ela deixou escapar um gemido suave.

A mudança em Dunford foi instantânea. Aquele gemido baixinho de desejo despertou algo profundo e desesperado dentro dele, o deixou feroz, ansioso para marcar o corpo de Henry com seu próprio corpo. Suas mãos estavam por toda parte: explorando a curva suave da cintura dela, subindo e descendo pela extensão das pernas macias, afundando na massa pesada do cabelo cheio. Ele repetia o nome de Henry sem parar, em grunhidos baixos, uma litania de desejo. Era como se ele estivesse se afogando e Henry fosse a única coisa capaz de mantê-lo vivo.

Só que, mais uma vez, ele queria mais.

Os dedos dele, surpreendentemente ágeis, abriram os botões da camisola dela e ele afastou o tecido de algodão branco muito fino.

E prendeu a respiração.

– Meu Deus, Henry – disse, em um sussurro reverente. – Você é linda...

Ela ergueu as mãos em um reflexo para se cobrir, mas Dunford a impediu e disse:

– Não faça isso. Eles são perfeitos.

Henry ficou deitada, absolutamente imóvel, desconfortável sob o olhar firme. Sentia-se nua demais, exposta demais.

– Eu-eu não posso... – disse ela por fim, tentando puxar a camisola para cima.

– Sim. – murmurou ele.

Dunford notou que o desconforto de Henry era fruto da sensação de vulnerabilidade e não do medo da intimidade entre eles.

– Você pode.

Ele cobriu um dos seios dela com a mão grande, sentindo um prazer absurdo na forma como o mamilo se enrijeceu sob o toque. E foi apenas de relance que viu a expressão de incredulidade no rosto dela quando capturou o mamilo com a boca. Henry arquejou e se debateu. Suas mãos agarraram a cabeça dele, e Dunford não tinha certeza se ela estava tentando puxá-lo para mais perto ou afastá-lo. Ele brincou com a pele enrijecida do mamilo, passando a língua ao redor dele, enquanto suas mãos apertavam os seios redondos e suaves.

Henry não tinha certeza se estava viva ou morta. Não se sentia exatamente morta, mas nunca tinha morrido antes, então como poderia saber, não é mesmo? E com certeza nunca havia experimentado sensações tão intensas na vida.

Dunford levantou a cabeça e fitou o rosto dela.

– Em que você está pensando? – perguntou, com a voz rouca, em um tom divertido e curioso com a expressão estranha que ela exibia.

– Você não acreditaria... – disse Henry com uma risadinha trêmula.

Ele deu um sorriso rápido e decidiu que preferia continuar com suas artimanhas sedutoras a prosseguir com o assunto. Com um grunhido de prazer, Dunford passou a se dedicar ao outro seio, até conseguir deixar o mamilo rígido como o primeiro. Ao ouvir os gemidos baixos de prazer que ela deixava escapar, murmurou:

– Você gosta disto, não é?

De repente sentiu uma onda avassaladora de puro afeto por Henry, então levantou o corpo e esfregou o nariz no dela.

– Eu me lembrei de dizer nos últimos cinco minutos que amo você?

Incapaz de reprimir um sorriso, ela balançou a cabeça negativamente.

– Eu amo você.

– Também amo você, mas...

As palavras morreram, e ela pareceu envergonhada.

– Mas o quê?

Dunford chegou o rosto para ainda mais perto do dela, para que Henry não pudesse evitar olhá-lo nos olhos.

Henry mordeu o lábio e, hesitante, disse:

– Eu só estava pensando... quer dizer... Eu só quero saber se há algo que eu possa, isso é...

– Diga logo.

– Se há algo que eu possa fazer *por você* – concluiu ela fechando os olhos, já que ele não permitia que ela os desviasse.

O corpo de Dunford ficou tenso. As palavras tímidas e inexperientes de Henry despertaram seu desejo como ele jamais poderia imaginar ser possível.

– É melhor não – disse com a voz rouca, mas, ao ver o olhar magoado dela, acrescentou: – *Mais tarde*, sim. Mais tarde, com certeza.

Ela assentiu, parecendo entender.

– Pode me beijar de novo? – sussurrou.

Ela estava semidespida, corada de desejo e embaixo dele, que estava perdidamente apaixonado por ela. Não havia como negar aquele pedido. Dunford beijou Henry com toda a emoção pulsando em sua alma, uma das mãos acariciando suavemente os seios e a outra entre seus cabelos. E assim ele o fez pelo que pareceu uma eternidade. Mal conseguia acreditar que os lábios de uma mulher pudessem ser tão fascinantes a ponto de ele não sentir necessidade de voltar a se dedicar ao pescoço, às orelhas ou aos seios.

Mas o mesmo não valia para as mãos, e ele podia sentir uma delas descendo cada vez mais, passando pelo abdômen liso e plano e chegando à elevação macia e de pelos grossos que cobriam o sexo dela. Henry se retesou por inteiro, mas não muito; ele já havia afastado a maior parte dos pudores dela ao beijar seus seios.

– Shhhhh, meu amor – sussurrou ele. – Eu só quero tocá-la. Deus, *preciso* tocá-la.

Henry reagiu à emoção feroz na voz dele e sentiu a mesma paixão fluindo. E estava dizendo a si mesma para relaxar quando Dunford ergueu a cabeça, encarou-a com intensidade e perguntou:

– Posso?

O tom dele era tão dolorosamente humilde e respeitoso que Henry achou que se partiria em pedaços. Nervosa, ela fez que sim, pensando que, logicamente, aquilo seria bom. Era Dunford, e ele nunca faria nada para magoá-la. Seria bom. Seria bom.

Mas logo viu que estava errada.

Henry quase gritou com os espasmos de prazer que a percorreram ao sentir o toque dele.

"Bom" nem sequer começava a descrever a sensação que Dunford estava provocando nela. Era bom demais, mais que demais. Logo ela se viu no limite e começou a se afastar, achando que explodiria se ele continuasse com aquela tortura.

Dunford riu ao vê-la se contorcer.

– O tapete vai acabar arranhando a sua pele – brincou.

Henry olhou para ele sem vê-lo, com o cérebro tão atordoado de paixão que levou alguns minutos para conseguir processar as palavras. Ele riu e saiu de cima dela, pegando-a nos braços e levando-a para a cama macia.

– Eu sei que disse que a cama seria um grande erro – murmurou ele –, mas não posso permitir que fique com as costas ardendo, não é mesmo?

Henry se sentiu afundar na cama, e logo Dunford estava sobre ela novamente, queimando a sua pele com o calor dele. Ele voltou a acariciar seu corpo até chegar ao meio das pernas, provocando e instigando, levando-a cada vez mais na direção do êxtase. Dunford deslizou um dedo para dentro dela enquanto o polegar continuava a arrancar prazer do ponto mais sensível. Ele mexeu o dedo para a frente e para trás, para a frente e para trás...

– Dunford – arquejou Henry. – Eu... você...

O peso do corpo dele a pressionava contra o colchão. Dunford estava rígido e quente, e Henry sentiu que não conseguia mais se controlar quando suas pernas se enroscaram nas dele.

– Meu Deus, Henry – gemeu ele. – Você está tão pronta. Então... Eu não queria... Nunca foi minha intenção...

Henry não tinha condições de se importar com o que ele pretendia ou não. Só queria aquele homem em seus braços. O homem que ela amava. E queria tudo dele. Ela ergueu os quadris, encontrando a rigidez insistente de Dunford.

Algo dentro dele saiu do controle de vez e Dunford tirou os dedos de dentro dela para arrancar a calça em movimentos desesperados.

– Hen – gemeu Dunford –, eu preciso de você. Agora...

As mãos dele voltaram a encontrar os seios dela, depois as costas e os quadris. Elas pareciam se mover com a rapidez de um raio, impulsionadas pela determinação de tocar cada centímetro da pele sedosa dela.

Dunford agarrou gentilmente as coxas de músculos firmes e as afastou ainda mais. Então tocou Henry com a ponta do membro e gemeu ao sentir o calor úmido da carne dela.

– Henry, eu... eu...

Os lábios dele não conseguiram formar o resto da pergunta, mas Henry conseguiu lê-la em seus olhos. E assentiu.

Dunford arremeteu suavemente, sentindo a carne macia resistir à invasão até então desconhecida.

– Shhh... – murmurou ele. – Relaxe.

Henry assentiu. Ela nunca sonhara que um homem pudesse parecer tão grande dentro dela. Era bom... mas muito estranho.

– Hen... – sussurrou ele, com a preocupação estampada no rosto. – Isso pode doer. Mas vai ser só por um momento. Juro que se eu pudesse...

Ela tocou o rosto dele.

– Eu sei.

Ele arremeteu mais fundo, penetrando-a completamente. Henry enrijeceu ao sentir a súbita pontada de dor.

Dunford ficou imóvel na mesma hora, apoiando-se nos cotovelos para não colocar o peso todo sobre ela.

– Eu machuquei você? – perguntou, em um tom urgente.

Ela balançou a cabeça.

– Não exatamente. Eu só... Está melhor agora.

– Tem certeza? Porque eu poderia recuar – disse ele, mas a expressão em seu rosto deixava claro que aquela opção seria o pior tipo de tortura.

Os lábios de Henry se curvaram em um sorrisinho.

– Só preciso que você me beije.

Dunford começou a se aproximar.

– Só me beije...

E foi o que ele fez. Seus lábios devoraram os dela à medida que voltava a se mover – suavemente a princípio, então em ritmo crescente. Dunford foi perdendo o controle e desejava que Henry experimentasse o mesmo prazer. Ele colocou a mão entre seus corpos e a tocou.

Ela explodiu.

A sensação começou em seu ventre, mas logo todo o seu corpo ficou rígido como uma tábua. Ela arquejou, achou que seus músculos não aguentariam tamanha tensão, que se rasgariam e... Então, milagrosamente, ela se sentiu leve, seu corpo inteiro estava quente e vibrando em um estado de relaxamento total.

A cabeça de Henry se inclinou para o lado e suas pálpebras se fecharam, mas ainda assim era possível sentir o olhar atento de Dunford em seu rosto. Ele estava olhando para ela – Henry sabia disso com tanta certeza quanto sabia o próprio nome – e seus olhos diziam quanto a amava.

– Também amo você – disse ela em um suspiro.

Dunford não imaginou que fosse capaz de sentir ainda mais ternura por Henry, mas aquela declaração de amor tão doce foi como um beijo caloroso pousando em seu coração. Ele não tinha certeza do que pretendia quando chegou ao quarto de Henry. Supôs que, inconscientemente, queria fazer amor com ela, mas nunca teria sonhado que sentiria tamanha felicidade por lhe dar prazer.

Dunford continuou acima dela, satisfeito por um momento só em observá-la enquanto sua alma flutuava de volta à terra. Então, lentamente – e com grande pesar –, Dunford saiu de dentro dela.

Henry abriu os olhos.

– Não quero engravidá-la – sussurrou. – Pelo menos não ainda. Quando chegar a hora, terei a maior satisfação em vê-la bem barriguda.

Henry estremeceu, achando as palavras dele estranhamente eróticas.

Dunford se inclinou, beijou o nariz dela e pegou as próprias roupas.

Ela estendeu a mão para ele.

– Por favor, fique...

Ele tocou a testa dela, afastando uma mecha sedosa de cabelo.

– Eu gostaria de poder – murmurou. – Eu não tinha a intenção de fazer isso, embora...

Dunford deu um sorriso irônico e concluiu:

– ... eu não possa dizer que sinto muito por ter feito.

– Mas você não...

– Isso vai ter que esperar, meu amor.

Ele a beijou delicadamente, incapaz de se conter.

– Até a nossa noite de núpcias. Eu quero que seja perfeita.

Mesmo relaxada a ponto de mal conseguir se mover, Henry de algum modo conseguiu abrir um sorrisinho atrevido.

– Seria perfeita de qualquer modo.

– Humm, eu sei. Mas também quero garantir que não haja qualquer integrante novo na nossa família antes de completarmos nove meses de casados. Não vou manchar sua reputação.

Henry não se importava muito com isso naquele momento, mas, pelo bem dele, acenou com a cabeça como se concordasse.

– Você vai ficar bem?

Dunford fechou os olhos por um momento.

– Em algumas horas, talvez.

Ela estendeu a mão para tocá-lo em solidariedade, mas logo a afastou quando ele balançou a cabeça e disse:

– Melhor não.

– Desculpe.

– Por favor, não peça desculpas.

Dunford se levantou.

– Eu... ahn... acho que vou sair para dar um mergulho. Há um lago não muito longe daqui, e ouvi dizer que a água é muito fria.

Henry não conseguiu conter uma risadinha.

Dunford tentou parecer sério, mas em vão. Então se inclinou e beijou Henry uma última vez, roçando os lábios suavemente sua testa. Ele caminhou até a porta e pousou a mão na maçaneta.

– Ah, Henry?

– Sim?

– Acho melhor nos casarmos em *quatro* semanas.

CAPÍTULO 19

Dunford enviou um mensageiro a Londres no dia seguinte, com a missão de publicar um anúncio no *Times*. Henry ficou muito satisfeita com a pressa dele em anunciar o noivado – parecia mais um sinal de que a amava com a mesma devoção que ela.

Belle e John chegaram na manhã seguinte, a tempo de se juntarem aos dois casais para um café da manhã tardio. Belle ficou muito satisfeita, embora não exatamente surpresa com o anúncio do noivado. Afinal, ela sabia que Dunford estava planejando pedir Henry em casamento, e qualquer pessoa que já tivesse visto o modo como a jovem olhava para ele afirmaria, sem dúvida, que ela aceitaria o pedido.

Depois do almoço, as três damas estavam sentadas na sala de estar, conversando sobre o novo status de Henry.

– Espero que ele tenha feito o pedido de um modo muito romântico – disse Belle, e bebeu um gole no chá.

Henry fez a alegria das duas ao enrubescer.

– Foi, humm, bem romântico.

– O que eu não entendo – comentou Emma – é em que momento Dunford teve a oportunidade de fazer o pedido. Ele ainda não tinha falado com você sobre isso antes do jantar na noite passada, a menos que você não tenha mencionado, mas não acho que seja o caso porque, para ser bem franca, não vejo como alguém seria capaz de manter um segredo tão importante.

Henry tossiu.

– Então nós duas nos retiramos para a sala de visitas e depois fomos todos para cama.

Os olhos de Emma se estreitaram.

– Não fomos?

Henry tossiu novamente.

– Sabe, acho que preciso de um pouco mais de chá – disse Emma, sorrindo maliciosamente enquanto se servia, e então sugeriu:

– Tome um gole, Hen.

Os olhos de Henry foram de uma prima à outra, com uma expressão cautelosa, enquanto ela levava a xícara aos lábios.

– A garganta está menos seca? – perguntou Belle em uma voz doce.

– Acho que preciso de um pouco mais de chá – desconversou Henry, estendendo a xícara para a anfitriã. – Com um pouco mais de leite.

Emma pegou o leite e serviu um pouco a Henry, que tomou mais um gole. Mas, ao erguer os olhos e ver as duas mulheres observando-a com o que parecia um propósito diabólico, logo esvaziou a xícara.

– Suponho que você não tenha conhaque por aqui...

– Fale logo, Henry – exigiu Emma.

– Eu... ahn... é um pouco pessoal demais, não? Sinceramente, nenhuma de vocês me contou ainda como seus maridos as pediram em casamento.

Para a surpresa de Henry, Emma corou.

– Muito bem – disse a duquesa. – Não vou perguntar mais nada. Mas preciso dizer... – As palavras foram morrendo e Emma parecia estar tentando encontrar uma forma de expressar algo indelicado.

– O quê? – perguntou Henry, sem a menor vergonha de se deleitar com o desconforto de Emma. Afinal, a duquesa estava fazendo o mesmo com ela apenas dois minutos antes.

– Estou ciente – disse Emma – de que parte do motivo pelo qual Dunford nos pediu que os recebêssemos aqui em um fim de semana festivo foi por saber que não seríamos os acompanhantes mais severos.

Belle deu uma risadinha.

Emma olhou para a prima com irritação antes de se voltar de novo para Henry.

– Tenho certeza de que ele supôs que encontraria uma maneira de ficar a sós com você, e entendo esse desejo. Afinal, Dunford ama você.

Ela fez uma pausa e ergueu os olhos.

– Ele ama, não ama? Quero dizer, é claro que ama, mas ele se *declarou*? Porque os homens podem ser uns brutos em relação a isso.

Henry ficou ligeiramente vermelha e assentiu.

– Certo – disse Emma, então pigarreou e continuou: – Como eu estava dizendo, entendo seu desejo, hum, talvez essa seja a palavra errada...

– "Desejo" provavelmente é bastante apropriado – disse Belle, contraindo os lábios com uma risada mal disfarçada.

Emma lançou outro olhar penetrante como uma adaga para a prima.

Belle retribuiu com um sorriso afetado, e as duas continuaram com esse comportamento pouco feminino até que Henry pigarreou. Emma endireitou o corpo na mesma hora, olhou para Henry, então, incapaz de resistir, lançou a Belle um último olhar furioso. Belle respondeu na mesma moeda com seu sorriso mais insolente.

– Você estava dizendo? – falou Henry.

– Certo – disse Emma, com menos vivacidade. – Eu só ia dizer que não há problema em querer ficarem a sós, e...

Então a duquesa enrubesceu, e o efeito foi quase cômico contra o cabelo de um ruivo intenso.

– Bem, acho que não há problema em ficarem *de fato* a sós de vez em quando, mas, por favor, tentem não ficar *muito* a sós, se é que você me entende.

Até a noite anterior, Henry não teria ideia do que ela estava querendo dizer, mas, agora que sabia, enrubesceu, muito mais do que Emma.

A expressão da duquesa deixou claro que tinha entendido que o pedido chegara tarde demais.

– Parece que esse tipo de situação é recorrente com a tia Caroline – murmurou.

Henry começou a se sentir envergonhada, mas logo se lembrou de que Belle e Emma eram suas amigas. E, embora não tivesse muita experiência com amigas, sabia que se estavam brincando daquele jeito, era só porque gostavam dela. Por isso levantou a cabeça com uma expressão travessa no rosto, primeiro encontrando os olhos violeta de Emma e depois os azuis de Belle, e disse:

– Se vocês não contarem, não sou eu quem vai contar.

O resto da estadia no campo passou muito rápido para Henry. Ela e as novas amigas foram até o vilarejo, jogaram cartas até altas horas da madrugada, brincaram e riram até a barriga doer. Mas os momentos mais especiais foram quando Dunford conseguiu escapulir com ela e puderam desfrutar de alguns momentos roubados.

Os encontros clandestinos começavam sempre com um beijo apaixonado, embora Dunford insistisse em afirmar que não era essa sua intenção.

– Eu vejo você e me empolgo – se defendia ele, sempre com um dar de ombros impenitente.

Henry tentava repreendê-lo, sem grande convicção.

Cedo demais, porém, estavam de volta a Londres, e Henry se viu cercada de curiosos batendo à porta, todos garantindo que só queriam parabenizá-la pelo casamento iminente. Henry ficou um pouco perplexa com toda aquela atenção, já que nem conhecia a maioria daquelas pessoas.

O conde de Billington foi uma dessas visitas e, bem-humorado, reclamou que não havia tido sequer a chance de cortejá-la.

– Dunford teve uma vantagem e tanto sobre todos nós – comentou ele com um sorriso preguiçoso.

Henry sorriu e deu de ombros humildemente, sem saber como responder.

– Acho que terei que cuidar do meu coração partido essa noite e enfrentar outro baile.

– Ah, por favor – zombou ela. – Seu coração não está nem um pouco partido.

Billington sorriu, encantado com a franqueza de Henry.

– Estaria se eu tivesse tido a chance de conhecê-la melhor.

– Sorte a minha não ter sido esse o caso – disse uma voz profunda.

Henry se virou e viu o corpo forte de Dunford ocupando o batente da porta do salão favorito de Caroline. Ele parecia muito grande, alto e másculo de paletó azul e calça bege. Dunford olhou para a noiva e esboçou um breve sorriso, dirigido só a ela. Na mesma hora os olhos dela se transformaram em piscinas sonhadoras de cetim prateado, e Henry deixou escapar um pequeno suspiro.

– Posso ver que eu não tinha a menor chance – murmurou Billington.

– Não mesmo – emendou Dunford em um tom afável.

Ele atravessou a sala para se sentar ao lado de Henry. E, uma vez que ela estava a salvo como sua noiva, Dunford enfim se lembrou de que sempre havia gostado bastante de Billington.

– O que o traz aqui? – perguntou Henry a Dunford.

– Só queria vê-la. Teve um dia agradável até agora?

– Muitas visitas, infelizmente.

Henry percebeu a enorme gafe e se voltou para Billington, gaguejando:

– Com exceção da presente companhia, é claro.

– É claro.

– Ah, por favor, não me ache grosseira, milorde. Mas a verdade é que quase uma centena de pessoas que não conheço vieram me visitar hoje. Fiquei muito aliviada quando o senhor apareceu. Afinal, já nos conhecemos e, o mais importante, gosto do senhor.

– Que adorável pedido de desculpas, minha cara.

Dunford deu uma palmadinha na mão dela, indicando que não precisava dizer mais nada. Nesse ritmo, a qualquer minuto ela estaria declarando seu amor pelo conde.

Billington percebeu a expressão vagamente irritada de Dunford e se levantou, com um sorriso astuto no rosto.

– Bem, em todo caso, sempre me orgulhei de reconhecer quando estou sobrando.

Dunford também se levantou e acompanhou Billington até a porta, onde deu um tapinha camarada nas costas do homem, embora um tanto forte demais.

– Sempre admirei essa qualidade em você, Billington.

O conde cerrou os lábios e fez uma mesura elegante para Henry.

– Senhorita Barrett.

Segundos depois, Henry e Dunford estavam sozinhos.

– Achei que ele nunca mais iria embora – comentou Dunford com um suspiro dramático, fechando a porta atrás de si.

– Seu demônio. Você praticamente expulsou o homem. E não pense que a porta vai permanecer fechada por mais de dois minutos antes que lady Worth saiba que estamos aqui sozinhos e envie uma horda de criados para nos fazer companhia.

Ele suspirou de novo.

– Um homem sempre pode ter esperança.

Os lábios de Henry se curvaram em um sorriso sedutor.

– Uma mulher também.

Ele se inclinou na direção dela até conseguir sentir na pele seu hálito.

– É mesmo? Em que você tinha esperança?

– Ah, em uma coisinha e outra – disse Henry, já um pouco ofegante.

– Uma coisinha assim?

Ele beijou um canto de sua boca.

– Ou assim?

E beijou o outro canto.

– Se não me engano, eu disse uma coisinha *e* outra.

– Ah, é verdade.

Dunford repetiu os dois beijos.

Henry suspirou de satisfação e se permitiu se aconchegar ao lado dele. Foi envolvida em um abraço platônico e Dunford roçou o rosto em sua nuca. Ele se permitiu aquele prazer por alguns momentos, então, ergueu o rosto e perguntou:

– Quanto tempo você acha que ainda temos antes que Caroline solte os cachorros?

– Cerca de trinta segundos, imagino.

Dunford afrouxou o abraço com relutância, mudou-se para a cadeira em frente a ela e tirou o relógio do bolso.

– O que está fazendo? – perguntou Henry, sacudindo o corpo em uma risada silenciosa.

– Testando você, minha cara.

Os dois ficaram em silêncio por cerca de vinte segundos, então Dunford deu uma gargalhada e balançou a cabeça.

– Você errou, sua atrevida. Parece que eu poderia tê-la abraçado por mais alguns segundos.

Henry revirou os olhos e balançou a cabeça. O homem era incorrigível.

A porta então se abriu abruptamente, sem que nenhum dos dois conseguisse ver quem chegava. Um braço uniformizado apenas empurrou a porta e desapareceu. Dunford e Henry começaram a rir.

– Arrá, eu estava certa! – exclamou Henry, triunfante. – E então, cheguei perto do tempo?

Dunford assentiu, com uma admiração relutante.

– Errou por apenas seis segundos.

Ela deu um sorriso satisfeito e se recostou. Dunford ficou de pé.

– Parece que nosso tempo a sós chegou ao fim. Quanto falta agora... só mais duas semanas?

Henry confirmou com um aceno de cabeça.

– Viu só? Está feliz por eu ter convencido você a um noivado de quatro semanas em vez de cinco?

– Não tenho palavras para expressar como estou, meu amor.

Ele se inclinou e beijou a mão dela.

– Espero vê-la essa noite no baile de lady Hampton.

– Se você estiver lá, eu também estarei.

– Gostaria que você fosse sempre assim tão dócil, sabia?

– Posso ser muito dócil quando me convém.

– Ah, sim. Devo pedir que se esforce para encontrar propósitos que combinem com os meus?

– Creio que estamos bem de acordo neste momento, milorde.

Ele riu.

– Preciso ir, Hen. Você me superou de longe na arte do flerte. Estou correndo o sério risco de perder meu coração.

– Espero que já o tenha perdido – disse ela, vendo-o ir na direção da porta aberta.

Dunford se virou, com os olhos ardentes de emoção.

– Eu não perdi, eu o entreguei a certa mulher para que tome conta.

– E ela está mantendo seu coração seguro? – perguntou Henry, incapaz de conter um tremor na voz.

– Sim, está, e eu também protegeria o dela com a minha vida.

– Espero que não chegue a esse ponto.

– Eu também, mas isso não significa que não seja verdade.

Dunford virou de costas, mas parou antes de sair da sala e acrescentou:

– Às vezes, Hen – disse ele, sem se virar para encará-la –, eu acho até que daria a vida só por um sorriso seu.

Algumas horas mais tarde, Henry estava terminando de se arrumar para o baile daquela noite. Como sempre, sentiu um pequeno arrepio de empolgação ao se lembrar de que em pouco tempo veria Dunford. Era estranho como, agora que haviam declarado o sentimento mútuo, o tempo que passavam juntos se tornara ainda mais emocionante. Cada olhar, cada toque, era tudo tão carregado de significado... Bastava que ele olhasse para ela de uma certa maneira, pensou Henry com ironia, e ela se esquecia de como respirar.

A noite estava fria, por isso ela escolheu um vestido de veludo em um tom de azul-marinho intenso. Dunford chegou para acompanhá-la, assim como Belle e John, os dois na própria carruagem.

– Perfeito – declarou Caroline, batendo palmas. – Com duas carruagens não preciso que tragam a minha. Irei com... humm, com Dunford e Henrietta.

A expressão de Dunford foi do mais profundo desânimo.

– E Henry... quer dizer, o *meu* Henry – explicou Caroline – pode ir com Belle e John.

Belle murmurou alguma coisa sobre não precisar de acompanhante agora que estava casada, mas Henry era a única que estava próxima o bastante para ouvir.

O trajeto até Hampton House foi bem monótono, como Henry já imaginara. Com Caroline na carruagem, não houve muitas oportunidades para que ocorresse qualquer "evento". Já no baile, Henry foi arrebatada pelos convidados, uma vez que a maioria havia chegado à conclusão de que ela era a jovem mais interessante da temporada. Afinal, tinha conseguido conquistar Dunford com aparente facilidade.

Observando sua noiva se esquivar dos comentários inconvenientes das viúvas intrometidas e das jovens debutantes igualmente intrometidas, Dunford chegou à conclusão de que ela estava se comportando muito bem e saiu para tomar um pouco de ar fresco. Por mais que quisesse passar cada minuto de seu dia e sua noite ao lado de Henry, não era de bom-tom ficar muito tempo ao lado dela. É claro que, por estarem noivos, as pessoas esperavam que ele desse um pouco mais de atenção a Henry do que o normal, mas também já circulavam alguns boatos nada agradáveis sobre como os dois haviam se conhecido. Afinal, tinham ficado noivos apenas duas semanas após chegarem a Londres. Dunford achava que nenhum deles havia alcançado os ouvidos de Henry, mas não queria colocar mais nenhuma lenha na fogueira. Decidiu dar a ela um pouco de tempo para socializar com os amigos de Caroline, todos muito influentes e de reputação incontestável, então voltaria para dançarem uma valsa. Ninguém poderia criticá-lo por isso.

Dunford caminhou lentamente até as portas francesas que davam para o jardim. Lady Hampton mandara iluminar a área com lanternas chinesas e estava quase tão claro do lado de fora quanto lá dentro. Ele se recostou contra um pilar e estava pensando em sua tremenda boa sorte quando ouviu alguém chamando seu nome. Dunford virou a cabeça.

O conde de Billington caminhava em sua direção, com um sorriso no rosto que era ao mesmo tempo zombeteiro e autodepreciativo.

– Só queria parabenizá-lo mais uma vez. Não sei bem como você conseguiu, mas merece os melhores votos.

Dunford assentiu com elegância.

– Você vai encontrar alguém.

– Não este ano. A safra está lamentável. A sua Henry era a única com meio cérebro.

Dunford arqueou a sobrancelha.

– *Meio* cérebro?

– Ora, pois imagine o meu prazer quando descobri que a única debutante com meio cérebro na verdade tinha um cérebro inteiro – explicou Billington, balançando a cabeça. – Terei que esperar até o próximo ano.

– Por que a pressa?

– Acredite em mim, Dunford, você não quer saber.

Dunford achou o comentário bastante enigmático, mas não o pressionou, preferindo respeitar a privacidade do outro.

– Mas – continuou Billington –, como parece que corro o risco de perder a minha liberdade de solteiro ainda nesta temporada, provavelmente procurarei por companhia.

– Companhia?

– Sim. Charise voltou para Paris algumas semanas atrás. Disse que é chuvoso demais aqui.

Dunford se afastou do pilar.

– Talvez eu possa ajudá-lo.

Billington indicou com um gesto os recessos mais escuros do gramado.

– Imaginei mesmo que você poderia.

Lady Sarah-Jane Wolcott viu os dois homens caminhando em direção ao fundo do jardim, e seu interesse foi imediatamente despertado. Os dois já estavam conversando havia vários minutos... que assunto exigiria tanta privacidade? Feliz por ter escolhido usar um vestido verde-escuro, ela deslizou pelas sombras, movendo-se em direção aos dois até encontrar um grande arbusto atrás do qual pudesse se esconder. Se chegasse um pouquinho para a frente, conseguiria ouvir a maior parte da conversa dos cavalheiros.

– ... terei que me livrar de Christine, é claro.

Parecia ser Dunford.

– Imaginei que você não gostaria de continuar mantendo uma amante tendo uma esposa tão adorável.

– Eu já deveria ter encerrado tudo com ela semanas atrás. Não fui vê-la desde que voltei para Londres, mas é preciso ser delicado nessas situações. Não quero ferir os sentimentos dela.

– É claro que não.

– O contrato de aluguel da casa dela está pago por alguns meses. Isso deve dar a Christine tempo suficiente para encontrar outro protetor.

– Bem, eu estava pensando em me oferecer para esse papel.

A declaração arrancou uma risada de Dunford, e o outro homem prosseguiu:

– Estou de olho em Christine há alguns meses. Só estava esperando que você a liberasse.

– Eu estava planejando me encontrar com ela na sexta-feira à meia-noite, para contar que vou me casar, embora provavelmente ela já tenha ouvido a respeito. Vou falar bem de você.

Billington sorriu enquanto tomava um gole da bebida que segurava.

– Faça isso.

– Confesso que estou feliz por você estar interessado nela. Christine é uma boa mulher. Eu não gostaria que ela ficasse desamparada.

– Ótimo.

Billington deu um tapa amigável nas costas de Dunford e acrescentou:

– É melhor eu voltar para a festa agora. Nunca se sabe quando uma debutante com cérebro pode aparecer. Entrarei em contato na próxima semana, certo? Depois que você tiver a oportunidade de acertar as coisas com Christine.

Dunford assentiu e ficou observando Billington cruzar o terraço. Após um instante, fez o mesmo.

Os lábios de Sarah-Jane se curvaram em um sorriso enquanto ela avaliava o que acabara de ouvir e que uso poderia fazer da fofoca. Não sabia o que havia na Srta. Henrietta Barrett que tanto a irritava, mas era fato que a irritava. Talvez fosse por ver Dunford obcecado pela moça quando ela mesma, Sarah-Jane, havia corrido atrás dele por quase um ano. E a pequena Srta. Henry obviamente retribuía os sentimentos dele. Cada vez que Sarah-Jane olhava para ela, a pegava fitando Dunford como se ele fosse um deus.

Sarah-Jane supôs que era isso que mais a irritava na Srta. Henry: ela era tão inocente e intocada quanto Sarah-Jane fora naquela idade, antes dos pais a casarem com lorde Wolcott, um notório libertino com o triplo da idade dela. Sarah-Jane se consolou com uma série de casos amorosos, sobretudo com homens casados. Henry sofreria um duro golpe quando se desse conta de que os homens não permaneciam fiéis às esposas por muito tempo.

E, diante desse pensamento, Sarah-Jane ergueu a cabeça e teve um estalo. Por que não ensinar logo essa pequena lição a Henry? Não seria mal nenhum, racionalizou. Mais cedo ou mais tarde, a moça teria mesmo que descobrir a triste verdade sobre os casamentos da aristocracia. E, talvez, quanto antes melhor. Vendo por esse prisma, era óbvio que estaria fazendo um favor a Henry. Era melhor que ela entrasse no casamento de olhos abertos em vez de sofrer uma terrível desilusão alguns meses depois.

Ao retornar para o salão, Sarah-Jane sorria.

⁓

Henry atentou para não torcer o pescoço enquanto examinava a aglomeração de convidados em busca de Dunford. Para onde diabos o homem tinha ido? Ela passara a última meia hora respondendo a perguntas sobre suas núpcias e achava que estava na hora de o noivo fazer a parte dele.

– Posso parabenizá-la por seu casamento iminente?

Henry suspirou e se virou para a mais recente bem-intencionada, então abriu um pouco mais os olhos quando viu que era Sarah-Jane Wolcott.

– Lady Wolcott – falou, incapaz de evitar um toque de gelo na voz.

Tinha motivos para tal, já que a dama em questão praticamente se jogara em cima de Dunford na última vez que haviam se encontrado.

– Que surpresa.

– Por que a surpresa? – respondeu Sarah-Jane inclinando a cabeça. – Certamente não acha que eu me ressentiria por uma dama ter a bênção da felicidade conjugal.

Henry teve vontade de dizer que não tinha ideia do que a mulher faria ou deixaria de fazer, mas, atenta aos olhos e ouvidos curiosos ao seu redor, apenas sorriu e disse:

– Obrigada.

– Garanto que desejo o melhor à senhorita e ao seu noivo.

– Eu acredito – falou Henry, com os dentes cerrados, desejando que a mulher desaparecesse.

– Que ótimo. Em todo caso, gostaria de lhe dar um conselho. De mulher para mulher, é claro.

Henry não estava com um bom pressentimento sobre aquilo.

– É muito gentil da sua parte, lady Wolcott, mas lady Worth, lady Blackwood e a duquesa de Ashbourne têm sido muito gentis em me dar todo tipo de conselhos necessários no que diz respeito à condição de casada.

– É muito generoso da parte delas, tenho certeza. Não esperaria menos de damas tão gentis.

Henry engoliu o gosto ruim na boca e se conteve para não dizer que as três damas em questão não viam lady Wolcott com a mesma admiração.

– Mas o conselho que eu tenho para dar – continuou Sarah-Jane com um gesto afetado do pulso – não poderia ser dado por mais ninguém.

Henry colocou um sorriso radiante e nada sincero no rosto, se inclinou para a frente e disse:

– Estou sem fôlego de tanta ansiedade.

– Ah, é claro que está – murmurou Sarah-Jane. – Venha, vamos nos afastar desta aglomeração por um momento. O que tenho a dizer é apenas para os seus ouvidos.

Ansiosa por fazer qualquer coisa que a livrasse da mulher, Henry recuou obedientemente alguns passos.

– Por favor, eu não faria nada para magoá-la – declarou Sarah-Jane em voz baixa –, e só vou contar isso porque acho que toda mulher deve se casar de olhos bem abertos. Eu não tive esse privilégio.

– Do que se trata, lady Wolcott? – perguntou Henry, irritada.

– Ora, minha cara, só achei que você deveria saber que Dunford tem uma amante.

CAPÍTULO 20

– É só isso, lady Wolcott? – perguntou Henry, em um tom gelado.

Sarah-Jane não precisou fingir surpresa.

– Ora, então a senhorita já sabia. Deve ser uma jovem excepcional para tê-lo em tão alta conta mesmo havendo outra mulher na vida dele.

– Não acredito na senhora, lady Wolcott, e acho que é uma mulher muito maldosa. Agora, se me dá licença...

Sarah-Jane segurou Henry pela manga do vestido antes que ela pudesse escapar.

– Entendo sua relutância em aceitar que estou falando a verdade. A senhorita provavelmente se imagina apaixonada por ele.

Henry quase deixou escapar que ela não "se imaginava nada"– ela *estava* apaixonada por Dunford –, mas, como não queria dar a lady Wolcott a satisfação de ver que ficara abalada com a informação, cerrou os lábios. Sarah-Jane inclinou a cabeça de uma maneira condescendente e Henry, incapaz de suportar mais, tentou se desvencilhar da mão dela, dizendo friamente:

– Por favor, me solte.

– O nome dela é Christine Fowler. Ele vai encontrá-la na sexta-feira. À meia-noite.

– Eu disse para me soltar, lady Wolcott.

– Faça como quiser, então, Srta. Barrett. Mas pense no seguinte: se eu estiver mentindo, como poderia dizer a hora específica do próximo encontro deles? Se eu estiver blefando, basta ir até a casa dela à meia-noite de sexta-feira e me acusar de mentirosa – disse ela, e então soltou a manga de Henry. – Mas eu não sou mentirosa.

Henry, que estava prestes a sumir dali no momento anterior, se viu congelada no lugar. As palavras de lady Wolcott faziam sentido.

– Tome – disse Sarah-Jane, oferecendo um pedaço de papel. – Esse é o endereço dela. A Srta. Fowler é bastante conhecida. Até eu sei onde ela mora.

Henry olhou para o pedaço de papel como se fosse um monstro.

– Pegue, Srta. Barrett. O que vai fazer com a informação é decisão sua.

Henry continuou olhando para o papel, incapaz de identificar as emoções horríveis que a percorriam. Lady Wolcott finalmente pegou sua mão, abriu os dedos e colocou o papel entre eles.

– Para o caso de resolver não ler, Srta. Barrett, vou lhe dizer o endereço. Catherine mora no número 14 da Russel Square, em Bloomsbury. É uma bela casinha. Acredito que tenha sido o seu futuro marido que a conseguiu para ela.

– Por favor, vá embora – disse Henry, sem expressão na voz.

– Como quiser.

– Agora.

Lady Wolcott meneou graciosamente a cabeça e desapareceu em meio aos outros convidados.

– Ah, aí está você, Henry!

Henry olhou para o lado e viu Belle se aproximando.

– O que está fazendo aqui neste canto?

Henry engoliu em seco.

– Ah, estava só tentando fugir um pouco de todas aquelas pessoas.

– Bem, não posso culpá-la. Pode ser bem tedioso ser a sensação da temporada, não é? Mas não se preocupe, sem dúvida Dunford chegará em breve para salvá-la.

– Não! – disse Henry, aflita. – Quer dizer, não estou me sentindo bem. Seria terrivelmente rude da minha parte se eu fosse para casa agora?

Belle olhou para ela com preocupação.

– É claro que não. Você parece mesmo um pouco ruborizada. Espero que não esteja com febre.

– Não, eu só... só quero me deitar.

– Claro. Por que não vai se encaminhando para a porta? Vou encontrar Dunford para que ele a leve para casa.

– Não.

A palavra saiu rapidamente e com mais intensidade do que Henry pretendia.

– Não é necessário. Ele deve estar com os amigos, e não quero interrompê-lo.

– Tenho certeza de que ele não vai se importar. Na verdade, Dunford ficaria muito aborrecido comigo se eu não dissesse que você está se sentindo mal. Ele vai ficar muito preocupado.

– Mas eu quero ir embora *agora* – disse Henry, e sentiu um toque de histeria na própria voz. – Eu realmente gostaria de me deitar e você pode demorar séculos para encontrá-lo.

– Está bem – disse Belle. – Venha comigo. Você vai para casa na minha carruagem. Não, melhor: vou acompanhá-la. Suas pernas não parecem muito firmes.

Henry não ficou surpresa. Ela não se sentia muito firme, nem nas pernas nem em nenhuma outra parte do corpo.

– Não é necessário, Belle. Vou ficar bem quando me deitar.

– É absolutamente necessário – retrucou Belle com firmeza. – E não é problema algum. Eu deixarei você em casa e depois voltarei para cá.

Henry assentiu e nem percebeu quando o odiado pedaço de papel deslizou de seus dedos. No caminho para a saída, Belle pediu a um amigo que informasse a John e Dunford que elas haviam partido. Quando chegaram à carruagem, Henry percebeu que estava tremendo, e assim continuou por todo o caminho até em casa.

Belle estava cada vez mais preocupada e estendeu a mão para tocar a testa da amiga.

– Tem certeza de que não está com febre? Eu tive uma vez. Foi péssimo, mas podemos cuidar disso de forma mais eficiente se detectarmos logo.

– Não – disse Henry, cruzando os braços com força. – Só estou cansada. Tenho certeza disso.

Belle não pareceu convencida e, quando chegaram à mansão Blydon, subiu rapidamente com Henry e acomodou-a na cama.

– Acho melhor eu não voltar para o baile – falou, sentando-se na cadeira ao lado da cama de Henry. – Você não parece nada bem e eu não gostaria que estivesse sozinha caso venha a piorar.

– Por favor, não se preocupe – pediu Henry, ciente de que precisava ficar sozinha com o abatimento e a confusão que a dominavam. – Eu não estou sozinha. Seus pais têm um exército de criados aqui e não pretendo fazer nada além de continuar na cama até dormir. Além disso, John deve estar à sua espera. Você deixou um recado dizendo que planejava voltar.

– Tem certeza de que vai dormir agora mesmo?

– Tenho certeza de que vou tentar.

Com todos os pensamentos que ocupavam sua mente no momento, Henry não sabia se algum dia seria capaz de voltar a dormir em paz.

– Muito bem, então. Mas não pense que vou me divertir.

Belle sorriu enquanto tentava provocar um pouco do bom humor da amiga. Henry conseguiu dar um sorriso débil.

– Você poderia, por favor, apagar a vela quando sair?

Belle fez o que a amiga pediu e foi embora.

Henry ficou deitada no escuro, acordada, por várias horas. Ficou olhando para um teto que não conseguia ver, com a mente girando em um labirinto que sempre parecia levá-la de volta ao mesmo lugar.

Lady Wolcott devia estar mentindo. Obviamente era uma mulher maldosa, e Henry tinha plena consciência de que ela queria – ou ao menos já quisera – Dunford para si. Ou seja, lady Wolcott tinha todos os motivos para tentar destruir a felicidade de Henry.

Além disso, Dunford a amava. Ele dissera isso, e Henry acreditava nele. Nenhum homem teria sido capaz de olhar para ela com tanta ternura, de fazer amor com ela com tanta devoção, se não a amasse.

A não ser que... E se ela não o tivesse agradado? Dunford parou antes de concluírem o ato. Era verdade que dissera que era para evitar engravidá-la. Na ocasião, Henry ficara encantada com o autocontrole dele.

Mas um homem apaixonado seria capaz desse tipo de coisa? Talvez Dunford não tivesse sentido a mesma urgência que ela. Talvez achasse mais desejável uma mulher sofisticada. Talvez ela ainda fosse muito imatura, uma moça do campo. Nada além de uma moleca. Talvez não fosse mulher o suficiente para ele.

A verdade era que ela ainda sabia muito pouco sobre ser mulher. Ainda precisava consultar Belle sobre quase todas as questões importantes.

Henry se encolheu e pressionou as mãos contra os ouvidos, como se isso pudesse calar a voz pessimista dentro dela. Não. Ela não se permitiria duvidar de Dunford. Ele a amava. Ele havia dito isso e ela acreditava nele.

Só um homem apaixonado poderia ter usado um tom tão carregado de sentimento ao dizer "Às vezes, Hen, eu acho até que daria a vida só por um sorriso seu".

Se Dunford a amava, e Henry tinha certeza de que amava, então ele não poderia querer ter uma amante. Com certeza jamais faria nada para magoar Henry de forma tão cruel.

Mas então como lady Wolcott poderia saber a hora e o lugar específicos do suposto encontro de Dunford com Christine Fowler? Como ela mesma havia dito, se estivesse mentindo, seria fácil para Henry descobrir; bastaria ficar à espreita do lado de fora da casa de Christine na hora marcada e ver se Dunford apareceria.

Devia haver alguma verdade na história de lady Wolcott, decidiu Henry. Não tinha ideia de como a mulher conseguira aquela informação, mas não duvidava que ela fosse capaz de entreouvir conversas ou ler a correspondência de outras pessoas. Mas, independentemente da desonestidade de lady Wolcott, uma coisa era certa: algo iria acontecer à meia-noite de sexta-feira.

De repente, Henry sentiu uma violenta onda de culpa. Como podia duvidar de Dunford daquela maneira? Ficaria furiosa se ele demonstrasse a mesma falta de confiança em relação a ela. Sabia que não deveria pensar nessas coisas. Ela não queria duvidar dele, mas, ao mesmo tempo, não poderia ir até Dunford e questioná-lo sobre o assunto, já que assim ele teria conhecimento de suas dúvidas. Henry não sabia se Dunford reagiria com fúria ou com um frio desapontamento, mas não achava que conseguiria suportar qualquer das hipóteses.

Sua mente girava em círculos. Não podia confrontá-lo porque ele ficaria furioso por ela ter achado que poderia haver um fundo de verdade nas palavras de lady Wolcott. E se ela não fizesse nada, passaria o resto da vida com essa dúvida pairando feito uma nuvem sobre sua cabeça. Ela *realmente* não achava que Dunford tinha uma amante, e acusá-lo seria muito desagradável. Mas se ela não o confrontasse, nunca teria certeza.

Henry fechou os olhos com força, desejando conseguir chorar. As lágrimas a esgotariam e talvez assim ela conseguisse dormir.

– Como assim, ela se sentiu mal?

Dunford deu um passo ameaçador na direção de Belle.

– Ela se sentiu mal e ponto, Dunford. Então eu a levei para casa e a coloquei na cama. As duas últimas semanas foram muito cansativas para Henry, caso você não tenha reparado. Metade de Londres decidiu que precisava conhecê-la. Você praticamente a abandonou aos lobos no momento em que chegamos aqui.

Dunford estremeceu diante do toque de reprovação na voz de Belle.

– Estou tentando reduzir as fofocas ao mínimo. Se eu der muita atenção a Henry quando estamos em público, as más-línguas voltarão a se agitar.

– Ora, pare de se preocupar com fofocas! – retrucou Belle. – Eu sei que você diz que está fazendo tudo por Henry, mas ela não se importa com isso. Henry só quer saber de você, e você sumiu essa noite.

Os olhos de Dunford arderam e ele se adiantou para passar por ela.

– Vou até lá.

– Ah, não, você não vai, não – disse Belle, segurando-o pela manga. – A pobrezinha está exausta, deixe-a dormir. E quando eu disse para parar de se preocupar com as fofocas, não quis dizer que era aceitável invadir o quarto dela, ainda mais na casa da minha mãe, no meio da noite.

Dunford se acalmou e cerrou o maxilar diante da intensidade do desprezo que sentia por si mesmo e da impotência que experimentava. Nunca se sentira assim antes. Era como se algo o devorasse por dentro. Só de saber que Henry se sentia mal e que ele não estava com ela, ainda que ela não estivesse sozinha, ele estremecia de frio, calor, medo e Deus sabe mais o quê.

– Ela vai ficar bem? – perguntou ele por fim, esforçando-se para soar calmo.

– Sim – afirmou Belle com carinho, pousando a mão no braço dele. – Ela só precisa dormir um pouco. Pode deixar, vou pedir à minha mãe que verifique mais tarde como ela está.

Ele assentiu brevemente.

– Faça isso. Passarei para vê-la amanhã.

– Tenho certeza de que ela vai gostar. Também vou até lá.

Belle começou a se afastar, mas Dunford a chamou.

– Sim?

– Só queria agradecer, Belle – disse ele, e um músculo saltou em sua garganta. – Por ser amiga dela. Você não tem ideia de como Henry precisava de uma amiga. Significa muito para ela. E para mim.

– Ah, Dunford. Não precisa agradecer. Henry torna muito fácil ser amiga dela.

Dunford deixou o baile com alívio. A festa só havia sido tolerável porque ele sabia que em pouco tempo tiraria a noiva para uma valsa. Mas, depois que ela se fora, não havia mais nada ali que o interessasse. Era incrível pensar como a vida parecia sombria sem Henry.

Mas de onde vinha essa ideia? Dunford balançou a cabeça para afastá-la.

Não havia a menor razão para contemplar a vida sem Henry. Eles se amavam. Do que mais ele poderia precisar?

⁂

– Uma visita, Srta. Barrett.

Henry, ainda na cama, ergueu os olhos para a criada que acabara de fazer o anúncio. Belle tinha chegado cedo pela manhã para lhe fazer companhia, e as duas estavam folheando gravuras de moda.

– Quem é, Sally? – perguntou Belle.

– É lorde Stannage, milady. Ele disse que gostaria de ver como está a noiva.

Belle franziu a testa.

– Não é muito apropriado que ele venha até o quarto, mas você *está* doente e eu *estou* aqui como acompanhante.

Henry não teve tempo de dizer que não tinha certeza se queria vê-lo antes de Belle acrescentar:

– Tenho certeza de que você está morrendo de vontade de vê-lo. Não haverá problema, se for breve.

Ela assentiu para a criada, que desceu para buscar o visitante. Dunford apareceu tão rápido que Henry achou que ele subira dois degraus de cada vez.

– Como você está? – perguntou Dunford com a voz rouca, postando-se rapidamente ao lado dela.

Henry engoliu em seco várias vezes, tentando se livrar do nó na garganta. O noivo a fitava com olhos tão carregados de amor que ela se sentiu uma traidora por ter pensado, mesmo que brevemente, que lady Wolcott pudesse estar dizendo a verdade.

– Um... um pouco melhor.

Ele segurou as mãos dela.

– Você não faz ideia de como fico feliz em ouvir isso.

Belle pigarreou.

– Vou esperar do lado de fora, aqui no corredor – disse ela, e então se inclinou para Dunford: – Dois minutos.

Ele assentiu. Belle saiu do quarto, mas não fechou a porta.

– Como você está se sentindo de verdade? – perguntou Dunford.

– Muito melhor – afirmou Henry com sinceridade.

E ela de fato se sentia muito melhor agora que o estava vendo de novo.

Além de se achar uma tonta por sequer ter cogitado a ideia de ele poder traí-la.

– Acho que era fadiga.

Dunford franziu a testa.

– Você parece mesmo um pouco cansada. Está com olheiras.

E isso se devia inteiramente ao fato de não ter conseguido dormir na noite anterior, pensou Henry com tristeza.

– Acho que vou passar o resto do dia na cama – disse ela. – Não consigo me lembrar da última vez que fiz isso. Estou me sentindo pecaminosamente preguiçosa.

Dunford tocou seu queixo.

– Você merece esse descanso.

– Mereço?

– Aham. Quero você bem descansada quando nos casarmos. – Dunford deu um sorriso malicioso. – Porque pretendo deixar você exausta...

Um rubor se insinuou no rosto de Henry, mas ela não ficou com vergonha de dizer:

– Eu gostaria que estivéssemos casados agora.

– Eu também, meu amor.

Dunford se inclinou para a frente, fixando os olhos carregados de desejo nos lábios dela.

– Voltei! – disse Belle enfiando a cabeça no quarto.

Dunford praguejou baixinho, mas com vontade.

– Como sempre, você sabe a hora exata de aparecer.

Belle deu de ombros.

– É um talento que eu cultivo.

– Não seria nada mau cultivá-lo um pouquinho menos – murmurou Henry.

Dunford levou uma das mãos de Henry aos lábios e beijou-a antes de se preparar para sair.

– Voltarei amanhã, para saber como você está. Talvez possamos dar um passeio, se estiver se sentindo bem.

– Eu adoraria.

Ele fez menção de se afastar, então se virou para Henry, dobrando ligeiramente os joelhos para que seu rosto ficasse na altura do dela.

– Posso lhe pedir um favor?

Henry assentiu, assustada com a expressão séria nos olhos dele.

– Você me promete que, se piorar um pouco, vai chamar um médico imediatamente?

– Prometo.

– Também quero que veja um médico caso ainda não esteja se sentindo melhor amanhã.

– Eu já me sinto muito melhor. Obrigada por ter vindo.

Dunford sorriu, um daqueles sorrisos secretos que sempre a deixavam de pernas bambas. Então fez uma breve mesura e saiu do quarto.

– A visita foi boa? – perguntou Belle. – Não, nem se preocupe em responder. Posso ver com meus próprios olhos. Você está radiante.

– Sei que não devemos trabalhar no comércio, mas se pudéssemos engarrafar um dos sorrisos dele e vender como remédio, faríamos uma fortuna, Belle.

A amiga sorriu com carinho enquanto endireitava a saia.

– Por mais que eu adore Dunford, me sinto na obrigação de deixar claro que os sorrisos dele não chegam nem perto dos sorrisos do meu marido.

– Rá – escarneceu Henry. – Falando de um ponto de vista objetivo, qualquer pessoa pode ver que os sorrisos de Dunford são superiores.

– Ponto de vista objetivo... Até parece!

Henry sorriu.

– O ideal seria a opinião de um observador imparcial. Poderíamos perguntar a Emma, mas tenho a impressão de que ela diria que nós duas estamos loucas e que Alex tem o sorriso mais bonito.

– Imagino que seria exatamente isso – disse Belle.

– Sim.

Henry ficou puxando fios das cobertas por algum tempo antes de voltar a falar:

– Belle? Posso lhe fazer uma pergunta?

– É claro.

– É sobre a vida de casada.

– Ah – disse Belle com conhecimento de causa. – Achei mesmo que gostaria de conversar comigo a respeito. Como você não tem mãe, eu não sabia a quem recorreria para fazer perguntas.

– Ah, não, não é sobre *isso* – apressou-se a dizer Henry, ficando vermelha como de costume. – Sei *tudo* sobre isso.

Belle tossiu, escondendo ligeiramente o rosto atrás da mão.

– Não por experiência própria – mentiu Henry. – Mas não se esqueça de que cresci em uma fazenda. Criamos muito animais.

– Eu... ahn... Sinto que devo intervir brevemente.

Belle fez uma pausa, e pareceu estar tentando descobrir a melhor maneira de agir.

– Eu não cresci em uma fazenda, mas tenho alguma noção de pecuária, e devo dizer que, embora a mecânica seja a mesma...

Henry nunca tinha visto Belle tão vermelha. Com pena da amiga, ela adiantou:

– O assunto é um pouco diferente.

– É?

– Sei que... isto é, ouvi dizer que muitos homens têm amantes.

Belle assentiu.

– Isso é verdade.

– E que muitos deles continuam a manter essas amantes depois do casamento.

– Ah, Henry, é disso que se trata? Você está com medo de que Dunford vá manter uma amante? Posso garantir que não será o caso, não quando ele a ama tanto. E imagino que você vai mantê-lo tão ocupado que ele não terá nem tempo para procurar uma amante.

– Mas ele tem uma neste momento? – insistiu Henry. – É claro que não tenho a ilusão de que Dunford tenha levado uma vida monástica até aqui, e nem chego a ter ciúmes de nenhuma mulher com quem ele possa ter tido relações. Não posso culpá-lo se ele nem me conhecia na época. Mas e se ele ainda mantiver uma amante agora?

Belle engoliu em seco, parecendo desconfortável.

– Veja, Henry. Preciso ser honesta com você... Sei que Dunford estava mantendo uma amante quando partiu para a Cornualha, mas não acho que ele a tenha encontrado desde que voltou para Londres. Eu juro. Tenho certeza de que, a essa altura, ele já terminou com ela. Ou, se não terminou, fará isso em breve.

Henry umedeceu os lábios pensativamente, sentindo um profundo alívio. É claro, era isso. Ele estava planejando ver Christine Fowler na noite de sexta-feira para informar que ela precisaria procurar outro protetor. Henry preferia que ele tivesse se encarregado daquilo quando chegaram a Londres, mas não podia criticá-lo por adiar o que provavelmente era uma tarefa desagradável. Tinha certeza de que a amante não gostaria de se separar dele. Não conseguia imaginar nenhuma mulher querendo se separar de Dunford.

– John tinha uma amante antes de conhecer você? – perguntou Henry, curiosa, mas logo se arrependeu. – Ah, me desculpe. É totalmente pessoal.

– Imagine, não se preocupe. Na verdade, John não tinha uma amante, mas ele também não morava em Londres. Isso é uma prática comum aqui. Sei que Alex tinha uma, mas parou de vê-la no instante em que conheceu Emma. Tenho certeza que o mesmo vale para Dunford.

Belle parecia tão segura que Henry não pôde deixar de acreditar nela. Afinal, era naquilo que queria acreditar. E, em seu coração, sabia que era verdade.

Apesar de toda a sua confiança na inocência de Dunford, na sexta-feira Henry ainda estava estranhamente nervosa. Ela se assustava ao menor ruído, toda vez que alguém lhe dirigia a palavra. Passou três horas lendo a mesma página de Shakespeare, e pensar em comida a deixava enjoada.

Dunford foi buscá-la às três da tarde para o passeio diário e a mera visão dele a emudeceu. Henry só conseguia pensar que o noivo veria a amante naquela noite. Ela se perguntou o que diriam um ao outro. Como seria essa mulher? Linda? Parecida com ela mesma, Henry? *Por favor, Deus, não permita que ela seja parecida comigo*, pensou Henry. Não sabia bem por que esse ponto significava tanto para ela, mas achou que ficaria nauseada caso viesse a descobrir que se parecia com Christine Fowler de alguma forma.

– O que está deixando você tão preocupada? – perguntou Dunford, sorrindo para ela com indulgência.

– Ah, só estou com a cabeça longe daqui... – respondeu Henry.

– Pago uma libra pelos seus pensamentos.

– Ah, eles não valem tudo isso – retrucou ela com uma intensidade desnecessária. – Pode acreditar.

Dunford a encarou sem entender e os dois caminharam mais alguns passos antes que ele voltasse a falar:

– Ouvi dizer que você tem feito bom uso da biblioteca de lorde Worth.

– Ah, sim – disse Henry com alívio, esperando que um assunto neutro afastasse seus pensamentos sobre Christine Fowler. – Belle me recomendou algumas peças de Shakespeare. Ela leu todas, sabia?

– Eu sei – murmurou Dunford. – Se não me engano, em ordem alfabética.

– É mesmo? Que estranho.

Voltaram a ficar em silêncio e os pensamentos de Henry retornaram ao ponto que ela não queria. Por fim, mesmo sabendo que estava definitivamente fazendo a coisa errada, mas incapaz de evitar, virou-se para Dunford e perguntou:

– Você tem algum plano especial para hoje à noite?

As pontas das orelhas dele ficaram vermelhas; um sinal claro de culpa, pensou Henry.

– Ah, nada de mais – respondeu Dunford. – Estava planejando encontrar alguns amigos no White's para uma partida de uíste.

– Ah, com certeza será divertido.

– Por que pergunta?

Ela deu de ombros.

– Só por curiosidade, eu acho. Esta será a primeira noite em semanas em que nossos planos para a noite não coincidem. A não ser, é claro, quando estive doente.

– Bem, como não devo ver meus amigos com tanta frequência depois que nos casarmos, me sinto obrigado a me juntar a eles no jogo de cartas hoje.

Aposto que sim, pensou Henry com sarcasmo. E logo se repreendeu por pensar tão mal dele. Dunford iria à casa da amante naquela noite para terminar tudo. Ela deveria estar feliz. E se estava mentindo para ela a respeito, ora, era natural. Afinal, por que iria querer que a noiva soubesse que ele estava indo à casa da amante, não é mesmo?

– E os seus planos, quais são? – perguntou Dunford.

Henry fez uma careta.

– Lady Worth está me obrigando a assistir a um recital.

O rosto dele assumiu uma expressão horrorizada.

– Não...

– Sim, temo que sejam suas primas, as Smythe-Smiths. Ela acha que devo conhecer alguns parentes seus.

– Meu Deus, será que ela não entende...? Henry, isso é muito cruel. Nunca na história das Ilhas Britânicas houve quatro mulheres menos dotadas de talento musical.

– Foi o que ouvi dizer. Belle se recusou terminantemente a ir conosco.

– Sinto dizer que a arrastei para um desses recitais no ano passado. Acho que ela nem passa mais na rua onde minhas primas moram só por medo de ouvi-las ensaiando.

Henry sorriu.

– Agora estou ficando curiosa.

– Não fique – disse Dunford, muito sério. – Se eu fosse você, me esforçaria para ter uma séria recaída essa noite.

– Pelo amor de Deus, Dunford, elas não podem ser tão ruins assim.

– Sim – retrucou ele sombriamente –, elas podem.

– Será que você não poderia aparecer e me salvar? – perguntou Henry, olhando de relance para ele.

– Gostaria de poder. Mesmo. Como seu futuro marido, é meu dever protegê-la de todos os aborrecimentos e, acredite, o quarteto de cordas Smythe-Smiths está além do conceito de desagradável. Mas meus compromissos essa noite são muito urgentes. Não posso faltar.

Henry teve certeza, então, de que ele iria ver Christine Fowler à meia-noite. *Dunford vai terminar com a amante*, repetiu para si mesma. *Ele vai terminar com ela.* Era a única explicação.

CAPÍTULO 21

Talvez até essa fosse a única explicação, mas isso não significava que Henry se sentia particularmente animada com a ideia. À medida que se aproximava a meia-noite, seus pensamentos se fixavam cada vez mais no encontro iminente de Dunford com Christine Fowler. Nem o recital das Smythe-Smiths, por mais terrível que fosse, conseguiu distraí-la.

Por outro lado, talvez o encontro de Dunford com Christine fosse uma bênção, porque ao menos a estava distraindo do quarteto de cordas que se apresentava.

Dunford de fato não havia subestimado o talento musical das primas.

Para seu crédito, Henry conseguiu permanecer quieta durante a apresentação, concentrada em descobrir um método para tapar os ouvidos de dentro para fora. Depois de checar discretamente o relógio e constatar que eram 22h15, ela se perguntou se Dunford estaria no White's naquele momento, se distraindo com um jogo de cartas até dar a hora do encontro marcado.

O recital finalmente chegou à última nota dissonante, e a plateia deixou escapar um suspiro coletivo de alívio. Enquanto se levantava, Henry ouviu alguém dizer:

– Graças a Deus elas não executaram uma composição original.

Henry quase riu, mas percebeu que uma das Smythe-Smiths também ouvira o comentário. Para sua surpresa, a jovem não parecia prestes a cair em prantos. Ela parecia furiosa. Henry se viu assentindo em aprovação – pelo menos a moça tinha atitude –, mas logo se deu conta de que o olhar furioso não era dirigido ao espectador rude, mas à mãe da própria moça. Curiosa, Henry decidiu se apresentar. Ela abriu caminho em meio à plateia e chegou ao palco improvisado. As outras três Smythe-Smiths já haviam começado a se misturar aos convidados, mas a jovem com a expressão furiosa tocava violoncelo, um instrumento grande demais para que conseguisse carregar com ela e o qual ela parecia relutante em abandonar.

– Olá – cumprimentou Henry, estendendo a mão. – Sou a Srta. Henrietta

Barrett. Sei que é um atrevimento da minha parte me apresentar, mas achei que poderíamos abrir uma exceção, já que em breve seremos primas.

A jovem olhou-a fixamente por um momento, então disse:

– Ah, sim. A senhorita deve ser a noiva de Dunford. Ele está aqui?

– Não, ele já tinha outro compromisso. Dunford está com a agenda cheia esta noite.

– Por favor, não precisa se desculpar por ele. Isso – disse ela, indicando com um gesto as cadeiras e os suportes para partituras, ainda no lugar – é horrível. Dunford é um homem muito gentil e já suportou três recitais. Na verdade, fico muito feliz por ele não ter vindo hoje. Não gostaria de ser responsável pela surdez do meu primo, que é o que com certeza acontecerá se ele continuar vindo.

Henry disfarçou uma risadinha.

– Não, por favor, pode rir – disse a jovem. – Prefiro que faça isso a me elogiar, que é o que todas essas pessoas vão fazer em breve.

– Mas me diga – falou Henry, inclinando-se para a frente. – Por que as pessoas continuam vindo, então?

A moça pareceu confusa.

– Não sei. Acho que deve ser por respeito ao meu falecido pai. Ah, me perdoe, eu nem me apresentei. Charlotte Smythe-Smith.

– Eu sei.

Henry indicou com um gesto de cabeça o programa que tinha nas mãos, que listava os nomes das moças e seus respectivos instrumentos.

Charlotte revirou os olhos.

– Foi um prazer conhecê-la, Srta. Barrett. Espero que tenhamos a oportunidade de voltar a nos encontrar em breve. Mas, por favor, não compareça a outro recital. Não gostaria de ser responsável pela perda da sua sanidade, caso a senhorita não ensurdeça primeiro.

Henry reprimiu um sorriso.

– Não é tão ruim assim.

– Ah, eu sei que é.

– Bem, certamente não é bom – admitiu Henry. – Mas fico feliz por ter vindo. Você é a primeira parente de Dunford que conheço.

– E você é a primeira noiva dele que conheço.

O coração de Henry saltou no peito.

– Como?

— Ah, meu Deus — disse Charlotte, enrubescendo. — Fiz de novo... Bem, é que, de alguma forma, as coisas soam muito diferentes na minha cabeça, antes de dizê-las em voz alta.

Henry sorriu, vendo um pouco de si mesma na prima de Dunford.

— É claro que você é a primeira noiva dele, e espero que seja a única. Mas é emocionante saber que Dunford vai se casar. Ele sempre foi um libertino e... Ah, meu bem, você com certeza não queria ouvir isso, não é?

Henry tentou sorrir novamente, mas não conseguiu. A última coisa que ela queria ouvir naquela noite eram histórias sobre os dias de libertinagem de Dunford.

◈

Caroline e Henry deixaram o local logo em seguida. Caroline se abanou vigorosamente na carruagem e disse:

— Juro que nunca mais venho a um desses recitais.

— Já esteve em quantos?

— Esse foi o meu terceiro.

— Bem, era de imaginar que já teria aprendido a lição a essa altura.

— Sim — concordou Caroline com um suspiro. — Era mesmo de imaginar.

— Por que ainda comparece?

— Não sei. As moças são uns amores, não quero magoá-las.

— Bem, ao menos conseguimos sair cedo. Aquele barulho todo me deixou exausta.

— A mim também. Com alguma sorte, estarei na cama antes da meia-noite.

Meia-noite. Henry pigarreou.

— Que horas são?

— Devem ser quase onze e meia. O relógio marcava onze e quinze quando saímos.

Henry desejou que houvesse alguma forma de impedir que seu coração batesse tão rápido. Dunford devia estar se preparando para deixar o clube naquele exato minuto. Logo ele estaria a caminho de Bloomsbury, do número 14 da Russel Square. Ela amaldiçoou lady Wolcott silenciosamente por ter lhe dado o endereço. Não havia conseguido se impedir de procurar no mapa. E saber para onde ele estava indo tornava tudo ainda mais difícil.

A carruagem parou em frente à mansão Blydon, e um criado apareceu na mesma hora para ajudar as duas damas a descerem. Quando entraram no saguão da frente, Caroline tirou as luvas, cansada, e disse:

– Vou direto para a cama, Henry. Não sei por quê, mas estou exausta. Poderia, por favor, pedir aos criados que não me incomodem?

Henry assentiu.

– Acho que vou até a biblioteca procurar alguma coisa para ler – falou. – Então nos vemos pela manhã.

Caroline bocejou.

– Se eu acordar até lá.

Henry ficou olhando enquanto a dona da casa subia a escada, então desceu lentamente o corredor até a biblioteca. Pegou um castiçal em uma mesa lateral e entrou na sala, levando a luz das velas para mais perto dos livros, para conseguir ler os títulos. Não, pensou, não estava com humor para outro Shakespeare. E *Pamela*, de Richardson, era muito longo. O livro parecia ter mais de mil páginas.

Henry checou a hora no relógio de pêndulo do canto. O luar se derramava pelas janelas, tornando fácil ver as horas. Onze e meia. Ela cerrou os dentes. Não havia a menor possibilidade de conseguir dormir naquela noite.

O ponteiro dos minutos se moveu preguiçosamente para a esquerda. Henry ficou olhando para o relógio até onze e trinta e três. Aquilo era loucura. Ela não podia ficar sentada ali a noite toda, assistindo ao relógio correr. Precisava fazer alguma coisa.

Henry subiu a escada apressadamente e foi até o quarto, sem saber muito bem o que estava planejando fazer até abrir o armário e ver a calça masculina e o paletó dobrados em um canto. Ao que parecia, a camareira havia tentado escondê-los. Henry pegou as roupas, pensativa. O paletó era azul-escuro, e a calça, de um cinza-carvão. Seriam uma ótima camuflagem na noite.

Decisão tomada, ela tirou rapidamente o vestido de noite e pôs as roupas masculinas, colocando uma chave da casa no bolso da calça. Então puxou o cabelo para trás em um rabo de cavalo e o enfiou na gola do paletó. Ninguém que desse uma boa olhada nela a confundiria com um rapaz, mas de longe ela não chamaria atenção.

Henry pousou a mão na maçaneta e se lembrou de como tinha ficado hipnotizada pelo tique-taque do relógio na biblioteca. Correu de volta até o quarto, pegou o pequeno relógio que ficava em cima da penteadeira e voltou para a porta. Então espiou o corredor, confirmou que estava vazio e saiu correndo. Henry conseguiu descer a escada e sair sem ser notada. E seguiu andando em um ritmo acelerado, certificando-se de caminhar como se soubesse para onde estava indo. Mayfair era a parte mais segura da cidade, mas uma mulher sempre precisava tomar cuidado. A apenas alguns quarteirões de distância, havia um lugar onde os coches de aluguel ficavam enfileirados. Pegaria um para levá-la a Bloomsbury e pediria que o cocheiro esperasse enquanto ela espionava a casa de Christine Fowler para, em seguida, levá-la de volta a Mayfair.

Henry chegou à parada dos coches de aluguel com o relógio ainda na mão. Eram 23h44. Teria que atravessar rapidamente a cidade. Havia vários coches na fila e Henry entrou no primeiro, dando o endereço de Christine Fowler ao cocheiro.

– E acelere o passo, por favor – pediu ela, tentando imitar o tom de Dunford quando ele queria que algo fosse feito de imediato.

O cocheiro entrou na Oxford Street e seguiu ao longo da rua por alguns minutos até começar a fazer uma série de retornos e curvas que os levaram à Russel Square.

– Aqui está – disse ele, esperando que ela descesse.

Henry checou o relógio: 23h56. Dunford com certeza ainda não chegara. Ele era pontual, mas não do tipo que incomodava chegando cedo demais.

– Ahn, vou esperar só um momento – avisou ao homem. – Vou encontrar uma pessoa e ela ainda não chegou.

– Vai custar mais caro.

– Recompensarei o seu tempo.

O cocheiro deu uma boa olhada nela, decidiu que só alguém com dinheiro de sobra estaria usando uma roupa tão ultrajante e se recostou, concluindo que ficar sentado em Bloomsbury era muito mais fácil do que procurar outro passageiro.

Henry checou novamente o pequeno relógio, observando o ponteiro dos minutos se mover em direção ao 12. Enfim ouviu o *clap clap* de cascos de cavalos e, ao levantar os olhos, reconheceu a carruagem de Dunford descendo a rua.

Ela prendeu a respiração. Quando a carruagem parou, Dunford, muito elegante e, como sempre, lindo, desembarcou. Henry soltou um suspiro irritado. A amante não iria querer liberá-lo ao vê-lo tão belo.

– Essa é a pessoa que está esperando? – perguntou o cocheiro.

– Na verdade, não – mentiu ela. – Vou ter que esperar um pouco mais.

O homem deu de ombros.

– O dinheiro é seu.

Dunford subiu os degraus e bateu na porta. O som da pesada aldrava de latão ecoou pela rua, irritando ainda mais os nervos de Henry. Ela pressionou o rosto contra a janela. Christine provavelmente teria um criado para atender a porta, mas Henry queria dar uma boa olhada só por via das dúvidas.

A porta foi aberta por uma mulher de uma beleza surpreendente, com cabelos negros e cheios que cascateavam em cachos pelas costas. Obviamente não estava vestida para receber uma visita qualquer. Henry olhou para baixo, para seu próprio traje decididamente nada feminino, e tentou ignorar a sensação de mal-estar.

Pouco antes de fechar a porta, Christine passou a mão pela nuca de Dunford e puxou seu rosto, para alcançar os lábios. Henry cerrou os punhos. A porta se fechou antes que ela pudesse ver a intensidade com que se beijaram.

Ela olhou para as mãos. Suas unhas haviam tirado sangue das palmas.

– Não foi culpa dele – murmurou baixinho para si mesma. – Não foi ele que iniciou o beijo. Não foi culpa dele.

– Disse alguma coisa? – perguntou o cocheiro.

– *Não!*

O homem voltou a se recostar, tendo obviamente decidido que todas as suas teorias sobre a estupidez geral das mulheres haviam sido confirmadas.

Henry bateu com a mão contra o assento. Quanto tempo demoraria para Dunford informar a Christine que ela precisava encontrar um novo protetor? Quinze minutos? Meia hora? Sem dúvida, não mais do que isso. Quarenta e cinco minutos, talvez, sendo muito generosa, caso Dunford precisasse fazer algum arranjo financeiro com ela. Henry não se importava particularmente com quanto ouro ele daria à mulher, desde que se livrasse dela. De vez.

Ela respirou fundo para tentar controlar a tensão. Pousou o relógio no colo e ficou olhando para ele até sua visão duplicá-lo, até seus olhos lacrimejarem. Quando o ponteiro dos minutos chegou ao três, disse a si mesma com severidade que tinha sido otimista demais – Dunford não poderia resolver suas questões em apenas quinze minutos.

Ela continuou a observar enquanto o ponteiro descia cada vez mais, parando no seis. E engoliu em seco, com desconforto, dizendo a si mesma que seu noivo era um homem tão gentil que se preocuparia em dar a notícia à amante da forma mais delicada. Provavelmente por isso estava demorando tanto.

Outros quinze minutos se passaram e Henry sufocou um soluço. Mesmo o mais gentil dos homens poderia ter se livrado de uma amante em quarenta e cinco minutos.

Em algum lugar ao longe, um relógio bateu uma hora da manhã.

Então duas horas.

Então, por incrível que parecesse, ela ouviu três batidas de um sino.

Henry finalmente cedeu ao desespero, cutucou as costas do cocheiro adormecido e disse:

– Para a Grosvenor Square, por favor.

O homem assentiu e pôs o coche em movimento. Durante todo o caminho para casa, Henry manteve a cabeça erguida, os olhos vidrados em uma expressão vazia. Só poderia haver uma razão para um homem passar tanto tempo com a amante. Três horas. E ele não saíra da casa de Christine. Henry se lembrou dos poucos momentos roubados no quarto dela em Westonbirt. Dunford não ficara com ela por três horas.

Depois de tudo, de todas as lições sobre como se comportar com classe, decoro e graça feminina, ela ainda não era mulher o bastante para manter o interesse do noivo. E Henry sabia que nunca poderia ser mais do que era. Fora loucura achar que ao menos poderia tentar.

A pedido de Henry, o cocheiro parou a algumas casas de distância da mansão Blydon. Ela deu ao homem mais moedas do que o necessário e caminhou às cegas para casa. Ao chegar, entrou silenciosamente e subiu para o quarto, onde tirou as roupas, chutou-as para debaixo da cama e vestiu uma camisola. A primeira que pegou foi a que havia usado quando ela e Dunford tinham... Não, não poderia mais usar aquela. De alguma forma, ela parecia manchada. Henry enrolou a camisola, atirou-a na lareira e pegou outra.

O quarto estava aquecido, mas ainda assim ela estremecia quando se arrastou para debaixo dos lençóis.

Às 4h30, Dunford finalmente desceu os degraus da frente da casa de Christine. Ele sempre havia pensado nela como uma mulher razoável – supunha que era por isso que a havia mantido por tanto tempo. Mas, naquela noite, fora obrigado a rever sua opinião. Primeiro ela chorara, e ele nunca fora o tipo de homem capaz de abandonar uma mulher chorando.

Depois, Christine havia lhe oferecido uma bebida e, quando ele terminara, oferecera mais uma dose e outra e outra. Dunford recusara, sorrindo zombeteiramente, e dissera que, embora ela fosse uma mulher belíssima, o álcool não costumava seduzi-lo quando ele não queria ser seduzido.

Então Christine começara a expressar suas preocupações. Havia guardado algum dinheiro, mas o que faria se não conseguisse encontrar outro protetor? Dunford falara, então, sobre o conde de Billington e passara a hora seguinte assegurando que lhe encaminharia alguns fundos e que ela poderia permanecer na casa até o contrato de aluguel expirar.

Por fim, a ex-amante dera um longo suspiro, aceitando seu destino. Quando Dunford se levantou para ir embora, Christine pousou a mão no braço dele e perguntou se ele aceitaria uma xícara de chá. Afinal, haviam sido amigos, além de amantes, dissera. E ela não tinha muitos amigos, já que sua atividade não encorajava isso. Segundo Christine, ela só queria tomar uma xícara de chá e conversar. Só queria alguém que pudesse ouvi-la.

Dunford olhara no fundo daqueles olhos negros. Ela estava dizendo a verdade. Se havia algo que se podia dizer sobre Christine era que era honesta. Então, como sempre gostara dela, havia ficado e conversado. Trocaram as últimas fofocas, falaram de política. Christine contara a ele sobre o irmão, que estava no Exército, e ele contara a ela sobre Henry. Ela não parecera nem um pouco amarga em relação à noiva dele – na verdade, sorrira quando Dunford contara sobre o incidente do chiqueiro e dissera que estava feliz por ele.

Finalmente, Dunford deu um beijo rápido e fraternal em seus lábios.

– Você será feliz com Billington – disse a ela. – Ele é um bom homem.

Os lábios de Christine se curvaram em um sorrisinho triste.

– Se você diz, então deve ser verdade.

Dunford checou o relógio de bolso quando chegou à carruagem e praguejou. Não pretendia ter ficado até tão tarde. Acordaria cansado no dia seguinte. Bem, talvez pudesse se levantar depois do meio-dia, qual seria o problema? Afinal, não tinha nenhum plano para antes do passeio que fazia todas as tardes com Henry.

Henry.

Só pensar nela o fez sorrir.

Quando Henry acordou na manhã seguinte, sua fronha estava encharcada de lágrimas. Ela ficou olhando para o travesseiro sem entender. Não havia chorado até dormir na noite anterior – na verdade, se sentira estranhamente oca e seca por dentro. Nunca tinha ouvido falar de uma tristeza tão grande a ponto de a pessoa chorar dormindo.

Mas a verdade era que também não conseguia imaginar uma tristeza maior do que a que estava sentindo. Não poderia se casar com Dunford. Esse era o único pensamento claro em sua mente. Ela sabia que a maioria dos casamentos não era baseada em amor, mas como poderia se comprometer com um homem tão desonesto a ponto de dizer que a amava e ir se deitar com a amante apenas duas semanas antes do casamento?

Um homem que provavelmente a pedira em casamento por pena – e por um maldito senso de responsabilidade. Por qual outro motivo se prenderia a uma aberração com jeito de rapaz, que nem sabia a diferença entre um vestido de dia e um de noite?

Ele havia dito que a amava. E ela acreditara nele. Como era idiota. A menos que...

Henry se engasgou com um soluço.

Talvez Dunford a amasse. Talvez ela não o tivesse interpretado mal. Mas talvez ela simplesmente não fosse feminina o bastante para satisfazê-lo. Quem sabe, talvez ele precisasse de mais do que ela jamais poderia ser.

Ou talvez ele tivesse mentido. Henry não sabia em que preferia acreditar.

O mais surpreendente de tudo era que ela não o odiava. Dunford fizera muito por ela, havia sido gentil demais para que conseguisse nutrir um sentimento tão ruim por ele. E não achava que ele havia dormido com Christine com qualquer intenção maldosa em relação a ela. Assim como não achava que tinha feito o que fizera por alguma inclinação perversa.

Não, Dunford provavelmente dormira com Christine apenas por achar que era direito dele. Afinal, ele era homem, e os homens faziam coisas assim.

A questão é que não teria doído tanto se ele não tivesse dito que a amava. Henry até poderia ter sido capaz de levar o casamento adiante nesse caso.

Mas como ela romperia o compromisso deles? Londres estava alvoroçada com o noivado, e rompê-lo agora seria o cúmulo do constrangimento. Ela não se importava particularmente com as fofocas em relação a si. Voltaria para o campo – embora não para Stannage Park, pensou, arrasada. Dunford não permitiria que ela ficasse em sua propriedade. Mas poderia ir para algum lugar onde a alta sociedade não pudesse alcançá-la.

Ele, no entanto, não poderia fazer isso. A vida de Dunford era ali, em Londres.

– Ah, meu Deus! – disse, angustiada. – Por que não consigo magoá-lo?

Não conseguia porque ainda o amava. Em algum lugar, alguém provavelmente estava rindo disso.

Teria que ser Dunford a cancelar o noivado. Dessa forma, ele não sofreria o constrangimento de ser rejeitado. Mas como forçá-lo a fazer isso? Como?

Henry ficou na cama por mais de uma hora, com os olhos fixos em uma pequena fenda no teto. O que ela poderia fazer para que ele a odiasse tanto a ponto de romper o noivado? Nenhum de seus esquemas parecia plausível e...

Sim, era isso. Exatamente isso.

Com o coração pesado, Henry foi até a escrivaninha e abriu a gaveta que Caroline havia abastecido com papel de carta, tinta e uma pena. Do nada, se lembrou da amiga imaginária que tivera quando criança. Rosalind. O nome serviria tão bem quanto qualquer outro.

Blydon House
Londres
2 de maio de 1817

Minha cara Rosalind,

Lamento ter passado tanto tempo sem escrever. Minha única desculpa é que a minha vida mudou tão drasticamente nos últimos meses que mal tive tempo para pensar.

E trago a notícia de que vou me casar! Posso imaginar que esteja surpresa. Carlyle faleceu não faz muito tempo, e um novo lorde Stannage apareceu em Stannage Park. Era um primo muito distante de Carlyle, os dois nem se conheciam. Não tenho tempo para me aprofundar nos detalhes, mas estamos noivos e prestes a nos casar. Estou muito animada, como você pode imaginar, pois isso significa que poderei ficar em Stannage Park pelo resto da minha vida. Você sabe quanto eu amo aquele lugar.

O nome dele é Dunford. Esse é o seu sobrenome, na verdade, mas ninguém o chama pelo primeiro nome. Ele é muito simpático e me trata com gentileza. E disse que me ama. Naturalmente, respondi que sinto o mesmo. Achei que seria o mais educado a fazer. É claro que vou me casar com ele por causa da minha querida Stannage Park, mas gosto dele e não queria magoá-lo. Acho que nos daremos bem juntos.

Não tenho tempo para escrever mais. Estou em Londres, hospedada com alguns amigos de Dunford, e passarei mais duas semanas aqui. Depois disso, você pode enviar qualquer correspondência para Stannage Park – estou certa de que conseguirei convencê-lo a se instalar lá, ao meu lado, logo depois do casamento. Passaremos algum tempo em lua-de-mel, suponho, então ele provavelmente vai querer voltar a Londres. Eu não me importo se ele ficar na propriedade – como mencionei, trata-se de um bom sujeito. Mas imagino que ele logo ficará entediado com a vida no campo. O que para mim será ótimo. Poderei voltar à minha antiga vida sem medo de acabar sendo governanta ou companheira de alguém.

Sua cara amiga,
Henrietta Barrett

Com as mãos trêmulas, Henry dobrou a carta e guardou-a dentro de um envelope endereçado a "lorde Stannage". Antes que tivesse a chance de repensar suas ações, ela desceu correndo a escada e colocou o envelope nas mãos de um criado, com instruções para que fosse entregue imediatamente.

Então ela se virou e voltou a subir a escada, cada degrau parecendo exigir uma quantidade impressionante de energia para ser vencido. Entrou no quarto, trancou a porta e se deitou na cama.

Depois enrodilhou o corpo e ficou naquela posição por horas.

⁂

Dunford sorriu quando o mordomo lhe entregou o envelope branco. Ao pegá-lo da bandeja de prata, reconheceu a caligrafia de Henry. Era bem parecida com ela, pensou ele, bonita e direta, sem nenhum floreio.

Ele abriu o envelope e desdobrou a carta.

Minha cara Rosalind...

A tolinha havia misturado cartas e envelopes. Dunford esperava ser ele o motivo daquela distração tão pouco característica. Quando já começava a dobrar de novo a carta, viu o próprio nome escrito ali. Então a curiosidade venceu os escrúpulos e ele desdobrou mais uma vez o papel. Segundos depois, o papel escorregava de seus dedos dormentes e caía no chão.

É claro que vou me casar com ele por causa da minha querida Stannage Park...

É claro que vou me casar com ele por causa da minha querida Stannage Park...

É claro que vou me casar com ele por causa da minha querida Stannage Park...

Meu Deus, o que ele havia feito? Henry não o amava. Nunca o amara. E provavelmente nunca o amaria.

Como ela devia ter rido dele. Dunford afundou em uma cadeira. Não, ela não faria isso. Apesar de seu comportamento calculista, Henry não era cruel. Ela amava Stannage Park como jamais amaria qualquer coisa – ou qualquer pessoa.

E o amor que ele sentia por ela jamais poderia ser correspondido.

Meu Deus, que ironia do destino... Ele ainda a amava. Mesmo depois daquilo, ele ainda a amava. Estava tão furioso com ela que quase a odiava, mas, ainda assim, a amava. O que iria fazer agora, pelo amor de Deus?

Cambaleante, Dunford se serviu de uma bebida, alheio ao fato de que ainda era de manhã. Seus dedos agarraram o copo de vidro com tanta força que foi espantoso que não tenha se quebrado. Ele virou a bebida de uma vez e, como não teve qualquer efeito em aliviar sua dor, voltou a encher o copo.

Dunford visualizou o rosto de Henry, sua mente desenhou as sobrancelhas delicadamente arqueadas que pairavam acima daqueles olhos prateados espetaculares. Podia ver o cabelo dela, era capaz de detectar cada tom das inúmeras cores que compunham a cabeleira densa, à qual a definição "castanho-claro" não fazia justiça. E então a boca de Henry, sempre em movimento, sorrindo, rindo, se projetando para a frente.

Beijando.

Dunford sentiu os lábios dela nos dele, suaves, cheios e ávidos. Ficou excitado só de lembrar o puro êxtase do toque dela. Henry era inocente, mas sabia instintivamente como atraí-lo com paixão.

Ele a queria.

E com uma intensidade que ameaçava engolfá-lo.

Ele ainda não conseguiria romper o noivado. Precisava vê-la uma última vez. Precisava tocá-la e ver se seria capaz de suportar a tortura que seria fazer aquilo.

Será que a amava o bastante para seguir em frente com o casamento, mesmo sabendo o que sabia agora?

Será que a odiava o bastante para se casar apenas para controlá-la e puni-la pelo que ela o fazia sentir?

Só mais uma vez.

Dunford precisava vê-la só mais uma vez. E então saberia.

CAPÍTULO 22

— Lorde Stannage está aqui para vê-la, Srta. Barrett.

O coração de Henry disparou no peito com o anúncio do mordomo.

– Devo dizer a ele que a senhorita não está em casa? – perguntou o homem, notando a hesitação dela.

– Não, não – respondeu Henry, umedecendo nervosamente os lábios. – Já vou descer.

Henry deixou de lado a carta que escrevia para Emma. A duquesa de Ashbourne provavelmente romperia a amizade com ela assim que a notícia do fim do noivado se espalhasse. Henry havia decidido que gostaria de enviar uma última carta enquanto ainda podia contar com Emma como amiga.

Pronto, disse a si mesma, tentando lutar contra a sensação de asfixia. *Agora ele odeia você.* Ela sabia que o magoara, talvez tanto quanto ele a magoara.

Henry se levantou e alisou as pregas do vestido amarelo-claro. O vestido que Dunford comprara para ela em Truro. Não sabia ao certo por que havia pedido à camareira que tirasse justo aquele do armário naquela manhã. Talvez fosse uma tentativa desesperada de se agarrar a um pequeno pedaço da felicidade que vivera.

Mas agora se sentia uma tola. Como se um vestido pudesse consertar seu coração partido...

Henry endireitou os ombros, saiu para o corredor e fechou a porta do quarto. Precisava agir normalmente. Aquela conversa seria a coisa mais difícil que já havia feito na vida, mas precisaria se comportar como se não houvesse nada de errado. Supostamente, não sabia que Dunford havia recebido uma carta destinada a Rosalind – ele desconfiaria se ela agisse de outra forma.

Henry chegou ao topo da escada e seu pé pairou sobre o primeiro degrau. Meu Deus, já podia sentir a dor. Seria tão fácil se virar e fugir de volta para o quarto. O mordomo poderia dizer que ela estava doente. Dunford tinha acreditado nessa desculpa na semana anterior; uma recaída era plausível.

Você tem que vê-lo, Henry.

Ela praguejou, amaldiçoando os próprios princípios, e finalmente desceu a escada.

༄

Dunford olhava pela janela da sala de estar dos Blydons enquanto esperava que a noiva viesse recebê-lo.

Noiva. Que piada.

Se ela não tivesse dito que o amava... Ele engoliu em seco várias vezes. Teria sido capaz de suportar se Henry não tivesse mentido para ele.

Era ingenuidade dele querer o que os amigos tinham? Era loucura achar que um membro da alta sociedade poderia se casar por amor? O sucesso de Alex e Belle nessa empreitada lhe dera esperanças. A entrada de Henry na vida dele o deixara em êxtase.

E agora a traição dela o devastava.

Dunford a ouviu entrar na sala, mas não se voltou para encará-la, incapaz de confiar em si mesmo até que tivesse recuperado um pouco mais do autocontrole. Assim, manteve o olhar firme na janela. Uma ama empurrava um carrinho de bebê pela rua.

A respiração dele ficou presa na garganta. Havia pensado em filhos...

– Dunford? – chamou Henry, estranhamente hesitante.

– Feche a porta, Henry – disse ele, ainda de costas.

– Mas Caroline...

– Eu disse para fechar a porta.

Henry abriu a boca, mas nenhuma palavra saiu. Ela caminhou novamente até a porta e fechou-a. E não voltou ao centro da sala, preferindo ficar onde estava, onde seria mais fácil fugir se fosse necessário. Era uma covarde e sabia disso, mas naquele momento não se importava muito. Cruzando as mãos na frente do corpo, esperou que Dunford se virasse. Quando um minuto inteiro se passou sem um som ou movimento da parte dele, ela se forçou a repetir o seu nome.

Dunford se virou abruptamente, surpreendendo-a ao exibir um sorriso no rosto.

– Dunford? – sussurrou Henry, mesmo sem ter a intenção.

Ele deu um passo na direção dela.

– Henry. Meu amor.

Ela arregalou os olhos. Dunford exibia o mesmo sorriso de sempre, os lábios bem-feitos se curvando da mesma forma e o mesmo brilho dos dentes brancos e uniformes. Mas os olhos dele... ah, a expressão ali era dura.

Henry se forçou a não recuar e colocou no rosto o sorriso atrevido de sempre.

– O que você tem a me dizer, Dunford?

– Agora preciso de um motivo específico para visitar a minha noiva?

Certamente foi a imaginação dela que ouviu aquela ligeira ênfase na palavra "noiva".

Dunford começou a caminhar na direção dela, e os passos longos e firmes fizeram com que Henry se lembrasse de um animal predador. Ela deu alguns passos para o lado, o que foi bom, porque ele passou direto por ela. Henry ergueu a cabeça, surpresa.

Dunford deu mais dois passos até chegar à porta, então girou a chave na fechadura.

Henry sentiu a boca seca.

– Mas Dunford... a minha reputação... ficará em frangalhos.

– Com certeza eles me darão essa folga.

– Eles? – repetiu Henry tolamente.

Ele deu de ombros com profunda indiferença.

– Quem quer que destrua as reputações. Posso contar com uma folguinha, sem dúvida. Vamos nos casar em duas semanas.

Vamos?, gritou a mente de Henry. A ideia era que Dunford a odiasse àquela altura. O que havia acontecido? Sem dúvida, ele recebera a carta dela, afinal estava agindo de forma muito estranha. E não estaria olhando para ela com aquela expressão dura nos olhos se não estivesse ali para romper o noivado.

– Dunford?

Aquela parecia ser a única palavra que Henry conseguia dizer.

Ela sabia que não estava agindo como de hábito: atrevida, petulante, como ele esperaria. Mas Dunford estava se comportando de uma forma tão estranha que ela não sabia o que fazer. Tinha imaginado que ele perderia a cabeça e que entraria intempestivamente na casa para romper o noivado. Em vez disso, ele parecia cercá-la silenciosamente.

Henry se sentia como uma raposa acuada.

– Talvez eu só queira beijar você – disse ele, passando a mão pelo punho do paletó.

Henry engoliu em seco, nervosa, e piscou algumas vezes antes de dizer:

– Acho que não. Se quisesse mesmo me beijar, não estaria arrancando fiapos do paletó.

A mão dele ficou imóvel sobre a manga.

– Talvez você esteja certa – murmurou ele.

– Eu... estou?

Deus do céu, aquilo não estava saindo como deveria.

– Hum. Se eu quisesse *mesmo* beijar você... preste atenção, se eu quisesse *mesmo*... acho que pegaria a sua mão e a puxaria para os meus braços. Provavelmente seria uma demonstração apropriada de afeto, não acha?

– Apropriada – retrucou Henry, torcendo para que a voz estivesse soando natural – se você realmente quisesse se casar comigo.

Nesse momento, Henry deu a ele a abertura perfeita. Se Dunford tivesse a intenção de romper o noivado, faria isso a partir daquela deixa.

Mas ele não fez. Em vez disso, arqueou a sobrancelha em uma expressão zombeteira e começou a caminhar na direção dela.

– *Se eu quisesse me casar com você* – murmurou Dunford. – É uma questão interessante.

Henry recuou um passo. Não quis fazer aquilo, mas não conseguiu se conter.

– Ora essa, você não está com medo de mim, está, Hen?

Ele se adiantou mais um passo.

Ela balançou a cabeça. Aquilo estava errado, terrivelmente errado. *Meu bom Deus*, rezou, *faça com que ele me ame ou me odeie, mas não isso. Ah, isso não...*

– Algum problema? – disse ele, soando como se não estivesse se importando muito.

– N-não brinque comigo, milorde.

Os olhos de Dunford se estreitaram.

– *Brincar* com você? Que estranhas palavras.

Ele deu mais um passo na direção de Henry, tentando ler a expressão nos olhos dela. Não estava conseguindo entendê-la naquela tarde. Havia esperado que Henry entrasse saltitando na sala, toda sorrisos e risadas, como sempre fazia quando ele aparecia para visitá-la. Em vez disso, ela estava nervosa e retraída, quase como se estivesse *esperando* más notícias.

O que era absurdo. Ela não poderia ter percebido que enviara acidentalmente a ele a carta destinada à cara amiga Rosalind. Quem quer que fosse essa tal Rosalind, ela não morava em Londres, ou Dunford teria ouvido falar dela. E de jeito nenhum a mulher poderia ter recebido a carta de Henry e respondido no espaço de um dia.

– Brincar com você? – repetiu ele. – Por que acha que eu iria brincar com você, Henry?

– Eu-eu não sei – gaguejou ela.

Henry estava mentindo. Ele podia ver nos olhos dela. Mas, por mais que se esforçasse, não conseguia imaginar o motivo. Sobre o que ela precisaria mentir? Dunford fechou os olhos por um segundo e respirou fundo. Talvez não a estivesse julgando corretamente. Estava tão furioso e ainda tão apaixonado que não sabia *o que* pensar.

Ele abriu os olhos. Henry desviou o olhar e se concentrou em um quadro do outro lado da sala. Dunford podia ver o contorno elegante e sensual do pescoço dela... e o cacho de cabelo sedoso que descansava sobre o corpete do vestido.

– Acho que realmente quero beijar você, Henry – murmurou.

Ela se virou para encará-lo.

– Acho que você não quer...

– Acho que você está errada.

– Não estou, Dunford. Se você quisesse me beijar, não estaria me olhando desse jeito.

Henry recuou um passo e deu a volta ao redor de uma cadeira, tentando colocar alguns móveis entre eles.

– Ah, é? E como eu estaria olhando para você?

– Como... como...

– Como o quê, Henry?

Dunford apoiou as mãos nos braços da cadeira e se inclinou para a frente, com o rosto perigosamente perto do dela.

– Como se você me quisesse – respondeu ela, quase em um sussurro.

– Ah, mas eu quero você, Henry...

– Não. Você não quer.

Ela queria fugir, queria se esconder, mas não conseguia desviar os olhos dos dele.

– Você quer me machucar.

A mão de Dunford se fechou ao redor do braço dela, mantendo-a no lugar enquanto ele andava ao redor da cadeira.

– Talvez isso também seja um pouco verdade – disse ele com uma suavidade assustadora.

E assim os lábios dele se colaram aos dela. Foi um beijo duro e cruel, diferente de qualquer outro, e Henry claramente não estava gostando.

– Por que está resistindo, Hen? Não quer se casar comigo?

Ela desviou a cabeça.

– Você não quer se casar comigo? – repetiu Dunford, em uma melodia fria. – Não quer tudo o que eu tenho para lhe oferecer? Não quer segurança, uma vida confortável e um lar? Ah, sim, um lar. Não é isso que você quer?

Quando Henry parou de tentar se desvencilhar, Dunford soube que deveria soltá-la. Que deveria deixá-la ir, dar as costas e sair da sala e da vida dele. Mas a queria tanto...

Meu Deus, como ele queria aquela mulher! Esse anseio o dominou, transformando a fúria em desejo. O toque dos lábios de Dunford se tornou mais suave, demandando apenas prazer. Ele deixou uma trilha de beijos do maxilar à orelha dela, então seus lábios desceram pelo pescoço até a pele macia emoldurada pelo corpete amarelo pálido.

– Diga que você não consegue sentir isso... – sussurrou ele, em um tom de desafio. – Diga...

Henry apenas balançou a cabeça, sem saber se estava indicando que queria que ele parasse ou admitindo o desejo que ele provocava nela. Dunford a ouviu gemer e, por uma fração de segundo, não soube se havia perdido ou vencido. Então se deu conta de que isso realmente não importava.

– Meu Deus, como eu sou idiota – sussurrou ele com dureza.

Dunford estava furioso consigo mesmo por permitir que o desejo dominasse o seu corpo. Henry o traíra – *o traíra* – e ainda assim ele não conseguia manter as mãos longe dela.

– O que você acabou de dizer?

Dunford não viu razão para responder. Não era necessário se estender sobre quanto a desejava e, maldição, quanto ainda a amava, apesar das mentiras dela. Por isso apenas murmurou: "Fique quieta, Hen", e deitou-a no sofá.

O corpo de Henry ficou rígido. O tom dele era suave, mas as palavras não. Ainda assim, aquela provavelmente seria a última vez que ela poderia abraçá-lo, a última vez que poderia fingir que Dunford ainda a amava.

Henry se sentiu afundar nas almofadas de veludo, sentiu o calor do corpo dele cobrindo o dela. As mãos de Dunford apertaram seu traseiro, puxando-a em direção ao desejo evidente no corpo dele. Os lábios vorazes retornaram à orelha dela, depois ao pescoço, até chegarem à clavícula. E continuaram a descer.

Henry não conseguiu se forçar a passar os braços ao redor do pescoço dele, mas também não teve coragem de se afastar. Ele a amava? Seus lábios certamente a amavam. E a amavam com uma intensidade surpreendente, circulando a língua ao redor do mamilo rígido através da musselina fina de seu vestido.

Henry olhou para baixo, com a mente estranhamente distanciada do corpo que parecia arder. Os beijos de Dunford haviam deixado uma mancha indecente em seu corpete. Não que ele se importasse. Estava fazendo aquilo para puni-la. Ele iria...

– Pare! – gritou Henry, empurrando-o com tanta violência que ele caiu no chão, surpreso.

Dunford ficou em silêncio enquanto se levantava devagar. Quando seus olhos enfim ficaram na altura dos dela, Henry sentiu um pânico que jamais havia sequer imaginado experimentar. Os olhos dele eram duas fendas estreitas.

– Ora, de repente ficou preocupada com a virtude? – perguntou Dunford em um tom muito rude. – Um pouco tarde para isso, não acha?

Henry apressou-se a erguer o corpo, recusando-se a responder.

– É uma reviravolta e tanto para a jovem que me disse que não dava a menor importância à própria reputação.

– Isso foi antes – disse ela em voz baixa.

– Antes de quê, Hen? Antes de você vir para Londres? Antes de aprender o que as mulheres devem querer do casamento?

– Eu-eu não sei do que você está falando.

Ela se levantou desajeitadamente.

Dunford soltou uma risada curta e furiosa. Meu Deus, ela nem sequer sabia mentir. Henry tropeçava nas palavras, não conseguia olhá-lo nos olhos e estava muito vermelha.

É claro que poderia ser apenas o desejo. Ele ainda era capaz de provocar isso nela. Talvez fosse a única coisa que conseguia fazê-la sentir, mas sabia que era capaz de deixá-la febril. De provocar seu desejo, de excitá-la com os lábios, as mãos, o calor da pele.

E com esses pensamentos Dunford sentiu o próprio desejo se intensificar. Viu Henry novamente como naquele dia em Westonbirt, com a pele macia cintilando à luz das velas. Ela gemendo de desejo, arqueando o corpo na direção do dele. Henry gritara em êxtase. *Ele* havia oferecido isso a ela.

Dunford deu um passo à frente.

– Você me quer, Henry.

Ela permaneceu absolutamente imóvel, incapaz de negar.

– Você me quer *agora*.

Sem saber muito bem como, Henry conseguiu balançar a cabeça, negando. E Dunford percebeu que ela precisara reunir toda a coragem que tinha para fazer aquilo.

– Sim – disse ele, em um tom suave. – Você me quer.

– Não, Dunford. Eu não quero. Eu não...

Mas as palavras foram interrompidas pela pressão de um beijo cruel, exigente. Henry teve a sensação de estar sufocando, asfixiada pelo peso da raiva e do desejo insensato que sentia por Dunford.

Não podia permitir que aquele homem fizesse aquilo. Não podia deixá-lo usar a fúria para provocar o desejo dela. Ela virou a cabeça para o lado.

– Não tem importância – murmurou ele, e levou a mão ao seio dela. – Sua boca mentirosa não é a parte de você que mais me interessa.

– Pare, Dunford!

Henry empurrou o peito dele, mas os braços de Dunford a envolviam como um torno.

– Você não pode fazer isso!

Um dos cantos da boca dele se curvou em um sorriso zombeteiro.

– Não posso?

– Você não é meu marido – disse Henry, com a voz trêmula de fúria, enquanto limpava a boca com o dorso da mão. – Não tem direitos sobre mim.

Dunford soltou-a e se recostou no batente da porta, numa postura enganosamente preguiçosa.

– Está me dizendo que deseja cancelar o casamento?

– P-por que você acha que eu quereria fazer isso?

Henry estava ciente de que Dunford pensava que ela queria se casar com ele por causa de Stannage Park.

– Não consigo imaginar um motivo sequer – retrucou ele, muito duro. – Na verdade, parece que tenho *tudo* o que você quer de um marido.

– Estamos nos sentindo um pouco superiores hoje, não estamos? – retrucou Henry.

Ele se moveu com a rapidez de um raio, prendendo-a contra a parede, com as mãos plantadas firmemente ao lado de seus ombros.

– *Nós* – disse Dunford com sarcasmo evidente – estamos nos sentindo um pouco confusos. *Nós* estamos nos perguntando por que a nossa noiva está agindo de forma tão estranha. Estamos nos perguntando se haveria algo que ela gostaria de nos dizer.

Henry teve a impressão de que ficara sem ar. Não era aquilo que ela queria? Por que se sentia tão infeliz?

– Henry?

Ela o encarou, lembrando-se de todas as gentilezas dele. Dunford havia comprado um vestido para ela quando mais ninguém pensara em fazê-lo. Ele a persuadira a ir a Londres e, em seguida, se certificara de que vivesse momentos adoráveis na cidade. Tudo isso sempre com um sorriso no rosto.

Era difícil conciliar aquela imagem de gentileza com o homem cruel e sarcástico diante dela. Mesmo assim, Henry não conseguiria se forçar a humilhá-lo publicamente.

– Não serei *eu* a cancelar o noivado, milorde.

Ele inclinou a cabeça.

– Pela sua inflexão, só posso supor que deseja que eu o faça.

Ela não disse nada.

– Você sabe que, sendo um cavalheiro honrado, não posso fazer isso.

Os lábios de Henry se entreabriram ligeiramente. E alguns segundos se passaram antes que ela conseguisse voltar a falar.

– Como assim?

Dunford a observou com mais atenção. Por que diabo ela estava tão interessada em saber se ele seria ou não capaz de abandoná-la? Ele tinha certeza de que ela não queria que ele fizesse isso. Se ele rompesse o noivado, Henry perderia Stannage Park para sempre.

– Por que você não pode cancelar o casamento? – pressionou ela. – Por quê?

– Vejo que você não aprendeu as regras da sociedade tão bem assim. Um cavalheiro honrado *nunca* abandona uma dama. A menos que ela tenha se mostrado infiel, e às vezes nem assim.

– Eu nunca traí você – apressou-se a dizer ela.

Não com o seu corpo, pensou Dunford. *Apenas com a sua alma*. Henry algum dia poderia amá-lo tanto quanto amava as terras dele? É claro que não. Ninguém tem um coração tão grande assim. Dunford suspirou.

– Sei que não.

Mais uma vez, Henry não disse nada, apenas ficou ali parada, parecendo aflita. Ela devia estar perplexa com a fúria dele, pensou Dunford. Henry não sabia que ele tinha ciência dos verdadeiros motivos pelos quais ela queria se casar.

– Bem – disse ele, em um tom cauteloso, temendo a resposta dela. – Você vai me abandonar?

– Você quer que eu faça isso? – perguntou Henry em um sussurro.

– A decisão não é minha – disse ele, com a voz rígida, incapaz de dizer as palavras que a forçariam a deixá-lo. – Se o que você quer é cancelar o casamento, vá em frente.

– Eu não posso – disse ela, torcendo as mãos.

As palavras soaram como se estivessem sendo arrancadas de sua alma.

– A responsabilidade é sua, então – disse ele categoricamente.

E saiu da sala sem olhar para trás.

⁂

Henry prestou atenção em muito pouca coisa nas duas semanas que se seguiram além da dor surda que envolvia seu coração como uma mortalha. Nada parecia provocar sua alegria. Ela supôs que os amigos atribuiriam seu humor estranho ao nervosismo pré-nupcial.

Felizmente, viu Dunford com pouca frequência. Ele parecia saber como cruzar o caminho dela nas festas e nos bailes pelo menor tempo possível – apenas o suficiente para uma dança antes que ela partisse. Eles nunca valsavam.

O dia do casamento foi se aproximando, até que Henry enfim acordou sentindo uma profunda sensação de pavor. Aquele era o dia em que ela se uniria para sempre a um homem a quem não era capaz de satisfazer.

Um homem que agora a odiava.

Com movimentos lentos, Henry se levantou da cama e vestiu o roupão. O único consolo em tudo aquilo era que pelo menos poderia viver em sua amada Stannage Park.

Embora o lugar já não lhe parecesse tão precioso.

O casamento foi uma agonia.

Henry havia pensado que uma cerimônia pequena seria mais fácil, mas, ao contrário, descobriu que era mais difícil fingir alegria na frente de uma dúzia de bons amigos do que teria sido na frente de trezentos convidados aleatórios.

Ela fez a sua parte e disse "Eu aceito" quando chegou a hora, mas havia apenas um pensamento em sua mente.

Por que Dunford estava fazendo aquilo?

Mas quando finalmente reunira coragem para perguntar, o pároco estava dizendo a Dunford que podia beijar a noiva. Henry mal teve tempo de virar a cabeça antes que os lábios do noivo pousassem nos dela em um beijo sem paixão.

– Por quê? – sussurrou ela contra a boca dele. – Por quê?

Se Dunford a ouviu, não respondeu. Ele apenas agarrou a mão dela e praticamente a arrastou pela nave da igreja.

Henry esperava que os amigos não a tivessem visto tropeçar enquanto tentava acompanhar o passo do homem que agora era seu marido.

Na noite seguinte, Henry se viu na porta de Stannage Park, com uma aliança de ouro agora se juntando ao anel de noivado na mão esquerda. Nenhum dos criados apareceu para cumprimentá-los. Como passava das 23h, ela imaginou que todos já deviam estar na cama.

Além do mais, escrevera avisando que chegariam no dia seguinte. Jamais imaginara que Dunford insistiria em que partissem para a Cornualha logo após a cerimônia. Eles permaneceram na recepção apenas por meia hora até ela ser quase arrastada para a carruagem que os esperava.

A viagem cruzando a Inglaterra fora silenciosa e desconfortável. Dunford levara um livro e a ignorou durante todo o caminho. Quando chegaram à estalagem – a mesma em que haviam parado na ida para Londres – os nervos de Henry estavam completamente à flor da pele. Ela havia passado o dia inteiro com medo da noite. Como seria fazer amor com raiva? Achou que não suportaria descobrir.

E foi para seu total atordoamento que Dunford a instalou em um quarto bem no fundo do corredor, dizendo:

— Acho que a nossa noite de núpcias deveria ser em Stannage Park. Parece bem... *apropriado*, não acha?

Henry assentira com gratidão e fugira para o quarto.

Mas agora estavam ali, e Dunford certamente exigiria sua noite de núpcias. O fogo que ardia em seus olhos era prova suficiente disso.

Henry olhou para os jardins da frente. Não havia muita luz saindo da casa, mas ela conhecia tão bem cada centímetro daquela paisagem que conseguia saber a posição de cada galho de árvore. E conseguia sentir os olhos de Dunford nela enquanto observava o farfalhar das folhas ao vento frio.

— É bom estar de volta, Henry?

Ela assentiu, sem coragem de encará-lo.

— Achei mesmo que seria — murmurou ele.

Henry se virou para ele.

— *Você* está feliz por estar de volta?

Houve uma longa pausa antes de Dunford responder:

— Ainda não sei — disse ele, e acrescentou em um tom mais seco: — Entre, Henry.

Ela ficou tensa, mas entrou em casa mesmo assim.

Dunford acendeu algumas velas em um candelabro.

— É hora de subirmos.

Henry olhou para trás pela porta aberta, para a carruagem ainda carregada com os pertences deles, procurando um motivo qualquer para atrasar o inevitável.

— As minhas coisas...

— Os criados trarão para dentro pela manhã. É hora de ir para a cama.

Ela engoliu em seco e assentiu, temendo o que estava por vir. Ansiava pela intimidade que haviam compartilhado em Westonbirt, aquele sentimento completo de amor e satisfação física que encontrara nos braços dele. Mas aquilo havia sido uma mentira. Tinha que ter sido uma mentira, senão Dunford não precisaria de uma noite de prazer na cama da amante.

Henry subiu a escada e seguiu em direção ao seu antigo quarto.

— Não — disse Dunford, pousando as mãos em seus ombros. — Mandei avisar que seus pertences deveriam ser transferidos para a suíte principal.

Ela se virou.

— Você não tinha esse direito.

– Eu tinha todo o direito – retrucou ele, com rispidez, praticamente a arrastando para a suíte principal. – E ainda tenho.

Dunford fez uma pausa, então continuou em um tom mais suave, como se percebesse que havia exagerado.

– Na época, achei que você gostaria da ideia.

– Eu posso muito bem retornar ao meu antigo quarto – sugeriu ela, com certa esperança. – Se você não me quer aqui, não preciso ficar.

Dunford soltou uma risada sem humor.

– Ah, mas eu *quero* você, Henry. Sempre quis. Na verdade, me mata quanto eu quero você.

Lágrimas se acumularam nos olhos dela.

– Não deveria ser assim, Dunford.

Ele a encarou por um longo instante, com os olhos cheios de raiva, dor e espanto. Então se virou e caminhou até a porta.

– Esteja pronta em vinte minutos – disse Dunford secamente.

E saiu sem olhar para trás.

CAPÍTULO 23

Os dedos de Henry tremiam ao despir o vestido de viagem. Tanto Belle quanto Emma haviam contribuído para a escolha do enxoval e, por conta disso, ela agora tinha uma valise cheia de camisolas elegantes. Todas pareciam ligeiramente indecentes para uma jovem que nunca tinha usado nada além de algodão grosso branco para dormir até então, mas, por algum motivo, Henry achou que era seu dever usá-las, agora que estava casada, e vestiu uma delas.

Então baixou os olhos, arquejou e se enfiou na cama. A seda rosa-chá nem sequer fingia esconder os contornos do corpo dela ou o tom rosado escuro dos mamilos. Henry rapidamente puxou as cobertas até o queixo.

Quando Dunford voltou para o quarto, usava apenas um roupão verde-escuro que chegava até os seus joelhos. Henry engoliu em seco e desviou o olhar.

— Por que está tão nervosa, Hen? — perguntou ele, sem rodeios. — Parece até que não fizemos isso antes.

— Daquela vez foi diferente...

Dunford observou-a com atenção e seus pensamentos correram nas direções mais depressivas.

— Foi? Por quê?

Agora era diferente porque ela não precisava mais fingir que o amava? Stannage Park agora era definitivamente dela. Henry com certeza estava tentando encontrar um modo de fazer com que ele fosse embora o mais rápido possível. Ela permaneceu em silêncio por um minuto inteiro antes de enfim dizer:

— Eu não sei.

Ao encará-la, Dunford viu a falta de sinceridade em seus olhos e sentiu a raiva crescer dentro do peito.

— Bem, eu não me importo — falou, irritado. — Não me importo se foi diferente.

Ele despiu o roupão e se aproximou da cama com uma graça selvagem.

Então pairou sobre Henry, apoiado nas mãos e nos joelhos, e viu os olhos dela se arregalarem de apreensão.

– Eu posso fazer você me querer – sussurrou Dunford. – *Sei* que posso.

Ele abaixou o corpo até estar deitado de lado, ainda em cima das cobertas sob as quais ela havia se escondido. Dunford levou a mão ao pescoço de Henry, puxando-a para si.

Ela sentiu o hálito quente em sua boca uma fração de segundo antes do toque dos lábios de Dunford. Enquanto ele tentava provocar a reação dela, Henry tentava desesperadamente dar algum sentido ao comportamento dele. Sem dúvida, Dunford *agia* como se a quisesse.

Mas ela sabia que isso não era verdade, ao menos não o bastante para que ele parasse de procurar outras mulheres.

Havia um vazio dentro dela, mas Henry não sabia como poderia preenchê-lo. Subitamente constrangida, ela se afastou e encostou os dedos nos lábios inchados.

Dunford ergueu uma sobrancelha em uma expressão sarcástica.

– Não sei beijar direito – disse Henry em um rompante.

Isso o fez rir.

– Eu ensinei a você, Hen. Você é bastante talentosa.

Então, como se para provar isso, ele a beijou novamente, com a boca quente e voraz.

Henry foi incapaz de conter a própria reação e sentiu o fogo se espalhar pelo corpo, lambendo sua pele de dentro para fora. Seu cérebro, no entanto, permaneceu curiosamente à parte e, ao mesmo tempo que sentia a língua de Dunford explorando os contornos de seu rosto, ia fazendo um rápido inventário do próprio corpo, tentando descobrir o que nela não era suficiente para manter o interesse dele.

Dunford não pareceu notar a falta de concentração dela, e suas carícias a deixaram ainda mais cheia de desejo; sua pele ardia através da seda fina do vestido. Então os botões foram abertos, expondo a pele ao ar frio da noite. As mãos dele subiram ao longo da superfície plana da barriga até chegarem aos...

Seios!

– Meu Deus! Não!

Dunford ergueu a cabeça para conseguir ver o rosto dela.

– Que diabo, Henry! Qual é o problema agora?

– Você não pode. Eu não posso.

– Você *pode* – afirmou ele.

– Não, eles são muito...

Henry baixou os olhos e a objetividade inesperadamente abriu uma brecha em meio ao sofrimento. Espere... Eles não eram muito pequenos. Que diabo havia de errado com Dunford para não ser capaz de desfrutar de um par de seios muito bons? Ela inclinou a cabeça, tentando analisar o formato deles.

Dunford a encarou, sem entender. Henry – sua *esposa* – estava torcendo o pescoço de uma maneira que parecia extremamente desconfortável e olhando para os seios como se nunca tivesse visto nada parecido.

– O que você está fazendo, Henry? – perguntou ele, espantado demais para se apegar à raiva naquele momento.

Henry olhou para ele, e seus olhos mostravam uma estranha combinação de hesitação e aborrecimento.

– Não sei. Mas acho que são errados de algum modo.

Exasperado, Dunford perguntou:

– O *que* é errado?

– Meus seios.

Se ela tivesse começado uma palestra sobre as diferenças comparativas entre o judaísmo e o islamismo, ele não teria ficado mais surpreso.

– Seus seios? – repetiu Dunford, em um tom um pouco mais severo do que pretendia. – Pelo amor de Deus, Henry, seus seios são ótimos.

Ótimos? *Ótimos?* Henry não queria que eles fossem ótimos. Queria que fossem perfeitos, espetaculares, absolutamente arrebatadores. Queria que Dunford a desejasse tanto que a considerasse a mulher mais bonita do mundo, mesmo que ela tivesse chifres na cabeça e uma verruga no nariz. Queria que ele a desejasse tanto que perdesse a noção de si mesmo. Acima de tudo, queria que ele a quisesse tanto que nunca mais precisasse de outra mulher.

"Ótimos" era intolerável e, quando a boca de Dunford capturou um dos mamilos em um beijo ardente, ainda assim ela se desvencilhou e levantou da cama, segurando freneticamente a camisola aberta contra o corpo.

Dunford respirava com dificuldade. Seu membro estava dolorosamente rijo e ele começava a perder a paciência com a esposa.

– Henry – ordenou. – Volte para a cama *agora*.

Ela balançou a cabeça, se odiando por se encolher no canto do quarto, mas fazendo isso assim mesmo.

Dunford saiu da cama em um pulo, nem um pouco preocupado com a ereção que se projetava. Henry o observou com medo e admiração – medo porque ele avançava em sua direção como um deus ameaçador e admiração porque estava claro que havia *alguma coisa* nela da qual ele gostava. O homem definitivamente a desejava.

Dunford a agarrou pelos ombros e a sacudiu. Mas, quando nem assim conseguiu fazê-la falar, sacudiu-a de novo.

– Qual é o problema com você, *droga*?

– Não sei – gritou ela, surpresa com a intensidade de sua reação. – Eu não sei, e isso está me matando.

Seja lá o que estivesse mantendo a fúria de Dunford sob controle, esgotou-se naquele momento. Como ela *ousava* tentar se fazer passar por vítima naquela união sórdida?

– Eu vou dizer o que há de errado com você – disse ele, com a voz baixa e ameaçadora. – Eu vou dizer *exatamente* o que há de errado. Você...

Ele tropeçou nas palavras, pego de surpresa pela expressão de absoluta desolação que dominou o rosto dela. Não. *Não*. Ele não se permitiria sentir pena dela. Dunford se forçou a ignorar a mágoa profunda nos olhos da esposa e continuou:

– Você sabe que seu joguinho acabou, não é? Teve notícias de Rosalind, e agora sabe que descobri tudo a seu respeito.

Henry o encarou, mal conseguindo respirar.

– Sei tudo sobre você – disse ele com uma risada sem qualquer humor. – Sei que você me acha *um bom sujeito*. Sei que se casou comigo por causa de Stannage Park. Ora, você conseguiu, Henry. Agora tem a sua preciosa Stannage Park. Mas eu *tenho você*.

– Por que você se casou comigo? – perguntou Henry em um sussurro.

Dunford bufou.

– Um cavalheiro não rompe um compromisso de casamento com uma dama. Lembra? Lição número 363 sobre como se comportar em...

– Não minta! – explodiu ela. – Isso não teria impedido você de romper se quisesse. Por que se casou comigo?

Os olhos dela pareciam implorar por uma resposta, mas Dunford não sabia o que a esposa queria ouvir. Inferno, ele nem sabia se queria dizer alguma coisa a Henry. Que ela sofresse um pouco. Que sofresse como ele havia sofrido.

– Sabe de uma coisa, Henry? – falou Dunford em uma voz terrível. – Não faço a menor ideia.

Todo o ardor deixou os olhos dela e Dunford ficou com nojo de si mesmo por ter tanto prazer na angústia de Henry. Mas, por outro lado, ele estava furioso demais e, sim, excitado demais para fazer qualquer outra coisa senão puxá-la para si e esmagar seus lábios em um beijo. Dunford rasgou a camisola que ela usava até Henry estar tão nua quanto ele, a pele quente e ruborizada contra a dele.

– Mas você é minha agora – sussurrou Dunford com ardor, acariciando o pescoço dela com suas palavras. – Minha para sempre.

E então a beijou com um fervor nascido da fúria e do desespero, e sentiu o instante em que Henry foi dominada pelo desejo. Os lábios dela se colaram à têmpora dele ao mesmo tempo que as mãos dele percorriam os músculos tensos das costas e dos quadris da esposa, pressionando-a com urgência contra si.

Parecia que ele nunca teria o bastante de Henry. Era uma tortura...

Dunford queria senti-la em toda sua extensão, se enterrar dentro dela e nunca mais sair. Cego de desejo, ele não sabia ao certo como havia voltado à cama com Henry, mas de alguma forma foi o que aconteceu, já que em segundos estava montado sobre ela, pressionando o corpo da esposa da forma mais primitiva.

– Você é minha, Henry – sussurrou. – Minha...

Ela gemeu alguma resposta incoerente. Ele rolou para o lado, puxando-a consigo, fazendo com que a perna de Henry envolvesse o seu quadril.

– Ah, Dunford – disse ela em um suspiro.

– Ah, Dunford, o quê? – murmurou ele, mordiscando delicadamente o lóbulo da orelha dela.

– Eu...

Ela arquejou quando ele apertou suas nádegas.

– Você precisa de mim, Henry?

– Eu não...

Henry não conseguiu terminar a frase. Sua respiração estava totalmente fora de controle e ela mal conseguia falar.

Dunford desceu mais a mão até o meio das pernas dela e tocou-a intimamente.

– *Você precisa de mim?*

– Eu... Eu preciso de você!

Então Henry abriu os olhos e encontrou os dele.

– Por favor...

Qualquer pensamento de raiva e vingança desapareceu quando Dunford fitou as profundezas prateadas daqueles olhos. Só conseguiu sentir amor, só conseguiu se lembrar do riso e da intimidade que haviam compartilhado. Dunford beijou Henry e se lembrou da primeira vez que a viu sorrir, aquele sorriso petulante e atrevido. Deixou as mãos correrem ao longo dos braços dela e se lembrou de Henry carregando teimosamente as pedras para construir a parede do chiqueiro.

Aquela era Henry, e ele a amava. Não conseguia evitar.

– Diga o que você quer, Henry – sussurrou.

Ela o encarou cegamente, incapaz de formar palavras.

– É isso que você quer?

Ele acariciou o mamilo dela entre o polegar e o dedo médio, observando-o enrijecer.

Com um suspiro estrangulado, ela assentiu.

– E isso?

Ele se inclinou e deixou que a língua se deleitasse com o outro seio.

– Ah, meu Deus... Ah, Deus...

– E que tal isso?

Dunford deitou-a de barriga para cima e pousou as mãos em suas coxas, abrindo-a lenta e tranquilamente. Com um sorriso arrogante, ele se inclinou e beijou-a nos lábios enquanto seus dedos faziam vibrar as dobras quentes do sexo dela.

A pulsação acelerada de Henry bastou como resposta.

Ele sorriu com malícia.

– É *isso* que você quer, sua atrevida?

Então seus lábios começaram a percorrer uma trilha ardente pelo vale entre os seios, ao longo da barriga, até a boca encontrar os dedos.

– Ah, Dunford – arquejou Henry. – Ah, meu Deus.

Ele poderia ter passado horas amando-a daquela maneira. Henry era uma mulher doce, misteriosa, pura. Mas podia senti-la avançando em direção ao clímax, e Dunford queria se juntar a ela quando chegasse o momento. Precisava sentir o corpo da esposa se contrair ao redor do dele.

Dunford se ajeitou em cima dela até que estivessem cara a cara de novo.

– Você me quer, Henry? – perguntou em um sussurro. – Não vou fazer isso se você não disser que me quer.

Henry olhou para ele com os olhos nublados de paixão.

– Dunford... Eu quero.

Ele quase estremeceu de alívio, já que não sabia como teria conseguido manter a palavra se ela o tivesse recusado. Seu membro estava pesado e duro, seu corpo clamava por alívio. Ele arremeteu com cuidado, penetrando-a aos poucos. Henry estava quente e úmida, mas seu corpo estava tenso por ainda ser inexperiente, e ele teve que se forçar a ir devagar.

Mas não era isso que Henry queria. Ela se contorceu e arqueou os quadris para recebê-lo em toda a sua extensão. Foi mais do que Dunford podia aguentar, e ele arremeteu fundo, sentindo o corpo dela envolvê-lo completamente. Foi como voltar para casa. Dunford se apoiou nos cotovelos para poder observá-la. De repente, não conseguia mais lembrar por que estava tão furioso com ela. Ele olhava para Henry e só o que conseguia ver era seu rosto – rindo, sorrindo, a boca trêmula de compaixão pelo bebê que morrera na cabana abandonada.

– Henry... – disse Dunford em um gemido.

Ele amava aquela mulher. E voltou a arremeter, perdendo-se em um ritmo primitivo. Ele a amava. E arremeteu. Amava Henry. E beijou a testa dela em uma tentativa desesperada de se aproximar ainda mais da alma da esposa.

Ele amava aquela mulher.

Dunford podia senti-la cada vez mais excitada. Henry começou a se contorcer e soltar grunhidos baixos e incompreensíveis. Então gritou o nome dele, cada vestígio restante de energia concentrado naquela única palavra.

A sensação do corpo dela se contraindo em torno do dele levou Dunford ao limite do seu controle.

– Ah, meu Deus, Henry! – gritou ele, já incapaz de controlar seus pensamentos, suas ações ou suas palavras. – Eu te amo!

Henry ficou absolutamente imóvel, com mil pensamentos disparando por sua mente no espaço de um segundo.

Ele disse que a amava.

Ela o viu na loja de roupas insistindo gentilmente que experimentasse vestidos para sua irmã inexistente.

Ele estava falando sério?

Henry se lembrou de Dunford em Londres tomado pelo ciúme porque ela havia dado um passeio com Ned Blydon.

Seria possível que ele a amasse e ainda assim precisasse de outras mulheres?

Ela se lembrou do rosto do marido cheio de ternura ao perguntar se ela o queria. *Não vou fazer isso se você não disser que me quer.*

Seria possível que essas palavras tivessem sido ditas por um homem que não estava apaixonado?

Ele a amava. Henry não duvidava mais disso. Ele a amava, mas ela ainda não era mulher o bastante para ele. E isso era quase mais doloroso do que acreditar que Dunford simplesmente não a amava.

– Henry? – chamou ele, com a voz rouca, ainda marcada pela paixão.

Ela tocou o rosto dele.

– Eu acredito em você – disse baixinho.

Ele a encarou sem parecer entender.

– Em que você acredita?

– Em você.

Uma lágrima escorreu dos olhos dela pela têmpora e desapareceu no travesseiro onde sua cabeça estava apoiada.

– Eu acredito que você me ama.

Dunford a encarou, pasmo. *Ela acreditava nele?* Que diabos isso significava? Henry virou a cabeça para não ter que encará-lo.

– Eu queria... – começou ela.

– O que você queria, Henry? – perguntou Dunford.

O coração dele estava acelerado agora, sabendo de algum modo que seu próprio destino estava em jogo.

– Eu queria... queria conseguir... – Ela se engasgou com as palavras, querendo dizer "Eu queria conseguir ser a mulher de que você precisa", mas incapaz de admitir as próprias limitações estando em uma posição tão vulnerável.

De qualquer forma, não importava. Dunford não teria mesmo escutado a frase completa, pois já estava de pé, a meio caminho da porta, porque não queria ouvir a piedade na voz da esposa quando ela dissesse "Eu queria conseguir amar você também".

~

Henry acordou na manhã seguinte com uma forte dor de cabeça. Seus olhos doíam, provavelmente por causa de uma noite inteira chorando. Ela cambaleou até o lavatório e jogou água no rosto, mas pouco adiantou para aliviar seu desconforto.

Mesmo sem saber como, o fato era que conseguira estragar sua noite de núpcias. O que não deveria ser surpresa. Algumas mulheres já nasciam cientes de seus encantos femininos, e era hora de aceitar que ela não era uma dessas. Tinha sido tolice sequer tentar. Henry sentiu saudades de Belle, que sempre parecia saber o que dizer e como se vestir. Mas havia mais que isso. A amiga tinha um senso inato de feminilidade, senso esse que, independentemente de quanto a adorável baronesa tentasse, jamais poderia ensinar a Henry. Ah, Belle havia declarado que Henry fizera grandes avanços, mas ela sabia que a amiga era gentil demais para dizer qualquer outra coisa.

Henry foi até o quarto de vestir que conectava os dois quartos maiores da suíte principal. Como Carlyle e Viola dividiam o mesmo quarto, um dos cômodos havia sido convertido em uma sala de estar. Henry imaginou que, se não quisesse passar todas as noites com Dunford, teria que mandar colocar outra cama na suíte.

Ela suspirou, ciente de que *queria* passar as noites com o marido e se odiando por isso.

Henry entrou no quarto de vestir e reparou que alguém já havia arrumado os vestidos que ela trouxera de Londres. Ela supôs que teria que contratar uma camareira agora. Era quase impossível conseguir vestir a maior parte dos vestidos sem ajuda.

Henry foi até a pequena pilha de roupas masculinas que tinha sido cuidadosamente dobrada e deixada em uma prateleira. Pegou uma calça que era muito pequena para Dunford. Devia ser uma das que ela havia deixado para trás.

Henry tocou a calça, então olhou com anseio para os vestidos novos. Eram lindos – em todos os tons do arco-íris e nos tecidos mais suaves que se possa imaginar. Ainda assim, tinham sido feitos para a mulher que ela esperava ser, não para a mulher que era.

Henry engoliu em seco, deu as costas aos vestidos e colocou a calça.

Dunford olhou com impaciência para o relógio enquanto tomava o café da manhã. Onde diabo estava Henry? Ele descera já havia quase uma hora.

Comeu mais um pouco dos ovos, que já estavam frios. O gosto era horrível, mas Dunford não percebeu. Continuava ouvindo a voz de Henry, tão alta que parecia obliterar os outros sentidos.

Eu queria... queria conseguir... Eu queria conseguir amar você também.
Não era difícil completar a frase por ela.

Dunford ouviu o som dos passos de Henry na escada e se levantou antes mesmo que ela surgisse na porta. Quando ela entrou, parecia cansada, com o rosto tenso e abatido. Ele a fitou de cima a baixo com um olhar insolente. Ela estava usando seu traje antigo, com o cabelo puxado para trás em um rabo de cavalo.

– Mal podia esperar para voltar ao trabalho, não é, Henry? – disse Dunford.
Ela assentiu bruscamente.

– Só não use essas coisas fora da propriedade. Você é minha esposa agora, e seu comportamento se reflete em mim.

Dunford ouviu o escárnio na própria voz e se odiou por isso. Sempre amara o espírito independente de Henry, sempre admirara aquele senso de praticidade que a levava a usar roupas masculinas enquanto trabalhava na fazenda. Agora estava tentando magoá-la, tentando fazê-la sentir a mesma dor que ela causara em seu coração. Dunford sabia o que estava fazendo e aquilo o enojava.

– Vou tentar me comportar adequadamente – retrucou ela em um tom frio.

Henry olhou para o prato de comida que havia sido colocado à sua frente, suspirou e o empurrou para o lado.

Dunford levantou uma sobrancelha, curioso.

– Não estou com fome.

– Não está com fome? Ah, por favor, Henry, você come como um cavalo.
Ela se encolheu.

– Que gentileza da sua parte apontar um dos meus muitos atributos femininos.

– Você não está vestida para o papel de senhora da mansão.

– Acontece que gosto dessas roupas.

Bom Deus, foi uma lágrima que ele viu no canto do olho dela?

– Pelo amor de Deus, Henry, eu...

Dunford passou a mão pelo cabelo. O que estava acontecendo com ele? Vinha se tornando um homem de quem não gostava muito. Decidiu que precisava sair dali.

– Estou indo para Londres – informou abruptamente, ficando de pé.

Henry ergueu a cabeça.

– O quê?

– Hoje. Agora pela manhã.

– Agora? – sussurrou ela, tão baixo que ele não poderia ouvi-la. – No dia seguinte à nossa noite de núpcias?

Dunford apenas saiu da sala.

As semanas seguintes foram mais solitárias do que Henry jamais poderia ter imaginado. Sua vida era praticamente a mesma que tinha sido antes de Dunford entrar nela, com uma exceção colossal: ela havia experimentado o amor. Tivera o sentimento nas mãos e, por um segundo, tocara a mais pura felicidade.

Agora só o que tinha era uma cama grande e vazia e a lembrança do homem que havia passado uma noite ali.

Os criados a tratavam com uma gentileza excepcional, tão excepcional que Henry achou que acabaria sucumbindo ao peso de tanta solicitude. Ela gostaria que eles parassem de pisar em ovos e começassem a tratá-la como a boa e velha Henry, a mesma que perambulava por Stannage Park usando calças, despreocupadamente, a jovem que não sabia o que estava perdendo ao se enterrar na Cornualha.

Ela os ouvia comentando: "Que Deus apodreça a alma dele por deixar a pobre Henry sozinha" e "Ninguém deveria ser tão solitário". Apenas a Sra. Simpson foi direta o bastante para dar uma palmadinha no braço de Henry e murmurar:

– Pobre menina querida.

Um nó se formou na garganta de Henry ao ouvir as palavras de consolo de Simpy, e ela precisou sair correndo para esconder as lágrimas. E quando o pranto cessou ela se dedicou ao trabalho em Stannage Park.

Um mês depois da partida de Dunford, a propriedade nunca pareceu melhor, disse a si mesma com orgulho, mas sem tanta satisfação.

– Estou devolvendo isto.

Dunford levantou os olhos do copo de uísque que segurava para Belle, e então olhou para a pilha de dinheiro que ela havia despejado na frente dele e de volta para Belle. Ergueu uma sobrancelha.

– São as mil libras que ganhei de você – explicou ela, e a irritação que sentia estava claramente estampada no rosto. – Acredito que a aposta dizia que você deveria estar "amarrado, acorrentado e adorando isso".

Dessa vez, Dunford ergueu as duas sobrancelhas.

– E você não está "adorando" – Belle praticamente gritou.

Dunford tomou outro gole de uísque.

– Diga alguma coisa!

Ele deu de ombros.

– Não. Obviamente não estou.

Belle levou as mãos aos quadris.

– Você tem algo a dizer? Algo que possa explicar esse comportamento desprezível?

A expressão dele se tornou gelada.

– Não consigo ver o que lhe dá o direito de exigir explicações.

Belle deu um passo para trás, cobrindo a boca com a mão.

– Em que você se transformou? – perguntou em um sussurro.

– Uma pergunta melhor seria "Em que ela me transformou?" – retrucou Dunford.

– Henry não pode ser a responsável por isso. O que ela poderia ter feito para torná-lo tão frio? Henry é a mulher mais doce, mais...

– ... a mulher mais mercenária que eu conheço.

Belle deixou escapar um som que era quase um riso, cheio de escárnio e descrença.

– Henry? Mercenária? Você só pode estar brincando.

Dunford suspirou, ciente de que havia sido injusto com a esposa, de certa forma.

– Talvez "mercenária" não seja a palavra mais adequada. A minha esposa... ela...

Ele estendeu as mãos em um gesto de quem aceitara a derrota.

– Henry nunca será capaz de amar nada ou *ninguém* como ama Stannage Park. Isso não a torna uma pessoa má, apenas.... isso só a torna...

– Dunford, do que você está falando?

Ele deu de ombros.

– Você já experimentou um amor não correspondido, Belle? Além de ser o objeto de um, quero dizer?

– Henry ama você, Dunford. Eu sei que ama.

Sem palavras, ele balançou a cabeça.

– Era tão óbvio. Todos vimos isso enquanto ela esteve aqui – disse ela.

– Tenho uma carta escrita por ela mesma que atestaria o contrário.

– Bem, deve haver algum engano.

– Não há nenhum engano, Belle – disse ele, soltando uma risada áspera e autodepreciativa. – Além do que eu cometi quando disse "Aceito".

Dunford já passara um mês em Londres quando Belle fez outra visita. Ele gostaria de poder dizer que estava encantado em ver a amiga, mas a verdade era que não havia nada capaz de arrancá-lo da melancolia que o dominava.

Via Henry por toda parte. O som da voz dela ecoava em sua cabeça. A saudade que sentia era dolorosamente feroz. E, ao mesmo tempo, ele se desprezava por desejá-la, por ser tão patético a ponto de amar uma mulher que jamais retribuiria seus sentimentos.

– Boa tarde, Dunford – cumprimentou Belle, animada ao entrar em seu escritório.

– Belle – disse ele, inclinando a cabeça para cumprimentá-la.

– Achei que você gostaria de saber que Emma deu à luz um menino há dois dias. Tudo correu muito bem. Achei que *Henry* também gostaria de saber – afirmou ela incisivamente.

Dunford sorriu pela primeira vez em um mês.

– Um menino, hein? Ashbourne estava determinado a ter uma menina.

– Sim, ele está resmungando que Emma sempre consegue o que quer, mas está orgulhosíssimo – explicou a amiga em um tom mais suave.

– O bebê é saudável, então?

– Grande e rosado, com um amontoado de cabelos pretos.

– Será um terror, tenho certeza.

– Dunford – falou Belle baixinho –, alguém deveria avisar Henry. Ela vai querer saber.

Ele olhou para a amiga com uma expressão vazia.

– Vou escrever um bilhete para ela.

– Não – reagiu Belle, severa. – Ela precisa saber disso pessoalmente. Henry vai ficar muito feliz com a notícia e vai querer comemorar com alguém.

Dunford engoliu em seco. Queria muito ver a esposa. Queria tocá-la, segurá-la em seus braços e sentir o perfume do seu cabelo. Queria colocar a mão sobre seus lábios e impedir que ela o censurasse. Queria fazer amor com ela, fingindo o tempo todo que ela também o amava.

Era um homem patético, sabia disso, mas Belle acabara de inventar uma desculpa para que ele voltasse à Cornualha sem sacrificar o que lhe restava de orgulho. Ele se levantou.

– Eu darei a notícia.

O alívio de Belle foi tão óbvio que foi quase como se um peso saísse de cima dela.

– Vou para a Cornualha. Henry precisa ser informada sobre o bebê e, se não for eu a contar, quem mais será?

Ele olhou para Belle, quase como se estivesse em busca de aprovação.

– Ah, sim. Se você não for, ela não terá como saber. Realmente é melhor você ir.

– Sim, sim – concordou ele. – É melhor. Tenho que ir vê-la. Realmente não tenho escolha.

Belle abriu um sorriso astuto.

– Ah, Dunford. Não quer saber o nome do bebê?

Ele pareceu envergonhado.

– Sim, isso seria bom.

– É William. Em sua homenagem.

CAPÍTULO 24

Henry estava limpando o chiqueiro com uma pá.

Não que gostasse de fazer isso. Nunca havia gostado. Mas, como responsável por Stannage Park, sempre achou que deveria participar das tarefas do dia a dia da propriedade. Nunca fora, porém, democrática a ponto de se forçar a fazer as tarefas mais complicadas.

Mas agora já não se importava tanto. A atividade física mantinha sua mente abençoadamente vazia. E quando ela caía na cama à noite, seus músculos estavam tão doloridos que ela pegava no sono na hora. Aquilo era mesmo uma bênção. Antes de se decidir pela exaustão como cura para o seu coração partido, havia passado muitas horas acordada, olhando para o teto. Olhando, olhando, olhando, sem ver nada além do fracasso que era a sua vida.

Henry enfiou a pá naquela imundície, tentando ignorar os respingos de lama nas botas. Pensou em como seria bom tomar um banho naquela tarde. Sim, um banho. Um banho com... lavanda. Não, pétalas de rosa teriam um cheiro delicioso. Ela queria cheirar a rosas?

Henry passava a maior parte das tardes daquele jeito, tentando desesperadamente pensar em qualquer outra coisa que não fosse Dunford.

Ela terminou suas tarefas, guardou a pá e caminhou de volta para a casa, dirigindo-se à entrada dos criados. Estava imunda, e se deixasse qualquer rastro de sujeira no carpete do saguão da frente, jamais conseguiriam se livrar do fedor. Uma criada estava parada na escada, dando uma cenoura para Rufus. Henry pediu que ela preparasse um banho e se inclinou para dar uma palmadinha na cabeça do coelho. Quando abriu a porta, foi incapaz de reunir energia para gritar seu habitual "olá" para a Sra. Simpson. Deu apenas um sorrisinho cansado, pegou uma maçã, mordeu e levantou os olhos. Simpy estava com uma expressão bastante estranha, quase tensa.

– Algum problema, Simpy? – perguntou Henry antes de dar outra mordida.
– Ele voltou.

Henry ficou paralisada, com os dentes cravados na maçã. Ela retirou lentamente a fruta da boca, deixando pequenas marcas perfeitas.

– Suponho que esteja se referindo ao meu marido? – disse.

A Sra. Simpson assentiu enquanto deixava escapar uma torrente de palavras.

– Minha vontade é dizer o que penso sobre ele e sofrer as consequências. Ele só pode ser um monstro para abandoná-la desse jeito. Ele...

Henry não ouviu o resto. Seus pés, agindo sem qualquer conexão com o cérebro, já a levavam para fora da cozinha e escada acima. Ela não sabia se estava correndo para ele ou para longe dele. Também não tinha ideia de onde ele estava. Dunford poderia estar no escritório, na sala de estar ou no quarto.

Ela engoliu em seco e torceu para que ele não estivesse no quarto.

Então empurrou a porta.

E engoliu em seco de novo.

Nunca fora uma pessoa excepcionalmente sortuda.

Dunford estava parado perto da janela, lindíssimo. Havia tirado o casaco e afrouxado a gravata. E inclinou a cabeça ao vê-la.

– Henry.

– Você está em casa – disse ela tolamente.

Ele deu de ombros.

– Eu... eu preciso de um banho.

A sugestão de um sorriso curvou os lábios dele.

– Sim, precisa.

Dunford foi até a campainha.

– Já pedi às criadas. Elas devem chegar a qualquer minuto para encher a banheira.

Dunford abaixou a mão e se virou.

– Imagino que esteja se perguntando por que estou de volta.

– Eu... bem, sim. Suponho que não tenha nada a ver comigo.

Ele estremeceu.

– Emma teve um menino. Achei que você gostaria de saber.

Dunford viu a expressão dela passar do desamparo e da desconfiança à mais pura alegria.

– Ah, mas isso é maravilhoso! – exclamou. – E qual é o nome dele?

– William – respondeu Dunford, timidamente. – Em minha homenagem.

– Você deve estar muito orgulhoso.

– Bastante. Vou ser o padrinho, o que é uma grande honra.
– Ah, sim. Você deve estar encantado. Eles devem estar encantados.
– Estão, sim.

E nesse momento os dois ficaram sem saber o que dizer. Henry abaixou os olhos para os pés de Dunford, ele olhou para a testa dela. Finalmente, ela comentou:

– Eu preciso tomar banho.

Eles ouviram batidas na porta e duas criadas entraram com baldes de água fumegante. Pegaram a banheira no quarto de vestir, onde ficava guardada, e começaram a enchê-la.

Henry observou aquele objeto enorme.

Dunford olhou para Henry, imaginando-a no banho.

E então praguejou e saiu do quarto.

Quando Henry voltou a ver o marido, estava cheirando um pouco mais a flores e menos a chiqueiro. Havia até colocado um de seus vestidos, para que ele não pensasse que ela estava usando roupas masculinas só para irritá-lo. Não queria dar a Dunford a satisfação de saber que ele ocupava seus pensamentos com muita frequência.

Ele esperava por ela na sala de estar, antes do jantar, com um copo de uísque ao lado, em uma mesa de canto. Quando Henry entrou, ele se pôs de pé, com os olhos fixos no rosto da esposa e uma expressão que só poderia ser descrita como torturada.

– Você está linda, Hen – elogiou ele, soando como se desejasse que ela não estivesse.

– Obrigada. Você também está bonito. Como sempre.

– Quer beber alguma coisa?

– Eu... sim. Não. Não. Quero dizer, sim. Eu quero.

Ele lhe deu as costas enquanto se servia de mais bebida, para que ela não o visse sorrir.

– De que gostaria?

– Qualquer coisa – respondeu ela, debilmente, e se sentou. – Tanto faz.

Dunford serviu um copo de xerez.

– Aqui está.

Ela pegou o copo que ele lhe estendia, certificando-se de que sua mão não encostasse na dele. Então tomou um gole da bebida, deixou que o vinho lhe desse coragem e perguntou:

– Quanto tempo você planeja ficar?

Ele contraiu os lábios.

– Está tão ansiosa assim para se livrar de mim, Hen?

– Não, não. Só imagino que *você* não gostaria de ficar muito tempo *comigo*. Não tenho nada contra você ficar aqui – disse ela, e, apenas por orgulho, acrescentou: – Você não vai interromper a minha rotina.

– Ah, sim, é claro que não. Sou um bom sujeito. Eu quase havia me esquecido.

Henry se encolheu com a amargura dele.

– Eu não gostaria de ir a Londres e interromper a *sua* rotina – devolveu ela. – Deus me livre de afastá-lo da sua vida *social*.

Dunford a encarou sem compreender.

– Não faço ideia do que você está falando.

– Só porque é muito educado para tocar no assunto – murmurou Henry, quase desejando que ele mencionasse a amante. – Ou talvez você ache que eu sou muito educada.

Dunford se levantou.

– Eu viajei o dia todo e estou cansado demais para desperdiçar a minha energia tentando resolver seus enigmas. Se me der licença, vou jantar. Junte-se a mim se quiser.

E saiu da sala.

Henry agora conhecia bastante os costumes da alta sociedade para saber que Dunford havia sido imperdoavelmente rude com ela. E sabia o suficiente sobre ele para ter certeza de que havia feito de propósito. Ela saiu da sala e, de costas, disse:

– Não estou com fome!

Então subiu a escada correndo até o quarto, ignorando a barriga que roncava.

⁂

O jantar tinha gosto de serragem. Dunford olhou fixamente para a frente enquanto comia, ignorando os criados que apontavam para o lugar vazio na frente dele, se perguntando se deveriam recolher a louça.

Ele terminou a refeição em dez minutos – comeu apenas o primeiro prato e ignorou o resto. Era horrível ficar sentado ali, em frente à cadeira onde Henry deveria estar, sob o olhar hostil dos criados, que a amavam profundamente.

Afastou a cadeira com violência, se levantou e se retirou para o escritório, onde se serviu de um copo de uísque. E outro. E mais outro. Não o suficiente para cair de bêbado, apenas o bastante para ficar excessivamente contemplativo. E o bastante também para passar o tempo até ter certeza de que Henry havia adormecido.

Dunford subiu para o quarto, cambaleando um pouco. O que ele faria com ela? Deus, que confusão. Ele a amava, mas não queria amá-la. Queria odiá-la, mas não conseguia. Porque, apesar de não amá-lo, Henry ainda era uma boa mulher, e ninguém conseguiria encontrar falhas em seu amor e sua devoção por aquela terra. Ele a queria e se desprezava por sua fraqueza. E quem diabo sabia o que *ela* pensava?

Além do fato de ela não o amar. Aquilo estava claro.

Eu queria... queria conseguir... Eu queria conseguir amar você também.

Bem, não podia culpá-la por não ter tentado.

Dunford girou a maçaneta e entrou, cambaleando, no quarto. Seus olhos pousaram na cama. Henry!

Ele prendeu a respiração. Ela havia esperado por ele? Aquilo significava que o queria? Não, pensou Dunford com amargura, significava apenas que não havia cama no outro quarto.

Ela estava deitada ali, dormindo, e seu peito se movia suavemente no ritmo da respiração. A lua estava quase cheia e seu brilho entrava pelas janelas abertas. Henry parecia perfeita – tudo o que ele sempre quis. Dunford afundou em uma poltrona, com os olhos o tempo todo fixos na forma adormecida sobre o colchão.

Por ora, aquilo bastaria. Apenas observá-la enquanto ela dormia.

⁓

Na manhã seguinte, Henry piscou algumas vezes para despertar. Havia dormido excepcionalmente bem, o que foi uma surpresa, considerando a tensão da noite anterior.

Ela bocejou, se espreguiçou e se sentou na cama. E o viu.

Dunford havia adormecido na poltrona do outro lado do quarto. Ele ainda estava totalmente vestido e parecia muito desconfortável. Por que fizera aquilo? Teria achado que ela não gostaria de recebê-lo na cama? Ou será que sentia tanta repulsa por ela que não conseguia suportar a ideia de ficarem lado a lado?

Com um suspiro silencioso, ela saiu da cama e foi até o quarto de vestir, onde colocou a calça e a camisa, e voltou para o quarto.

Dunford não havia se movido. Seu cabelo escuro ainda caía sobre os olhos, os lábios pareciam beijáveis como sempre e seu corpo grande estava posicionado em um ângulo muito esquisito na poltrona pequena.

Henry não se conteve. A ela não importava que o marido a tivesse deixado um dia depois de voltarem para a Cornualha. Não importava que ele tivesse sido incrivelmente rude com ela na noite anterior. Nem que ele não a desejasse o bastante para desistir da amante.

O único pensamento em seu coração era que ela ainda o amava, apesar de tudo aquilo, e não suportava vê-lo tão desconfortável. Henry caminhou até onde ele estava sentado, colocou as mãos sob seus braços e o puxou.

– Levante-se, Dunford – murmurou, tentando erguê-lo.

Ele piscou algumas vezes, com os olhos sonolentos.

– Hen?

– Hora de ir para a cama.

Ele deu um sorrisinho.

– Você vem?

O coração de Henry saltou no peito.

– Eu... ahn... Não, Dunford, estou toda vestida. Eu... ahn... tenho coisas a fazer. Tarefas e...

Continue falando, Hen, senão você vai pular na cama com ele.

Dunford pareceu ficar profundamente decepcionado e se inclinou para a frente, bêbado.

– Posso beijar você?

Henry engoliu em seco, sem saber ao certo se ele estava acordado. Dunford já a beijara uma vez durante o sono, que mal poderia haver em deixá-lo fazer aquilo mais uma vez? E ela queria tanto... ela *o* queria tanto.

Henry se inclinou e roçou os lábios nos dele. Ele gemeu e colocou os braços ao seu redor, tateando com as mãos suas costas.

– Ah... – disse Dunford em um gemido.

Se ele ainda estava dormindo, pensou Henry, *ao menos dessa vez estava sonhando com a pessoa certa*. Ao menos era a ela quem ele queria. Naquele momento, pelo menos, Henry era seu objeto de desejo. Somente ela.

Os dois caíram na cama, braços e pernas se enroscando no caminho, arrancando as roupas. Dunford a beijou com desespero, saboreando a pele dela como um homem faminto. Henry estava tão ansiosa quanto ele e logo passou as pernas ao redor do corpo do marido, tentando puxá-lo ainda mais para perto, direto ao ponto onde eles poderiam ser uma só pessoa.

Antes que se desse conta, Dunford estava dentro dela, e foi como se o próprio paraíso tivesse descido ao quarto deles e os envolvido em seu abraço perfeito.

– Ah, Dunford, eu te amo... Eu te amo tanto, tanto.

As palavras escaparam direto do coração dela para a boca, mandando o orgulho para o inferno.

Henry já não se importava mais com a ideia de não ser suficiente. Ela o amava, e ele a amava do seu próprio jeito, e ela diria qualquer coisa, faria o que fosse necessário para mantê-lo ao seu lado. Engoliria o orgulho, se humilharia... Qualquer coisa para evitar a dolorosa solidão do mês anterior.

Dunford não parecia ter ouvido o que ela dissera, tão violentas eram suas necessidades físicas. Ele mergulhou nela, soltando gemidos altos a cada arremetida. Henry não sabia dizer pela expressão em seu rosto se ele estava em agonia ou em êxtase; talvez um pouco de ambos. Assim que os músculos dela começaram a estremecer ao redor de seu membro, Dunford arremeteu com uma força impressionante, gritando o nome de Henry enquanto derramava a própria vida dentro dela.

Henry parou de respirar por um instante ao se ver dominada pela intensidade do próprio clímax. E recebeu com prazer o peso do corpo de Dunford quando ele desabou sobre ela, se deliciando com os movimentos bruscos que acompanhavam a respiração entrecortada dele. Ficaram desse jeito por vários minutos, em um silêncio satisfeito, até Dunford gemer e sair de cima dela.

Eles estavam lado a lado agora, um de frente para o outro, e Henry não conseguiu afastar os olhos de Dunford quando ele se inclinou para beijá-la.

– Você disse que me ama? – sussurrou ele.

Henry não respondeu, sentindo-se encurralada.

A mão dele segurou com força o quadril dela.

– Disse?

Ela tentou responder que sim, tentou responder que não, mas acabou incapaz de dizer qualquer coisa. Sufocando com as palavras, Henry se desvencilhou das mãos dele e saiu da cama.

– Henry.

O tom baixo dele exigia uma resposta.

– Eu *não posso* amar você! – gritou ela enquanto enfiava os braços na camisa que pouco tempo antes havia sido arrancada do seu corpo.

Dunford ficou olhando para ela por alguns segundos, parecendo em choque, antes de finalmente dizer:

– Como assim? Por que não?

Agora Henry estava enfiando a camisa dentro da calça.

– Você precisa de mais do que eu posso dar – retrucou ela, reprimindo os soluços. – E por causa disso você nunca vai poder ser o que *eu* preciso.

O coração machucado de Dunford passou direto pela primeira frase dela e se concentrou apenas na segunda. Sua expressão se tornou muito dura, e ele saiu da cama para pegar as próprias roupas.

– Muito bem, então – disse ele, no tom brusco de quem está se esforçando muito para não demonstrar emoção. – Vou voltar para Londres o mais rápido possível. Essa tarde mesmo, se eu conseguir.

Henry engoliu em seco.

– Isso é cedo o bastante para você?

– Você... você vai embora? – perguntou Henry, com a voz muito baixa.

– Não é isso que você quer? – retrucou ele com rispidez, pairando acima dela como um deus perigoso... e nu. – Não é?

Ela balançou a cabeça. Foi um movimento muito breve, mas ele percebeu.

– Então que diabo você *quer*? – gritou ele. – Você não sabe o que quer?

Henry ficou olhando para ele, muda.

Dunford praguejou com vontade.

– Já estou farto dos seus joguinhos, Henry. Quando você decidir exatamente o que quer do casamento, me mande um bilhete. Estarei em Londres, onde as pessoas *não* tentam rasgar minha alma em pedaços.

Henry não sentiu a fúria chegando. Veio num rompante, como um raio, e, antes que se desse conta do que estava acontecendo, ela estava gritando.

– Vá então! Volte para Londres e para as suas mulheres! Vá dormir com Christine!

Dunford ficou completamente imóvel, com o rosto pálido e contraído.

– Do que você está falando? – perguntou ele em um sussurro.

– Eu sei que você ainda tem uma amante, Dunford – acusou ela, com a voz embargada. – Sei que dormiu com ela quando já estávamos noivos, mesmo depois de ter dito que me amava. Você disse que ia jogar cartas com seus amigos, deu essa desculpa, mas eu o segui. Eu vi você, Dunford. *Eu vi você!*

Ele deu um passo na direção dela, e a roupa escorregou dos dedos.

– Houve um engano terrível.

– Sim, de fato – concordou Henry, com o corpo tremendo de emoção. – Eu me enganei ao pensar que algum dia poderia ser mulher o bastante para agradar você, ao pensar que poderia aprender a ser alguém que não sou.

– Henry – sussurrou Dunford, com a voz rouca de emoção –, eu não quero ninguém além de você.

– Não minta para mim! – gritou ela. – Eu não me importo com o que você diga, desde que não minta. Não sou capaz de satisfazer você, mesmo me esforçando tanto... Tentei aprender as regras, usei vestidos... e até gostei de usá-los, mas mesmo assim não foi o bastante. Não consigo satisfazer você, Dunford. Sei que não sou capaz, mas... Meu Deus...

Ela se deixou cair em uma cadeira, vencida pela força das lágrimas. Seu corpo inteiro tremia com os soluços, e ela se envolveu com os braços, tentando não se despedaçar.

– Tudo o que eu queria era ser única – disse, engasgando. – Só isso.

Dunford se ajoelhou diante dela, pegou suas mãos e levou-as aos lábios em um beijo reverente.

– Henry, minha atrevida, meu amor, mas é só você que eu quero. *Só você.* Eu não olhei para outra mulher desde que conheci você.

Ela o encarou com lágrimas escorrendo dos olhos.

– Não sei o que você acha que viu em Londres – continuou ele. – Mas só posso deduzir que foi na noite em que eu disse a Christine que ela precisaria encontrar outro protetor.

– Você ficou lá por horas, Dunford.

– Henry, eu não traí você – disse ele, apertando as mãos dela com mais força. – Precisa acreditar em mim. *Eu amo você.*

Ela olhou para aqueles olhos de um castanho âmbar e sentiu o mundo desabar ao seu redor.

– Ah, meu Deus – sussurrou ela, e o choque apertou seu coração. Então se levantou bruscamente. – Ah, meu Deus. O que eu fiz? O que eu fiz?

Dunford observou o sangue sumir de seu rosto.

– Henry? – disse Dunford, hesitante.

– O que eu fiz? – A voz dela foi ficando cada vez mais alta. – Ah, meu *Deus*! – Então ela saiu correndo do quarto.

Dunford, infelizmente, estava despido demais para segui-la.

∽

Henry desceu correndo os degraus da frente da casa e mergulhou no nevoeiro. E continuou correndo até se ver protegida pelas árvores, até ter certeza de que nenhuma alma viva poderia ouvi-la.

Então ela chorou.

Deixou-se afundar na terra úmida e soluçou. Ela tivera a chance de experimentar a alegria mais pura da terra, e arruinara tudo com mentiras e desconfiança. Dunford jamais iria perdoá-la. Como ele poderia, quando ela mesma não seria capaz?

∽

Quatro horas depois, Dunford estava a ponto de arrancar a tinta das paredes com as unhas. Onde aquela mulher tinha se enfiado?

Ele não tinha considerado a hipótese de organizar uma equipe de busca. Henry conhecia aquelas terras melhor do que ninguém. Era improvável que tivesse sofrido um acidente, mas havia começado a chover, maldição, e ela estava tão perturbada...

Meia hora. Ele esperaria mais meia hora.

Sentiu um aperto no peito ao lembrar da expressão de agonia no rosto de Henry naquela manhã. Ele nunca vira um olhar tão torturado. A menos, é claro, que tivesse contado as vezes que se olhara no espelho no mês anterior.

De repente, Dunford já não tinha ideia de como seu casamento se tornara uma confusão tão grande. Ele amava Henry e estava se tornando cada vez mais evidente que ela correspondia esse amor. Mas havia muitas perguntas sem resposta. E a única pessoa que poderia respondê-las não estava em nenhum lugar à vista.

∽

Henry voltou para casa atordoada. A chuva mal chamara sua atenção. Ela apenas seguiu andando, repetindo o tempo todo para si:

– Preciso fazer com que ele entenda. Preciso.

Ela havia ficado sentada por horas aos pés de uma árvore, soluçando até não ter mais lágrimas. Quando enfim se acalmou, ela se perguntou se não mereceria uma segunda chance. As pessoas podiam aprender com seus erros e seguir em frente, certo?

E, acima de tudo, ela devia a verdade a ele.

Quando chegou aos degraus da frente de Stannage Park, a porta foi aberta com violência antes que ela pudesse pousar a mão na maçaneta.

Dunford.

Ele parecia um deus vingador, ligeiramente desgrenhado. As sobrancelhas se cerravam em uma linha firme e ele estava muito vermelho, com uma veia saltando no pescoço, e... a camisa não fora abotoada corretamente. Ele puxou Henry sem cerimônia para o saguão.

– Você tem alguma ideia do que passou pela minha cabeça nas últimas horas? – bradou.

Sem palavras, Henry apenas balançou a cabeça.

Ele começou a contar nos dedos.

– Uma vala – começou Dunford. – Você poderia ter caído em uma vala. Não, não precisa dizer, sei que você conhece o terreno, mas você poderia ter caído em uma vala ainda assim! Um animal poderia ter mordido você. Um galho de árvore poderia ter atingido você. Está caindo um temporal, Henry!

Henry o encarou, pensando que a chuva com vento dificilmente poderia ser descrita como um temporal.

– E também existem criminosos por aí – continuou ele. – Sei que estamos na Cornualha. Sei que aqui é o fim do mundo, mas eles existem aqui também. Bandidos que não pensariam duas vezes em... Meu Deus, Henry, eu não quero nem imaginar isso.

Ela ficou olhando enquanto ele passava a mão pelo cabelo despenteado.

– Vou trancar você no quarto.

A esperança começou a se acender no coração dela.

– Vou amarrar e trancar você e... Ah, pelo amor de Deus, você pode *dizer alguma coisa*?

Henry abriu a boca.

– Eu não tenho uma amiga chamada Rosalind.

Dunford a encarou sem entender.

– O quê?

– Rosalind. Ela não existe. Eu...

Ela desviou o olhar, envergonhada demais para encontrar os olhos dele.

– Eu escrevi a carta e mandei entregarem a você. Escrevi para tentar obrigar você a romper o noivado.

Dunford tocou o queixo dela, forçando-a a olhar para ele.

– Por quê, Henry? – perguntou, e a voz saiu em um sussurro rouco. – *Por quê?*

Ela engoliu em seco, nervosa.

– Porque achei que você tinha estado com a sua amante. E não conseguia entender como você tinha sido capaz de estar comigo e depois com ela, e...

– Eu não traí você, Henry – disse ele com intensidade.

– Eu sei. Agora eu sei. Eu sinto muito. Sinto tanto.

Ela jogou os braços ao redor dele e enterrou o rosto naquele paraíso que era o peito largo de Dunford.

– Você pode me perdoar?

– Mas, Hen, por que você não confiou em mim?

Henry engoliu com dificuldade, vermelha de vergonha. Por fim, contou a ele sobre as mentiras de lady Wolcott. Mas ela não podia culpar a mulher por tudo, porque se estivesse realmente segura do amor de Dunford, não teria se deixado enganar.

Dunford olhou para ela, estupefato.

– E você acreditou nela?

– Sim. Não. Não no começo. Mas então eu segui você.

Henry fez uma pausa, obrigando-se a olhá-lo nos olhos. Ela devia sinceridade a ele.

– Você ficou lá por tanto tempo. Eu não sabia o que pensar.

– Henry, por que você acha que eu iria querer outra mulher? Eu amo você. Você sabia disso. Eu não disse isso o bastante?

Ele se inclinou e apoiou o queixo no topo da cabeça dela, inspirando o perfume inebriante do cabelo molhado.

– Acho que eu pensei que não satisfazia você. Que não sou suficientemente bonita ou feminina. Eu me esforcei muito para tentar ser uma dama adequada. Até gostei de aprender. Londres é lindíssima. O problema é que, no fundo, sempre serei a mesma pessoa. Essa aberração masculinizada...

As mãos dele apertaram com força os braços dela.

– Acho que eu já pedi que nunca mais se refira a si mesma dessa forma.

– Mas eu nunca vou ser como Belle. Nunca vou...

– Se eu quisesse Belle – interrompeu Dunford, puxando-a mais para perto –, eu a teria pedido em casamento. Henry, é você que eu amo. E continuaria a adorá-la mesmo que você estivesse vestindo um saco de estopa. Eu a adoraria mesmo se você tivesse um bigode.

Ele fez uma pausa e beliscou o nariz dela.

– Bem, confesso que o bigode seria difícil. Por favor, prometa que não vai deixar crescer um.

Henry deu uma risadinha apesar da aflição que sentia.

– Você realmente não quer que eu mude?

Dunford sorriu.

– Você quer que *eu* mude?

– Não! Quero dizer, eu gosto muito de você do jeito que é.

Então foi a vez dele de dar aquele sorriso letal que Henry conhecia tão bem e que sempre a deixava de pernas bambas.

– Você apenas *gosta* de mim?

– Bem – disse ela timidamente –, acho que eu disse que *gosto muito* de você.

Dunford enfiou a mão no cabelo dela e o puxou para obrigá-la a levantar o rosto.

– Isso não basta – murmurou.

Ela tocou o rosto do marido.

– Eu amo você, Dunford. E sinto muito, muito mesmo, por ter provocado essa confusão toda. Como posso compensá-lo?

– Você poderia dizer de novo que me ama.

– Eu te amo.

– Você poderia me dizer isso amanhã também.

Ela sorriu.

– Não vou precisar do menor lembrete. Eu poderia até dizer duas vezes.

– E no dia seguinte.

– Acho que consigo fazer isso.

– E no outro...

EPÍLOGO

– Eu vou *mataaaaarrrrr* ele!

Emma tocou o braço de Dunford e sussurrou:

– Não acho que ela esteja falando sério.

Dunford engoliu em seco, com o rosto tenso e pálido de preocupação.

– Ela está aí dentro há muito tempo.

Emma segurou-o pelo pulso e o puxou mais para longe da porta do quarto onde estava Henry.

– Eu demorei ainda mais tempo com o William, e saí saudável como um cavalo. Agora, venha comigo. *Você* não deveria ter vindo até a porta. Vai enlouquecer ouvindo os gritos dela.

Dunford deixou que a duquesa o afastasse dali. Ele e Henry haviam levado mais de cinco anos para conceber. Queriam tanto um bebê que parecera um milagre quando descobriram que havia um a caminho. Mas agora que Henry estava dando à luz, um bebê não parecia mais tão necessário.

Henry estava sentindo *dor*. E ele não podia fazer nada a respeito.

Aquilo dilacerava o seu coração.

Ele e Emma voltaram para a sala de estar, onde Alex estava brincando com os filhos. William, de 6 anos, havia desafiado o pai para um duelo e no momento derrotava vergonhosamente o duque – que estava sendo um tanto prejudicado pela presença de Julian, de 4 anos, em suas costas. Sem mencionar Claire, de 2 anos, alegremente enrolada em seu tornozelo esquerdo.

– E então? O bebê já nasceu? – perguntou Alex, despreocupadamente demais para o gosto de Dunford, que soltou uma espécie de rosnado.

– Acho que isso é um não... – traduziu Emma.

– Agora eu matei você! – gritou William alegremente, cravando a espada na barriga de Alex.

Alex olhou de relance para o melhor amigo.

– Você tem certeza de que quer um desses?

Dunford afundou em uma cadeira.

331

– Contanto que ela fique bem – respondeu com um suspiro. – É só isso que me importa.

– Ela vai ficar bem – disse Emma com gentileza. – Você vai ver... Ah, Belle!

Belle estava na porta, um pouco suada e desgrenhada. Dunford ficou de pé.

– Como ela está?

– Henry? Ah, ela está...

Belle olhou ao redor.

– Cadê John?

– Lá fora no jardim, ninando Letitia – respondeu Emma. – Como está Henry?

– Tudo resolvido – disse Belle com um largo sorriso. – É um... ora, o que aconteceu com Dunford?

O pai em questão já havia saído correndo da sala.

Dunford fez uma breve pausa quando chegou à porta do quarto de Henry. O que deveria fazer agora? Entrar? Ficou parado ali por um instante, inexpressivo, até Belle e Emma surgirem no corredor, ambas sem fôlego por terem subido a escada correndo atrás dele.

– O que você está esperando? – perguntou Emma.

– Eu posso simplesmente entrar? – perguntou Dunford, inseguro.

– Bem, talvez você queira bater primeiro – sugeriu Belle.

– Não seria... feminino demais?

Belle se engasgou com uma risada. Emma tomou a iniciativa e bateu na porta.

– Pronto – disse com firmeza. – Agora você *tem* que entrar.

A parteira abriu a porta, mas Dunford não a viu. Ele não viu nada além de Henry – e o pacotinho minúsculo que ela segurava nos braços.

– Henry? – sussurrou ele. – Você está bem?

Ela sorriu.

– Ótima. Vem aqui...

Dunford atravessou o quarto e se sentou ao lado dela na cama.

– Tem certeza de que não está se sentindo mal? Eu ouvi você desejar a minha morte com bastante veemência.

Henry virou a cabeça e deu um beijo no ombro do marido.

– Bem, eu não gostaria de entrar em trabalho de parto todos os dias, mas acho que valeu a pena, não é? – perguntou ela, estendendo a ele o bebê. – William Dunford, conheça a sua filha.

– Uma filha? – sussurrou ele. – Uma filha... Temos uma menina?

– Eu chequei bem de perto. É definitivamente uma menina.

– Uma menina – repetiu Dunford, incapaz de conter o deslumbramento na voz.

Ele afastou com delicadeza a manta para poder ver o rosto da filha.

– Ela é linda.

– Eu acho que se parece com você.

– Não, não, ela definitivamente se parece com você.

Henry abaixou os olhos para a bebê.

– Acho que talvez ela se pareça com ela mesma.

Dunford beijou o rosto da esposa. Então se inclinou e fez o mesmo com a filha, com a máxima delicadeza.

– Eu não havia considerado a hipótese de ser uma menina – comentou Henry. – Não sei por quê, mas tinha certeza de que seria um menino... Talvez tenha sido pela quantidade de chutes que ela deu quando ainda estava na barriga.

Dunford beijou novamente a filha, como se de repente se desse conta de como era prazeroso fazer isso.

– Eu só pensei em nomes de menino, nenhum de menina... – disse Henry.

Dunford deu um sorrisinho presunçoso.

– Mas eu pensei.

– Pensou?

– Aham. Sei exatamente como vamos chamá-la.

– É mesmo? E posso ter alguma opinião a respeito?

– De jeito nenhum.

– Certo. Bem, você vai me dizer que nome é esse?

– Georgiana.

– Georgiana?! – repetiu Henry. – Meu Deus, Dunford. É quase tão ruim quanto Henrietta!

Dunford abriu um lento sorriso.

– Eu sei.

– Não podemos fazer a pobrezinha carregar um nome desses. Quando penso no que tive que suportar...

– Eu não conseguiria imaginar nenhum nome que combinasse melhor com você, *Henry*.

Dunford se inclinou e beijou a filha novamente. E então, para completar, beijou a esposa.

– E não vejo como alguém como você poderia ter uma filha com outro nome que não Georgie.

– Georgie, hein? – repetiu Henry, olhando para a filha e avaliando. – E se ela quiser usar calças?

– E se ela quiser usar vestidos?

Henry inclinou a cabeça para o lado.

– Certo...

Ela tocou o nariz da bebê.

– Bem, pequenina, o que *você* acha? Afinal, o nome é seu.

A bebê gorgolejou alegremente. Dunford estendeu a mão para pegar o pacotinho precioso.

– Posso?

Henry sorriu e colocou a filha nos braços do pai.

Ele a balançou por um momento, testando o peso e a sensação de tê-la em seus braços, então se inclinou e aproximou os lábios da orelha minúscula.

– Bem-vinda ao mundo, pequena Georgie – sussurrou. – Acho que você vai gostar daqui.

CARTA DA AUTORA

Caro leitor,

É sempre um pouco intimidante escrever um livro para um personagem já bem estabelecido em romances anteriores. Ainda mais quando esse personagem é um *bon-vivant* lindo de morrer e sem compromissos, sobre quem leitoras e leitores por toda parte pediram para saber mais. Mas depois que William Dunford (quase) roubou a cena nos meus dois primeiros romances, *Esplêndida* e *Brilhante*, percebi que teria que fazer dele o herói do terceiro romance, *Indomável*.

A questão era: quem seria a heroína? Quem seria capaz de virar do avesso o normalmente tranquilo Dunford, de tal modo que ele não soubesse mais onde começava e onde terminava? A resposta acabou sendo surpreendentemente fácil. Henrietta Barrett, mais conhecida como Henry, praticamente saltou das páginas, se impondo com determinação, charme e uma atitude obstinada que deixou nosso cavalheiro atordoado. E eu, a autora, percebi, feliz da vida, que era divertido demais deixar de joelhos o solteiro mais imperturbável de Londres.

Espero que se divirta tanto lendo *Indomável* quanto eu me diverti escrevendo!

Com todo o carinho,

Julia Q.

CONHEÇA OS LIVROS DE JULIA QUINN

OS BRIDGERTONS
O duque e eu
O visconde que me amava
Um perfeito cavalheiro
Os segredos de Colin Bridgerton
Para Sir Phillip, com amor
O conde enfeitiçado
Um beijo inesquecível
A caminho do altar
E viveram felizes para sempre

QUARTETO SMYTHE-SMITH
Simplesmente o paraíso
Uma noite como esta
A soma de todos os beijos
Os mistérios de sir Richard

AGENTES DA COROA
Como agarrar uma herdeira
Como se casar com um marquês

IRMÃS LYNDON
Mais lindo que a lua
Mais forte que o sol

OS ROKESBYS
Uma dama fora dos padrões
Um marido de faz de conta
Um cavalheiro a bordo
Uma noiva rebelde

TRILOGIA BEVELSTOKE
História de um grande amor
O que acontece em Londres
Dez coisas que eu amo em você

DAMAS REBELDES
Esplêndida – A história de Emma
Brilhante – A história de Belle
Indomável – A história de Henry

editoraarqueiro.com.br